한국 현대소설의 시각

한국 현대소설의 시각

장수익 지음

최근 삼사 년 동안 이곳저곳에 쓴 글을 모아 새 책을 낸다. 그렇지만 왠지 쑥스럽고 모자란 기분이 드는 것은 지난 번 책을 낼 때와 마찬가지다. 무언가 더 깊고 넓은 결과를 내놓았어야 할 터인데, 그렇지 못했다는 반성을 하지 않을 수 없는 까닭이다.

사실 이 책에 실린 글들을 쓰면서 가장 큰 관심을 가졌던 것은 '주체의 형성'이라는 문제였다. 주체의 해체를 운위하는 마당에 무슨 형성인가 할 수도 있겠지만, 자신이 속한 시기를 어떠한 태도로 또 어떠한 양상으로 살아갈 것인가의 문제는 결국 주체라는 항목으로 귀결되기 마련이다. 더욱이 우리 민족처럼 지난 20세기 내내 엄청난 격변을 겪어야 했던 경우라면, 어떠한 주체를 내세워 그러한 격변에 대응해 왔느냐의 문제야말로 지난 역사를 설명하는 핵심적 사항이라 아니할 수 없는 것이다. 그럴 때 문학, 특히 소설은 그러한 주체를 가상적으로 형성해 보고 또 현실과 부딪치게 해 보는 場이 된다. 곧 현대 소설은 과거형으로 진술된다 하더라도 실상은 현재 속에서 미래를 탐색해 보는 작업인 것이다.

우리의 근대 소설사는 우리 민족이 지난 세기 동안 형성해 보려 시도하였던 주체의 여러 형태들을 보여준다는 것이 나의 생각이다. 1990년대 이전의 우리 소설사가 지니는 특수성이 정치성에 대한 강한 편향에 있는 것도 그 때문인데, 요컨대 우리 현대 소설은 민족이 가야만 하는 미래를 모색해 보는 공론장으로 기능해 왔던 것이다.

그러나 현실에 대응할 주체의 여러 형태들을 모색해 보는 작업이 언제나 성공을 거두었던 것은 아니다. 아니, 어떤 면에서는 항상 무언가 모자라고 적절하지 않은 양상으로 그러한 주체들은 제시되어 왔다고 보는 것이 옳을지도 모른다. 신소설이 내세웠던 개화의 주체가 그러하고, 식민지 수도 서울을 헤매던 소시민적인 지식인 주체도 그러하며, 분단과 전쟁의 상처를 넘어서려 했던 전후 세대의 주체 또한 예외가 아니다.

물론 그러한 미흡함이나 불완전성을 단순히 소설의 책임으로 돌려서도 안될 것이다. 넓게 보아 근대의 자본주의 문명이 지닌 한계, 좁게 보아 우리 민족 전체의 현실적 대응력의 한계가 그러한 실패 속에 가로놓여 있는 까닭이다. 그렇지만 바로 그런 점에서 우리 소설의 성과는 역설적으로 빛난다. 우리들이 꿈꾸었으나 가보지 못한 미래의 길을 소설의 그 주체들은 미흡하고 불완전한 한계 속에서도 성심을 다해 가 보았고 그 끝에 무엇이 있는지 알려주었던 것이다.

그렇지만 이 지점에서 나는 주체를 중심으로 한 소설사 구성에 있어서 이 책에 실린 글들만으로는 아직 형편없이 부족하다는 것을 자백한 셈이 되었다. 1920년대와 30년대에 걸쳐 시도되었던 사회주의적 혁명 주체라든지, 식민지적 근대의 질곡을 자의식을 통해 넘어서려 했던 반성적 주체라든지, 그리고 1960년대 이후의 개발 독재를 헤치고 나아갔던 민중적 주체에 대한 연구는 제대로 시도되지 못한 때문이다. 더욱이 이 책에서 다룬 주체의 양상들조차 개별 작가들이 모색한 형태만을 다룬 것일 뿐이어서, 그야말로 장님 코끼리 만지기 식의 극히 일부분에 지나지 않는 것인데, 좀더 일반적이고 종합적인 연구는 앞날을 기약할 수밖에 없겠다.

이 책의 발간에 흔쾌히 동의해 주신 역락출판사 이대현 사장께 감사드린다.

2003년 여름
필자 씀

차 례

제 1 부

제 3 부

■■■ 근대적 일상성에 대한 성찰과 극복 ■■■
― 박태원의 「소설가 구보씨의 일일」과 『천변풍경』 ―

제 1 부

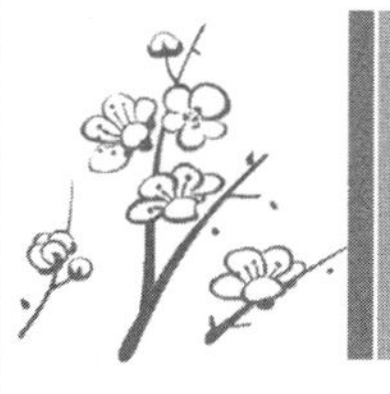

봉건적 가정의 모순과 개화 주체의 문제
김동인 소설과 근대 문학의 자율성
최서해 소설과 조선 자연주의
강담 양식으로 담은 민중적 시각

봉건적 가정의 모순과 개화 주체의 문제
─ 이인직의 『치악산』론 ─

1. 서 론

신소설에 대한 그 동안의 연구를 본다면 『치악산』이 차지하는 위상은 독특하다.[1] 한편으로는 고전 소설 특히 가정 소설을 이어받은 작품으로 평가받으면서도,[2] 다른 한편으로는 아직 본격적인 근대 소설은 아니지만 그 과도기적인 양상이 뚜렷이 드러난 대표적 작품으로도 평가받고 있는 것이다.[3] 이처럼 상반된 성격의 평가가 수행된 것은 『치악산』이 그만큼 모순적인 구조를 가지고 있다는 사실을 말해준다. 사실 그러한 모순이란 옛것으로 새것을 묘사하려 할 때 나타

---

1) 『치악산』에 대한 연구는 전체 신소설이나 이인직의 소설을 다루는 일부분으로 이루어진 경우가 많다. 대표적인 것으로는 임화, 『개설 신문학사』, 조선일보 1940.2.20-4.25(이인직을 논한 부분) ; 전광용, 『신소설 연구』, 새문사, 1986 ; 이재선, 『한국개화기소설연구』, 일조각, 1972 ; 조동일, 『신소설의 문학사적 성격』, 서울대학교 출판부, 1973 ; 송민호, 『한국개화기소설의 사적 연구』, 일지사, 1975 등을 들 수 있다.
2) 최시한은 『치악산』을 고전 가정 소설이 개화기에 들어와 변모된 양상을 드러낸 대표적인 작품으로 다루었으며(최시한, 『가정소설연구』, 민음사, 1993), 김재용은 가정 소설의 특수한 유형으로서 이른바 '계모형 소설'로서 『치악산』을 분석한 바 있다(김재용, 『계모형 고소설의 시학』, 집문당, 1996).
3) 이 점은 임화의 『개설 신문학사』에서부터 주목된 것이지만, 최근의 상세한 연구로는 강인숙, 「이인직편」, 『한국근대소설의 정착과정 연구』, 박이정, 1999가 있다.

나는 모순이라고 할 수 있다. 이전의 소설적 방법이나 시각으로 포착하던 대상 세계는 정작 없어졌거나 너무 많이 바뀌어 버렸지만, 그렇게 바뀐 세계를 바라보는 새로운 방법이나 시각은 아직 마련되지 못했을 때의 모순이 『치악산』의 이중성을 만들어 내고 있는 것이다.

이 글에서는 『치악산』의 이러한 이중성을 보다 세밀히 탐색하려 한다. 그러기 위해서는 우선 작가의 서사 전략을 점검할 필요가 있다. 이인직에게 그러한 전략이란 궁극적으로 '개화의 당위성'을 입증하려는 데 목표가 있었을 것이다. 그렇지만 개화의 당위성이 그 당대의 객관적 현실 또는 최소한 그 작가가 생각하는 바의 현실과 연관지어 입증되기 위해서는 이인직 나름대로의 구체적인 계획이 필요했을 것이라고 할 수 있다. 어떤 배경과 인물을 설정할 것인지, 그리고 서사의 전개는 어떠한 방식으로 할 것인지 등등에 관한 일련의 구상, 피에르 마슈레의 말을 빌려 말한다면 이데올로기적 계획 ideological project이 있어야 하는 것이다.4)

그렇지만 그러한 계획이 그대로 실천된다고는 할 수 없다. 왜냐하면 아직까지 작가의 이데올로기인 '개화'는 아직 실현되지 못한 것이기에, 이전의 고전소설처럼 이미 현실에 지배 이데올로기로 정착된 유교적 도덕 세계를 입증하는 것과는 그 처지가 판이하게 다르기 때문이다. 곧 신소설의 작가는 아직 오지 않은 것을 이미 있는 것만을 가지고 입증해야 하는 것인데, 이로써 작가의 전략은 수정되거나 심지어 폐기될 위험에 처하게 된다.5) 그런 위험은 서사 전개 상의 인과성 결여나 그에 따른 강변, 앞뒤가 맞지 않는 일탈적인 성격 등의 모순으로 나타나며, 결국 작품 성과 면에 있어서 심각한 결점을 초래하게 된다. 『치악산』의 이중성은 이러한 서사 전략과 그 실천 사이의 모순에서 비롯된 것이며, 바로 그러한 점을 밝힐 때 우리는 『치악산』이 차지하는 문학사적 위상을 보다 구체

---

4) 피에르 마슈레는 작품을 두 가지 국면으로 분리하는데, 그 하나는 작가의 이데올로기적 계획에 따른 형상화 figuration의 수준이며, 다른 하나는 작품이 실제로 드러내는 재현 representation의 수준이다. 그럴 때 이데올로기적 계획에 따른 작품 분석은 형상화 수준이 이데올로기의 일관성을 균열시키는 양상을 중심으로 수행된다. 이상에 대해서는 P. Macherey, *A Theory of Literature Production*, trans., G. Well, London ; Routledge & Kegan Paul, 1978, pp.165-175(『문학생산이론을 위하여』, 배영달 역, 백의, 1994, pp.191-203) 참조.

5) 이와 관련하여 마슈레는 '어떤 이데올로기도 형상화의 시험에서 살아남을 만큼 충분한 일관성은 없다'고 언급하고 있다(P. Macherey, *A Theory of Literature Production*, p.195).

적으로 자리매김할 수 있을 것이다.

2. 개화 주체의 문제와 『치악산』에 이르는 길

이인직이 쓴 신소설의 주제가 '개화'에 있다는 것은 주지의 사실이다. 그러한 개화는 이인직의 입장에서는 모두 미완으로 끝난6) 『혈의누』(1906), 『은세계』(1908) 등의 작품에서 명시적인 주제로 드러나며, 『귀의성』(1906~1907)에서는 간접적으로 암시된다.

그러나 이 가운데 『혈의누』는 개화의 대립항인 봉건 제도의 모순이 직접적으로 드러나지는 않는다고 할 수 있다. 주인공 옥련의 기구한 운명은 청일전쟁이라는 외세 간의 격돌에서 파생된 것이기 때문이다. 이 소설에서 그녀의 운명이 위기에 처한 것은 옥련의 가정이나 당대 사회가 봉건적 모순에 휩싸인 탓으로 나타나지는 않는 것이다. 그런 까닭에 옥련이 드러내는 개화에의 지향은 서사 구조 상 일종의 단절로 나타난다. 그녀에게는 개화를 해서 민족을 계몽해야만 할 그녀 자신의 필연적인 이유가 없으며, 마치 모험 소설의 주인공처럼 이해할 수 없는 '우연한' 환경의 변화에 따라 외국 각지를 떠돌아다니고 그에 따라 개화하게 되는 것이다.

물론 청일전쟁이 단순한 배경적인 사건에 그친다고는 말할 수 없을 것이다. 우선 작가인 이인직에게는 '개화'의 당위성이 실현되기 시작하는 매우 중대한 역사적 사건으로 인식되었을 것이기 때문이다. 다만 그는 도대체 어떤 주인공을 택해야 청일전쟁으로 표상된 '개화'라는 거부할 수 없는 시대적 흐름의 의미를 효과적으로 드러낼 수 있을 것인지를 제대로 알 수 없었다고 할 수 있다. 그런

---

6) 이인직의 소설 대부분이 왜 미완으로 끝났는지에 대해 김윤식은 "(계몽에의―인용자) 포부를 안고 떠난 유학생들이 막상 귀국하여 현실에 손을 대고자 할 때는 막막하고 앞이 보이지 않아 전혀 행동을 할 수 없음이 일반적 현상이었다"고 언급하고 있다(김윤식, 「'정치 소설'의 결여 형태로서의 신소설」, 『한국근대소설사 연구』, 을유문화사, 1986, p.40). 요컨대 개화의 필요성은 제기할 수 있었으나 정작 개화의 실체를 보여줄 수 없었다는 것이 신소설의 한계라는 것이다.

점에서 만약 『혈의누』가 이인직이 '개화'의 당위성을 입증하려는 계획 하에 쓰였다고 한다면, 그 계획의 실천 과정인 실제 형상화는 모순으로 휩싸일 수밖에 없다. 소설 속에서 모든 구체적 난관을 극복할 계기로서의 개화의 당위성은 무엇보다 인물 자체로부터 구현되어야 하는 것이어야 하겠지만,[7] 옥련이라는 인물은 그러한 당위성을 청일전쟁이라는 우연한 사건에 의해 강제적으로 부여받을 뿐이기 때문이다. 따라서 『혈의누』는 옥련을 개화를 위한 행로 ― 입양과 일본 및 미국 유학 ― 를 걷게 하는 서사 구조를 가짐에도 불구하고, 그 행로는 그녀의 성격이나 의지와는 무관한 것이어서 그녀 스스로도 왜 개화를 해야만 하는지에 대한 능동적인 의식을 가지지 못한다. 그러한 모순이 극에 달했을 때 이인직은 더 이상 『혈의누』를 쓰지 못했다고 할 수 있다.

이와 같은 모순이 어느 정도 해소될 가능성이 보이는 것이 『은세계』이다. 『은세계』의 주인공인 옥남은 『혈의누』의 옥련과 달리 서사 구조 상으로도 개화를 해야만 할 필연성 위에 축조된 인물이다. 강원 감사로 인해 부친 최병도가 죽고 집안이 패가하여 기구한 운명에 떨어진 옥남으로서는 자신의 운명을 극복하기 위해서도 개화를 지향할 수밖에 없기 때문이다. 강원 감사의 폭정과 수탈은 『춘향전』의 변학도처럼 관리 개인의 자질 문제가 아니라 봉건 체제 자체의 모순에서 비롯한 것이어서, 그 희생자인 옥남이 고전 소설의 영웅들처럼 봉건 제도와 이념에 다시 기댈 수는 없는 것이다. 그럴 때 그에게 가능한 길은 봉건 체제 자체를 전복하는 길, 곧 개화만 남아 있다. 그런 점에서 옥남이 미국 유학을 떠나기까지를 다룬 『은세계』의 전반부는 작가의 계획과 실천이 성공적으로 융합한 것이라 할 수 있다.[8]

---

7) 이 점에서 종래의 고전 영웅 소설은 서사구조 상의 온갖 우연성에도 불구하고 기본적인 필연성을 획득하고 있다. 주인공의 기구한 운명은 가문의 불행과 겹쳐지며 나아가 국가의 위기와도 일치하는 것이어서, 국가의 위기를 극복하는 것은 어디까지나 주인공 스스로에게서부터 시작되기 때문이다. 따라서 그가 불행한 운명을 극복하는 것은 사회 전체의 위기를 극복하는 것과 동일하며, 이로써 유교 이념을 사회 전체의 차원에서 재정립시키려는 고전 영웅 소설의 서사 구조는 주인공 자신으로부터 필연성을 획득하게 되는 것이다.

8) 『은세계』의 전반부가 이인직의 창작인가 아닌가는 그 동안 논란이 되어온 문제이다(최원식, 「은세계 연구」, 임형택·최원식 편, 『한국근대문학사론』, 한길사, 1982). 그렇지만 이 글에서는 『은세계』가 설혹 『최병두 타령』에서 온 것이라 해도, 좀더 문제는 이인직이 최병도의 비장한 패배 위에 옥남의 운명을 얹어놓았다는 데 있을 것이라는 입장을 취한다. 달리 말해 최병도의 패배가 상징하는 봉건 체제의 모순과, 그 모순을 해결할 방책으로서의 개화의 문

그렇지만『은세계』가 미완으로 끝난 것은 무엇 때문일까. 그것은 무엇보다도 당대 현실, 특히 당시 정치적으로 가장 예민한 사건을 작품 속에 유입시키려고 한 데 기인한 것으로 생각된다. 여기서 그 사건이란 일제 통감부에 의한 고종 폐위와 순종의 등극을 가리키는데, 이인직은 이 사건을 계기로 삼아 옥남을 귀국시키려는 계획을 가졌던 것으로 보인다. 그러나 그 계획은 실제 형상화 과정에서 이인직으로서는 예상치 않았던 문제를 불러일으켰던 것이고, 그것이 결국『은세계』를 미완으로 만든 구체적인 이유라고 할 수 있다. 그러한 문제란 종래 고전 영웅 소설에서 주인공이 귀환하는 사회와는 다른 성격의 사회로 옥남이 귀환하게 되었다는 점이다. 고전 영웅 소설에서 사회는 주인공의 귀환에 의해서만 그가 표상하는 이념이 실현된 상태로 되돌아갈 수 있는 반면,『은세계』의 사회는 주인공이 귀환하기 이전에 이미 그가 지향하는 이념을 파행적이든 아니든 간에 실현하는 과정에 들어서 버렸기 때문이다. 단적으로 말해 옥남이 개화에의 지향을 실천하지 않더라도 이미 사회는 개화를 향해 달려가고 있는 것이다. 이로써 옥남은 애초의 계획과는 달리 고전 영웅 소설의 주인공보다 훨씬 왜소한 형태의 주인공이 되고 만다. 그가 할 수 있는 것은 개화를 향한 주도적이고 능동적인 역할이 아니라, 피동적인 처지에서 당대 사회에 일어나고 있는 개화로 인한 변화를 단지 추인만 하는 역할일 뿐인 것이다. 개화의 주체가 되어야 함에도 불구하고 주체가 아닌 지점에 서 있는 것이 확인되었을 때, 옥남은 기껏해야 통감부가 좌우하고 있던 당시 조정에서 보낸 선유사의 '심부름꾼'처럼 의병들을 회유하는 일만 할 수 있고, 그조차도 여의치 못한 채 의병들에게 끌려가고 만다. 요컨대 이인직에게 옥남을 다시금 '심부름꾼'에서 벗어나게 하여 개화의 주체로 만들 수 있는 계획은 마련되지 않았던 것인데, 사실 그러한 계획을 마련할 수 없었던 것은 이인직 개인의 능력 문제라기보다 당대 현실 자체의 문제일 것이다.

그럴 때 개화의 주제로부터 멀리 벗어난『귀의성』이 완결될 수 있었다는 것은 의미가 있다.『귀의성』에서 주목되는 것은 이 소설이 고전 영웅 소설의 서사

제가 겹쳐진 작품으로 만들어 놓았다는 것이『은세계』의 특수한 면모인 것이다. 이러한 결합이 어느 정도 성공을 거두었다면, 그것은 이인직이 최병도의 죽음을 고전 영웅 소설의 구조에서의 주인공 가문의 플롯 부분으로 전환시켜내는 데 기인한다.

대신 고전 가정 소설의 서사를 가져왔다는 점이다. 물론 이 소설의 서사 구조가 고전 가정 소설의 서사를 그대로 따르는 것은 아니다.[9] 유교적 질서 하의 가정 소설이 『사씨남정기』로 대표되듯이 대체로 본처는 선인으로, 첩은 악인으로 그려내었던 것과는 반대의 인물 설정을 하고 있으며, 무엇보다 주인공의 죽음이라는 비극으로 소설이 구성되기 때문이다. 그렇지만 이처럼 처첩 간의 대결이라는 '쟁총형' 가정 소설의 서사를 가져온 것이야말로 이 소설이 그 작품적 성과와는 무관하게 완결될 수 있었던, 달리 말해 이인직이 애초의 계획을 일단 완수할 수 있었던 주요한 이유라 할 것이다. 곧 『혈의누』나 『은세계』처럼 사회 일반의 봉건적 모순을 문제삼는 것에서 범위를 축소하여 봉건적 처첩제도의 모순으로 한정시켰다는 점, 그리고 그러한 모순을 해결할 방책 ― 개화 ― 을 영웅 소설적인 주인공을 내세워 모색하는 대신 그것을 폭로하는 데만 주력했다는 점이 이 소설의 완결을 가능하게 했던 것이다. 따라서 이 소설은 개화의 주체는 누구이며, 개화를 어떻게 할 것인가라는 정치적 문제와는 아무런 관련이 없다. 만약 이 소설이 개화와 연관된다면, 그것은 춘천집의 비극적 죽음으로 드러난 봉건적 처첩 제도의 모순이 개화를 통해서만 해소될 수 있음을 암시한 점에서만 그렇다고 할 수 있다.

그렇지만 『귀의성』의 후반부는 개화의 필요성에 대한 간접적인 시사마저 끊어진 채 진행된다. 그것은 딸 춘천집의 죽음에 대한 복수의 주체로 역시 봉건적 가치관으로부터 자유롭지 못한 강동지가 나서는 순간부터이다. 돈 때문에 딸을 팔아넘겼으며 첩으로라도 딸이 자리잡기를 바랐던 것이 강동지의 봉건적 면모라면, 그가 주체가 된 복수는 개화와는 무관한 것이 될 수밖에 없다. 오히려 개화와 무관하게 인물의 억울한 사정이 풀릴 수 있음을 보여주었다는 점에서 『귀의성』은 개화에 역행하고 말았다고 할 수 있다. 이는 『귀의성』이 전설을 빌어 '시앗 되지 마라'라는 지극히 단순한 교훈만을 제시한 채 종결되는 것에서도 단적으로 드러난다. 처음에 이 소설이 문제삼았던 봉건적 처첩 제도의 모순 자체보다는 그 모순을 대하는 개인적 태도의 문제로 주제의 차원이 격하되고 마는 것이다. 요컨대 『귀의성』에서 이인직은 가정 소설의 구조를 끌고 들어옴으로써

---

9) 『귀의성』이 고전 가정 소설과 같고 다른 점에 대해서는 송민호, 앞책, pp.206-208 참조.

개화 주체의 문제를 당대의 전반적 현실과 관련시켜 정면으로 다루는 것을 회피할 수 있었고, 그 덕분에 형식적인 의미로나마 소설의 완결을 이룰 수 있었지만, 결국에는 봉건적 가족 제도의 모순을 제기하면서 은연중 개화의 필요성을 입증하려 한 의도와 무관하게 고전 가정 소설로 후퇴하고 말았던 것이다.

이 글에서 다루고자 하는『치악산』의 구성 계획은 이 지점에서 설명될 수 있다.『귀의성』에서 제대로 표면화되지 못했던 개화의 문제를 봉건적 가정을 배경으로 다시금 제기하면서, 가정이라는 축소된 범주 속에서나마 개화를 이루는 인물을 그려냄으로써 당대의 전면적 현실 속에서 영웅적인 개화 주체를 그리려 했던『혈의누』와『은세계』에서의 실패를 만회하고자 하는 과제 앞에 놓인 것이 바로『치악산』인 것이다. 그런 점에서『치악산』은『귀의성』처럼 단순히 고전 가정 소설로 후퇴한 작품으로 치부될 것은 아니다. 물론 이러한 계획이 그대로 실천될 수는 없었을 것이다. 오히려 실패했다고 하는 것이 옳을 것인데, 이인직이 『치악산』 상권만을 쓴 채 미완으로 남길 수밖에 없었던 것[10]은 봉건적 가정이라는 축소된 범주 속에서도 개화 주체를 그려내기가 지극히 힘들었음을 말해준다. 이제부터는『치악산』(상권)을 분석하면서 이인직의 계획과 실패를 드러내 보기로 한다.

3.『치악산』의 구성 계획과 서사 진행의 양상

『치악산』의 전체적인 구성 계획이 가정을 배경으로 개화 주체를 내세워 그 필요성과 당위성을 입증하는 데 있었다는 것은 이 소설의 주요 무대인 치악산을 일컬어 "야만의 산"으로 규정하고 있는 것에서도 간접적으로 입증된다.[11] 이때의 야만이 개화 이전의 상태를 가리키는 것이라면, 치악산 밑 단구역말에 있는 홍참의의 가정 역시 야만 상태에 있는 셈이다. 만약 이 작품에서 이인직이

---

10)『치악산』하권은 김교제가 썼으며, 1911년 간행되었다.

11) 이재선은 신소설의 제목이 고소설의 인명 편향에서 벗어났음을 주목하고 그것을 다섯 유형으로 분류했는데,『치악산』은 그 가운데 공간형 표제에 해당한다(이재선, 앞책, pp.92-93).

개화를 통해 그러한 야만 상태를 벗어나는 과정을 그려낼 수 있다면, 개화의 필요성과 당위성은 훌륭히 입증될 수 있을 것이다.

그럴 때 기본적인 계획은 가정 내에 야만, 곧 봉건적 모순이 우선 극에 달하도록 만들어 개화의 필요성이 자연스럽게 제기되게 만드는 일이다. 그리고 이와 동시에 필요한 것은 가족 내에 개화 주체 또는 그 가능성이 있는 인물을 배치하는 일이다. 그래야만 개화를 담당한 인물을 설정하지 못한 탓에 처첩 제도에 얽힌 봉건적 모순을 폭로하는 데 그쳤던 『귀의성』의 실패를 되풀이하지 않을 것이기 때문이다. 그렇다면 과연 어떠한 상황을 제시해야 봉건적 모순이 극에 달할 것인가.

이 소설의 서두는 이인직이 그러한 상황을 계모인 김씨 부인과 며느리인 이씨 부인 사이의 고부 갈등을 통해 드러내려 했음을 보여준다. 이씨 부인의 남편 철식(백돌)은 "자랄 때에 계모 솜씨에 고생도 많이 하였"고, "계모가 백돌이를 미워하던 마음이 (중략) 해마다 쌓인 것이 치악산같이 쌓였"지만, 결혼을 한 후에는 그 미움을 "백돌의 아내에게 예물 주듯 옮겨 주"는 것으로 제시되는 것이다. 그러나 이전 소설의 주인공들처럼 며느리인 이씨 부인이 고된 시집살이를 묵묵히 감내하는 것은 아니다. 몸종인 검홍에게 시어머니와 시누이가 죽어버렸으면 좋겠다고 토로할 정도로 이씨 부인 역시 시어머니를 증오하는 것으로 그려낸다.[12]

물론 고부 갈등 자체를 바로 봉건적인 모순이라 할 수는 없을 것이다. 가족이 유지되는 한, 시대가 바뀌어도 고부 관계는 존재할 것이며, 이에 따라 고부 갈등도 일어날 수 있기 때문이다. 그렇지만 이 작품에서의 고부 갈등은 아들이 분가해서 살기 어려운 전형적인 봉건적 대가족의 상황 아래서 일어나는 것이라는 점에서 봉건적인 성격을 지닌다. 여기에 더하여 이인직은 이 고부 갈등을 개화와 봉건 간의 대립을 상징하는 것으로 만들기 위해 또 다른 설정을 덧붙여 놓는다. 그것은 며느리 이씨를 개화파이자 재상인 이판서의 딸로 설정하는 것에서 드러난다.

---

12) 이씨 부인에 대한 분석은 최시한, 앞책, pp.126-132 참조.

> 홍참의는 디체가 리판셔보다 낫건마는 리판셔의 감사 바람에 사돈되는
> 거슬 죳케 녀겨서 입이 쩍 버러져서 딕답ㅎ고 졍한 혼인이라 그쩌는 갑오경
> 장 이후라 **개화를 조아ㅎ던 리판셔는 풀긔가 졈졈 더 싱기고 완고로 패를**
> **차던 홍참의는 몬지가 더욱 폴삭폴삭나는딕 두 사돈쩨리 쯧이 맛지 아니ㅎ**
> **ᄂ** 십년 젼부터 면약한 일이라 선―쩍 밧드시 마지 못ㅎ야 지낸 혼인이라
> (이하 강조는 인용자)13)

　　서술자의 설명으로 이루어진 위의 인용은 이인직이 『치악산』의 인물 설정을
어떻게 하고 있는지 단적으로 보여준다. 며느리 이씨의 친정 아버지인 이판서는
"풀기가 점점 더 생기는" 개화 쪽으로, 홍참의는 "완고로 패를 찬" 까닭에 "먼지
가 나는" 봉건 쪽으로 각각 설정하고 있는 것이다. 그리고 이처럼 "뜻이 맞지
않는" 사돈들인 이판서와 홍참의의 대립에 의해, 시어머니 김씨는 홍참의를 따
라 봉건 쪽에, 며느리 이씨는 이판서를 따라 개화 쪽에 선 종속적 인물로 각각
설정된다. 김씨는 이씨가 개화한 재상가의 딸로서 후처인 자신을 업신여긴다고
억측하면서 이판서 집을 공격하고, 이씨는 반대로 혹독한 시집살이를 시키는 시
어머니뿐만 아니라 완고한 시아버지 역시 못마땅하게 여기는 것이다.

　　이러한 설정은 이인직이 고부 갈등의 배경으로서 개화와 봉건의 대립을 전제
하고 소설을 구성하고 있다는 것을 알려준다. 이로써 이 소설에서의 고부 갈등
은 봉건적 모순에 의한 것인 동시에, 개화와 봉건에 대한 대리전의 양상을 띠게
되는 셈이다. 여기서 이인직이 이씨 부인을 고된 시집살이를 감내하는 것으로
그려내지 않은 이유가 드러난다. 이씨 부인이 시어머니에 대한 증오를 표현하는
것은 사실 이인직 자신의 봉건에 대한 증오의 표현이라 할 수 있는 것이다.

　　그럼에도 불구하고 이인직이 이처럼 서로 간의 미움과 원망이 "치악산같이
쌓"인 상황이 곧바로 폭발하지 않도록 만든 것은 그 나름대로 현실적인 고려를
했기 때문이라 할 수 있다. 시아버지인 홍참의의 중립적 태도가 그것인데, 홍참
의는 "그 며느리를 불쌍하게 여기는 터"이지만, "며느리 역성하는 모양을 뵈든
지 귀애하는 모양을 보일 지경이면" "그날부터는 집안이 더욱 난가가 될 모양이

---

13) 리인직, 『치악산』 상편, 우문관, 1908, p.40. 본고는 한국개화기문학총서 Ⅰ 『신소설·번안(역)
　　소설』 2권, 아세아문화사, 1978(영인본)에서 인용.

라” “김씨 부인이 무슨 방정을 떨든지 들은 체도 아니하”는 것으로 제시된다. 이 소설의 서두에서 며느리가 자신을 흉보았다는 이야기를 전해듣고 성을 내는 김씨 부인을 무마하는 장면 역시 홍참의의 중립적 태도가 잘 드러나는 부분이다.14)

요컨대 봉건적 가정의 주재자로서 홍참의가 드러내는 중립적 태도는 집안의 고부 갈등을 잠재화시키는 역할을 한다고 할 수 있다. 그러나 홍참의가 중립적 태도를 견지하는 한, 달리 말해 봉건적 가치관을 지녔지만 가정을 그런 대로 이끌 수 있는 한, 고부 갈등은 ‘개화’를 끌어들여야만 겨우 극복될 수 있는 심각한 차원의 모순으로 진전되지는 못할 것이다. 따라서 고부 갈등을 심각한 차원으로 만들 또다른 요소가 필요하다. 곧 홍참의가 중립적 태도를 버리게 할 계기를 설정하는 것이 필요한 것이다. 이 지점에서 중요한 인물이 바로 홍참의의 아들 철식(백돌)이다. 그는 다음의 두 인용에서 보는 바와 같이 홍참의와 이판서가 각각 자신 쪽으로 끌어들이려는 쟁투의 대상이자 중심점이 되기 때문이다.

> (가) (홍참의) 칙을 보려 ᄒ면 우리 집에도 볼만한 칙이 그득ᄒᆫ듸 희국도 지를 비러다가 본단 말이냐 이이 너도 긔화ᄒᆞ고 시푸냐 (중략) 이이 빅돌아 집안에 못된 칙 어더 드리지 말고 오날부터 **밍자를 읽던지 론어를 읽던지 ᄒᆞ여라** / (중략) 셔울이나 자쥬 가면 마암이 달쩌셔 못 쓰는 법이니 **다시ᄂᆞᆫ 셔울**(이판서의 집 – 인용자) **가지 마라**15)

> (나) (이판서가 – 인용자) 뜻밧게 그 사위가 셔울 온 거슬 보고 **아모조록 사위를 꾀여셔 타국으로 유학시길 말을 냅드ᄂᆞᆫ듸** 천리힝농에 뫼 ᄒᆞᆫ 자리 싱기드시 셰상 이약이를 무슈히 ᄒᆞ다가 외국에 가셔 공부ᄒᆞ라 고 권ᄒᆞᄂᆞᆫ 말을 ᄒᆞ니 그러ᄒᆞᆫ 말은 홍철식의 귀에ᄂᆞᆫ 귀신의게 쩍소리 ᄒᆞᆫ 것 갓흔지라16)

철식은 “후취 부인에게 그렇게 정이 있으면 전취 소생 아들은 잊을 듯하나

---

14) 계모형 소설의 중요한 조건 중의 하나가 남편의 무능력 또는 불관여라고 할 수 있는데, 홍참의의 태도 역시 이와 상통한다.

15) 『치악산』 상권, pp.31-32.

16) 윗책, p.41.

그렇지도 아니한" 홍참의에게 "끔찍이 사랑하고 소중히 여기"는 아들이며, 이판서에게도 "사돈에만 마음이 불합"할 뿐, "귀애하는 마음은 사위되기 전보다 십 배나 백 배 더"한 사위이다. 그 때문에 철식은 홍참의에게서는 봉건의 계승자로서, 이판서에게서는 개화의 전수자로서 상반된 의미를 부여받는다. 위의 인용 (가)에서 홍참의가 철식에게 맹자 논어를 읽을 것을 권하고 이판서의 집이 있는 서울에 가지 말 것을 명하는 것이나, 반대로 (나)에서 이판서가 "사위를 꼬여서 타국으로 유학시킬" 생각에 골몰하는 것은 철식이 이들의 대립에서 중요한 쟁투의 대상이 되고 있음을 말해준다.

그렇다면 철식은 과연 개화와 봉건 가운데 어느 쪽에 끌릴 것인가. 이인직의 계획은 물론 철식으로 하여금 개화를 택하게 만드는 데 있었을 것이다. 그렇게 만듦으로써 그 동안 암묵적 대립 속에 놓여 있던 홍참의와 이판서는 명시적으로 대립하게 되며, 고부 갈등에 있어서도 "며느리를 불쌍하게 여기던" 홍참의는 그 동안의 중립적 태도를 더 이상 취하지 못하고 이판서의 딸인 며느리 이씨에게 적대적인 태도를 드러낼 것이기 때문이다. 그런 까닭에 철식의 개화 선택(일본 유학)은 잠재 상태의 고부 갈등을 전면화시키고 그에 따라 봉건적 가정 자체가 와해될 위기에 처하게 만든다는 점에서, 그리고 철식이 유학 후 개화하여 돌아온다면 그러한 위기를 극복하는 개화의 주체가 될 수도 있다는 점에서 『치악산』에 대한 이인직의 구성 계획 가운데 가장 중요한 부분이라 할 수 있다.

> (가) 홍참의 마음에는 그 사돈이 빅돌의게 편지ᄒ야 셔울로 불너다가 일본으로 보낸 줄노만 알고 **사돈을 원슈갓치 알고 잇는디 그날부터는 그 며누리까지 미워ᄒᄂ는 마음이 성기는디** 눈치 빠른 김씨 부인이 그 눈치를 알고 밤낮 쏙살거리며 며누리의 슝만 본다[17]

> (나) 즈네 으르신네가 (유학을 – 인용자) 아니 보너시거든 몰니 도망이라도 시키지 / **완고의 늙은이는 다 어셔 죽어야 나라가 되지** 쓸데업시 오릭 사라셔 절문 사름의게까지 힉가 적지 아니ᄒ여……[18]

---

17) 『치악산』 상권, pp.52-53.
18) 윗책, p.34.

위의 두 인용은 철식의 유학이 홍참의가 이판서와 명시적으로 대립하면서 동시에 그 동안의 중립적 태도를 버리고 이씨 부인에게도 적대적 태도를 드러내는 계기였음을 드러내고 있다. 홍참의가 "사돈을 원수같이 안"다거나, 이판서가 "완고의 늙은이는 다 어서 죽어야 나라가 된"다고 말하는 것은 철식의 유학이 이 소설에서 지니는 의미를 말해준다.

이러한 상황에서 이인직은 고부 갈등이 폭발하는 직접적 계기를 하나 더 마련한다. 이씨 부인에게 음심을 품은 최치운의 등장이 그것인데, 이는 사실 고전 가정 소설에서 흔히 주인공을 곤경에 몰아넣기 위하여 설정하는 방식과 다르지 않다.19) 그렇지만 최치운의 등장이 무계획적인 것은 아니다. 이 소설의 서두 부분에서 최치운이 이씨 부인을 훔쳐보다 기왓장을 떨어뜨린다는 식으로 복선을 깔아놓은 것은 이인직이 그의 등장을 미리 계획하고 있었음을 알려준다. 이로 본다면 이후 김씨 부인이 이씨 부인이 최치운과 관계가 있다고 무고했을 때, 홍참의가 그녀를 치악산에 버려 사지로 몰아넣으려는 술책에 동의하는 장면까지는 적어도 이인직의 구성 계획이 그대로 실천에 옮겨졌다고 할 것이다.

이처럼 고부 갈등이 폭발할 때 이인직이 중요하게 등장시키는 인물이 하녀들인 검홍과 옥단이다. 검홍은 이씨 부인의 편에 서서 그녀가 억울하게 집에서 쫓겨나고 생사를 모르게 되었다는 사실을 이판서에게 전달하는 충직한 역할을 하며, 옥단은 반대로 이씨 부인이 최치운과 통정하는 것처럼 누명을 씌우고 이어서 김씨 부인과 짜고 그녀를 홍참의의 가정에서 축출하는 데 중요한 역할을 한다. 그럼에도 불구하고 이들의 실제 성격은 자신이 돕고 있는 쪽과 상반된 것으로 나타난다. 곧 검홍은 개화 쪽의 이씨 부인과 이판서를 돕지만 봉건적인 주종 관계에 충실한 인물인 반면, 옥단은 봉건 쪽의 김씨 부인 편에 서 있지만 속량과 경제적 대가라는 그녀 자신의 개인적 동기에 따라 행동하는 인물인 것이다. 그런 점에서 이러한 방식의 인물 설정은 이인직이 생각한 바의 개화의 한계를 드러낸다고도 할 수 있다. 그러한 개화란 봉건적 주종 관계와는 무관한 것이며, 동시에 개인적 동기에 충실한 행위는 부도덕한 것으로 간주되는 것이다. 그러나 이인직이 옥단의 형상을 통해 자신도 모르게 개인적 동기에 의거한 인물을 등

---

19) 『치악산』의 서사 구성이 고전 소설과 유사한 점을 구체적으로 비교한 것은 조동일, 앞책, pp.40-42 참조.

장시킨 것은 의미가 없다고는 할 수 없다.[20]

지금까지의 논의를 정리하자면, 이인직은 고부 갈등이라는 고전 소설적인 소재를 개화와 봉건의 대립으로 전화시킴으로써 봉건적 가정의 모순을 드러내려 했다고 할 수 있다. 그렇지만 이로써 『치악산』에 대한 모든 구성 계획이 밝혀진 것은 아니다. 아직 중요하게 남은 부분은 그러한 모순의 해결책에 대한 것이다. 이는 김씨 부인과 옥단의 무고로 억울하게 집안에서 쫓겨나는 이씨 부인의 억울한 사정을 누가 어떻게 풀 것인가라는 과제로 집약된다. 그러나 이인직이 이 과제를 종래 소설처럼 '하늘'이라는 신비한 힘에 의존하여 해결할 계획을 마련할 수는 없었을 것임은 당연한 일이다.

주지하듯이 이처럼 '하늘'에 의존하지 않는 것은 이인직뿐만 아니라 종래 고전 소설과 달리 신소설 전반에 걸쳐 일어난 변화이다.[21] 신소설에서 억지 우연이 더욱 많은 것도 이와 관련된다. 그러한 우연을 최소한 고전 소설의 논리 차원에서는 우연이 아닌 것으로 비치게 만들 궁극적 이치로서의 '하늘'에 더 이상 의존할 수 없었기 때문인 것이다. 그럴 때 이인직은 그러한 과제의 해결을 개화 쪽에 선 인물에게 맡길 수밖에 없다. 그렇게 될 때만이 개화라는 절대적인 주제도 봉건적 모순을 해소할 유일한 방책으로 입증될 수 있을 것이기 때문이다.

4. 구성 계획의 모순 — 개화담에서 복수담으로의 변화

사실 이씨 부인의 억울한 사정을 풀어주는 과제는 철식이 해결하는 것이 이인직이 애초에 세웠던 계획에 들어맞을 것이다. 그것은 무엇보다도 철식이 홍참의 가정의 일원이라는 당연한 사실에 기인한다. 그것은 해소해야 할 모순이 가정 내의 모순이므로 그 구성원들이 해소의 당사자가 되어야 할 것이라는 점에서 일단 그러한데, 더욱이 이씨 부인을 축출하는 데 홍참의 부부와 남순 등 나머지 모든 가족 구성원들이 참여한 형국이므로, 유일하게 남은 철식만이 이씨

---

20) 옥단의 성격에 드러난 근대적 요소에 대해서는 강인숙, 앞글, pp.59-60 참조.
21) 조동일, 잎책, pp.106-107 및 최시한, 앞책, pp.165-169 참소.

부인을 구할 자격이 있는 것이다. 그리고 그렇게 이씨 부인을 구하는 것이 오로지 철식이 개화했기 때문임을 보여줄 수 있다면, 그리고 개화를 통해서만 홍참의의 가족이 위기를 극복하고 행복한 상태가 될 수 있음을 드러낼 수 있다면, 아마도 이인직은『혈의누』와『은세계』그리고『귀의성』에서 실패했던 주제인, 봉건적 모순의 극복에 대한 개화의 필요성을 훌륭히 입증할 수 있을 것이다. 철식이 유학을 결심했을 때 검홍이 이씨 부인에게 하는 말인 다음의 인용은 그의 개화(유학)가 고부 갈등에 미칠 수 있는 긍정적 영향을 잘 알려준다.[22]

> 셔방님이 이런 시골 구석에 게시면 앗씨게셔 이 고성을 면ㅎ실 날이 업습니다 뜻밧게 셔방님게셔 만리타국에 가셔 공부를 ㅎ신다 ㅎ니 셔방님 니외분은 조흔 운슈가 도라올 쩌가 되얏습니다 / 앗씨게셔 눈꿈적 몃 히 동안만 고성을 참고 게시면 이후에는 조흔 일만 잇슬 터이올시다 **셔방님게셔 귀히 되시면 세상 사롬이 앗씨를 쳐다볼 터이니 그쩨는 마님게셔도 앗씨의게 그럿케 몹시 구르시지 못홈니다**[23]

그러나 이인직은 철식을 개화를 내세워 고부 갈등을 해소하는 인물로 만들지 못한다. 그 이유는 세 가지 측면으로 생각할 수 있는데, 그 첫 번째는 소설 속 시간의 문제이다. 철식이 유학하는 데 최소한 2~3년이 걸릴 것이지만, 이미 그가 유학을 떠나기 전부터 최치운이 이씨 부인에게 음심을 품고 접근을 시도하고 있었으며, 홍참의 역시 철식의 유학 직후부터 이씨에 대한 중립적 태도를 바꾼다는 점을 고려한다면, 철식이 귀국해서 이씨 부인을 구하게 하는 것은 시간상으로 너무 늦을 우려가 있는 것이다.

두 번째의 이유는 가치관의 문제이다. 만약 시간 상의 문제를 무릅쓰고라도 이인직이 철식으로 하여금 봉건적 모순을 풀게 만든다 하더라도, 문제는 그 과정에서 철식이 '완고'한 홍참의와 본격적으로 대립하지 않을 수 없다는 데 있다.

---

22) 조남현은 "여주인공의 수난이라는 모티프와 남주인공의 유학이라는 모티프는 직접적인 관계가 있다"고 언급하면서, 그러한 예로『치악산』을 포함하여『안의성』,『금강문』,『구의산』등을 예로 들고 있다(조남현,「개화기 소설의 생성과 전개」,『소설과 사상』1995. 가을, pp. 365-366).

23)『치악산』상권, p.30.

곧 본의는 아닐지라도 철식은 홍참의에게 '불효'를 저지르지 않을 수 없고, 결국 아무리 개화라는 '옳은' 일을 지향한다 하더라도 종래 소설의 주인공이 가졌던 긍정적 인상은 당시 독자들에게 주지 못하고 되고 마는 것이다.[24]

그러나 이 두 이유는 표면적인 것이다. 이씨 부인이 누명을 쓰는 시기를 철식의 귀국 무렵으로 늦출 수도 있고, 과정 상의 불효 역시 홍참의로 하여금 개화에 긍정적인 태도를 가지게끔 함으로써 결과적인 효도로 그 성격을 바꿀 수 있기 때문이다.

이 지점에서 보다 본질적인 세 번째 이유가 제기된다. 그것은 이인직이 철식의 내면을 그려낼 수 없었다는 점이다. 사실 철식은 이인직이 앞서 개화 주체로 내세우려 했던 『혈의누』의 옥련이나 『은세계』의 옥남보다 개화에 대한 내면적 고민을 할 수밖에 없는 조건으로 설정된 인물이다. 봉건적 인물을 부모로 둔 탓에 그들의 잘못을 일방적으로 징치하거나 복수할 수는 없는 철식은, 그 자신의 환경과는 무관하게 청일전쟁을 계기로 개화로 나아가는 옥련이나, 봉건적 모순의 희생자이기에 봉건에 대해 전적으로 적대적으로 될 수밖에 없는 옥남과 결정적으로 처지가 다른 것이다. 그러기에 철식으로 하여금 봉건적 모순을 해소하게 한다면, 이인직은 한편으로는 봉건적 인물을 인정하고 받아들여야 하면서도 다른 한편으로는 그와 맞서 싸워야만 하는 자의 복잡한 내면을 그려낼 수 있어야 했던 것인데, 이는 이인직이 아니라 당대의 누구라 해도 벅찬 일이었다고 할 수 있다. 그러한 내면이 형성될 가능성도 문제지만, 설혹 형성되었다 해도 종래 고전 소설의 문법에 기댈 수밖에 없는 당시의 신소설로서는 그것을 포착하고 그려낼 방법이 없었기 때문이다.

그럼에도 불구하고 이인직이 철식을 주인공으로 계속 내세웠다면, 『치악산』은 훨씬 의미 있는 작품이 되었을 것이다. 철식은 홍참의와의 대립을 통해 개화에 대한 내적인 고민을 필연적으로 겪을 수밖에 없을 것이기 때문이다. 그리고 그러한 고민이야말로 환경과 자신에 대한 근대적 의미에서의 자각과 상통하는 것이 될 수 있는 것이다. 이것이 이인직이 설정한 구성 계획 속에서 철식이라는 인물이 가질 수 있는 가능성의 최대치이다. 하지만 이인직은 그와 같은 철식의

---

24) 당시의 이인직 역시 부모와의 대립 자체를 불효로 보는 봉건적 관점으로부터 자유로웠다고 할 수는 없을 것이다.

잠재적 가능성을 현실화하여, 개화에 대한 내면적 고민을 본격적으로 그려내는 대신, 그를 소설의 전면에서 후퇴시키고 만다. 앞에서 든 이유로 철식을 홍참의와의 대립을 회피하는 인물로 만들어 버리고 마는 것이다. 이처럼 철식을 내면적 고민을 하는 인물로 만들지 못하는 것은 그가 유학을 결심하는 이유를 제시하는 데서도 단적으로 드러난다.

이 소설에서 이인직은 철식이 일본 유학을 결심하는 데 두 가지 동기가 있었던 것으로 제시한다. 그 하나는 "집에 있다가는 점점 마음만 좀스러워지고 또 속이 상하여 견딜 수가 없어 어디든지 멀찍이 가서 집안 일을 모르고 지내"려 한다는 개인적 동기이다. 이러한 동기가 고민을 그려낼 수 없는 이인직의 한계에서 비롯한 것이라는 점은 두말할 필요도 없을 것이다. 그럴 때 주목되는 것은 두 번째의 동기이다.

> **우리 나라 사름들이 졔 몸과 졔 부모 졔 처즈 졔 지물만 즁히 녀기고 졔 나라는 망ᄒ던지 흥ᄒ던지 모르는 사름들이라** / 졔 손으로 졔 발등 찍드시 우리 나라 사름이 우리 나라를 망ᄒ야 놋코 분ᄒ니 졀통ᄒ니 남의게 쳔디밧기가 실이니 먹고살 도리가 업나니 ᄒ면서 져무도록 ᄒ는 것은 나라 망훌 짓만 ᄒ니 그러케 미련훌 일이 잇소 / 나는 하날갓치 즁훈 부모의 은혜를 져버리고 바다갓치 깁히 졍든 안히를 잇고 만리타국에 가셔 공부ᄒ려는 거슨 나라를 위ᄒ는 싱각에셔 나온 마음이오 / 니가 타국에 간다 ᄒ면 우리 아버지께셔는 필경 변으로 녀기시고 못 가게 ᄒ실 터이니 나는 아버지 모르시게 도망질ᄒ겟소[25]

위의 인용에서 보는 것처럼 그것은 "나라를 위하는 생각에서 나온 마음"이라는 이념적 동기이다. 이는 사실 개인적 동기와 서로 상반되거나 무관한 것으로 보인다. 개인적 동기는 봉건적 모순으로부터 도피하는 의미를 띤 반면, 이념적 동기는 봉건적 모순에 대한 적극적 개입을 준비하는 의미로 비치기 때문이다. 그러나 지금까지의 논의에 따른다면 적어도 이인직의 구성 계획 상으로는 이 두 동기가 동전의 양면처럼 붙어있는 것이라 할 수 있다. 곧 집안 일을 도외시

---

[25] 『치악산』 상권, pp.25-26.

하겠다는 개인적인 동기는 홍참의와의 대립을 회피시키려는 이인직의 계획에 따른 것이며, 나라를 위해 유학하겠다는 이념적 동기는 그러한 회피를 합리화하려는 의도를 숨기고 있는 것이다. 이는 철식이 "우리 나라 사람들이 제 몸과 제 부모 제 처자 제 재물만 중히 여기고 제 나라는 망하든지 흥하든지 모른다"고 비판하는 것에서 입증되는데, 이 말을 역으로 바꾸면 집안 일은 회피하는 대신 나랏일을 우선시하겠다는 것이 되기 때문이다. 철식에게 나라를 개화시키는 것은 집안과는 결국 무관한 것으로 간주되는 것이다.26)

그러나 이로써 『치악산』의 구성 계획은 모순에 처하고 만다. 애초의 계획으로는 고부 갈등이라는 봉건적 모순은 개화에 의해 해소되어야 하겠지만, 정작 개화의 주체가 되어야 할 철식은 봉건적 모순(고부 갈등)을 도외시하는 것으로 그려지기 때문이다. 결국 철식은 유학으로 홍참의의 중립적 태도에 변화를 일으키는 인물로만 기능하게 될 뿐, 정작 이 소설이 문제삼았던 가정 내의 봉건적 모순에 대해서는 아무런 역할을 하지 못한 채,『혈의누』의 옥련이나『은세계』의 옥남에 비해서도 더욱 개화 주체의 미달형에 해당하는 인물로 격하되는 것이다.

이처럼 철식이 홍참의 집의 봉건적 모순으로부터 분리될 수밖에 없다면 과연 그 모순은 누가 풀 수 있을 것인가. 여기서 차선책으로 제시된 인물은 바로 이판서이다. 사실 이는 이판서가 철식이 홍참의와의 대립을 회피할 때부터 며느리 이씨의 억울한 사정을 풀어주는 것으로 예정된 것이기도 하다. 아마 이인직으로서는 개화파인 이판서가 그렇게 하도록 만드는 것은 당연하게 여겼을 것으로 생각된다. 철식이 홍참의와 대립할 경우 불효를 저지르지 않을 수 없는 반면, 이판서의 경우는 자신의 딸이 당한 억울한 사정을 푸는 것이므로 맞서는 대상이 사돈일지라도 자연스럽기 때문이다.

그러나 문제는 이판서가 홍참의의 가정 내에 위치하지 못한다는 당연한 사실에서 비롯한다. 곧 사돈인 이판서로서는 철식이 홍참의 가정의 일원으로서 맡았어야 할 몫을 감당할 수 없다는 점이다. 철식이 나설 경우에는 홍참의 가정 내에 위치하면서 이씨 부인의 억울함을 푸는 것과 함께 부모의 봉건적 사고 방식을 개화를 통해 감화시키려는 시도를 할 수 있겠지만, 이판서는 철식의 유학으

---

26) 이러한 철식의 유학 동기의 모호함에 대해서는 최시한, 앞책, pp.133-135 참조.

로 인해 "원수로 여기는" 사이가 된 홍참의에게 아예 접근조차 하기 어려운 것이다. 이로써 이판서는 홍참의의 집을 개화시키기는커녕, 고부 갈등 끝에 외부인과의 통정이라는 누명을 쓴 딸의 억울함을 풀어주는 것도 곤란한 지경에 처하게 된다. 더군다나 이씨 부인이 치악산에 버려져서 생사를 모르게 된 상태라면, 그가 할 수 있는 일이라고는 딸을 구하지도 못한 채 다만 사태를 그렇게 만든 홍참의 부부를 향해 가정의 외부에서 복수하는 것밖에 없다.27)

> 시골 구석에 무식한 사롬들이 귀신을 엇지 몹시 밋던지 고두쇠란 놈은 홍참의 며누리 죽은 귀신의게 죽은 쥴로만 알고 왼동니가 슈군거리나 고두쇠 죽기는 귀신의게 죽은 거시 아니라 장사패의 손에 마져 죽엇논디 그놀밤에 단구역말 앞 들에셔 우던 거슨 검홍이오 정월 초흐로놀 밤부터 홍참의 집에서 독갑이 작란갓치 ᄒ던 거슨 장사패이라28)

『치악산』이 복수담의 차원으로 전락하고 마는 것도 이 지점이다. 그리고 그 복수라는 것조차 위의 인용에서 보듯이 이판서가 검홍을 시켜 배후에서 조종하는 '도깨비 장난'에 지나지 않는다. 설혹 이러한 도깨비 장난을 벌임으로써 이판서가 딸 이씨 부인의 억울함을 풀어주고 복수에 성공한다 하더라도, 그것이 개화와 무관한 것임은 두말할 필요도 없다. 도깨비 장난을 통해 홍참의 부부가 그 동안의 봉건적 사고 방식을 버리고 개화에 공명할 수는 없을 것이기 때문이다. 애초에 개화를 내세웠던 이판서는 여기서 개화와 무관한 채 딸의 복수에 나섰던 『귀의성』의 강동지와 유사한 인물이 되고 마는 것이다. 물론 그러한 '도깨비 장난'이 "귀신을 어찌 몹시 믿"는 당시의 사람들에게 귀신이 근거 없는 것임을 보여주었다는 점29)에서 의미가 없는 것은 아니겠지만, 이는 사실 지엽적인 것에 지나지 않는다.

이와 함께 지적할 것은 이러한 도깨비 장난의 와중에 홍참의의 성격 역시 파탄지경에 이르고 만다는 것이다. "사서삼경을 평생에 읽고 세상에 유식한 사람

---

27) 김재용은 이러한 이판서의 성격에 대해 '개화를 통한 가족주의의 회복'을 시도하는 인물로 보고 있다(김재용, 앞책, pp.232-233).
28) 『치악산』 상권, pp.190-191.
29) 송민호, 앞책, pp.166-167.

은 나뿐”이라고 여기던 홍참의는 그의 유교적 사고 방식과는 아무런 상관없이 “며느리가 원귀가 된 줄만 알고” 김씨 부인이 귀신을 쫓기 위해 무당을 불러들여 가산을 탕진해도 내버려 둔 채, 두 “노주가 마주 앉아서 귀신 없앨 궁리만 하”는 것이다. 이로써 이인직이 홍참의와 이판서의 대립으로 상징화시켰던 봉건과 개화의 대립은 소설의 전면에서 사라진 셈이다. 여기서 이인직은 『치악산』을 더 이상 진행시키지 못한다.

결국 이인직이 쓴 『치악산』 상권은 철식으로 대표되는 개화 주체의 가능성을 탐구하는 것을 회피한 순간, 더 이상 개화와 봉건 간의 대립이라는 사상적인 긴장을 유지하지 못하고 비현실적인 복수담의 차원으로 전락한다고 할 수 있다. 당시의 여느 신소설과도 달리 개화를 해야 함에도 개화를 드러내놓고 지향할 수 없는 구체적인 상황이, 완고한 부모와 고민하는 아들의 대립과 그러한 대립의 희생양으로서의 며느리라는 인물 관계를 통해 설정되었음에도 불구하고, 상권 후반부에 이르면서부터는 실질적인 주인공이 홍참의의 가족 구성원이 아닌 이판서와 검홍으로 변질되고 마는 것이다.

그런 점에서 김교제가 1911년에 발간한 『치악산』 하권은 일종의 사족에 지나지 않는다. 수많은 우연이 겹치는 우여곡절을 거쳐 홍참의의 가정이 다시금 원상태를 회복하는 과정을 다룬 하권 부분은, 일단 시작된 줄거리를 어떤 현실성의 희생을 치르고서라도 완결시키고자 하는 무리한 노력만을 보여줄 뿐이다. 이판서의 조종을 받은 검홍이 옥단을 처벌하는 엽기적인 장면이나, 자결하려 우물에 뛰어든 이씨 부인을 홍참의가 우연히 구출해 주는 것, 반대로 시누이인 남순이 이씨 부인처럼 치악산에 다시금 버려진 것을 우연히 이판서가 구하는 것 등은 어떤 필연성도 없이 이리저리 짜맞춘 서사 구성에 불과한 것이다. 이것이 개화와 무관할 것은 당연한 일이다. 이러한 서사 구성에는 기존의 연구에서도 지적된 것처럼 가족 외의 사람은 어떻게 되든 해당 가족만이 위기를 극복하면 된다는 폭좁은 가족 이기주의가 겉으로만 내세워진 개화보다 훨씬 더 본질적이다.[30]

그럼에도 불구하고 『치악산』 하권에서 주목할 것은, 여기서도 『은세계』에서

---

30) 최시한, 앞책, p.190.

드러났던 것처럼 전체적인 서사 구성이 개화의 추인이라는 형식에 의해 진행된다는 점이다. 사실 이는 상권 부분에서 철식이 홍참의와의 대립을 회피한 채 작품의 전면에서 사라지고 이판서가 대신 나섰을 때부터 예정된 것이기도 하다. 곧 철식은 일본 조도전 대학의 유학을 끝내고 돌아와도 정작 개화를 위해 능동적으로 할 일은 없다. 그는 이판서가 이루어놓은 바의 현실을 추인하기만 하면 되는 것이다. 이는 철식이 이판서의 조종에 따라 이씨 부인과 다시금 결혼식을 올리는 장면에서 단적으로 드러난다. 부인이 죽은 줄 알았던 그는 결혼식 장면에 이르러서야 재회의 기쁨을 누리면서 이판서의 처사에 전적으로 공감하게 되는 것이다. 이러한 철식이 유학을 통해 얻은 지식을 일제 하의 군수가 되어 활용한다는 식으로 처리된 것은 당당히 개화 주체를 내세웠던 초기의 신소설과는 달리 작가 자신부터 이미 개화 주체가 될 수 없는 현실을 받아들였기 때문이라고 하겠다.

5. 결 론

이상에서 『치악산』을 그 구성 계획을 중심으로 분석해 보았다. 이에 따른다면, 『치악산』은 『귀의성』과 유사하게 고전 가정 소설의 서사를 차용한 작품이지만, 『혈의누』와 『은세계』에서 시도했던 바인 개화를 이루어나가는 주체의 활동을 가정이라는 축소된 범주 속에서 소설화하려 한 작품이기도 하다. 그럴 때 이 소설에서 제시된 홍참의의 가정은 봉건적 모순이 극에 달한 가운데 개화가 그에 대립하는 무대라는 점에서 당대 현실을 축약한 것이라고도 할만하다. 그렇지만 이인직은 그러한 가정의 새로운 중심이 되어야 할 철식을 개화 주체로 그려내지 못하고, 이로써 소설은 개화담에서 비현실적인 복수담으로 전락하고 만다.

그럼에도 불구하고 이 소설에서 제기된 철식의 형상은 계몽 주체의 문제를 미리 선보였다는 점에서 중요하다. 비록 이인직 자신의 세계관적 한계와 당대의 소설적 방법상의 문제로 인해 성공적인 형상화에는 실패했지만, 봉건과 개화 어느 쪽도 쉽게 선택할 수 없는 환경에 선 까닭에 개화에 대한 자의식을 가질 수밖에 없는 인물을 설정했다는 것만으로도 이 소설은 문학사적 의미가 있을 것이다. 이인직 이후의 우리 근대 소설사에서 지속적으로 제기되었던 문제가 바로 이러한 개화 주체의 자의식과 관련된 것이기 때문이다. 예를 들어 이형식이라는 개화 주체를 내세웠던 『무정』에서 이광수가 그를 어느 정도 성공적으로 형상화할 수 있었던 것은, 버릴 수도 없고 취할 수도 없는 영채라는 봉건적 가치관의 인물을 이형식과 관련시킴으로써 이인직이 애써 회피해 버렸던 개화에 대한 자의식 문제를 본격적으로 제기했던 것에 크게 힘입었던 것이다.

김동인 소설과 근대 문학의 자율성

1. 서 론

주지하듯이 개화기와 1910년대 문학사의 주요한 특징이 계몽성에 있다면, 그 것은 대체로 두 가지의 양상을 띠었던 것으로 요약할 수 있다. 첫 번째는 국권 상실 이전의 것으로 정치성을 두드러지게 드러낸 형태의 계몽이며, 두 번째는 국권 상실 이후 최남선이나 이광수에 의해 본격화된 것으로 정치성이 거세되거 나 잠재화된 채 문화적 측면에 현저히 중점을 둔 계몽이다. 그럴 때 1910년대 말에 본격화된 신문학 운동은 두 번째 양상의 연장선상에 나타났던 것으로 일 단 생각할 수 있다.[1] 우리 민족에게 새로운 문학, 문학다운 문학을 주려는 목표 아래 펼쳐진 이 운동에 따라 시, 소설, 연극 등 각 부면에서 좀더 본격적인 근대 문학을 이루어내기 위한 노력이 기울여졌던 것이다. 그러나 이 신문학 운동은

---

1) 신문학 운동이란 용어는 크게 두 가지의 의미로 쓰이는 것으로 생각된다. 첫 번째는 개화기 이후 1920년대에 이르기까지 근대 문학을 발흥시키려는 모든 시도를 가리키는 것이며, 두 번 째는 신시운동이나 신극운동 등 1910년대 말에 나타났던, 좀더 근대적 형태의 문학을 이루려 는 시도 전반을 가리키는 것이다. 이 글에서는 이 가운데 후자의 의미로 쓰기로 한다. 이처 럼 신문학운동을 두번째의 의미로 쓴 전례로는 단재 신채호(「낭객의 신년만필」, 『동아일보』, 1925.1.2)와 박영희(「현대한국문학사」, 『사상계』 1958.7) 등이 있으며, 이후에 임형택, 「신문학 운동과 민족현실의 빌견」, 『한국근대문학사론』, 한길사, 1982 가 있다.

실질적으로 계몽과 대립하는 성격을 띤 것이기도 했다는 데 문제성이 있다. 곧 문학다운 문학을 조선 민족에게 주기 위해서는 문학 자체의 고유한 질서, 곧 자율적 측면에 중점을 두지 않으면 안 되었기 때문이다. 이러한 점을 염두에 둔다면, 신문학 운동은 계몽적 동기와 자율적 내용 간의 모순적 결합으로 규정할 수 있을 것이다.

그러나 신문학 운동이 이 모순적인 두 속성 간의 긴장력을 어디까지 유지할 수 있었을까. 이후 1920년대 초의 문학사를 본다면, 이 운동이 얼마 되지 않아 계몽성을 벗어나 자율성 쪽으로 기울어지고 말았다는 것을 알 수 있거니와, 여기서 주목되는 작가가 바로 김동인이다. 뒤에 상론하겠지만, 김동인은 '자아의 각성'이라는 계몽적인 주제로 작품 활동을 시작했음에도 불구하고, 곧 그러한 주제를 포기한 채 오히려 문학과 현실을 대립시키면서 현실 방관적인 자연주의 내지 유미주의적 경향에 안주해 버렸던 것이다.2) 이러한 김동인의 문학적 궤적은 자율성 쪽으로 기울어졌던 신문학 운동의 귀착점을 알려준다.

이 글은 김동인 소설을 예술의 자율성을 중심으로 구체적으로 검토함으로써 그 문학사적 의미를 가늠하는 데 목적이 있다. 이에 따라 이 글은 「약한 자의 슬픔」에서 「광염 소나타」에 이르기까지 1920년대에 발표된 김동인의 주요 작품들을 분석 대상으로 삼으며, 필요에 따라 김동인의 평문들을 같이 살펴보기로 한다.3)

---

2) 김동인 문학의 본질로서 유미주의적 경향은 일찍이 백철(『조선신문학사조사』, 수선사, 1948)이 주목한 바 있으며, 이후로도 임형택, 윗글 ; 김춘미, 『김동인 연구』, 고려대 민족문화연구소, 1985 ; 김영민, 「1920년대 한국문학비평연구」, 『한국 근대문학비평사 연구』, 세계, 1989 등에서 고찰된 바 있다.

3) 김동인의 초기 소설에 대한 그 동안의 주요한 연구로는 김흥규, 「황폐한 삶과 영웅주의」, 『문학과 지성』, 1977. 봄 ; 김윤식, 『김동인 연구』, 민음사, 1987 ; 윤명구, 『김동인 소설 연구』, 인하대 출판부, 1990 ; 최병우, 『한국근대일인칭소설연구』, 서울대 박사논문, 1993 등을 들 수 있다.

2. 초기 이부작과 자아의 각성

김동인이 일생을 두고 이광수를 비판했던 것은 잘 알려진 사실이다. 『춘원연구』가 그 대표적인 경우지만, 그러한 시각을 본격적으로 드러내기 시작했던 것은 1929년에 쓴 「조선근대소설고」에서일 것이다.

> 춘원에게선 내재적 동경과 의식적 선 욕구가 있었다. 그런 고로 의식적 욕구(선)만 폐기하며는 그는 미의 예술가가 될만한 소질이 있었다. 그러나 그는 (반대로) 선 의식을 보존하고 미 관념을 버리려 하였다. 가능한 자를 버리고 불가능한 자를 보유하려 하였다. 여기 그의 파탄이 있다.[4]

위의 인용에서는 이광수를 비판하는 김동인의 근본적 시각을 볼 수 있다. 이광수는 '내재적 동경'을 중시하는 '미의 예술가'가 될 수도 있었지만, '의식적 선 욕구'를 추구한 탓에 그렇게 되지 못했다는 것이다. 자신을 문인으로 생각하지 않고 계몽가로 생각했던 이광수의 삶을 고려할 때, '내재적 동경'('미 관념')과 '의식적 선 욕구'('선 의식')라는 구절은 예술의 자율성과 계몽성을 각각 의미한 것으로 볼 수 있다. 이로 볼 때 김동인은 예술의 자율성을 어느 정도까지 실천했는가를 자신과 이광수 사이의 우열을 가리는 근거로 제시했던 셈이다.

그러나 정작 김동인 자신은 처음부터 예술의 자율성을 철저하게 실천할 수 있었을까. 이와 관련하여 「조선근대소설고」에서 또 하나 주목할 것은, 자신의 초기 이부작인 「약한 자의 슬픔」과 「마음이 여튼 자여」에 대해 언급한 부분이다. 김동인은 이 두 작품에 대해 불만을 표시하면서, 원래는 주인공들인 강엘니자벳트나 K를 죽게 만들려고 했지만 그렇게 하지 못했으며, 그 원인은 '미에 대한 광포적 동경과 선에 대한 광포적 동경'의 모순 내지 불합치에 있었다[5]고 쓰고 있다. 이러한 언급을 본다면, 김동인 역시 초기 이부작을 쓸 당시까지만 해도 계몽성과 자율성이 모순 또는 불합치된 상태, 곧 자율성이 '불철저'한 상태에

---

4) 김동인, 「조선근대소설고」, 『김동인전집』 16, 조선일보사, 1987, p.32.
5) 윗글, p.31.

있었다고 할 것이다.

이제 그렇게 불합치된 상태로나마 표출되었던 계몽성의 구체적 양상에 대해
살펴보기로 한다.

> 그러타! 나도 시방은 강한 者이다! 자긔의 약한 거슬 自覺할 그째에는 나
> 도 한 강한 者이다. 강한 者가 아니고야 엇지 자긔의 弱點을 볼 수가 이스리
> 오?! 엇지 알 수가 잇스리오?! ((그의 입에는 이긤의 우슴이 쩌올낫다)) 강한
> 자라야만 자긔의 약한 곳을 차즐 수가 잇다!6)

「약한 자의 슬픔」의 결말 부분인 위의 인용에서 '약한 자가 자기의 약한 것을
자각함으로써 강한 자가 된다'는 핵심적인 구절은 '자아의 각성'이라는 계몽적
주제와 연관이 있다.7) 비록 아리시마 다께오(有島武郎)의 「사랑은 가차없이 빼
앗는 것」에서 빌려온8) 것이기는 하지만, 이로써 김동인은 이광수처럼 근대 지
식에 대한 습득을 중시했던 당시까지의 계몽적 문학과는 달리, 자아의 각성을
중시한 '내면적'인 계몽을 처음으로 선보였던 것이다. 이러한 계몽적 의도는
『창조』 2호의 「나믄말」에서, 김동인이 독자들에게 "여러분은 머리를 기우려 주
십시오. 그러고 엘니자벳트로써 대표된 현대 사람의 약점—주위의 반동을 안 받
고는 스스로는 아무 일도 못하는 점, 삶을 모르고 사는 점—에 머리를 한 번 써
주십시오. 강한 자가 되십시오"9)라고 당부하고 있는 것에서도 마찬가지로 드러
난다.

그러나 문제는 김동인이 강엘니자벳트의 자각 과정을 좀더 필연성 있고 타당
성 있게 그려낼 수 없었다는 데 있다. 위에서 보았듯이, 김동인이 이 작품에 대
해 불만을 토로한 것도 이와 같은 결함을 의식한 때문이었을 것이다. 물론 김동
인은 그녀의 자각을 필연적인 것으로 만들기 위해 K남작과의 불륜과 임신, K남
작을 상대로 한 소송과 패소 등 여러 가지 사건을 배치한다. 그러나 정작 이 사

---

6) 김동인, 「약한 자의 슬픔」, 『창조』 2호, 1919, p.20.
7) '자아의 각성'을 중심으로 한 1920년대 초 우리 문학의 계몽주의에 대해서는 졸고, 「염상섭
   초기 소설과 계몽주의」, 『한국근대소설사의 탐색』, 월인, 1999 를 참조.
8) 김춘미, 앞의 책, 153-154 및 정인문, 『한일근대비교문학연구』, 수서원, 1996, pp.239-240 참조.
9) 「나믄말」, 『창조』 2호, p.59.

건들은 그녀의 내면에 변화를 불러일으키는 것으로 제시되지는 못한다. 그녀는 고심하지 않는 것은 아니지만, 수동적으로 사태를 받아들이기만 하던 그녀의 심리나 성격은 그대로 유지되는 것이다.

> ㉠ 그는 病的으로 날카롭게 된 머리로 생각하여 보앗다—. / 「내게 이제 무어시 이슬가? 행복이 이슬가? 업다. (중략) 죽음! 그밧게 무어시 잇을까? 아모 것도 업다. —(중략) / 아즈머니가 나간 뒤에, 그는 쏘 생각하여 보앗다— 내 近 二十 년 생애는 엇더하엿는가?
>
> ㉡ 「표본 生活 二十 年!」 / 그 다음 瞬間 그에게는 별한 생각이 머리에 쩌올낫다. / 「약한 자의 슬픔!」 / 「天下에 둘 업는 명언이루다」 / 그는 생각하엿다. 그는 의 문뎨를 두고 論文 비슷이, 小說 비슷이 하나 지어보고 시픈 생각이 낫다. 그는 생각하여 보앗다—
>
> ㉢ 「강한 者!」 / 엘니자벳트는 속으로 고함을 첫다. (중략) / 엘니자벳트는 자기 생각만 련속하여 하였다— 스서로 알지는 못하여스나 엇던 廻轉期 危機 아페 선 그는 産後의 날카로운 머리를 써서 꽤 쪽쪽한 해결을 어들 수가 이섯다.[10]

그런 까닭에 강엘니자벳트가 실질적인 자각에 도달하는 과정은 비약투성이가 될 수밖에 없다. 자각에 도달하는 부분들을 추려낸 위의 인용에서 보듯이, 갑자기 '병적으로 날카롭게 된 머리'로 생각해 본 결과 '별한 생각이 머리에 떠오르'고, '논문 비슷이 소설 비슷이 하나 지어보고 싶은 생각'이 나며, 결국에는 '산후의 날카로운 머리를 써서 꽤 똑똑한 해결을 얻을 수가 있었'다는 식이다. 요컨대 자각은 이전의 사건과 무관하게 거듭되는 생각만으로 이루어지는 것인데, 이로써 이 작품은 주제와 사건의 연관성 또는 통일성 측면에서 심각한 결함을 가지게 된다.

이러한 점은 「약한 자의 슬픔」 이후에 쓴 「마음이 여튼 자여」에서도 마찬가지로 나타난다. 이 작품이 '자아의 각성'이라는 계몽적 주제를 변주한 소설이라는 것은, 조혼한 아내를 '마음이 옅은 자'로 간주하던 K가 Y와의 연애 실패 및 아내의 죽음을 겪으면서 마음이 옅은 자는 바로 자신이었음을 깨닫는다는 줄거

---

10) 「약한 자의 슬픔」, pp.13-20.

리에서 알 수 있다.

여기서 주인공의 자각이 Y와의 연애와 좌절이라는 이 소설의 핵심적인 사건과 직접적인 관련이 없다는 것은 「약한 자의 슬픔」과 동일하다. K 역시 연애와 관련된 고민을 하기는 하지만, 그것은 일종의 포즈에 지나지 않는다. 이는 K가 예전에 아내를 마음이 옅은 자로 규정했던 것처럼, Y에 대해서도 마음이 옅은 자라는 판단을 내리면서 연애 실패의 원인을 전적으로 Y에게 넘겨버리는 것에서 단적으로 드러난다. 곧 고민 이전과 고민 이후가 전연 다를 바 없는 것인데, 이로써 K의 고민 아닌 고민은 이후에 그가 도달하는 자각의 내용과는 아무런 관련이 없게 되고 마는 것이다.

> 붉은 熱情의 불꽃은, 끚업시 넓은 붉은 幕으로 변한다. 그 붉은 幕은 (중략) 차차 모혀들며 작어져서, 마지막에는 검은 幕 우에 흐르는 조—고만 피의 줄기로까지 변하엿다. 그리고 그 피의 根源에는, 무슨 썸—언 물건이 누어 잇다. 그거슨 사람의 形容이다. 사람 같던 거슨 차차 어썬 무서운 形容을 하여 —
> 「나를 이러케 한 거슨, 그 누구오니까!」 하는, 머리를 푸러헤친 女性으로 變하고, 그 피의 根源은 그 女性의 가슴에 잇다.…… (중략) / 「안해는 죽어 간다! 肺炎!」[11]

이 작품에서 K가 실질적으로 자각에 이르게 되는 것은 연애로 인한 고민을 통해서가 아니라, 그것과 무관하게 제시되는 일종의 환상을 통해서이다. 위의 인용은 Y와의 연애에 실패한 충격으로 상심하는 K를 달래려 친우 C가 금강산으로 데려갔을 때, 물에 빠진 탓에 감기몸살이 든 K가 자신을 원망하며 죽어가는 아내의 환상을 갑자기 보는 장면이다. 비록 아무런 복선조차 없이 떠오른 환상이지만 이는 서사 전개에서 K의 자각을 이끌어내는 결정적인 계기가 된다. 이 환상을 계기로 K는 고향으로 돌아갈 결심을 하고, 그렇게 돌아간 고향에서 아내가 자신을 끝까지 찾다가 죽어갔다는 것을 알게 된 후, '마음이 옅은 자는 바로 이 나—K이다'는 자각에 이르게 되기 때문이다.

---

11) 김동인, 「마음이 여튼 자여」, 『창조』 6호, p.7.

그렇다면 이처럼 부자연스러운 처리를 통해서라도 김동인이 드러내고자 했던 자각의 구체적 내용은 무엇일까. 「약한 자의 슬픔」의 결말 부분을 다시 검토함으로써 그 내용에 대해 알아보기로 한다.

> ((그는 생각난드시 우스면서 중얼거렸다)) 나는 참 약햇다. 일 하나라도 내가 하고 시퍼서 한 거시 어듸 잇는가! 세상 사람이 이러타 하니 나도 이러타, 이 일을 하면 남들은 엇지 볼가 이런 걱정으로 두룩거리면서 지나스니 엇지 이 지경에 니르지 아나스리오! 하고 시픈 일은 자유로 해라 힘써서 끗까지! 거긔서 우리는 사랑을 발견하고 진리를 발견하리라! (중략)
> 그는 생각하여 보앗다. 『내가 너희의게 새 계명을 주노니 사랑하라!』 ((그는 깃븜으로 눈에 빗츨 내엿다)) 그러타! 강함을 배는 胎는 사랑! 강함을 낳—는 者는 사랑! 사랑은 강함을 나흐고, 강함은 모—든 아름다움을 낫—는다. 여긔, 강하여지고 시픈 者는— 아름다움을 보고 시픈 者는— 삶의 眞理를 알고 싶은 者는— 人生을 맛보고 시픈 者는 다— 참사랑을 아러안다.
> 「萬若 참 강한 者가 되랴면은? 사랑 안에서 사라야 한다. 宇宙에 널녀 잇는 사랑, 自然에 퍼저 잇는 사랑, 텬진란만한 어린 아해의 사랑!」[12]

위의 인용에서 보듯이, 강엘니자벳트의 자각은 두 단계의 논리로 이루어진다. 첫 번째 단계는 약자가 된 이유에 대한 것인데, 그것은 '하고 싶은 일을 자유로 하'지 못하고 세상 사람들의 눈치를 보면서 그들이 하는 대로만 하는 삶을 살았기 때문이라는 것이다. 이 소설의 앞 부분을 참조해 보면, 애초에 강엘니자벳트에게 '하고 싶은 일'은 이환이라는 남학생을 사랑하는 것이었지만, 그녀는 친구들이 어떻게 생각할까 지나치게 염려했던 데다가, K남작의 강제적인 접근에 순응함에 따라 실제로 그를 사랑하지는 못했던 것이다. 이러한 첫 번째 단계의 논리를 본다면, 김동인은 '하고 싶은 일을 힘써서 끝까지 자유로 하'는, 달리 말해 자신이 욕망하는 바를 거리낌없이 실천하는 자기애적인 삶을 당시의 독자들에게 계몽하려 했던 것이라고 할 수 있다.

다음으로 두 번째 단계의 논리는 '내가 너희에게 새 계명을 주노니 사랑하라'는 성경의 구절(요한복음)을 빌어서 제시된다. 여기서 지적할 것은 본래의 성경

---

12) 「약한 자의 슬픔」, pp.20-21.

구절은 '서로 사랑하라'지만, 김동인은 '서로'를 빼버리고 있다는 점이다. 이로써 애초에 타인에 대한 사랑을 의미했던 성경 구절은 자기애의 중요성을 언급한 것으로 왜곡되며, 이러한 왜곡에 의존하여 자기애는 강함과 모든 아름다움을 낳는 모태이자, 우주와 자연에 널리 퍼져 있는, 그러나 인간들에게는 어린 아이에게만 남아있는,[13] 그러한 자연스럽고 본연적인 '참사랑'이라는 비약적인 의미를 획득한다.

이상의 논의를 보면, 김동인은 욕망하는 바를 '힘써서 끝까지' 추구하는 자기애야말로 '참사랑'이며, 그것을 철저히 자각하고 실천할 때만 강한 자의 삶을 살 수 있다고 주장했던 것이라 할 수 있다.[14] 그는 강엘니자벳트가 사랑하지 못한 것은 이환이 아니라, 그녀 자신이었던 것으로 그리려 했던 것이다. 그러나 여기서 문제인 것은, 그러한 자기애로부터 출발하여 타인에 대한 사랑을 어떻게 해 나갈 것인가에 대해서는 아무런 자각도 수행되지 않는다는 점이다. 다만 자기애를 깨달아야 한다는 차원에서 자각이 끝나버리는 것인데, 이로써 김동인이 자아의 각성을 원래의 계몽주의적인 함의 — 현실에 대한 합리적 인식 속에서 자신의 정체성을 깨닫는 것 — 와는 달리, 자기애만 중시하는 차원으로 매우 편협하고도 자의적으로 해석하고 있었다는 것이 드러난다. 곧 김동인은 자아의 각성에 있어서 자기중심성이라는 요건을 지나치게 중시함으로써, 현실에 대한 합리적 인식의 요건은 전연 도외시해 버리고 말았던 셈이다.

그렇다면 이후의 김동인은 작중 인물들로 하여금 자아의 각성을 현실에 대한 합리적 인식 속에서 이루게 만드는 쪽으로 나아갈 수 있었을까. 미리 말하자면 그 답은 부정적인데, 여기서 주목할 것은 「마음이 여튼 자여」를 쓴 직후인 1920년 7월 『창조』 7호에 발표한 「자긔의 창조한 세계」라는 평문이다.

> 이러케, 藝術이 생겨날 必要는 잇지만, 「必要」뿐으로는 생겨나지 못한다,

---

13) '천진난만한 어린 아이의 사랑'을 강조한 이유는, 어른이 되면서부터는 자신에 대한 사랑을 실천하지 못하는 것으로 생각했던 때문으로 보인다. 그러나 이 점에서 김동인 자신의 유아적(幼兒的) 성격이 드러난다고도 할 것이다.

14) 이와 같은 '자기애'에 대한 강조는, 고루한 봉건적 도덕률에 대한 대립이라든지, '나'를 내세운 근대적인 개인주의로 해석될 여지가 없는 것은 아니나, '자기애'를 매우 과장되고 집착적으로 강조함으로써 결국 김동인은 근대적 의미의 자각을 그려내는 데에는 미달하고 말았다고 할 수 있다.

여기는 생겨날 만한 要素가 이스여야 한다. 그러면 그 要素는 무어시냐, 아
모 사람의게도 가득차 잇는 에고이즘 —, 즉, 自我主義 이것이다. 極度의 에
고이즘이 한 번 變化한 것이, 참사랑 — 自己 잇고야 나는 참사랑이다. 이것
—이 사랑이, 藝術의 어머니다면 어머니랄 수도 잇고, 胎라면 胎랄 수도 잇
다. 自己를 對象으로 한 참사랑이 업스면, 自己를 위하여의 自己의 世界인
藝術을 創造할 수 없다. 自我主義가 업스면 하누님이 지은 世界에 滿足하여
슬 것이요, 짜라서 藝術이 생겨날 수가 없다.[15]

위의 인용에서 보듯이 「자긔의 창조한 세계」에서도 「약한 자의 슬픔」과 동일
한 논리가 반복된다. 단지 표현만 조금 다를 뿐인데, 먼저 '아무 사람에게도 가
득차 있는' '에고이즘'이란 '하고 싶은 일을 자유로 하는' 것이라고 다분히 모호
하게 표현되었던 바를 보다 명확한 표현으로 바꾼 것으로 볼 수 있다. 그리고
'극도의 에고이즘이 한 번 변화한 것이 참사랑'이라는 구절 역시 「약한 자의 슬
픔」에서 '약함'이 자기 자신을 철저하게 사랑하지 못하는 상태에서 비롯한 것이
었음을 상기할 때, 그 의미를 쉽게 짐작할 수 있다. 자신에 대한 사랑을 철저히
자각하고 실천하는 것, 그것이 '한 번 변화한 것'이라는 모호한 표현의 숨은 의
미인 것이다.

이러한 추론이 타당하다면, 김동인은 동일한 논리를 한 번은 소설로, 또 한
번은 평문으로 각각 드러낸 셈이다. 그러나 이 두 글은 전연 차이가 없는 것은
아니다. 오히려 결정적인 차이가 있다고 해야 할 것인데, 그렇게 볼 수 있는 이
유는 이 논리를 이용하여 지향하고자 하는 목적이 판이하게 달라졌기 때문이다.
곧 '참사랑'의 논리는 「약한 자의 슬픔」의 경우에는 독자들에게 실제의 삶을 어
떻게 살 것인가를 제시하려는 계몽적인 목적으로 이용되었던 것에 반해, 「자긔
의 창조한 세계」에서는 실제의 삶과 대립하는 예술의 자율성을 입증하기 위해
이용되고 있는 것이다.

엇더한 要求로 말믜암아 藝術이 생겨낫느냐, 한 마듸로 대답하려면, 이거
시다. 하누님의 지은 世界에 滿足지 아니하고, 엇던 不完全한 世界던 自己

---

15) 김동인, 「자긔의 창조한 세계」, 『창조』 7호, 1919, p.49.

의 精力과 힘으로써 지어노흔 뒤에야 처음으로 滿足하는, 人生의 偉大한 創造性에서 말믜암아 생겨낫다.16)

「자긔의 창조한 세계」에서 김동인은 '하느님이 지은 세계'(실제 세계)에 만족치 않고 비록 '불완전한 세계'라 하더라도 '자기의 정력과 힘으로써 지어놓은 뒤에야 처음으로 만족하는' 것이 예술이라고 설명한다. 그렇다면 왜 인간은 실제 세계에 만족하지 못하는가. 앞의 논의를 참조한다면, 그 답은 분명하다. 실제 세계에서는 '극도의 에고이즘'과 '참사랑' — 줄여서 말한다면 욕망 — 을 실천하는 것이 불가능하기 때문이다. 그것이 바로 신이 실제 세계에 부여한 법칙인 것이다. 반면에 예술은 이러한 신의 법칙이 적용되지 않는 공간으로서, 이 공간에서만큼은 인간은 '극도의 에고이즘'과 '참사랑'을 온전히 실현할 수 있다. 실제 세계에서 결코 충족되지 못했던 욕망은 예술 공간 속에서야 비로소 충족되는 것으로 김동인은 보았던 것이다.

이상의 논의를 참조할 때, 초기 이부작과 「자긔의 창조한 세계」 사이에는 일종의 단절이 있음을 알 수 있다. 물론 그러한 단절은 표면적인 차원이 아니라, 세계관의 차원에서 이루어진다. 「약한 자의 슬픔」과 「마음이 여튼 자여」에서는 자아의 각성에 의하여 실제의 삶을 변화시킬 가능성이 아직까지 열려 있으며, 이에 따라 실제 세계 역시 변화될 수 있는 상대적인 것으로 남아 있었다. 요컨대 실제의 삶을 어떻게 변화시킬 것인가라는 계몽적인 문제 의식이 유지되고 있었던 것이다. 그러나 「자긔의 창조한 세계」에서 그러한 계몽적인 문제의식은 아예 사라지고, 이에 따라 실제의 삶이 변화될 가능성도 부인되며, 나아가 실제 세계 역시 결코 변화할 수 없는 것으로 절대화된다. 이처럼 실제 세계가 절대화될 때, 김동인은 예술적인 공간도 절대화시켜 그러한 실제 세계와 대립하는 것으로 만든다. 그렇게 절대화된 예술이 자율성의 다른 이름이라는 것은 두말할 필요도 없다.

---

16) 김동인, 「자긔의 창조한 세계」, 『창조』 7호, 1920, p.49.

3. 자율적 예술의 두 규칙 : 인형조종과 일원묘사

초기 이부작에서 김동인이 시도한 것은 계몽적 주제인 자아의 각성을 소설화하는 것이었다고 할 수 있다. 그러나 평문인 「자긔의 창조한 세계」에서는 그러한 계몽적 주제는 포기되고, 대신 예술의 절대화가 이루어진다. 그런 점에서 「자긔의 창조한 세계」는 자율적 예술을 주장한 선언문이라 할만하다. 그렇다면 이러한 자율적인 예술관은 그의 소설에서는 어떠한 양상으로 나타났을까.『창조』9호에 발표된 「배따라기」는 그러한 자율적인 예술관을 본격적으로 드러낸 첫 번째 작품이다.

> 됴흔 일긔이다.
> 됴흔 일긔라도, 하늘에 구름 흔 뎜 없는 ― 우리 「사람」으로서는 감히 접근치 못홀 위엄을 가지고, 노피서 우리 조고만 「사람」을, 비웃는 듯이 나려다 보는, 그런 교만훈 하늘은 아니고, 가장 우리 「사람」의 리해자인 듯이, 나추 뭉글뭉글 엉기는 분홍빗 구름으로서 우리와 서로 손목을 잡자는, 그런 하늘이다. 사랑의 하늘이다.[17)

「배따라기」의 서두인 위의 인용에서는 김동인이 당시 도달했던 자율적인 예술관이 뚜렷하게 드러나 있다. 사실 이러한 예술관을 염두에 두지 않으면, 왜 서두에서부터 '가장 우리 「사람」의 이해자인듯'한 '사랑의 하늘'이 강조되는지 제대로 해석되지 않는다. 그러나 앞의 논의를 참조한다면, '교만한 하늘'은 사람들이 자기 욕망을 온전하게 충족할 수 없는, 신이 만든 실제 세계를 의미하는 것이며, '사랑의 하늘'은 그러한 신과 대립하여 욕망의 온전한 충족('참사랑')을 허용하는 자율적 공간으로서의 예술을 의미하는 것임을 알 수 있다.[18)

---

17) 김동인, 「배짜락이」,『창조』9호, 1921, p.2.
18) 그런 점에서 겉 이야기의 작가적 서술자는 '단순한 방관자'(이재선, 「액자소설로서의 <배따라기>의 구조」, 김열규·신동욱 편,『김동인 연구』, 새문사, 1982, p.II-18)라기보다 실제 세계의 억압을 차단하고 '참사랑'의 공간을 펼치려는 적극적인 분위기 조성지리고 허겠다.

나는, 이러흔 아름다운 봄 경치에, 이러케 마음껏 봄의 속색임을 드를 째
는, 언제던, 유—토피아를 생각치 아늘 수 업다. 우리의 시시각각으로 애를
쓰며 수고흐는 것은—그 목뎍은 무엇인가, 역시 유—토피아 건셜에 잇지
아늘가. 유—토피아를 생각홀 째는, 언제던, 그 「위대흔 인격의 소유쟈」며
「사람의 위대흠을 꿋싸지 즐긴」 진나라 시황을 생각지 아늘 수 업다.

우리가 엇지흐면 죽지를 아니홀가 흐여, 동남동녀 三百을 배를 태워 불사
약을 어드려 쩌나보내며, 예술의 샤치를 다흐여, 아방궁을 지으며, 매일 신
하 몃 千 명과, 잔채로서 즐기며, 이리흐여, 여긔 한 유—토피아를 세우려
던 시황은 몃 萬의 력사가가 엇더타고 욕을 흐던 그는 참말로 참삶의 향락
쟈며, 력사 이후의 뎨일 큰 위인이라고 홀 수가 잇다. 그만흔, 슌젼흔 용긔
잇는 사람이 잇고야, 우리 인류의 력사는 꿋이 날지라도 한 「사람」을 가젓
섯다고, 홀 수 잇다.[19]

이 작품의 작가적 서술자가 유토피아를 떠올리고 진시황을 찬양하는 이유 역
시 마찬가지로 설명될 수 있다. 그러한 유토피아란 욕망을 온전히 충족할 수 있
는 가상적인 공간을 의미하며, 그러하기에 '교만한 하늘'에서는 결코 떠올릴 수
없이 오로지 '사랑의 하늘'에서만 떠올릴 수 있다. 그럴 때 진시황은 실제 세계
에서도 욕망을 온전히 충족하려 한 역사상의 유일한 인물로 의미가 부여된다.
작가적 서술자가 보기에 진시황이야말로 신과 대립하여 '사람의 위대함을 끝까
지 즐긴' 유일한 사람이었던 것이다.

그러나 이처럼 예술의 자율성을 작가적 서술자가 직접 나서서 설명하기만 한
다면, 이 작품은 소설이 아니라 수필이 되고 말 것이다. 「배따라기」가 액자 형식
을 취한 연유가 여기에 있다. 곧 서두에서 수필적으로 피력된 자율적인 예술관
에 상응하는 소설적인 이야기가 속 이야기로 제시됨으로써 수필의 차원에서 벗
어날 수 있는 것이다. 작가의 예술관이 직접 표명되는 것은 겉 이야기이고, 그러
한 예술관을 구현하는 것이 속 이야기인 셈이다.

그렇지만 이러한 자율적 예술관에 대한 논의만으로는 「배따라기」의 속 이야
기까지 설명하기에는 아직 어려움이 있다. 얼핏 보기에 형수를 둘러싼 형제 사
이의 갈등을 다룬 이 속 이야기는 '사랑의 하늘'과 '진시황'을 중심으로 자율적

---

19) 「배짜락이」, pp.2-3.

예술을 내세운 겉 이야기와 무관한 것으로 비치기 때문이다. 그러나 필자가 보기에 이 속 이야기는 그러한 자율적 예술에 걸맞게끔 만들어진 이야기이다. 그렇다면 김동인은 어떤 방식으로 속 이야기를 자율적 예술에 걸맞는 이야기로 만들었는가. 이를 설명하기 위해서는 다른 각도의 논의가 필요하다. 그러한 논의란 김동인이 이 무렵 어느 정도 골격을 갖추었던 창작 방법에 대한 논의인데, 이제 이 창작 방법에 대해 검토해 보고, 이를 바탕으로 속 이야기가 어떻게 겉 이야기와 연관되는지 살펴보기로 한다.

김동인의 창작 방법이 인형 조종과 일원 묘사에 있다는 것은 그 동안의 연구들에서 누누이 지적된 사항이다.[20] 그렇지만 의외로 이 두 사항은 서로 분리되어 설명되거나 김동인 소설 전반에 걸친 특징으로서 추상적으로 언급될 뿐이었다. 그러나 필자가 보기에 이 두 항목은 분리된 것이 아니라 하나의 일관된 방법으로서, 이 시기에 김동인이 예술의 자율성을 구현하는 특유의 규칙으로 가다듬은 것이기도 하다. 이 가운데 인형 조종은 앞 장에서 살펴본 「자긔의 창조한 세계」에서 다음과 같이 언급되고 있다.

> 그러치만, 어린애도 하누님의 世界에 滿足치 안코, 人形이라는 자긔의 世界를 사랑하는 이 人生에서, 이 누리에서, 誤解한 人生이던 엇쩌턴, 「自己의 創造한 人生, 自己가 支配權을 가진 人生」을 지어노코 자기 손바닥 우에 뒤채여본 文學者는, 이 世上에 果然 며치나 되는가.[21]

위의 인용에서 보듯이, 인형 조종은 '자기의 창조한 인생, 자기가 지배권을 가진 인생을 지어놓고' 인형 놀리듯이 작중 인물을 '자기 손바닥 위에 뒤채여 보'는 것을 핵심적인 내용으로 한다. '자기가 창조한 자기의 세계를 손바닥 위에 올려놓고 자기가 조종'[22]할 때 작가의 위대함이 보장된다는 것이 인형 조종의 요체인 것인데, 이로써 작가는 적어도 예술 공간에서만큼은 실제 세계를 창조하여 인간을 '인형 놀리듯 하는' 신과 같은 위치에 서게 되는 것이다.

---

20) 김윤식, 『김동인연구』, 민음사, 1987 이 대표적이다.
21) 「자긔의 창조한 세계」, p.50.
22) 윗글, p.49.

이와 같은 인형조종의 의미를 염두에 두면서 일원 묘사를 보면, 김동인은 이후 많은 연구에서 근대적 의미의 시점 이론을 선보인 것으로 평가받은 바 있는 「소설작법」에서 일원 묘사에 대해 다음과 같이 설명한 바 있다.

> 간단히 말하자면, 一元 描寫라는 것은, 景致던 情緒던 心理던 作中 主要 人物의 눈에 비최인 것에 限하여 作者가 쓸 權利가 있지, ― 主要 人物의 눈에 버서난 일은 아모런 것이라도 쓸 권리가 업는― 그런 形式의 描寫이다.[23]

위의 인용에서 보듯이, 일원 묘사는 한 인물의 시각에서 작중 상황이나 사건의 모든 것을 보고 그에 따라 서술하는 방법이다.[24] 그러나 여기서 주목되는 것은 일원 묘사가 작가의 권리를 제한하는 것에 중점을 둔다는 점이다. '주요 인물의 눈에 벗어난 일은 아무런 것이라도 (작가에게는) 쓸 권리가 없는' 것이 일원 묘사라면, 얼핏 보기에도 이처럼 제한된 권리만 있는 작가가 신과 같은 위치에서 인물을 조종하여 '자기의 세계'를 만들어 낸다는 것은 모순이 아닐 수 없는 것이다. 결국 김동인은 신적인 작가의 권리를 명백히 제한하는 서술 방법(묘사법)을 내세우면서, 그럼에도 불구하고 이 서술 방법을 통해 작가의 전권이 전제되는 인형조종을 실현하겠다고 주장한 셈이다.

그렇지만 정작 김동인에게는 이 두 항목이 서로 모순되지 않고 도리어 자연스럽게 연결되는 것으로 여겨졌을 것임도 당연한 일이다. 그것은 신이 자신의 뜻을 현실에 실현하는 방식을 생각할 때 분명해진다. 신은 인간 세계에 직접 나타나지 않으면서도 자연스럽게 자신의 뜻을 실현한다. 인간은 스스로의 의지에 의해 어떤 행위를 한다고 간주하지만, 신의 입장에서 그것은 자신이 조종한 결과에 지나지 않는 것이다. 김동인이 생각한 작가와 인물 사이의 관계 역시 이와 마찬가지다. 실제로는 인물이 작가에 의해 조종된다 하더라도, 외면상으로는 인물 자신의 의지에 의거해서 생각하고 행동하는 것처럼 묘사되어야만 할 것이기

---

23) 김동인, 「소설작법」, 『조선문단』 10호, 1925, p.70.
24) 제라르 쥬네트 식으로 말한다면 한 인물에 대해서만 집중적으로 초점화 focalization 하는 것을 가리킨다(G. Genette, *Narrative Discourse : An Essay In Method, trans.,* J. E. Lewin, Ithaca ; Cornell Univ. Press, 1980, p.185(『서사 담론』, 권택영 역, 교보문고, 1992, p.174 참조)).

때문인데, 바로 그럴 때의 서술 방법이 일원 묘사인 것이다.[25]

이제 남은 문제는 과연 어떤 세계여야 작가가 신처럼 전권을 행사하면서 인물을 조종하는 '자기의 창조한 세계'가 될 수 있을 것인가이다. 사실 그 답은 명확하다. 조종의 방향이 문제인 것이다. 만약 김동인이 인물을 현실에서의 통상 이루어지는 방식대로 조종한다면, 그 결과는 '신이 만든' 실제 세계를 모방한 것이 될 뿐, 작가가 만든 '자기의 세계'는 아니게 된다. 따라서 실제 세계와 결정적으로 구분되려면, 조종의 방향이 현실 세계에서 이루어지는 것과는 상반되어야만 한다. 여기서 작가는 실제 세계에서 신이 인간들을 조종하는 방식, 달리 말해 실제 세계의 법칙을 알 필요가 생겨난다. 신의 조종 방향을 알아야 그와 상반된 방향으로 인물을 조종할 수 있을 것이기 때문이다.

그렇다면 김동인은 신이 만든 실제 세계는 어떤 것이라 생각했을까. 이를 「배따라기」 이전의 작품을 바탕으로 설명한다면, 그것은 '약육강식', '적자생존'의 진화론적 법칙[26]에 의해 좌우되는 세계라고 할 수 있다. 「약한 자의 슬픔」이라는 첫 작품의 제목이 말해주듯이, 그가 파악한 실제 세계는 강자와 약자로 나뉜 세계였던 것이다.[27] 그 세계에서 강자가 승리하는 것이 필연의 과정이라면, 김동인은 그것이야말로 신이 실제 세계의 인간들을 조종하는 법칙으로 간주했던 셈이다. 그러나 이러한 세계 인식이 기계적이고 이분법적인 것임은 두말할 필요도 없다. 진화론적 법칙에 의존하여 실제 세계가 지나치게 단순화되고 추상화됨에 따라 그의 작품의 현실성도 치명적인 악영향을 받게 되었던 것이다.

어떻든 이처럼 '약육강식'의 진화론적인 법칙을 염두에 둘 때, '자기의 세계'

---

25) 김동인이 주장한 묘사론은 본래 일본의 자연주의 작가인 이와노 호우메이가 1910년대에 발표했던 일련의 묘사론에 영향받은 것으로 추정된다(강인숙, 「김동인과 자연주의」, 『자연주의문학론』, 고려원, 1987, pp.314-321 참조). 그렇지만 김동인의 독특한 점은 그러한 묘사법 가운데 유독 일원 묘사를 참예술을 이루는 방법으로 생각했다는 데 있다. 곧 묘사론은 이와노에게서 받아들였지만, 최소한 그 묘사론에 부여한 예술적 의미는 김동인만의 것이라고 할 수 있다.

26) 사실 김동인의 초기 소설에 나타난 이러한 인식의 연원은 김동인 개인에게 있는 것이 아니라, 그가 일본 유학에서 습득한 사회진화론에 있는 것으로 생각된다. 사실 이러한 사회진화론의 영향은 김동인뿐만 아니라 이광수나 염상섭에게서도 검출되는 것이다. 1910년대 말 이후에도 당대 지식인들에게 여전히 영향을 미치고 있던 사회진화론에 대해서는 박성진, 「일제하 사회진화론의 변형과 민족개조론」, 『한국민족사연구』 제17집, 1996 참조.

27) 김흥규, 「황폐한 삶과 영웅주의」, 『문학과 지성』, 1976 봄호 참조.

를 '창조'하기 위해 김동인이 설정했던 방향 역시 분명해진 셈이다. 곧 그는 '자기의 세계'에서만은 실제 세계에서와는 달리, 강자가 아닌 약자가 승리하도록 조종함으로써 '신이 만든' 실제 세계와는 절대적으로 구분되는 '자기의 세계'를 만들어내려 했던 것이다. 「배따라기」의 속 이야기가 어떻게 실제 세계 ― 김동인이 생각했던 바의 ― 와 대립하는 자율적 공간으로서의 예술에 어울릴 수 있는지 짐작할 수 있는 것도 이 지점이다. 단적으로 말해 속 이야기는 실제 세계에서와는 달리 강자인 형이 약자인 아우에게 패배하는 이야기인 것이다.

> (전략) 싸홈을 홀 째에는, 언제던, 겻집에 잇는 아우 부처가 말리려 오며, 그러케 되면, 언제던, 아우 부처까지 째렷다. / 그 아우의게 그러케 구는데는 리유가 이섯다. ― 그의 아우는, 촌 사람의게는 다시 업도록 름름혼 위엄이 이섯고, 맛날 바다ㅅ바람을 쏘엿지만 얼굴이 희엿다. 이것뿐도, 싀긔가 된다 흐면 되지만, 특별히 안해가 그의 아우의게 친절히 흐는 데 니르러서는, 그는 억울흐도록 싀긔를 흐엿다.[28]

김동인이 속 이야기의 인물 구성을 어떻게 하고 있는지는 위의 인용에서 단적으로 드러난다. 먼저 형은 아내와 아우 위에 군림하는 강자로서 폭력적인 위상을 가지고 있다. 반면에 아내와 아우는 약자로서 형의 폭력에 순응하는 인물이다.[29] 그럴 때 김동인은 형을 조종하여 강자의 위치에서 약자의 위치로 끌어내리고, 반대로 아우는 약자의 위치에서 강자의 위치로 끌어올리려는 방향으로 서사를 구성한다. 형이 쥐로 인해 아우와 아내 사이를 오해하는 사건은 그러한 조종에 따른 당연한 절차이다. 그리하여 억울함을 못 이긴 아내가 자살하고, 아우는 집을 떠나게 될 때, 형은 그 모든 파탄의 책임이 자신에게 있음을 깨달으면서 도리어 아우의 용서를 빌어야 하는 약자가 되는 것이다. 더욱이 아래 인용에서 보듯이, 아우가 그러한 형의 목숨을 구해주기까지 한다면, 형은 아우에 대해 영원히 약자의 위치에 설 수밖에 없다.

---

28) 「배짜락이」, pp.6-7.
29) 이러한 인물 관계는 속 이야기를 오이디푸스 콤플렉스로부터 비롯한 것으로 분석할 수 있는 근거가 된다. 이에 대해서는 졸고, 「한국 근대 소설의 형성과 시점에 관한 시론」, 문학사와 비평연구회 편, 『한국 근대문학 연구의 반성과 새로운 모색』, 새미, 1997 참조.

그가, 겨우 정신을 차린 째는, 밤이엇섯다. 그러고, 어늬덧, 그는 뭇 우에
올라와 이섯고, 그를 말리우노라고 샛밝아케 피어 노은 불비츠로 자긔를 간
호흐는 아우를 보앗다.
그는, 이상흐게 놀라지도 않고 천연히 물었다. ─
「너── 어듸케 여게 완?」
아우는 잠자코 한참 잇다가 겨우 대답흐엿다. ─
「형님, 그저 다 운명이왼다.」[30]

지금까지의 논의를 볼 때, 위의 인용에서 아우가 말한 '운명'의 뜻은 분명하
다. 이 운명은 실제 세계에서의 운명이 결코 아니다. 실제 세계에서의 운명과는
상반되게 자율적 예술 속의 운명, 곧 작가의 조종에 의해 약자로 몰락할 수밖에
없는 운명인 것이다.

그렇다면 속 이야기에서 일원 묘사는 어떻게 수행되고 있는가. 먼저 고려할
것은 속 이야기가 형이 고백한 내용을 작가적 서술자가 정리한 방식으로 되어
있다는 점이다. 달리 말해 형이 고백한 것이 1인칭이었다면, 그것을 작가적 서
술자는 3인칭으로 옮겨적고 있는 것이다. 그러나 작가적 서술자가 옮겨적었다
고 해서 그 옮긴 내용 속에 작가적 서술자의 견해나 입장이 반영되어 있는 것은
아니다. 오로지 형의 견해와 입장만이 속 이야기에 나타나는 것인데, 이러한 옮
겨쓰기에 대해 김동인은 「소설작법」에서 다음과 같이 말한 바 있다.

가장 쉽게 말하자면, 一元 描寫라는 것은, 「나」라는 것을 主人公으로 삼
은 一人稱 小說에, 그 「나」의게 엇던 일홈을 부친 자로서, (중략) 一元 描寫
型 小說의 主要 人物을 『나』라는 일홈으로 고쳐서 一人稱 小說을 만들 것
가트면 조금도 거트짐 업시 완전한 一人稱 小說로 될 수가 잇는 것이다.[31]

실제로 속 이야기는 3인칭 서술로 되어 있지만, 위의 인용에서 김동인이 말한
것처럼 1인칭 서술로 변환된다 해도 별다른 부자연스러움이 없다. 속 이야기에
서는 형의 심리와 입장만 표면화될 뿐, 다른 인물의 시각이나 작가적 서술자의

---

30) 「배짜락이」, p.12.
31) 「소선작법」, pp.70-71.

심리와 입장은 표면적으로는 나타나지 않는 것이다. 예를 들어 풍랑을 만난 형이 아우의 구조를 받는 장면을 보면, 「소설작법」에서 김동인이 일원 묘사의 예로 든 「마음이 여튼 자여」의 기차 여행 장면처럼, 아우가 사라진 것은 형이 깨어나기 전에는 절대 서술되지 않는다. 형의 눈으로 그 사실을 확인한 뒤에야 비로소 서술되는 것이다.

이와 같은 일원 묘사를 통해 강자인 형이 약자의 위치로 몰락하는 것은 작가의 조종에 의한 것이 아니라, 형의 생각과 행동에 따른 당연한 결과로 비쳐지게 된다. 현실 법칙(욕망의 억압)에서 강자의 위치에 선 형이 스스로 자신의 잘못을 고백하도록 만듦으로써, 그리고 형의 몰락이 철저하게 그 자신의 잘못에 의한 것으로 보이게끔 만듦으로써 일원 묘사는 속 이야기에서 성공적으로 수행될 수 있었던 것이다.

이상의 논의에서 강자가 몰락하는 내용의 속 이야기는 겉 이야기에서 '사랑의 하늘'로 제시된 자율적 예술에 걸맞는 이야기임이 어느 정도 드러난 셈이다. 그럴 때 인형 조종과 일원 묘사는 바로 그러한 자율적 예술을 창조하는 일관된 소설적 방법으로 기능하고 있다. 그러나 「배따라기」에서의 이러한 성공은 그만큼 현실성의 희생을 통해 이루어진 것임도 부인할 수 없다. 달리 말해 강자를 몰락시키는 데는 성공했다고 하더라도, 그러한 성공은 실제 세계를 지나치게 단순화하고 추상화한 것에 의존한 것이기 때문이다. 요컨대 실제 세계의 거의 모든 것을 사상시키고, 오로지 '약육강식'이라는 진화론적 법칙만을 끌고 들어와 뒤집어 놓은 것에 지나지 않는 것이다. 그리고 본다면, 속 이야기가 띠고 있는 동화적이거나 유아적(幼兒的)인 분위기도 이러한 현실성의 희생에서 비롯한 것일 터이다.

4. 상보적 관계로서의 유미주의와 자연주의

「배따라기」의 의의가 처음으로 일원 묘사와 인형 조종을 통해 자율적 예술을 성공적으로 성립시킨 것에 있다면, 그러한 성공은 실제 세계와의 연관성을 희생한 가운데 이루어진 것이었다. 이와 같은 한계를 김동인 역시 의식하고 있었다는 것은, 이후 「배따라기」와 같은 유형의 작품을 계속 쓰는 대신, 「전제자」나 「태형」처럼 좀더 본격적으로 실제 세계를 도입하면서도 그 세계의 법칙을 역전시켜 '자기의 창조한 세계'를 이루려는 작품을 썼던 것에서 짐작할 수 있다. 마치 실제 세계처럼 자연스럽게 보이는 세계, 그러나 절대로 실제 세계는 아닌 세계를 '창조'하는 것, 그것이 이 시기 김동인의 목표였던 셈이다.

그러나 과연 이러한 목표는 성공적으로 이루어질 수 있었을까. 일단 「전제자」를 보면, 이 작품은 당시의 지식인 가정을 배경으로 삼고 있다는 점에서 「배따라기」에 비해 실제 세계에 훨씬 더 가까이 있다. 물론 다음의 인용에서 보듯이, 이 작품이 대상이 된 실제 세계를 '약육강식'의 법칙에 의거하여 파악하고 있는 것은 「배따라기」와 동일하다.

> 家庭의 暴君 S를 두고 봐라 아버지를 두고 봐라. P를 두고 봐라. 男子란 家庭의 專制者 아니고 무어냐. (중략) 그들의 사랑은 다만 自己에게 滿足을 줄 째만 나고 죽음이라도 不滿이 잇슬 째는 욕이라- (중략) 自己보다 약한 者를 업수이 녀기며 (중략) 학대를 바다서 머리 들 긔운도 업는 사람에게 自己의 才幹을 다하여서 덥허 누르니 이 家庭의 專制者가 아니고 무엇이냐.32)

그럴 때 이 작품의 서사는 약자인 주인공 순애가 강자인 동생 P의 굴복을 받아내는 방향으로 진행된다. 그러나 그렇게 굴복을 받아내는 구체적인 과정을 보면, 이 작품은 실패했다고 볼 수밖에 없다. P가 평소대로 순애를 업신여기자, 그 전에 한 번 '재미로' 죽음을 생각했던 순애는 즉흥적으로 자살을 시도함으로써 P의 굴복을 받아낸다는 식이기 때문이다. 순애가 처한 전반적인 상황은 실제 세계의 그것과 방불하지만, 그 실제 세계의 법칙을 뒤집는 장면에서부터 서사 전개에 파탄이 일어나면서 이 작품에서의 '자기의 창조된 세계'는 조악한 차원에서 벗어나지 못했던 것이다.

한편 「태형」은 「전제자」보다도 더욱더 실제 세계에 가까이 있는 작품이다. 「전제자」의 배경인 가정이 외부 세계로부터 다분히 고립된 공간이었음에 반해,

---

32) 김동인, 「전제자」, 『개벽』 9호, 1923, p.141.

이 작품의 감옥은 실제 세계의 전반적 질서가 가장 엄밀하게 작동하는 공간이기 때문이다. 이에 더하여 주목할 것은 이 작품에서는 작가 자신 또는 그와 거의 구별되지 않는 인물이 그러한 실제 세계 속에 직접 주인공으로 등장한다는 점이다. 「배따라기」에서도 이런 인물이 등장하기는 하지만, 겉 이야기에서 자신의 관념을 드러내는 정도에 그쳤던 것에 비교한다면, 작가 자신의 감옥 경험을 제재로 한 「태형」은 김동인 소설 가운데 단연 이채를 띤다고 할 수 있다.

그렇다면 이처럼 작중 상황에 직접 등장한 작가는 과연 실제 세계의 법칙을 역전시켜 '자기의 창조한 세계'를 만들 수 있을까. 그러나 실제 작품을 보면, 그 답은 회의적이다. 김동인은 '자기의 창조한 세계'는커녕, 그것을 만들 시도조차 제대로 할 수 없는 강고한 실제 세계로서의 감옥을 그려낼 수밖에 없었으며, 나아가 그러한 공간에서는 자신조차도 예외일 수 없이 약자라는 사실을 인정하지 않을 도리가 없었기 때문이다.

> 「칠십 쏠에 든 늘그니가 쏨 맞구 살길 바라갓소? 난 아무케 되든 노형덜이나!」
> 그는 이 말을 맺지 못하고, 간수에게 끄을려 초연히 나갓다! 그리고 그를 내어쏘츤 장본인은 나이엇섯다……. 나의 머리는 더욱 수겨졋다. 멀—거니 쓴 눈에서는 눈물이 나오려 하엿다. 나는 그것을 막으려고, 눈을 꽉 감엇다. 힘잇게 감긴 눈은 약하게 떨넛다.[33]

「태형」의 마지막 부분인 위의 인용에서 확인할 수 있는 것은 실제 세계를 역전시키기는커녕, 자신의 생존을 부지하기에도 바쁜, 자괴감 어린 왜소한 작가의 형상이다. 실제 세계에 위치한 작가가 기껏 조종할 수 있었던 것은 영원 영감처럼 같은 처지의 약자들뿐이었던 것이다. 그럼에도 불구하고 「태형」이 '당시 옥(獄)내 생활을 상당히 정확한 수법으로 지적한 아름다운 역사적 풍경화의 일폭'[34]으로 평가되었던 것은 역설적이다. 곧 자율적 예술로 만들려는 의도가 제대로 펼쳐지지 못함으로써 도리어 이와 같은 긍정적 결과를 낳았던 것이다.

---

33) 김동인, 「태형」, 『동명』, 1923.4.22.
34) 임화, 「조선신문학사론 서설」, 『조선중앙일보』, 1935.10.26.

그렇지만 이러한 긍정적인 결과와는 상관없이, 김동인 자신에게 「태형」은 일종의 분수령이 되는 작품이라고 할 수 있다. 이 작품을 계기로 김동인은 실제 세계를 좀더 본질적으로 작품 속에 유입할 경우, 너무도 엄밀하게 작동하고 있는 실제 세계의 법칙 때문에 '자기의 창조한 세계'를 자연스럽게 이룬다는 것은 애초에 불가능하다는 인식을 하게 되었기 때문이다. 달리 말해 현실적인 상황에서의 인물 조종이 자연스럽게 느껴지는 것은 결국 실제 세계의 법칙을 역전시킬 때보다는 그 법칙을 그대로 따를 때라는 것이 인식되었던 것이다.

1925년 무렵부터 김동인 소설이 본격적으로 보여주었던 자연주의적 경향이 배태되는 것은 이 지점이다. 이는 「감자」나 「명문」처럼 실제 세계를 좀더 본질적으로 도입한 작품에서 나타나는 경향이다. 여기서도 물론 작가는 인형 조종과 일원 묘사를 수행한다. 그러나 그 조종의 방향은 다만 실제 세계의 법칙을 그대로 따르는 데 있으며, 따라서 작가는 약육강식이라는 실제 세계의 냉혹한 법칙을 작중 인물에게 적용하는 대행자 역할을 하는 셈이 된다. 요컨대 실제 세계에서 신의 대행자로서 작가는 인물들을 약육강식과 적자생존의 법칙에 따라 조종하는 것이다.

인형 조종과 일원 묘사가 본래 그것이 배태되었던 내용적 기반을 떠나 완전히 자율적인 형식으로 변모하는 것도 바로 이 지점이다. 달리 말해 이전까지 인형 조종과 일원 묘사는 '자기의 창조한 세계'라는 내용과 맞물려서 시도되었지만, 이 지점에 이르면서부터는 '자기가 창조한 세계'라는 연원을 떠나서 어떤 인물 어떤 사건에 대해서도 무차별적으로 적용되는 형식으로 변모하는 것이다. 이 시기에 김동인이 소설의 자율적인 형식들—그것들을 낳은 내용과는 무관하게 추상화된 형식들—을 정리한 「소설작법」(1925)을 썼던 것도 그런 점에서 우연이 아니다.

> 복녀의 道德觀 乃至 人生觀은, 그때부터 변하엿다. / 그는, 아직것, 짠 사네와 관계를 한다는 것을, 생각하여 본 일도 업섯다. (중략) / 그러나, 이런 이상한 일이 어듸 다시 잇슬가. 사람인 자긔도 그런 일을, 한 것을 보면, 그것은 결코 사람으로 못할 일이 아니엇섯다. (중략) 이 일이 잇슨 뒤부터, 그는, 처음으로, 한 개 사람이 된 것 가튼 자신까지 어덧다.[35]

이러한 경향의 작품 가운데 대표적으로 「감자」를 살펴보기로 한다. 「감자」의 복녀는 조종의 대상이지만 '자기의 창조한 세계'를 목표로 조종되는 것은 아니다. 오히려 작가는 실제 세계의 법칙을 작중에 적용하는 냉정한 신의 대행자로서 복녀를 조종하고 있을 뿐이며, 이에 따라 복녀는 조그만 이익을 추구하다가 더욱 타락하고 몰락하게 된다. 여기서 일원 묘사가 조종을 표면적으로 은폐하는 기능을 하고 있음은 물론이다. 복녀의 타락은 마치 그녀 자신의 자유로운 의지와 행위에 의한 것처럼 서술되는 것이다. 한편 이러한 변화는 '사람'이라는 어휘의 쓰임새에서도 암시된다. 위의 인용에서 보듯이, 「배따라기」까지만 해도 '자기의 창조한 세계'를 설명하는 데 중요한 구실을 했던 '사람'이라는 어휘는 이제 '타락한 욕망을 가진 사람'이라는 비하적인 의미로 쓰이고 있다.

> 一年이 지났다. / 그의 처세의 비결은, 더욱더 순탄하게 진섭되엿다. 그의 부처는 인제는, 그리 궁하게 지나지는 안케 되엿다. (중략) / 「여보, 아즈반이, 오늘은 얼마나 벌엇소?」 / 복녀는, 돈 좀 만히 벌은 듯한 거라지를 보면, 이러케 찾는다. (중략) / 「나한테 들킨 대—ㅁ에는, 쥐구야 말아요」 / 「난, 원, 이 아즈마니 만나믄 야단이더라. 자 쮀주디. 그 대신, 응? 아라 잇디?」 (중략) / ——그의 성격은, 이만큼까지 진보되엿다.[36]

그러나 위의 인용을 본다면, 「감자」의 서술 방식은 이전과 완전히 같지는 않다는 것을 알 수 있다. 비록 복녀의 시각과 심리를 이용한 일원 묘사가 대부분을 차지하지만, '그의 처세의 비결은 더욱더 순탄하게 진섭되었다', '그의 성격은 이만큼까지 진보되었다' 등의 서술, 곧 대상 인물을 냉소적 반어적으로 평가하는 편집자적 논평이 일원 묘사에 의한 서술에 종종 덧붙여서 서술되기 때문이다.

이와 같은 논평에는 실제 세계의 법칙을 알아차리지도 못한 채, 여지 없이 몰락—실제로는 작가의 조종에 의한 것이기는 하지만—하는 작중 인물에 대한 염증이 표면적으로 드러난다. 그렇지만 보다 중요한 것은, 이러한 논평을 행하

---

35) 김동인, 「감자」, 『조선문단』 4호, 1925, p.22.
36) 『조선문단』 4호, pp.22-23.

는 작가의 위치이다. 이때 작가는 마치 자신만은 그러한 실제 세계의 법칙에서 예외인 것처럼, 또는 더 나아가 그러한 법칙을 실제 세계에 부여한 신처럼 작중 상황을 굽어보면서 논평을 행하고 있는 것이다. 이와 관련하여 「명문」을 보면, 이 작품에서는 신이 등장하여 실제 세계에서 사형당했던 주인공을 저승에서 다시 한 번 더 냉혹하게 징벌하는데, 이러한 신이 실상은 인물을 조종하는 작가인 것은 두말할 것도 없다.

이상에서 본 것과 같이, 자연주의적인 경향의 작품을 통해 김동인은 그때까지 '자기의 세계'를 지향하느라 부자연스러운 서사를 펼칠 수밖에 없었던 상황에서 일단은 자연스러운 서사를 이룰 수 있게 된다.37) 김동인이 "「감자」와 「명문」에 이르러 동인만의 문체를 발명하였다"38)고 호언했던 것도 이와 관련이 있다. 실제 세계의 법칙을 그대로 작중 상황 속에 적용하는 것으로 창작의 방향을 바꾸면서, 작중 인물들을 굽어보는 위치에서 냉소적으로 조종하는 방식의 문체를 운용하게 되었던 것을 그렇게 표현한 것이다.

이후 김동인은 한 동안 자연주의적 경향에 따른 작품들을 발표한다. 그러나 이러한 자연주의적 경향의 작품들에 김동인은 과연 만족할 수 있었을까. 아마도 처음에는 위의 호언에서 보는 것처럼 만족할 수도 있었을 것이다. 그렇지만 그러한 만족감이 지속될 수는 없었을 터인데, 실제 법칙의 대행자라는 위치는 비록 작중 인물에 대해서는 군림할 수 있을지언정, 실제 세계나 그것을 만든 신에 대해서는 결국 열패감을 느끼게 되고 말 것이기 때문이다. 달리 말해 그러한 작품은 실제 세계에 종속된 작품에 지나지 않는 것이다. 이 열패감이 점점 심해졌을 때 이를 심리적으로 보상하기 위해 발표된 것이 바로 「광염 소나타」(1929)이다.

독자는 이제 내가 쓰려는 이야기를, 유럽의 어떤 곳에 생긴 일이라고 생각하여도 좋다. 혹은 사오십 년 뒤에 조선을 무대로 생겨날 이야기라고 생각하여도 좋다. 다만, 이 지구상의 어떠한 곳에 이러한 일이 있었는지도 모

---

37) 「명문」의 경우, 실제 세계의 일을 다룬 부분까지는 어느 정도 자연스러운 서사를 보여주지만, 작가가 직접 신으로 등장하는 과대망상적인 저승 장면 이후부터 이 소설의 서사는 파탄에 이르고 만다. 그런 점에서 본문에서 '자연스러운 서사'라고 필자가 언급한 것은 실제 세계에서의 일을 다룬 부분까지만 해당된다고 하겠다.
38) 「소설작법」, p.34.

르겠다. 있는지도 모르겠다. 혹은 있을지도 모르겠다. 가능성뿐은 있다―이
만치 알아두면 그만이다. (중략) 이러한 전제로서, 자 그러면 내 이야기를 시
작하자.[39)]

「광염 소나타」에서 먼저 확인할 수 있는 것은, 이 작품의 서두 부분인 위의
인용에서 보듯이 작가가 철저하게 실제 세계와의 관련성을 배제한 지점에서 소
설을 시작한다는 것이다. 이는 「배따라기」에서 '사랑의 하늘'을 서두에 전제함
으로써 자율적 예술관에 따른 소설임을 분명히했던 것과 동일하다. 그리고 이러
한 겉 이야기 이후 자율적 예술관에 걸맞는 이야기가 속 이야기로 제시되는 방
식의 액자 형식을 취한 것도 동일하다.

그러나 「광염 소나타」의 액자 형식이 「배따라기」와 꼭 같은 것은 아니다. 「광
염 소나타」는 겉 이야기가 두 개인 이중 액자 형식을 취한다. 위에 인용한 부분
이 첫 번째 겉 이야기이며, 그 다음에 늙은 음악가 K와 사회 교화자의 대화로
이루어진 두 번째의 겉 이야기가 제시되고, 이후에 속 이야기가 제시되는 것이
다. 이 가운데 첫 번째 겉 이야기가 실제 세계와의 관련성을 배제하는 기능을
하는 것이라면, 두 번째 겉 이야기는 다음의 인용에서 보듯이 자율적 예술의 가
치와 중요성을 주장하는 내용으로 이루어진다.

> 「물론이지요. 그러나 성수 같은 사람도 있는 것이니깐 이런 경우엔 어떻
> 게 해결하렵니까?」
> 「죄를 벌해야지요. 죄악이 성하는 것을 그냥 볼 수는 없습니다.」 / K씨는
> 머리를 끄덕였다.
> 「그렇겠습니다. 그러나 우리 예술가의 견지로는 또 이렇게 볼 수도 있습
> 니다. 베에토벤 이후로 음악이라 하는 것이 차차 힘이 빠져가서, (중략) 선이
> 굵은 것은 볼 수가 없이 되었습니다. 힘있는 예술, 선이 굵은 예술, 야성으
> 로 충일한 예술, 우리는 이것을 기다린 지 오랬습니다. (중략)」
> K씨는 마주앉은 노인(사회 교화자―인용자)에게서 편지를 받아서 서랍에
> 집어넣었다. 새빨간 저녁 해에 비치어서 그의 늙은 눈에는 눈물이 번득였
> 다.[40)]

---

39) 김동인, 「광염 소나타」, 『감자―김동인 단편선』, 문학사상사, 1993, p.245.

두 번째 겔 이야기에서 주장된 자율적 예술관은 「배따라기」에서 주장된 것과 미묘한 차이점을 보인다. 진시황에 대한 찬양으로 드러났듯이, 「배따라기」에서의 자율적 예술관은 실제 세계와 그것을 만든 신에 대립하는 절대적인 성격을 지니고 있으며, 그것을 주장하는 작가적 서술자의 어조 역시 아무런 회의도 없이 자신감에 찬 것이었다. 그러나 「광염 소나타」에서 작가 자신을 대변하는 작중 인물인 늙은 음악가 K는 그렇게 자신감 있게 자율적 예술관을 주장하지 못한다. 위의 인용 ― 이 소설의 결말 부분 ― 에서 보듯이, 아무리 예술이 중요하다고 하더라도 '죄악이 성하는 것은 볼 수 없다'는 사회 교화자의 말에 대해 일단은 '그렇겠습니다'고 수긍할 수밖에 없는 것이다.

여기서 이 사회 교화자를 실제 세계의 법칙 ― 비록 예술을 위한 행위라도 범죄는 처벌되어야 한다는 ― 을 대변하는 존재로 볼 수 있다면, 자율적 예술이 그만큼 위축되었음이 드러난다. K가 '힘 있는 예술, 선이 굵은 예술, 야성으로 충일한 예술'을 볼 수 없게 된 것이 오래 되었다고 말하는 연유도 여기에 있다. 여기서 '야성으로 충일한 예술'이란 실제 세계의 법칙에는 아랑곳없이 적어도 그 속에서만은 '자기의 창조한 세계'를 이루는 예술을 의미하는 것은 물론인데, 이처럼 자율적인 예술관이 위축된 상황에서는 K의 '늙은 눈에 눈물이 번득'일 수밖에 없다.41) 곧 K의 눈물은 위축된 자율적 예술에 대한 자괴감의 표현인 것이다.

옛날에 '네로'가 불붙는 것을 바라보면서 자기는 비파를 들고 노래를 하였다는 것도 음악가의 견지로 보면 그다지 나무랄 것이 아니었습니다.

나도 그때에 그 불을 보고 차차 흥이 났습니다. / …… '네로'를 본받아서 나도 즉흥으로 한 곡조 두드려 볼까. 어렴풋이 이런 생각을 하며, 나는 그 불을 정신없이 바라보고 있었습니다.42)

---

40) 「광염 소나타」, pp.267-269.

41) 물론 1929년 무렵의 우리 문학 전반이 실제로 '야성이 충일한 예술'을 이루지 못했다고는 할 수 없다. 굳이 자율적 예술을 지향하지 않더라도 약한 자 ― 민중 ― 스스로가 실제 세계의 법칙에 '야성적으로' 대항하는 것이 카프 소설 등에서 이미 그려지고 있었기 때문이다.

42) 「광염 소나타」, p.250.

어떻든 「광염 소나타」의 속 이야기는 위축되기는 하였으나마 자율적인 예술 관에 걸맞는 이야기로 이루어진다. 실제 세계에서는 절대로 허용되지 않는 살인 방화 등의 범죄를 통해 예술을 창조하는 백성수의 이야기가 그것이다. 그렇다면 백성수라는 인물은 어떻게 만들어졌을까. 위의 인용에서 그 연원을 짐작할 수 있다. 위의 인용에서 '네로'가 「배따라기」의 진시황과 동일한 의미로 연상되었 다는 것은 재론할 필요가 없을 것이다. 그럴 때 그 '네로를 본받아서 나도 즉흥 으로 한 곡조 두드려 볼까'라는 K의 생각을 실천으로 옮기는 것이 바로 백성수 이다. 여기서 K를 작가 자신이 작품 내적으로 실체화된 인물이라는 점을 생각 한다면, 백성수는 작가 자신의 욕망을 자율적 예술의 공간 속에서 실천하는 인 물이로 설정되었다는 것을 알 수 있다. 달리 말해 백성수는 K 또는 작가 김동인 의 '이상화된 자아'43)인 것이다. 그러나 이러한 이상화된 자아로서의 백성수는 「배따라기」에서의 아우와 달리, 자기의 창조한 세계를 끝내 유지하지 못한다. 이 자율적 공간 속에도 실제 세계의 법칙이 스며들어와, 백성수는 끝내 살인 방 화 등의 혐의로 재판을 받기 때문이다.

이상의 분석으로 볼 때, 「광염 소나타」는 실제 세계의 법칙에 대한 부정이 불 가능함을 깨달았을 때의 자괴감을 다시금 자율적 예술을 추구함으로써 보상하 려 했던, 유미주의적 경향의 작품이라고 할 수 있다. 이후에 김동인이 「김연실 전」 등의 자연주의적 계열과 「광화사」 등의 유미주의적 계열의 작품을 동시에 쓸 수 있었던 이유 역시 여기서 밝혀지는 셈이다. 실제 세계로 나서는 순간에는 반드시 그 세계의 법칙을 인정하고 그 법칙의 편에 서서 인물들을 몰락시킬 수 밖에 없었던 것이며, 이러한 작품들에서 충족하지 못한 자율적 예술관은 실제 세계와 분리된 공간을 성립시킴으로써 제한적이나마 이루려 했던 것이다.

따라서 이와 같은 자연주의적 경향과 유미주의적 경향은 일종의 상보적인 관 계44)를 이루고 있다고 할 것인데, 이는 페터 뷔르거가 주목했던 유미주의의 성

---

43) 라캉은 '자아의 이상'과 '이상화된 자아'를 구분한다. 전자는 주체가 되고자 하는 상징계의 절대적 타자 Other — 대표적으로 아버지 — 를 가리키는 것이고, 후자는 자신에 대한 상상계 적인 나르시시즘적 영상을 가리킨다. 따라서 이 작품의 백성수는 「배따라기」의 '아우'에 해 당하는 인물이라 할 것이다. '이상화된 자아'에 대해서는 김형효, 『구조주의의 사유와 사상 체계, 인간사랑, 1989, p.250 참조.

44) 아도르노 역시 자연주의와 유미주의 간의 보완적 관계를 지적한 바 있다(T. 아도르노, 『미 학이론』, 홍승용 역, 문학과 지성사, 1984, pp.382-384 참조).

격과 상통한다.45) 이에 따르면 유미주의는 예술의 자율성을 내세움으로써 스스로를 현실보다 우월한 것으로 간주한다. 그렇지만 바로 그렇게 됨으로써 유미주의 예술은 현실에 대한 모든 정치적 발언권 — 계몽성이라 할 수 있을 것이다 — 을 스스로 박탈한다. 그런 점에서 유미주의는 얼핏 보기에는 현실과 대립하는 것 같지만, 실제로는 실제 세계의 강고함을 부정할 가능성을 이데올로기적으로 저혀 발견하지 못하는 상태에 머무는 것이다. 유미주의가 자연주의와 근본적으로 동일한 세계관 또는 이데올로기적 전제를 공유한다고 볼 수 있는 근거가 여기에 있다.46)

5. 결 론

지금까지 살펴본 것처럼 김동인은 실제 세계와의 대립을 이상적으로 해소할 수 있는 공간, 곧 '자기의 창조한 세계'로서 예술을 상정한다. 이 사항이야말로 김동인 소설 전반을 꿰뚫는 핵심적인 본질인데, 이로 본다면 김동인 소설의 근본적인 사조적 경향은 유미주의에 있다고 할 수 있다. 정리하자면, 이 유미주의는 처음에 계몽적인 경향과 맞붙어 있었지만, 실제 세계에 대한 부정이 불가능하다는 패배적인 의식이 강화되면서 계몽적인 경향은 포기되고, 대신 실제 세계를 냉혹하게 그려내는 자연주의적 경향이 유미주의적 경향과 상보적 관계를 형성하면서 나타났던 것이다.

이처럼 김동인 소설의 가장 큰 특징은 실제 세계와의 치열한 대립에 있다. 그러나 김동인은 실제 세계를 전복할 수 있기를 그렇게 열망하면서도, 그 해결책을 자기 자신의 욕망 속에서 편협하게 찾으려고만 했을 뿐, 정작 그 해결책은

---

45) P. 뷔르거, 『전위 예술의 새로운 이해』, 심설당, 1986, 1장 참조.
46) 이러한 점은 김동인의 세계관이 현실의 억압에 대한 즉자적인 부정으로만 성립된다는 것, 달리 말해 현실의 억압에 단순히 '거꾸로 선' 상태일 뿐이라는 점에 기인한다. 알튀세르의 이데올로기론을 상세화한 M. 페쇠는 이같은 경우를 '반동일화에 의한 지배 이데올로기와의 공모'로 규정한다(M. Pêcheux, *Language, Language, Semantics and Ideology* ; *Stating the Obvious*, trans., H. Nagpal, London ; McMillian, 1982, pp.160-165 참조).

자신이 작품에서 끊임없이 몰락시켰던 약한 자들—기층 민중—에게 있다는 사실을 끝내 알아차릴 수 없었거나 또는 알아차렸다 해도 그것을 인정할 수 없었다. 그럴 때 김동인의 예술은 페터 뷔르거가 말했던 바의 '제도적 예술'로만 남게 된다. 곧 근대 자본주의 사회의 질서를 옹호 유지하는 데 실제로는 별 문제를 일으키지 않으면서 그 자체의 자율적인 법칙을 가지고 '고상하게' 정상적인 사회의 한 분야로 기능하는 예술의 한 모습을 전형적으로 보여주는 것이다.

김동인이 유미주의를 추구하는 과정에서 또 하나 중요한 것은 형식이 자율화되었다는 점이다. 인형 조종과 일원 묘사는 본래 '자기의 창조한 세계'라는 유미주의적 내용과 긴밀하게 맞물려 있던 형식이지만, 이후 「감자」와 「명문」 등 자연주의적 경향의 소설이 시도되면서부터는 어떤 인물 어떤 사건에도 무차별적으로 또는 범용적으로 적용될 수 있는 자율화된 형식으로 변모되었던 것이다. 우리 소설사에서 처음으로 김동인이 소설 형식에 대한 일목요연한 체계화를 수행할 수 있었던 것도 이 점에서 보면 결코 우연이 아니다.

여기서 문제는 이렇게 자율화된 형식들이 이후 작가들에게도 우리 근대 소설의 장르적 자질로서 인식되었다는 점이다. 달리 말해 유미주의에 찬동하든 하지 않든 간에 김동인 소설에서 자율화되었던 인형 조종, 일원 묘사, 액자 형식 등은 근대 소설이 취할 수 있는 중요한 형식으로 일정한 영향력을 발휘했던 것이다. 이는 김동인 소설이 예술의 자율성을 강조한 유미주의를 통해 역설적으로 이룬 문학사적 기여라고 할 수 있다.

그렇다면 이처럼 김동인에 의해 주도적으로 성립되었던 자율적인 예술은 이후 소설사에서 어떻게 이어지는가. 물론 이 자율적 예술이 결코 순탄하게 이후 소설사에 이어졌다고는 할 수 없다. 실제로는 오히려 그 반대인데, 신경향파의 소설이 주목되는 것은 이 지점이다. 곧 신경향파의 소설은 다시금 계몽성 내지 정치성을 강조하고 자율성을 부정하려는 지향 위에 성립된 것으로 볼 수 있기 때문이다. 박영희와 김기진에 의해 이루어졌던 소설 건축설에 대한 논쟁이 새로운 조명을 받을 수 있는 것도 이 대목일 것이다.

최서해 소설과 조선 자연주의

1. 서 론

최서해 소설의 문학사적 의미는 이른바 '신경향파'라는 말과 떼어서는 논할 수 없을 것이다. 일찍이 임화가 신경향파 소설의 두 가지 경향으로 최서해적 경향과 박영희적 경향을 언급한 이후,[1] 최서해 소설은 1920년대 조선과 만주의 궁핍한 현실을 '강렬한 감각적 직접성'[2]으로 포착해 낸 것으로 평가받고 있다. 물론 최서해 소설이 긍정적인 평가만 받은 것은 아닌데, 자연발생적인 결말이나 이념의 부재, 반복적인 서사 등과 같은 사항은 최서해 소설에서 가장 많이 지적된 문제점들이다. 이와 함께 최서해가 1928년 이후의 작품에서 드러내었던 소시민성 역시 비판의 대상이 되어왔다.[3] 그리고 최근에는 최서해 소설을 탈식민성의 관점에서 바라보는 연구가 수행되기도 했다.[4]

---

1) 임화, 「조선신문학사론 서설」 및 「소설문학의 20년」, 『임화의 신문학사』, 임규찬·한진일 편, 한길사, 1993.

2) 김윤식·정호웅, 『한국소설사』(개정판), 문학동네, 2000, p.133.

3) 이밖에 최서해 소설에 대한 주요한 연구 성과로는 정호웅, 「초기 경향 소설의 성격」, 『한국 현대소설사론』, 새미, 1996 ; 곽근, 「최서해 소설의 특질고」, 『일제하의 한국문학연구』, 집문당, 1986 ; 박상준, 「신경향파 소설의 특질」, 『1920년대 문학과 염상섭』, 역락, 2000 ; 손정수, 『한국 근대 초기 소설 텍스트의 자율화 과정 연구』, 서울대 박사논문, 2001 등이 있다.

이 글은 최서해 소설을 조선 자연주의의 계승 및 부정이라는 임화의 관점을 기본적으로 긍정하면서, 조선 자연주의를 구성했던 요소들이 어떻게 최서해 소설에서 변화를 겪는지 드러내 보고자 한다.5) 이와 관련하여 지적할 것은 임화의 소설사 기술에서는 최서해 소설과 조선 자연주의 간의 관계에 대한 고려가 기본적으로 전제되고 있지만, 그와 함께 신경향파6) 소설로서 지니는 발전적인 측면 또한 매우 세심하게 고려되고 있다는 점이다. 최서해 소설에서 자연주의적 경향을 부정할 수는 없겠으나, 그것을 넘어서는 측면을 세밀하게 고찰해 보는 것이 이후의 좀더 진전된 연구를 위해 필요하다고 생각된다. 이처럼 최서해 소설에서 조선 자연주의의 구성 요소들의 변화를 드러내는 일은 신경향파 소설을 이루었던 핵심적인 요소를 드러내는 작업에 이어질 수 있을 것이다.

이 글의 순서는 다음과 같다. 먼저 2장에서는 조선 자연주의의 문학사적 함의를 임화의 논의를 중심으로 고찰해 보기로 한다. 그리고 이러한 고찰을 바탕으로 3장에서는 최서해의 소설 가운데 신경향파 소설로 분류되는 작품들을 주요 대상으로 삼아, 이 소설들에서 자연주의적 요소가 어떻게 유지되거나 부정되는지 고찰해 보기로 한다. 이러한 고찰에 따라 최서해 소설이 조선 자연주의에 기반하면서도 그것을 벗어날 수 있었던 요인을 드러내는 데 이 글의 목적이 있다.

2. 조선 자연주의의 문학사적 함의

임화는 두 번에 걸친 문학사 서술에서 조선자연주의를 언급한 바 있다. 「조선 신문학사론 서설」(이하 「서설」)과 「소설 문학의 20년」(이하 「20년」)이 그것인데,

---

4) 김병구, 「최서해 소설의 탈·식민성 연구」 및 박훈하, 「탈식민적 서사로서 최서해 읽기」, 문학사와 비평연구회 편, 『최서해 문학의 재조명』, 새미, 2002.

5) 이러한 문제 의식은 박상준의 연구에서 두드러진다. 박상준은 '사회주의적 자연주의'와 '부르주아적 자연주의'를 구분하고, 신경향파 소설을 자연주의에 귀결된다고 본 바 있다. 이에 대해서는 박상준, 『한국근대문학의 형성과 신경향파』, 소명출판, 2000 참조.

6) 본래 '신경향파'라는 개념은 우리 소설사에만 있는 특수한 것으로서 명칭의 적절성에 의문의 여지가 있다. 이에 대해서는 조남현, 「'경향'과 '신경향파'의 거리」, 『한국현대문학사상 연구』, 서울대 출판부, 1994 참조.

전자가 환경과 토대에 중점을 두고 문학사적 변화를 개략적으로 서술한 것이라면, 후자는 소설 분야로 특정하였지만 이른바 '정신과 양식'을 융합시켜 소설사의 변모 과정을 구체적으로 언급하고 있다는 점에서 구별된다.7)

「서설」에서 임화는 일단 소설사를 '이인직의 신소설 → 이광수의 이상주의 → 김동인·염상섭·현진건의 자연주의 → 나도향 및 『백조』의 낭만주의 → 신경향파 소설 → 본격적인 프로 문학'의 과정으로 전개된 것으로 파악한다. 이와 같은 소설사의 구도는 사회경제적 현실의 변화를 토대로 하되, 이에 기반하여 나타난 문학의 특수한 예술적 방법상의 변화를 주목하여 정식화된 것이다.8) 이 가운데 자연주의는 춘원의 이상주의 문학이 1919년 이후 더 이상 진보적일 수 없게 되었을 때, 곧 춘원의 문학을 가능하게 했던 소시민의 '관념적 환상'이 더 이상 가능하지 않았을 때 나타난 것으로 간주된다.

> (가) 어두운 현실에 대한 고조된 혐오는 그들로 하여금 모든 생활과 현실은 가석(可惜)히 생각할 아무것도 없는 것으로 그것을 대담 무자비하게 폭로하라고 외친 것이다. 이곳에 조선 자연주의의 현실 폭로는 단순한 외국의 모방이 아닌 사회적 정신적 기초를 발견했고, 부정적 리얼리즘의 문학은 발달되어 그들로 하여금 사실상 조선 사실주의의 건설자의 영예를 갖게 한 최대의 요인이었다.
>
> (나) 역사적 발전의 필연적 도정에 대한 그들의 무이해와 무자각은 이 반항의 정신을 단순한 소극적 부정에 억류하고 이른바 '무이상성'의 제약 앞에 정돈(停頓)케 하고 말았다.
>
> (다) 이 커다란 조건은 곧 그들로 하여금 그 이상의 예술적 발전을 불가능케 제약하고 그들 소시민 고유의 협애성과 전대로부터 유전된 예의 일면성 등에 의하여 이 약점은 일층 확대되어 편중주의화한 불구적인 객관성에의 집착을 낳아 내종(乃終)에는 명확히 트리비알리즘 가운데 침전케 한 것이다.
>
> (라) 그러나 (중략) 자연주의 문학의 이미 트리비알리즘화 한 예술적 약점

---

7) 임화의 소설사에 대한 보다 심층적인 연구는 신두원, 「임화의 현실주의론 연구」, 서울대 석사논문, 1991 및 한기형, 「임화의 문학사 서술에 대한 관점의 몇 가지 문제」, 『한국근대문학의 쟁점』, 창작과 비평사, 1991 참조.
8) 성진희, 「임화의 신문학사론 연구」, 서울대 석사논문, 1992, p.31.

은 곧 형식주의와 예술지상주의로 발전(?)할 길을 열었다.[9]

「서설」에서 임화가 조선자연주의의 핵심으로 거론한 것은 위의 (가)와 (나)에서 보듯이 '대담 무자비한 현실 폭로' 곧 투철한 현실 묘사와, '무이상성' 곧 계몽의 소멸이라는 두 가지 사항이다. 비관적인 현실을 깨달았으나 그것을 넘어설 어떤 낙관적인 전망도 발견하지 못한 채 소시민계급으로 몰락하던 당시 토착 부르주아의 상황이 반영된 것이 바로 '부정적 리얼리즘'으로서의 조선 자연주의라는 것이다. 그럴 때 조선 자연주의는 (다)와 (라)에서 보듯이, 현실의 단편과 지엽적인 것에 대한 객관적인 묘사에 집착하는 쇄말주의('트리비얼리즘')로 나아가며, 이후 형식주의와 예술지상주의(유미주의)로 변모하는 것으로 파악되고 있다. 역사의 진전 방향을 알지 못한 소시민계급의 문학 사상이었던 조선 자연주의는 혐오스러운 현실을 타개해 나갈 길을 프롤레타리아에게서 발견하지 못한 채 퇴화하는 과정을 밟게 되었다는 것이다.

이와 같은 「서설」에서의 조선 자연주의에 대한 정식화는 「20년」에서도 기본적으로 유지되지만 다소간 차이가 있다. 이는 「서설」에서 언급되지 않았던, 조선 자연주의의 또다른 요소로서 '개성'이 두드러지게 강조되어 나타난다는 점에서 잘 드러난다.[10]

> (가) 자연주의라는 것은 문학으로부터 전체적(역사적 · 사회적) 관심이 수축하고 개성의 자율이란 것이 당면의 과제가 된 시대의 양식이라고 말할 수 있다. 그것은 자연주의란 이상주의에 비하여 새로운 시대적 환경 가운데서 생성한 문학이기 때문이다.
>
> (나) 이러한 조건(당시 조선의 반봉건성 ― 인용자) 하에서 소설이 인간적인 요구를 제출하는 방법은 객관적인 대규모의 사실주의보다도 주관적인 좁은 자연주의의 길을 더듬지 아니할 수 없었던 것이다. 사회생

---

9) 임화, 「조선 신문학사론 서설」, 임규찬 · 한진일 편, 『임화 신문학사』, 한길사, 1993, pp.343-345 passim.

10) 이 개성의 문제는 일본 자연주의의 특징으로 흔히 언급되는 것으로서, 그것을 도입하여 출발점으로 삼았던 초기의 조선 자연주의에서 두드러지게 강조된 것이기도 하다. 일본 자연주의와 조선 자연주의의 성격과 관련 양상에 대해서는 강인숙, 『자연주의 문학론』, 고려원, 1987 참조.

활 가운데 반봉건성의 두터운 잔재가 침적되어 있는 한 전체에의 관심은 개성을 떠나서는 순수히 시민적일 수 없는 것이다. (중략) 따라서 정말로 근대적이요, 인간적인 요구는 위선 사회를 떠나서 순 개인의 입장에 돌아온 다음에 제출할 수밖에 없는 것이다.

「서설」과 달리 「20년」에서 조선 자연주의는 '개성적 자연주의'라 언급될 정도로 '개성'이 강조되어 제시된다. 위의 (가)와 (나)는 개성이라는 용어를 임화가 어떤 뜻으로 사용하고 있는지 잘 보여준다. 그것은 '전체'와 대립되는 의미에서 '순 개인'이 지니는 입장, 곧 전체를 고려하지 않은 채 개인의 '자율'적인 질서를 중시하는 입장을 뜻한다.11) 여기서 주의할 것은, 이러한 '개성'이 이른바 낭만주의에서의 '개성'과 구별되는 것이라는 점이다. 낭만주의에서의 개성이 이성보다 감정이 우월하다는 것을 전제하는 주관주의를 기반으로 주체가 세계에 대한 자신의 고유한 창조성을 가지게 되는 근거가 되는 것이라면,12) 임화가 쓴 '개성'이라는 용어는 글 전체의 맥락으로 볼 때 주관주의나 창조성이라는 좁은 뜻보다는 '주체의 자각'이라는 넓은 뜻으로 쓰이고 있기 때문이다. (나)에서 보듯이 개성은 '근대적이요 인간적인 요구'와 연결되는데, 이는 개성이라는 용어가 반봉건적이었던 당시 조선 사회에서는 허용되지 않았던 근대인 또는 인간의 자질—이 속에는 감정만 아니라 이성적인 것도 당연히 포함된다—이라는 의미로 쓰이고 있음을 암시한다. 따라서 (가)에 언급된 '개성의 자율'이라는 당시의 과제는 실질적으로 근대인으로서의 자질을 획득하는 것, 곧 근대적 개인의 자아 각성을 가리킨 것이라고 할 것이다.

이상에서 살펴보았듯이, 임화는 조선 자연주의를 현실에 대한 소시민계급의 혐오에서 비롯한 '부정적 리얼리즘'으로 규정하면서, 그 특징을 현실 폭로, 무이상성, 개성(근대적 자각)의 강조 등 세 가지 사항으로 정리하고 있다. 그리고 이후에 트리비얼리즘화되면서 결국에는 형식주의와 예술지상주의로 낙착된 것으

---

11) 조선 자연주의의 성립 과정에서 '개성'은 낭만적인 함의가 아닌 계몽적인 함의, 곧 각성된 자아라는 함의로 사용된다. 이는 염상섭의 초기 평론인 「개성과 예술」에서 확인할 수 있다. 이에 대한 분석은 졸고, 「염상섭 초기 소설과 계몽주의」, 『한국근대소설사의 탐색』, 월인, 1999, pp.129-135 참조.
12) 오세영, 「낭만주의란 무엇인가」, 『문학연구방법론』, 이우출판사, 1988, pp.130-131.

로 보고 있다. 조선 자연주의에 대한 이러한 이해가 1920년대 초기 소설사의 여러 사실과 부합하면서 그 정곡을 찌른 것임은 두말할 나위가 없지만, 지금부터는 임화의 견해를 보충 내지 수정하면서 조선 자연주의를 좀더 깊이 이해해 보기로 한다.

먼저 지적할 것은, 조선 자연주의에서 처음부터 객관적인 현실 묘사가 수행되었던 것은 아니라는 점이다. 김동인이나 염상섭의 초기 소설에서 드러나듯이, 오히려 근대 학문을 배우기 시작한 지식인들의 내면—비록 그것조차 김윤식의 지적13)처럼 수입된 것이었다 할지라도—을 드러내는 주관적인 고백체의 형식이 초기의 조선 자연주의에서는 훨씬 더 본질적인 것이었다고 할 수 있다. 이와 같은 고백체의 형식과 맞붙어 있는 것이 바로 '개성'인바, 앞에서 논했듯이 그러한 개성이 근대인의 자아 각성을 함의하는 것이라면, 조선 자연주의의 시작점은 근대인의 자아 각성 과정을 고백체로 표현해 내는 것에 있다고 할 수 있다.14) 그 때문에 조선 자연주의의 초기 작품들에서는 근대 교육을 받은 지식인들이 주로 등장하며, 무언가 현실이 폭로된다고 해도 그것은 거의 지식인들의 행태와 관련된 것이었다. 이때까지 당시 조선의 구체적 현실은 제대로 포착되지 못했음은 물론이다.

여기서 하나 더 주목할 것은, 이와 같은 개성의 자각 혹은 자아의 각성이 지니고 있는 계몽적 동기에 대해서이다. 주지하듯이 이광수의 '이상적 인도주의'가 민족 현실을 개선하기 위한 외면적 계몽을 의도한 것이었다면, 이와 같은 자각론은 각각의 개인으로 하여금 근대인의 자질을 가지게 만들자는 내면적 계몽을 의도한 것이었다. 부정적이고 혐오스러운 현실을 극복할 계기를 이광수는 교육이나 경제 등 외면적 활동에서 찾았던 반면, 김동인이나 염상섭은 자아의 각성이라는 내면적인 정신의 확립에서 찾았던 것이다. 달리 말해 초기의 김동인이나 염상섭은, 근대인이 되기 위한 필수 조건으로서 자아의 각성을 소설 속에서 구체적으로 보여줌으로써 그것을 읽는 조선의 반-봉건적인 독자들을 일깨우려

---

13) 김윤식, 『염상섭 연구』, 서울대 출판부, 1987 참조.
14) 구체적으로는 김동인의 초기 이부작과 염상섭의 초기 삼부작 및 『만세전』이 이에 해당한다. 이에 대한 것은 졸고, 『1920년대 초기 소설의 시점 연구』, 서울대 박사논문, 1998 2장 및 3장 참조.

는 계몽적 목적을 지녔던 것이다. 이는 김동인이 첫 소설 「약한 자의 슬픔」을 발표하면서 "현대 사람의 약점 ― 주위의 반동을 안 받고는 스스로는 아무 일도 못하는 점, 삶을 모르고 사는 점 ― 에 머리를 한 번 써 주십시오. 강한 자가 되십시오."15)라고 독자에게 당부하는 글을 남긴 것이나, 염상섭이 「암야」에서 자아 각성이 미흡한 당시 사회를 바라보면서 그것이야말로 '무덤'임을 부르짖는 작가적인 주인공을 등장시킨 것에서 잘 드러난다.

    따라서 조선 자연주의는 최소한 시작점에서는 당대 현실에 대한 부정성이 간직되고 있었으며, 임화가 든 자연주의의 주요한 태도로서 현실에 대한 좌절감(페시미즘) 대신 계몽적 성향이 표현되고 있었다고 할 수 있다. 그러나 이와 같은 부정성이나 계몽적 성향은 초기 작품 이후에 사라진다. 근대인으로서의 자아 각성을 표현해 내기 위해 작품 속에 끌고 들어온 당시 조선의 반-봉건적인 식민지 현실은, 역설적으로 자아의 각성 과정을 자연스럽고도 필연적으로 그려내는 것을 방해하는 결정적인 요인으로 작용하였다. 그 때문에 그들은 작품 상의 실패를 여러 번 겪지 않으면 안 되었으며, 결국 당시 조선의 현실에서는 자아의 각성이 불가능하며 근대를 따라잡을 수 없다는 좌절감 곧 페시미즘에 빠지게 되었던 것이다. 이렇게 페시미즘으로 넘어가는 분수령은 김동인에게서는 「태형」이었으며, 염상섭에게서는 「E선생」이었고, 현진건에게서는 「타락자」였다. 이들 작품이 발표된 1922, 3년 이후, 조선 자연주의에서는 「20년」에서 주목되었던 '개성'이라는 항목이 사라지고 대신 「서설」에서 주목되었던 '무이상성'―계몽적 동기가 사라진 것―과 현실 폭로가 지배적인 경향으로 되었던 것이다. 곧 현실을 타개해나갈 방식으로 선택되었던 '개성'이라는 항목은 조선 자연주의 작가들이 처음에 생각했던 것과는 달리 너무도 무력한 것이었음이 드러난 순간, 이들은 다른 어떤 방책도 찾지 못한 채 '무이상성'을 드러내게 되었던 것이다.

    그런 점에서 「20년」에서 조선 자연주의의 주요한 특징으로 든 '개성'은 엄밀하게 말해 초기 작품들에 해당하는 것이며, 후기작과는 무관한 사항이라 할 수 있다. 이는 '개성'을 드러내는 방식으로 도입되었던 고백체 형식이 사라지는 것과 일치한다. 이렇게 개성과 고백체가 사라지는 지점에서 등장하는 것이, 본래

---

15) 김동인, 「나믄말」, 『창조』 2호, p.59.

임화가 「서설」에서 조선 자연주의의 특징으로 정리하였던 객관적 현실 묘사이며, 페시미즘에 근거한 무이상성이었던 것이다. 그렇다면 객관적 현실 묘사란 구체적으로 어떤 양상으로 나타났는가.

> 복녀의 도덕관 내지 인생관은, 그째부터 변하엿다. / 그는, 아직썻, 짠 사내와 관계를 한다는 것을, 생각하여 본 일도 업섯다. (중략) / 그러나, 이런 이상한 일이 어듸 다시 잇슬가. 사람인 자긔도 그런 일을, 한 것을 보면, 그것은 결코 사람으로 못할 일이 아니엇섯다. (중략) 이 일이 잇슨 뒤부터, 그는, 처음으로 한 개 사람이 된 것 가튼 자신까지 어덧다.(김동인, 「감자」, 『조선문단』 4호, 1925, p.22.)

> 만약 김첨지가 주긔를 찍지 안핫든들 한 발을 대문 안에 들여 노핫슬 제 그곳을 지배하는 무의무쇅한 정적―폭풍우가 지나간 뒤의 바다 가튼 정적에 다리가 쩔리엇스리라. (중략) 혹은 김첨지도 이 불길한 침묵을 짐작햇슬는지도 몰은다. 그러지 안흐면 대문에 들어서자말자 전에 업시 「이 난장마질 년이 남편이 들어오는데 나와보지도 안해, 이 오라질 년」이라고 고함을 친 게 수상하다.(현진건, 「운수 조흔 날」, 『개벽』 48호, 1924.6, pp.148-149.)

> 영희는 향이 타서 올으는 것을 잠간 보다가 일어섯다. 몸이 부르를 쓸렷다. 동시에 눈에는 눈물이 굿득히 고이엇다…… 억개가 쏘 한 번 흔들엿다. 그러나 그 눈물은 수삼이에게 대한 애도의 정에서 나온 것이라 하는 것보다는 긴장한 긔분에 쓸리어서 나온 것이다. 순택이는 영희의 거동을 일일이 바라보며 겨테 섯다가 영희의 억개가 스덜리는 것을 보고 외면을 하얏다……(염상섭, 「해바라기」, 『동아일보』 1923.8.26.)

위의 세 인용은 조선 자연주의가 도달한 객관적 현실 묘사를 단적으로 보여준다. 여기서 주목할 것은 묘사를 수행하는 서술자의 위치이다. 이 작품들에서 서술자는 예전의 고백체에서처럼 작중 상황 속으로 뛰어들어서 인물로 하여금 자아 각성을 하게끔 유도하거나 작중 상황에 관여하지 않는다. 대신 작중 상황 바깥에서 인물들의 생각과 행위를 관찰하고 묘사해낸다. 그리고 인물의 행위와 생각에 대한 좀더 '차원 높은' 논평을 수행하는 작가적(권위적) 서술자 authorial narrator의 역할16)을 수행한다. 그렇다면 그러한 차원 높은 논평을 할 수 있는 근거는 무엇인가. 그것은 바로 페시미즘이다. 당시 조선의 현실 속에서는 발버둥을 쳐 보아도 별다른 수가 없다는 것을 인물은 모르지만 작가적 서술자는 알고 있다는 것, 그것이 이와 같은 작가적 서술자가 지니는 권위의 유일한 내용이 된다. 김동인처럼 인물에 대해 냉혹한 관점을 취하든, 현진건처럼 동정적인 관점을 취하든, 아니면 염상섭처럼 중립적인 관점을 취하든 간에, 이 무렵의 자연주의 작품들은 인물에 대해 이데올로기적으로 상위에 위치하는 작가적인 서술자를 기본형으로 삼고 있는 것이다.

이처럼 인물 상위의 시점을 취함으로써 작가는 최소한 자기 자신만은 현실의 엄밀한 장악력에서 탈출한 존재가 된다. 곧 작가는 인물 상위의 시점이라는 형식 속에 숨어서 현실의 압력을 피하고 있는 셈이다. 페시미즘에 의거한 객관적 현실 묘사, 이것이 조선 자연주의의 본질이었던 것이며, 그것을 가능케 한 형식은 현실의 비밀—어떻게 하든 간에 몰락은 피할 수 없다는 비관적인 비밀—을 알고 있는 작가적 서술자에 의한 인물 상위의 시점이었던 것이다. 이는 임화가 정확히 지적한 대로 조선 자연주의가 형식주의와 예술지상주의라는 성격을 지니게 되었다는 것을 알려준다. 조선 자연주의 작가들에게 형식이나 예술은 참담한 현실에서 자신들만은 예외로 만들 수 있는 유일한 관념적인 탈출구였던 것이다.

그러나 이와 같은 조선 자연주의의 변화가 지니는 긍정적인 측면은 소설이 다루는 현실의 범위가 작가 자신 또는 지식인적인 소시민의 생활이나 내면에서 기층 민중의 생활이나 내면으로 옮겨졌다는 데 있다. 페시미즘의 시각으로 착색되었을지언정, 당시 식민지 조선의 모순적인 현실이 문학 속에 본격적으로 유입되기 시작했던 것이다. 이에 따라 농촌 분해 현상이나 그로 인한 유랑민들의 도시 유입 등 고백체가 주도하던 시기에는 도외시되었던 소재들이 선택되었다. 그리고 그 속에서 기층 민중들이 지니는 불만이나 억울함 등이 불가피하게 포착되었으며, 현진건의 「불」이나 나도향의 「물레방아」처럼17) 즉각적인 반항을 하

---

16) S. Lanser, *The Narrative Act : Point of View Prose Fiction*, Princeton Univ. Press, 1981, p.157.
17) 나도향은 임화의 소설사 가운데 「서설」에서는 낭만주의에 귀속되지만, 「20년」에서는 낭만주

는 경우도 다루어졌다. 그러나 여기서도 중요하게 고려할 것은 그러한 기층 민중들은 능동적인 의식을 지닌 존재로는 절대 상정되지 않았다는 점이다. 다만 현실의 모순에 따른 견딜 수 없는 자극에 대해 즉각적으로 반응하는 감정 상태로서 불만이나 억울함이 포착되었던 것일 뿐이다. 그도 그럴것이, 반항을 해 보아도 몰락할 수밖에 없는 운명을 지닌 존재로 전제된 기층 민중으로서는 외부의 자극에 대한 즉각적인 반응 이상의 것을 보여줄 수 없었던 것이다. 어디까지나 소설에서 유일한 능동적인 주체는 민중이 아니라 작가 자신(작가적 서술자)이었기 때문이다.[18]

3. 최서해 소설과 자연주의, 그 동일성과 차별성

이상에서 조선 자연주의를 살펴보았다. 이에 따르면 비관적 시각을 지닌 작가적 서술자에 의한, 피동적인 기층 민중에 대한 객관 묘사가 바로 조선 자연주의의 핵심을 이루는 사항이었다고 할 수 있다. 대담한 현실 폭로, 피동적인 민중상, 소시민적인 비관주의, 무이상성, 객관적인 세부 묘사 등은 조선 자연주의의 구체적 내용을 이루는 것이었다. 최서해 소설은 이와 같은 조선 자연주의를 배경으로 나타난 소설이되, 자연주의가 포기해 버렸던 현실 부정성의 계기를 다시금 끌어들인 것이라고 할 수 있다.

최서해의 소설은 작가 자신의 자전적 경험을 다룬 것과, 기층 민중의 비참한 생활상을 다룬 것으로 대별될 수 있다. 이 가운데 작가 자신의 자전적 경험을 다룬 작품은 서울 생활을 하기 전의 과거사 곧 함경도에서 만주로 갔다가 출가한 후 서울로 오기까지의 고초를 다룬 것과 서울로 온 이후의 궁핍한 생활을 다

의로부터 출발했으나 자연주의의 영향권에 들어가면서 수준 높은 작품을 쓴 경우로 간주된다. 나도향의 작품 중 자연주의로 파악될 수 있는 것은 「물레방아」, 「뽕」, 「지형근」 정도일 것이다.

18) 이 점은 졸라의 자연주의와 유사한 상태라고 할 것이다. 그렇지만 졸라의 자연주의가 「실험소설론」이라는 의식적인 방법에 의해 이루어진 것이라면, 조선 자연주의는 소시민적인 관점에 의해 나타난 무의식적이고 자연스러운 귀결로서 객관적 묘사에 매달리게 되었다고 할 수 있다. 이에 대해서는 정명환, 『졸라와 자연주의』, 민음사, 1982 참조.

룬 것으로 다시 나뉜다. 전자에 해당하는 작품으로는 「탈출기」, 「향수」, 「토혈」, 「기아와 살륙」, 「백금」, 「해돋이」, 「돌아가는 날」 등이 있으며, 후자에 해당하는 작품으로는 「보석반지」, 「13원」, 「8개월」, 「서막」, 「전기」, 「먼동이 틀 때」, 「무명초」 등이 있다. 그리고 「고국」과 「전아사」는 전자의 소재와 후자의 소재를 같이 다룬 작품들이다. 그리고 기층 민중의 비참한 삶을 다룬 작품은 만주를 중심으로 한 농민들의 생활상을 다룬 것과, 도시(주로 서울)의 하층민이나 유랑민을 다룬 것으로 대별된다. 전자에 해당하는 작품으로는 「박돌의 죽음」, 「미치광이」, 「홍염」, 「저류」, 「큰물 진 뒤」, 「이역원혼」, 「그믐밤」 등이 있으며, 후자에 해당하는 작품으로는 「기아」, 「낙백불우」, 「누이동생을 따라」, 「갈등」 등이 있다. 이 가운데 신경향파 소설로 분류할 수 있는 작품은 「탈출기」, 「기아와 살륙」, 「서막」, 「해돋이」, 「먼동이 틀 때」, 「전아사」, 「박돌의 죽음」, 「홍염」, 「저류」, 「큰물 진 뒤」, 「이역원혼」 등이다.19)

이 장에서는 최서해 소설 가운데 신경향파 소설을 주요 대상으로 삼아, 그 소설들에서 조선 자연주의의 구체적 내용을 이루었던 사항이 어떻게 유지되거나 부정되는지 살펴보기로 한다.

(1) 현실 폭로의 변화 양상

최서해 소설에서 우선 주목되는 특징은 가난의 문제를 본격적으로 다루었다는 점이다. 위의 분류에서도 보듯이, 자전적 경험을 다룬 것이든 기층 민중의 삶을 다룬 것이든 가장 두드러진 소재가 바로 가난이었던 것이다. 이는 2장에서 살펴본 바와 같이 조선 자연주의에서도 최서해와 비슷한 시기 — 1924년 무렵 — 에 가난한 기층 민중의 삶으로 현실 폭로의 중점이 옮겨갔던 사실과 대비되는 사항이다. 그러나 「운수 좋은 날」이나 「감자」에서 드러나는 바와 같이, 조선 자연주의는 기층 민중의 가난한 현실 자체를 묘사하는 데 노력을 기울였을 뿐, 기층 민중이 처한 사회적 관계에 대해서는 관심을 기울이지 않았다. 그 때문에

---

19) 박상준에 따르면 신경향파 소설은 '적대적 모순에 기초한 사회적 갈등을 작품화한 것'으로서, 사회주의 지향성을 명시적으로든든 은폐된 형태로든 드러낸 것으로 규정된다(박상준, 「신경향파 소설의 특질」, 앞책 참조).

기층 민중들이 가난한 것은 무지하거나 비도덕적이라는 개인적인 결함이라든 가, 아니면 봉건적인 유습을 벗어나지 못한 때문으로 간주되기 일쑤였다. 반면 에 최서해는 기층 민중들이 왜 가난할 수밖에 없는지에 대해 소박하나마 기본 적인 인식을 드러내었다는 점이 두드러진다. 곧 계급적인 시각을 가난의 문제에 도입하여 바라보았던 것이다. 이를 두고 임화는 '새로운 현실의 발견'이라고 언 급하면서, 아래의 인용에서 보듯이 그것이야말로 신경향파라는 새로운 방향이 수립될 수 있었던 실질적 근거였던 것으로 파악하고 있다.

> 그들(최서해와 이기영—인용자)은 주로 농민의 세계를 들고 등장한 작가 다. (중략) 요컨대 그들은 자기의 관념을 농촌이란 현실적 기구의 구조 내용 에 비추어 재구성한 사람들이다. 만일 그들에게 페시미즘을 발견할 수 있다 면 상섭에게 있는 일반적이고 추상적인 것이 아니다. 그들의 예술적 대상이 되어 있는 농민들의 생활적 절망에 더 많이 관계하고 있었다. 그러나 주지 와 같이 그들은 페시미스트들은 아니었다. (중략) 페시미즘의 심연에서 싸움 이란 것을 생각한 사람들이다. 그것을 가능케 한 것은 그들이 발견한 현실 이다.[20]

위의 인용에서 주목할 것은 '농촌이란 현실적 기구의 구조 내용'이라는 구절 이다. 곧 최서해는 계급적인 구조를 파악함으로써 맞서 싸울 대상을 찾을 수 있 었다는 것이다. 이를 조선 자연주의와 대비해 본다면, 조선 자연주의는 그러한 구조를 파악할 수 없었기에 싸울 대상조차도 발견할 수 없었던 것이라 할 수 있 다. 그러나 이러한 논의가 마치 최서해가 계급 갈등에 대한 구조적이고도 심화 된 인식을 했던 것처럼 이해되어서도 안 된다. 실제로 그의 소설을 살펴보면, 지 주와 소작인의 관계 같은 농촌의 실질적인 계급 갈등은 「홍염」과 「이역원혼」 외의 작품에서는 잘 포착되지 않는다. 그리고 이 두 작품에 있어서도 계급 갈등 자체보다는 그 갈등에 부수하는 가족의 위기가 서사를 이끌어가는 주된 계기가 된다.

더군다나 문제는 주요 인물들이 계급이라는 집단성 대신 주위로부터 고립된

---

20) 임화, 「소설 문학의 20년」, 앞책, pp.398-399.

개인 또는 가족의 일원으로 나타나는 경우가 빈번하다는 점이다. 예를 들면 「탈출기」에서 주인공은 만주로 간 뒤 갖은 고생을 다하지만, 그러한 고생은 오로지 주인공 가족만 겪는 것으로 나타날 뿐, 주위의 다른 민중들은 오히려 주인공을 비웃는 것으로 제시된다. 이는 「큰물 진 뒤」에서도 마찬가지로 나타난다. 아래 인용에서 보는 바와 같이, 최서해 소설에서는 계급이라는 특수한 매개가 제대로 받아들여지지 못했기 때문에 인물들은 주변의 동일한 계급으로부터도 고립된 채 다만 개별적으로 고통을 받는 것으로 나타나는 것이다.21)

> 자기는 이때까지 남에게 애틋한 일, 포악한 일을 한 적이 없었다. 싸움이면 남에게 졌고 일이면 남보다 더 많이 하였다. (중략) 동리 심부름이라는 심부름은 자기와 아내가 도맡아 하여 왔다. 그래도 잘못한 일이 있으면 자기와 아내가 홀로 책망과 욕을 들었다. (중략) 집을 바치고 힘을 바치고 귀중한 피까지 바치면서도 가만히 순종하였건만 누구 하나 이렇다 하는 이가 없었다.22)

그럴 때 최서해 소설의 실질적인 대립은 주위로부터 고립된 채 위기에 빠진 주인공과, 가족을 구하려는 절박한 요청을 비인간적으로 거절하는 부유한 자 간의 대립에서 일어난다. 정확히 말해 최서해 소설의 주요한 갈등은 지주와 소작인 같은 구체적인 계급 관계에서 비롯한 것이 아니라, 추상적인 차원에서 가난한 자와 부유한 자 사이에서 일어나는 갈등인 것이다. 흔히 최서해 소설에서 가난한 주인공들이 선량하고 부지런하며 희생적인 반면, 부유한 자는 악랄하고 타산적이며 이기적인 성격을 띠는 것으로 고정화되어 제시되는 것도 이러한 갈등의 추상성과 연관이 있다. 가난한 자와 부유한 자에 대한 일반적인 관념이 각각의 인물들이 지닐 법한 개성을 압도해 버린 것이다.

대체로 최서해 소설은 가난한 기층 민중의 삶을 그려내었다는 점에서 후기 조선 자연주의와 상통하는 점이 있지만, 소박하나마 계급적 시각에 비추어 가난을 바라봄으로써 조선 자연주의보다 한 걸음 나아갔다고 할 수 있다. 그렇지만

---

21) 정호웅, 앞글, p.187.
22) 최서해, 「큰물 진 뒤」, 『최서해 전집(상)』, 문학과 지성사, 1987, pp.129-130. 이하 소설 인용은 이 전집에 따름.

실제로 가난의 문제를 그려내는 과정에서는 고립된 개인이나 가족만의 현실로 그려내는 차원에 머물렀기에 빈부 갈등을 사회 구조적인 면에서 포착하지는 못했다고 하겠다.

(2) 가족의 범주와 피동적인 민중상

최서해 소설에서 '가족'이라는 범주가 차지하는 중요성은 한 논자에 의해 주목된 바 있다. 실제로 최서해 소설에서 가족은 몰락을 강요하는 험난한 세상에서 인물들이 삶을 유지할 수 있는 보호 고치 cocoon 역할[23]을 부여받는다. 그러나 가난으로 인해 구성원에 대한 보호 고치 역할을 가족이 제대로 수행할 수 없게 되었다는 상황이 최서해 소설의 가장 중요한 서사가 되는 것이다. 「홍염」에서 지주 인가에게 딸 용녀를 빼앗긴 문서방, 「박돌의 죽음」에서 식중독에 걸린 어린 아들을 약값이 없어 치료하지 못하는 어머니, 「큰물 진 뒤」에서 산후의 후유증으로 아픈 아내를 역시 약값 때문에 고치지 못하는 윤호 등의 모습은 최서해 소설의 본질이 가난으로 인한 가족의 위기를 그려내는 데 있었음을 잘 알려 준다.

한편 이처럼 가난을 겪는 단위가 계급이 아니라 고립된 개인 또는 가족으로 축소되어 있다는 점은, 최서해 소설에 등장하는 기층 민중의 모습이 실상은 조선 자연주의에서의 그것처럼 피동적인 민중상을 크게 벗어나지 못했다는 것을 가르쳐 준다. 사회 전체의 계급 구조 속에서 자신을 파악하지 못하는 이러한 인물들은 자신을 옭죄어 들어오는 사회적인 모순에 일방적으로 희생되기 때문이다. 빈부 격차로 인한 고통은 기층 민중 모두가 고통을 겪는 것이지만, 최서해 소설에서는 개인 또는 가족 단위로 뿔뿔이 흩어져 겪는 까닭에 그에 대한 어떤 능동적인 대응책도 상정할 수가 없이 세계의 폭력에 일방적으로 희생될 수밖에 없는 것이다.

이와 관련하여 최서해 소설 가운데 신경향파적인 작품의 특징으로 흔히 거론되는 '자연발생적 결말'은 가족의 위기를 못 본 체한 부유한 자에게 살인이나

---

23) A. 기든스, 『현대성과 자아정체성』, 권기돈 역, 새물결, 1997 참조.

방화 등의 형태로 복수하는 것을 의미한다. 그러나 이와 같은 결말이 계급 갈등을 본질적으로 다루지는 못한 것이라는 점은 두말할 나위도 없다. 최서해 소설이 고립된 개인과 그가 속한 가족의 위기를 내세운 것이라면, 자연발생적 결말은 계급의 위기라기보다는 가족의 위기에 따른 것이라고 할 수 있기 때문이다. 「홍염」에서 지주 인가를 죽이는 문서방의 모습이나, 「박돌의 죽음」에서 박돌의 어머니가 의사를 공격하는 모습은 계급적인 의미라기보다는 가족애의 연장선상에 있는 것으로 볼 수 있는 것이다.

> 모였던 사람은 하나 둘씩 흩어진다. 누가 따뜻한 물 한 술 갖다주는 이가 없다.
> 경수는 머리가 띵 하였다. (중략) 몸서리치도록 무서운 악마들이 뛰어나와서 세상을 깡그리 태워 버리려는 듯이 뻘건 불길을 내뿜는다. 그 불은 집을 불사르고 어머니를, 아내를, 학실이를, 자기까지 태워버리려고 확확 몰켜왔다. (중략)
> "모두 죽여라! 이놈의 세상을 부수자! 복마전 같은 이놈의 세상을 부수자! 모두 죽여라!" / (중략) 경수의 눈 앞에는 아무 거리낄 것, 아무 주저할 것이 없었다. 그는 허둥지둥 올라가면서 닥치는 대로 부순다. 상점이 보이면 상점을 짓모으고 사람이 보이면 사람을 찔렀다.
> "홍으적(도적놈)이야!" / "저 미친 놈 봐라!" (중략)
> (중략) 경찰서 앞에는 총소리가 연방 났다. 벽력같이 울리는 총소리는 쌀쌀한 바람과 함께 거리를 처량히 울렸다. 모든 누리는 공포의 침묵에 잠겼다.24)

「기아와 살륙」의 결말 부분은 그러한 자연발생적 결말의 성격을 잘 알려준다. 아내의 깊은 병과 어머니의 죽음 앞에 '누구 하나 따뜻한 물 한 술 갖다주는 이가 없'는 상황에서 주인공은 아예 세상 전부를 저주하면서 파괴적인 행위를 한다. 이는 고립된 개인 또는 가족이 세계의 폭력에 여지없이 희생될 위기에 처했을 때 나타나는, 세계에 대한 즉자적 부정 행위라고 할 수 있다. 그러나 이러한 부정 행위는 주인공의 관념이나 의식과는 관계없이 세계로부터 일방적으로

---

24) 최서해, 「기아와 살륙」, pp.38-39.

몰락을 강요받음에 따라 발생한 것이어서 능동적인 행위라고는 할 수 없는 것이다. 현진건의 「운수 좋은 날」처럼 조선 자연주의에 나타난 인물들이 주어진 몰락의 운명을 고통 속에 받아들일 수밖에 없던 것에 비교할 때 최소한의 능동적인 외양을 드러내지만, 본질적으로는 여전히 환경으로부터 일방적으로 규정받는 피동적인 민중상은 그대로 유지되고 있는 것이다.[25]

이상의 논의를 볼 때, 조선 자연주의에서 환경에 의해 지배받는 피동적인 민중상은 최서해 소설에서도 본질적으로는 그대로 유지되었음을 알 수 있다. 비록 자연발생적 결말을 통해 최소한의 능동적인 반응을 드러내었다는 점에서는 조선 자연주의와 구별되지만, 그것은 환경에 의해 궁지에 몰렸을 때 나타나는 즉자적인 부정 행위에 지나지 않았던 것이다.

(3) 비관주의와 탈출 모티프

앞 절에서 인용한 「기아와 살륙」에서 또 하나 주목할 부분은 "온 누리는 공포의 침묵에 잠겼다."는 문장이다. 이러한 공포는 「박돌의 죽음」에서 박돌 어머니에게 의사가 공격당하는 모습을 보는 사람들이 "일종 엷은 공포에 떨었다."고 언급된 것에서도 나타나며, 비록 신경향파 소설은 아니지만 「폭군」에서 봉건적 관습에 사로잡혀 아내를 죽인 남편이 경찰에 끌려가는 장면에서 "알 수 없는 두려움에 싸인 군중은 눈물을 씻었다."고 언급된 부분에서도 나타난다. 이외에도 콩쓸이를 하던 노파가 철도에 치어죽는 사건을 다룬 「무서운 인상」에서 기차에 대해 공포를 느끼는 주인공의 심경 또한 공포의 감정이 강조된 예로 들 수 있다. 이와 같은 공포의 의미는 가난으로 가족을 잃고 유랑민이 된 거지를 다룬 자연주의적 작품인 「누가 망하나?」에서 단적으로 드러난다.

> 그 뒤에는 벌써 사 년이 되도록 그 거지 박 서방을 못 보았다. 그러나 나는 어디서든지 거지를 보면 박 서방 생각이 나서 유심히 보게 되고 동시에 알 수 없는 공포를 느낀다.(p.268)

---

25) 이를 두고 정호웅은 '전망의 부재'로 칭하고, 최서해 소설의 핵심적인 한계로 간주한 바 있다(정호웅, 앞글, pp.187-190).

위의 인용에서 드러나듯이, 최서해 소설에서 공포란 몰락하는 주인공의 운명과 결국에 자신들도 동일한 운명에 처할 것임을 예감할 때 생겨나는 것이라 할 수 있다.26) 지금은 비록 몰락하지 않았다고 해도 언젠가는 자신도 그렇게 가난이 강요한 운명에 의해 죽어갈 것임을 예감하는 감각적인 인식이 이러한 공포라는 어구로 표현된 것이다. 「기아와 살륙」이나 「박돌의 죽음」에서 군중들이 느끼는 공포 역시 이와 마찬가지다. 경수의 죽음이나 박돌 어머니의 광증을 통해 군중들은 그것이야말로 자신들의 미래의 모습임을 직관적으로 깨달으면서 공포감을 느꼈던 것이다. 여기서 다시금 자연발생적인 결말의 의미를 상기해 보면, 왜 그것이 속악한 현실에 맞서는 방법으로 승화되지 못했는지 그 이유가 드러난다. 주인공이 자연발생적 결말을 통해 최소한의 능동적 반응을 보여준다 하더라도, 그러한 반응조차 현실을 고쳐나가는 데에는 아무 소용이 없다는 비관주의가 가로놓여 있는 것이다.

한편 이처럼 공포의 감정이 '온 누리' 곧 자연발생적인 결말을 지켜보는 군중들에게 확산되는 것은, 조선 자연주의에서의 비관주의와 대비해 볼 때 매우 중요한 의미를 지닌다. 앞에서 논했던 것과 같이, 고립된 개인 또는 가족을 상정하는 것이 조선 자연주의와 최서해 소설의 공통점이었다면, 공포의 확산은 바로 그러한 고립성을 넘어서는 계기, 달리 말해 군중들이 그 개별성을 넘어 몰락하는 주인공과 같은 계급으로서 동일한 운명을 지녔음을 확인하는 계기가 되고 있기 때문이다. 요컨대 조선 자연주의에서는 개인의 몰락이 그야말로 개인 자신의 차원에 그치는 것이라면, 최소한 최서해의 소설에서는 개인 차원을 넘어 집단 또는 계급 차원의 인식으로 나아갈 가능성을 '공포'라는 감각을 통해 열어놓았다고 할 수 있다.

---

26) 김병구 역시 최서해 소설에 제시된 「공포」에 주목한 바 있다(김병구, 앞글, pp.40-42.). 그러나 그는 이러한 공포가 '제도의 희생자'가 된 주인공들이 군중이나 원한의 대상에 대해 가하는 '가학적이고도 무차별적인 공격'에 대한 공포로 보고 있는데, 이는 '공포'의 의미를 오독한 것으로 보인다. 이는 그가 공포의 예로 든 작품 가운데 「큰물 진 뒤」나 「설날밤」에 제시된 공포가 「박돌의 죽음」과 「폭군」 같은 작품에 제시된 공포가 질적으로 다른 것이라는 점을 무시한 데서 말미암은 것이다. 전자는 부르주아들이 기층 민중의 폭력성에 대해 느끼는 공포라면, 후자는 기층 민중들이 몰락하는 주인공에게서 자신들에게도 닥쳐올 강퍅한 운명을 같이 봄으로써 느끼는 공포이기 때문이다. 이 가운데 최서해가 강조한 공포는 어디까지나 후자이다.

　그러나 이러한 공포에 의한 현실 인식은 그것이 강렬하면 할수록 현실 극복의 불가능성을 확인하는 결과만 낳게 될 뿐이다. 그런 까닭에 최서해 소설에서 공포에 따른 비관주의만 있었다면, 조선 자연주의와 별다른 질적 차별성을 얻지 못했을 것이다. 그렇지만 최서해는 비관주의에 맞서는 또 다른 성향을 제시해 놓고 있다. 그것은 초기의 조선 자연주의에서는 타타났으나 곧 소거되고 말았던 성향인 자각의 모티프이다. 그런 점에서 이 자각의 모티프는 '무이상성'을 특징으로 했던 조선 자연주의와 최서해 소설이 결정적으로 구별되는 지점이라 할 것인데, 주로 작가의 자전적 경험을 다룬 소설 가운데 신경향파 소설에 속하는 작품들, 곧 「탈출기」, 「전아사」, 「해돋이」 등의 작품에서 집중적으로 나타난다.

> (가) 농사를 지어서 배불리 먹고 뜨뜻이 지내자. 그리고 깨끗한 초가나 지어놓고 글도 읽고 무지한 농민들을 가르쳐서 이상촌을 건설하리라. 이렇게 하면 간도의 황무지를 개척할 수 있다.(p.17)
> (나) 이때 머릿속에서는 머리를 움실움실 드는 사상이 있었다. / '오늘날에 생각하면 그것은 나의 전 운명을 결정할 사상이었다.' (중략) / 우리는 여태까지 속아 살았다. (중략) 우리는 우리로서 살아온 것이 아니라 어떤 험악한 제도의 희생자로서 살아왔었다―. (중략) / 이 사상이 나로 하여금 집을 탈출케 하였으며, XX단에 가입케 하였으며, 비바람 밤낮을 헤아리지 않고 벼랑 끝보다 더 험한 선에 서게 한 것이다.27)

　「탈출기」에서 인용한 위의 (가)와 (나)는 최서해 소설에서 자각의 모티프가 어떻게 나타나는지를 잘 보여준다. 우선 (가)는 이광수 류의 외면적 계몽을 제시한 부분이지만, 이는 주인공이 현실에 대한 비관적 인식을 얻기 이전에 가졌던 관념이라는 점에서 본질적인 것은 아니다. 실제로 「탈출기」의 주인공도 만주에 도착한 지 얼마 되지 않아 (가)의 생각이 헛된 것이었음을 깨닫고, 현실에 대한 비관적 인식에 빠져드는 것이다. 이에 비해 (나)에 제시된 생각은 다르다. 그것은 비관주의를 뚫고 솟아나온 것으로서, 최서해 소설의 이상성을 대표하는 것이기

---

27) 최서해, 「탈출기」, pp.22-23.

도 하다. 현실을 점진적으로 개선하려는 (가)의 계몽보다는 그 현실에 맞서 싸워야 한다는 투쟁이 표방되는 것이다.

그렇지만 이와 같은 이상성이 실상은 빈약한 수준에 있는 것임도 부인할 수는 없다. 단적으로 말해 투쟁의 계기는 「탈출기」에서 고립된 개인 또는 가족의 수준에서나마 그런대로 호소력 있게 제시되지만, 그러한 투쟁의 내용은 제대로 전달되지 않기 때문이다. 실제로 최서해의 소설 가운데 투쟁의 과정을 다룬 것은 「고국」 정도인데, 그 작품에서조차 주인공은 "그러나 날이 가고 달이 갈수록 그 군인 생활이 염증이 났다."고만 적고 있다. 곧 최서해 소설에서 이상성이란 '지금 여기'가 아닌 시공간을 꿈꾸는 일종의 낭만적 인식의 차원에 머무는 것이다.28)

최서해 소설의 이상성과 관련하여 또 하나 주목할 것은, '탈출기'라는 제목에서 알 수 있듯이 자각의 모티프가 '가출'의 모티프와 연계되어 제시된다는 점이다.

> 만수는 어찌하든지 고민을 이기고 사람답게 살려고 애썼다. 이때 그의 머리에는 희미하게나마 자기의 전인격을 인류를 위하여 바치려는 정신이 일종의 호기심과 아울러 떠올랐다. (중략) 그 사상은 마침내 무르녹아 그로 하여금 감옥 생활을 하게 하고 만주로 향하게 하였다.
>
> "나도 갈 테다. 어데든지 갈 테다. (중략) 네 낯만 보면 굶어도 살 것 같다."
>
> 김소사의 말에 만수는 묵묵하였다. 아! 어머니는 또 내 일에 방해를 놓으시나? 하고 생각할 때 칼이라도 있으면 그 앞에서 어머니를 찌르고 자기까지 죽고 싶었다.29)

위의 인용은 바로 그러한 가출 모티프의 성격을 잘 알려준다. 주인공이 탈출해야 할 대상은 속악한 현실이 아니라 그 현실에 대해 보호 고치 역할을 해 주

---

28) 자각의 계기가 모호한 것도 지적할 수 있다. 「탈출기」에서는 궁핍한 생활 끝에 '머리 속에서 움실움실 싹이 텄다'고 언급되며, 「해돋이」에서는 감옥에서 듣고 본 경험에 의한 것으로만 언급되고 있다. 요컨대 자각의 필연성을 작품 내에서 담보해 줄 장치가 없는 것인데, 이는 이후 경향 소설에서 매개적인 지식인이 등장함으로써 해결된다고 할 수 있다.

29) 최서해, 「해돋이」, p.202.

던 가족이었던 것이다. 앞 절에서 가족을 어떻게든 유지하여 구성원을 보호하려는 지향이 최서해 소설에 나타난다는 것을 논한 바 있지만, 이 경우에 있어서는 자각한 사상을 실천하기 위해 가족을 벗어나 주인공 자신의 독자적인 삶을 살려는 지향이 소설의 중요한 주제로 제시된다. 비록 「탈출기」에서는 가족을 근본적으로 비관적인 현실에서 건져내기 위하여 가출한다는 식으로 처리되지만, 「해돋이」나 「전아사」 같은 작품에서 가족은 자각한 주인공에게 이상을 실현하는 것을 방해하고 단지 구속과 의무감을 주는 대상으로만 나타나고 있는 것이다. 가족은 애착의 대상이자 구속의 대상이라는 것, 이와 같은 이중성이 최서해의 자전적 소설 전반에 각인되어 있다. 이 또한 최서해 소설에 드러난 이상이 관념적이고 낭만적인 것이었음을 알려주는 증거라고 할 수 있다.

사실 보다 근본적으로 최서해 소설의 이상성을 보여주는 것은 가난한 자와 부유한 자의 극단적인 대립과 충돌로 구성된 서사 구성 방식일 것이다. 비록 계급적인 견지에서 충실하게 묘파되지는 못했지만, 양심적이고 근면한 삶을 살지만 몰락할 수밖에 없는 가난한 자와, 게으르고 비양심적인 삶을 살면서도 제도덕분에 영화를 누리는 부유한 자가 갈등하고 충돌한다는 도식적인 인물 구성과 사건 구성은, 그렇게 스테레오 타이프로 과장되어 이루어진 만큼 역설적으로 부의 평등이라는 최서해 소설의 이상을 암시하는 역할을 하고 있다.30) 빈부 격차를 선악의 양분법으로 판단하고 가난한 자의 몰락을 선한 자의 몰락과 동일시하는 이 같은 서사 구성 방식이 가난한 자의 승리를 염원하는 이상을 구현하고 있는 것이다. 이는 빈부 격차를 선악 개념으로 치환하지 않았던 조선 자연주의와 크게 대비되는 사항이다. 염상섭과 김동인의 소설처럼 아예 가난의 문제가 본질적인 관심의 대상이 되지 않거나, 현진건의 소설처럼 가난한 자에게 동정적인 시각을 보낸다 해도 선악 개념과 무관하게 처리하는 것이 다반사였던 것이다.

결국 최서해 소설에서도 조선 자연주의에서처럼 비관주의가 작가의 기본적 태도로 드러나지만, 다른 한편으로 그러한 비관주의를 넘어서려는 지향 또한 나타난다고 할 수 있다. 특히 '공포'는 비관주의가 고립된 개인의 범주를 넘어서

---

30) 지금까지 최서해 소설에서 이러한 이분법적 대립은 서사의 핍진성을 해치는 것으로 간주되었다. 이는 타당한 지적이기는 하지만, 문학사적 맥락에는 다소 맞지 않는 비판이기도 하다. 그 이유는 아래 논의를 참조.

는 감각적 인식을 열어놓았다는 점에서 조선 자연주의와 구별되는 요소이며, 자각과 가출의 모티프는 비관주의를 넘어서려는 지향이 표현된 것으로서 조선 자연주의가 포기한 현실 부정성을 다시금 회복하려 한 것으로 평가할 수 있겠다.

(4) 우월한 서술자와 기층 민중의 목소리

앞 절에서 다룬 자각과 가출의 모티프는 최서해 소설에 나타나는 기층 민중에 대한 태도의 이중성이 드러난 것으로도 해석할 수 있다. 한편으로는 기층 민중과 동일한 삶을 살 수밖에 없기에 그들을 긍정적으로 받아들이고 일치하면서도, 다른 한편으로는 그들보다 차원 높은 현실 인식과 삶의 지향을 가지고 있다고 생각하기에 그들과 자신을 분리하려는 이중성이 드러나는 것이다. 그리고 이와 같은 이중성은 최서해의 신경향파적인 작품 세계를 둘로 갈라놓는 결과를 낳았다고 할 수 있다. 기층 민중이 등장하는 경우는 이른바 자연발생적인 결말을 통해 현실과 대결하는 반면, 작가적 주인공이 등장하는 경우는 자각과 가출 모티프를 통해 보다 차원 높게 현실에 투쟁하려는 것으로 나타나는 것이다.

그러나 이러한 기층 민중과의 동일성과 차별성은 작품별로 각각 구분되어 나타나는 것만은 아니다. 한 작품 속에서도 이와 같은 이중성이 교직되어 나타나기 때문이다. 필자가 보기에 이는 특히 기층 민중의 삶을 다룬 최서해의 신경향파 소설에서 문체를 결정하는 핵심적 요소이기도 하다. 기층 민중과 분리된 지점에서 빈부 격차에 대한 작가 자신의 관념을 드러내는 부분과, 반대로 기층 민중의 목소리를 소설 속에 그대로 끌고 들어오는 부분이 서로 교차하면서 소설의 문체를 결정하는 것이다.[31] 이제 이를 최서해의 대표작인 「홍염」을 통해 좀 더 구체적으로 살펴보기로 한다.

북극의 얼음 세계나 거쳐오는 듯한 차디찬 바람이 우 하고 몰려오는 때면 산봉우리와 엉성한 가지 끝에 쌓였던 눈들이 한꺼번에 휘날려서 이 좁은

---

31) 반면에 작가적 주인공이 등장하는 경향 소설의 경우는 작가 자신의 관념이 직접 설파되거나 과잉된 감정이 그대로 드러나는 문체가 쓰인다. 이는 「탈출기」나 「전아사」가 고조된 어조로 일관하는 것에서 단적으로 드러난다.

산골은 뿌연 눈안개 속에 들게 된다. (중략)

등진 산과 앞으로 긴 강 사이에 게딱지처럼 끼어 있는 것이 이 폐허의 촌락이다. 통틀어서 다섯 호밖에 되지 않는 집이나마 밭을 따라서 이리저리 흩어져 있다. (중략)

험악한 강산 세찬 바람과 뿌연 눈보라 속에 게딱지처럼 붙어서 위태스럽게 침묵을 지키고 있는 이 모든 집에도 어느 때든 — 공도가 위대한 공도(公道)가 어그러지지 않으면, 언제든지 꼭 한때는 따뜻한 봄볕이 지내리라. 그러나 이렇게 눈발이 날리고 바람이 우짖으면 그 어설궂은 집 속에 의지 없이 들이백인 사람들은 자기네로도 알 수 없는 공포에 몸을 부르르 떨게 된다.[32]

「홍염」의 일부분인 위의 인용에서는 최서해 소설의 전형적인 서두 방식이 드러난다. 먼저 자연적 배경에 대한 사실적인 묘사가 제시되고, 그 다음 인물이 위치한 사회적 환경이 묘사된 다음, 그 뒤에 인물이 처한 구체적인 정황이 제시되는 것이다. 여기서 자연이나 사회적 환경에 대한 묘사는 작품 내용과 분리되는 것이 아니며, 이후 제시되는 서사의 구체적 방향과 조화롭게 결합하고 있다. 위의 인용도 마찬가지인데, 눈보라가 치는 자연적인 배경과 조선인촌의 위태로운 풍경은 이후 제시되는 문서방의 위기적 상황과 조응하고 있다.

그러나 무엇보다도 이러한 묘사에서 주목할 것은 내용을 제시하는 서술자의 어조이다. 최서해처럼 자연 묘사를 서두로 내세우되 격앙된 감정을 곧잘 드러냈던 나도향의 경우와 대비한다면, 최서해 소설의 서술자는 과잉된 감정을 드러내지 않고, 이후 사건 진행의 분위기와 조응하는 핵심적인 요소만을 간추려 차분하게 제시하고 있다. 이러한 어조는 최서해의 소설이 과격하고 자극적인 사건을 다루면서도 그 나름의 안정감과 통일성을 획득하는 데 기여하는 결정적인 요소이다. 이와 함께 또 하나 주목할 것은 '위대한 공도가 어그러지지 않으면, 언제든지 꼭 한때는 따뜻한 봄볕이 지내리라'라는 구절과 '자기네로도 알 수 없는 공포'라는 구절이다. 이러한 구절은 일종의 편집자적 논평으로서 서술자 자신의 관념적 태도를 드러내는 부분인데, 자연 및 사회적 환경 묘사 속에 안정된 어조

---

32) 최서해, 「홍염」, 『전집(하)』, p.11.

로 삽입되어 자연스러운 인상을 준다. 섣불리 자신의 태도를 드러내지 않는 서술자의 안정된 어조가 지속되고 중첩되면서 서술자의 관념에 대한 신뢰성을 축조해 나가는 것이다.

> 문 서방은 딸을 품에 안으니 이때까지 악만 찼던 가슴이 스르르 풀리면서 독살이 올랐던 눈에서 뜨거운 눈물이 떨어졌다. 이렇게 슬픈 중에도 그의 마음은 기쁘고 시원하였다. (중략) / 그 기쁨! 그 기쁨은 딸을 안은 기쁨만이 아니었다. 적다고 믿었던 자기의 힘이 철통 같은 성벽을 무너뜨리고 자기의 요구를 채울 때 사람은 무한한 기쁨과 충동을 받는다. / 불길은 ─ 그 붉은 불길은 의연히 모든 것을 태워버릴 것처럼 하늘하늘 올랐다.33)

최서해 소설에서 서술자의 안정된 어조가 흐트러지면서 서술자 자신의 관념이 겉으로 표방되는 부분은 그래서 흔히 작품의 종결 부분으로 국한된다.34) 그러나 이러한 흐트러짐은 어색하지 않다. 그것은 앞에서 말한 것처럼 제시되는 내용의 과격함과 제시하는 어조의 안정감 사이의 모순적 효과에 기인한다. 사건이 점점 긴박해짐에 따라 독자의 감정 상태도 고조되기 마련이지만, 최서해의 소설에서는 서술자의 안정된 어조에 의해 독자의 감정 고조는 억제된다. 이 억제 상태가 작품 결말에 이르러 최대한에 이르렀을 때, 서술자 역시 고조된 감정을 드러냄으로써 그동안 억제된 독자의 감정 역시 해방시키는 효과를 거두는 것이다. 「홍염」의 끝 부분도 이와 마찬가지다. 인용된 부분의 앞 부분에서 서술자는 짐짓 문서방의 살인 방화 행위를 객관적인 관찰 시점으로 서술함으로써 독자의 감정을 최대한으로 억제한다. 그 뒤 위에 인용한 부분에서 서술자 역시 고조된 감정을 드러냄으로써 문서방의 행동에 대한 독자의 고양된 동의를 얻어내는 것이다.

---

33) 윗글, p.26.

34) 이와 같은 서술자의 어조 문제는 박훈하, 앞글, p.117 에서도 '상당히 절제된 심리적 거리'로 주목된 바 있지만, 결말 부분을 박훈하는 오히려 그러한 절제가 드러난 것으로 본다. 그러나 실제로 이 부분은 안정되거나 절제된 것이 아니라, 서술자가 그 동안 하고 싶었으나 하지 못했던 결론적인 언급을 과감하게 제시하는 부분이라는 점에서 동의할 수 없다. 마지막 문장에서 '불길은'을 두 번 반복한 것은 그러한 고조된 감정을 서술자가 다시 억누르면서 다시금 안정된 어조로 돌아가려는 시도에 따른 것이다.

여기서 주목할 것은 이와 같은 안정된 어조란 사실 서술자와 인물 간의 거리가 전제됨으로써만 가능한 것이라는 점이다. 그렇다면 이러한 거리란 구체적으로 무엇을 뜻하는가. 시점을 이데올로기적·심리적·시공간적·어법적인 차원으로 분할하여 고찰했던 우스펜스키의 견해35)를 빌려 설명한다면, 위에 인용된 부분에서 서술자는 이데올로기적 차원과 어법적 차원에서는 문서방과 분리되어 서술한다고 할 수 있다. 이는 무지한 문서방으로서는 제대로 알 수 없는 현실에 대한 관념을 서술자가 가지고 있다는 점에서 그러하며, 동시에 문서방의 감정 상태조차도 서술자의 어법에 따라서만 제대로 드러날 수 있다는 점에서 그러하다. 곧 이데올로기적 차원과 어법적 차원에서 서술자는 문서방에 대해 우월한 위치에서 서술하고 있는 것이다.

> (가) 언제나 이놈의 소작인 노릇을 면하여 볼까? 경기도에서 소작인 생활 십 년에 겨죽만 먹다가 그것도 자유롭지 못하여 남부여대로 딸 하나 앞세우고 이 서간도로 찾아들었더니 여기서도 그네를 맞아주는 것은 지팡살이[小作人]이었다.
>
> (나) 그래서 문서방은 벌써 세 번이나 인가를 찾아가서 말했으나 효과가 없었다. / 이번까지 가면 네 번째다. 이번은 어떻게 성사가 되겠지?
>
> (다) 이십 년 가까이 손끝에서 자기 힘으로 기른 자기 딸을 억지로 빼앗 긴 것도 원통하거든 그나마 자유로 볼 수도 없이 되는 것을 생각하 니!36)

그럴 때 위에 인용한 부분들이 주목된다. 문서방의 내면적인 목소리가 직접 제시된 부분들인 것인데, 이러한 부분들은 서술자가 자신의 목소리가 지니는 권한을 줄이고 대신 문서방의 목소리에 발언권을 준 것이라 할 수 있다. 물론 서술자가 항상 문서방의 목소리를 그대로 들려주는 것은 아니다. 많은 부분에서 서술자는 문서방의 목소리를 자신의 목소리로 전환시킨 간접 화법으로 전달하지만, 서술자가 자신의 관점을 편집자적 논평으로 드러내는 정도만큼 문서방의

---

35) B. Uspensky, *A Poetics of Composition*, Univ. of California Press, 1973(『소설 구성의 시학』, 김경수 역, 현대소설사, 1992) 참조.
36) 최서해, 「홍염」, pp.13-20 passim..

목소리도 직접 드러나게 함으로써 서술의 균형을 잡고 있는 것이다.[37]

　이제 이와 같은 서술의 방식이 지니는 의미는 조선 자연주의에서의 서술 방식과 대비해 보자. 우선 최서해 소설의 서술자는 조선 자연주의에서와 같이 기층 민중들에 대해 우월한 태도를 보인다. 그러나 그 서술자는 김동인이나 염상섭처럼 인물에 대해 냉소적이거나 중립적인 태도를 드러내는 것이 아니라, 현진건이나 나도향처럼 동정적이고 관용적인 태도를 드러낸다. 그렇지만 현진건과 나도향 소설의 서술자가 기층 인물에 대해 우월한 이유는 최서해 소설과 구별된다. 전자의 경우에는 2장에서 살핀 바와 같이 기층 민중은 몰락할 수밖에 없다는 운명을 정작 그들 자신은 모르고 오로지 서술자만 안다는 사실에서 우월감이 보장된다면, 최서해 소설의 인물들은 자신이 몰락할 수밖에 없다는 것을 이미 잘 알고 있기 때문이다. 그럴 때 최서해 소설의 서술자는 몰락의 운명을 부정하고 넘어설 수 있다는 투쟁적 관념 — 비록 그것이 소박한 수준이라 해도 — 을 가지고 있다는 점에서 그 관념을 가지지 못한 기층 민중들보다 우월한 것으로 나타난다. 위에 인용된 「홍염」의 결말 부분에서 문서방의 기쁨을 투쟁의 관념에 비추어 해석하는 것에서 이는 단적으로 드러난다. 그렇기 때문에 최서해 소설의 서술자는 그러한 관념을 가지지 못한 기층 민중들을 안타까운 눈으로 응시하면서 동정적인 관점을 드러내는 것이라고 할 수 있다. 이를 앞에서 살핀 서술자의 안정된 어조와 연결시켜 본다면, 그러한 안정된 어조 뒤에는 질곡을 벗어나지 못하는 기층 민중에 대한 안타까움이 숨어 있는 것이다.

　이와 함께 최서해 소설의 서술 방식이 조선 자연주의의 그것과 구별되는 점은 기층 민중의 목소리를 전달하는 방식에서이다. 예를 들어 김동인의 「감자」의 경우, 복녀는 아예 발언권이 없는 형편이며, 서술자가 주인공에 대해 동정적인 태도를 드러내는 현진건의 「불」이나 나도향의 「벙어리 삼룡이」 같은 경우에도 주인공들의 내면적 목소리는 항상 인물보다 우월한 서술자의 언어로 뒤바뀌어 간접화된 채 전달된다. 그러나 최서해 소설에서는 이러한 민중적 목소리가 직접적인 화법으로 전달되는 양상이 부분적으로나마 나타나기 시작한다.[38] 곧 기층

---

37) 박상준 역시 이와 같은 특징을 신경향파 소설에 나타난 다성성으로 주목한 바 있다(박상준, 「신경향파 소설의 특질」, 앞책, pp.134-135.).
38) 1920년대 소설에서 서술자의 목소리와 화법의 문제는 후고를 요하는 문제이다. 이는 시점

민중의 발언권이 소설 문체 속에서 인정되기 시작했다는 것이 최서해 소설의 서술 방식이 조선 자연주의보다 진전된 점이라고 할 수 있다.

4. 결 론

이상에 걸쳐 최서해 소설에서 자연주의적 요소가 어떻게 변모하는지 살펴보았다. 현실에 대한 비관적 인식이나 피동적인 민중상, 고립된 개인 또는 가족에 대한 설정, 우월한 서술자에 의한 서술 방식 등은 최서해 소설이 조선 자연주의 소설과 공통적으로 지니는 속성이다. 그러나 현실 폭로의 방향이 빈부 격차를 중심으로 한 기층 민중의 비참한 현실을 드러내는 쪽으로 바뀐 것, '공포'의 감정을 내세움으로써 현실이 강요하는 운명에 대한 집단적인 인식의 가능성을 열어놓은 것, 자각과 탈출의 모티프를 통해 조선 자연주의가 포기했던 현실 부정성을 다시금 회복하려 한 것, 조선 자연주의가 드러내었던 무이상성 대신 소박하나마 투쟁을 내세운 관념을 내세운 것, 마지막으로 부분적으로나마 기층 민중에게 직접적 발언권을 부여한 것 등은 최서해 소설이 조선 자연주의와 다르게 지니는 특징이다. 사실 이러한 특징은 최서해뿐만 아니라 같은 시기에 활동했던 다른 신경향파 작가들에게도 공통된 사항일 것으로 생각된다.

그렇지만 이후 최서해는 이러한 특징을 더 발전시키지 못하고, 다시금 조선 자연주의의 속성으로 되돌아가 버리고 만다. 이는 그가 지녔던 계급 관념이나 이상이 당시의 극악한 현실과 맞서기에는 그만큼 소박하고 단순했기 때문이라고도 하겠지만, 그러한 요인과 함께 기층 민중 속에서 스스로 현실을 이겨나가는 동력을 발견하기에는 당시 식민지 조선의 소설적 수준이 아직은 미숙했기 때문이라고도 할 것이다. 곧 이념적인 자각이나 계급 의식의 획득, 기층 민중의 삶에 대한 현실성 있는 형상화를 통해 조선 자연주의의 유산을 극복하는 것은 최서해의 몫이 아니라 이기영이나 한설야 등 이후의 작가들에게 남겨진 과제였던 것이다.

문제와 더불어 우리 소설사가 보여준 소설 문체 형성의 핵심적인 과제였다고 할 수 있다.

강담 양식으로 담은 민중적 시각
— 홍명희의 『임꺽정』론 —

1. 『임꺽정』의 평가 문제에 대하여

『임꺽정』은 벽초 홍명희가 쓴 단 하나의 소설이지만, 그를 일제 강점기 시대의 주요 작가로 꼽히게 만든 작품이기도 하다. 10여 년에 걸쳐 연재와 연재 중단의 우여곡절을 거듭하면서 집필된 이 작품[1]은, 당시로는 유례가 없을 정도로 방대한 규모의 역사 대하 소설로서 그에 상응하는 대중적 호응을 받았던 바 있다. 그러나 대중적 호응과는 별도로 『임꺽정』은 당시 비평에서는 긍정과 부정이 엇갈리는 평가를 받았던 것으로 보인다.

이 가운데 긍정적인 평가는 이기영, 박영희, 이극로 등에 의해 이루어졌는데, 우리 사회사와 민중 생활에 대한 세밀하고도 풍부한 반영, '조선어 광구'로 격찬 받을 정도의 풍부한 어휘, 한문학에 의해 사장된 문학적 전통의 부활 등[2]이

---

1) 1928년 11월 21일에서 1929년 12월 26일까지 「봉단편」, 「피장편」, 「양반편」이 연재되었으며, 신간회 관련으로 중단되었다가, 출감 후 1932년 12월 1일부터 1935년 12월 24일까지 「의형제편」과 「화적편」 일부가 연재되었다. 이후 다시 1937년 12월 12일부터 1939년 7월 4일까지 「화적편」을 연재했으며, 마지막으로 1940년 10월 『조광』에 「화적편」의 일부가 실린 것으로 미완인 채 연재가 완전히 중단되었다. 이 가운데 「의형제편」까지는 『林巨正傳』이라는 제목이었으나, 「화적편」부터 이후 단행본 출간 시에는 '傳'이 빠진 『林巨正』으로 바뀐다.

2) 『조선일보』, 1937.12.8.

그 중심적인 내용이었다. 반면에 부정적 평가는 과연 『임꺽정』을 진정한 역사 소설이라 할 수 있는가의 문제를 중심으로 이루어졌다. 우선 임화는 전형적 성격의 결여와 플롯의 미약함 등을 들어 『임꺽정』이 풍속 묘사에 치우친 세태 소설의 차원에 그친 것으로 파악한 바 있으며,3) 이원조 역시 임화의 견해에 부분적으로 동조하면서 역사소설이라기보다는 사회소설 또는 사실주의 소설로 볼 것을 제안한 바 있다.4) 이로 볼 때 당시의 비평에서는 소설의 소재가 되는 역사적 사실의 정확성 및 풍부한 재현성에 대해서는 찬사가 주어졌으면서도, 전형성이라든가 서사 구성의 측면에서는 부정적 평가가 내려졌음을 알 수 있다.

이러한 이중적 기준은 1980년대 후반 월북 작가들에 대한 해금 조치 이후, 『임꺽정』에 대한 본격적인 연구가 수행된 뒤에도 여전히 적용되어 온 것으로 여겨진다. 먼저 강영주는 표현 면에서 탁월한 사실주의를 인정하면서도, 당대의 핵심적인 사회적 갈등의 반영 면에서는 만족할만한 성과를 거두지 못했음을 지적하고 있다.5) 신재성과 홍정운 역시 풍속의 치밀하고 풍부한 묘사는 인정하면서도 그것을 꿸 수 있는 통일적 의식의 부재, 또는 작가의 이념적 의도와 작품 세계 간의 부조화를 한계로 보았다.6) 정호웅도 임꺽정이 드러내는 핵심적 성격으로 불기의 정신을 들고 그것이 신분 타파의 反—봉건적 이념으로 이어진다는 점에서는 긍정적 평가를 보내지만, 양반 대 천민을 선과 악의 대립으로 환원하는 단순 도식 위에서 소설이 전개됨에 따라 결국 당대 현실을 총체적으로 탐구하지 못했다고 평가한다.7)

이러한 이중적 평가에 타당성이 있음을 부인할 수는 없다. 그러나 무엇보다 임화나 이원조가 지녔을 이념적인 비평 기준이나, 이후의 연구자들이 은연 중에 전제했던 루카치적인 리얼리즘 역사 소설의 모델이 『임꺽정』에 그대로 적용될 수 있을 것인지는 재고해 볼 여지가 있다. 루카치에게서의 리얼리즘 역사 소설

<hr>

3) 임화, 「세태소설론」, 『동아일보』, 1938.4.1-6.

4) 이원조, 「『임꺽정』에 관한 소고찰」, 『조광』, 1938. 8.

5) 강영주, 「홍명희와 역사소설 『임꺽정』」, 김윤식·정호웅 편, 『한국 근대 리얼리즘 작가 연구』, 문학과 지성사, 1988.

6) 신재성, 『1920-30년대 한국역사소설연구』, 서울대 석사논문, 1986. 및 홍정운, 「『임꺽정』의 의적 모티프 — 세계사적 개인으로서의 의적」, 『문학과 비평』 2호, 1987.

7) 정호웅, 「불기의 사상 — 『임꺽정』론」, 정호웅 외, 『장편소설로 보는 새로운 한국문학사』, 열음사, 1993.

은 '현대의 前史'로서 의미를 가지는 것이라면,[8] 임꺽정이 살았던 조선 명종 조를 그러한 前史가 될 수 있는 시대라고 볼 수는 없을 것이기 때문이다. 달리 말해 그 시대는『임꺽정』에 대한 부정적 평가를 수행한 여러 논자들이 암묵적으로 기대하고 있는 것과는 달리, 봉건 타파의 근대적 정신이 허용되기에는 너무 '이른' 시대였던 것이다. 그런 까닭에 임꺽정을 당시의 핵심적인 모순—봉건 체제의 지배에 따른—에 맞선 영웅적 인물로 그려내는 것은, 자칫 역사적 사실을 떠나 과도한 이념형의 인물을 만드는 차원에 그치게 되고 말 우려조차 있게 되는 셈이다. 이런 점을 인정하고 본다면,『임꺽정』의 이중성은 홍명희의 세계관적 한계나『임꺽정』이라는 작품 자체의 한계라기보다는 배경으로 택한 시대 자체의 한계로부터 나온 것이 아닌가 생각하게 된다.

한편 서사 구성의 측면에서 지적된 사항인 플롯의 미약함 역시 재고할 점이 있다. 이와 관련하여 참조할 것은, 홍명희 자신부터『임꺽정』을 "도합 여섯 편을 쓰되, 편편이 따로 떼면 한 단편으로 볼 수 있도록" 구성하려고 했다는 언급을 했던 사실이다.[9] 그것이 러시아 작가 쿠프린의 영향을 받은 것이든[10] 아니든 간에, 이러한 홍명희의 의도가 서사의 일관성과 통일성에 영향을 미쳤음은 분명하다. 임화나 이원조가『임꺽정』을 역사 소설이라기보다는 (역사적) 세태 소설이나, 시간보다 공간을 중심으로 하는 사회 소설로 분류했던 한 원인도 여기에 있을 것이다.

그러나 문제는『임꺽정』을 서구 소설의 기준으로 보느냐, 반대로 동양 소설의 기준으로 보느냐에 있다. 서사의 일관성과 통일성을 바탕으로 현실을 보다 깊은 차원에서 반영하는 것을 우선으로 볼 것인가, 아니면 동양적인 소설의 전통을 되살린 것을 우선으로 볼 것인가의 여부가『임꺽정』에 대한 작품 분석과 문학사적 가치 부여의 핵심적 관건이 되는 것이다. 홍명희는 이 문제에 대해 두 가지 언급을 남기고 있는데, 그 하나는 중국이나 구미 문학의 영향을 받지 않고, 사건이나 인물, 묘사, 정조 등을 "순(純)-조선"의 것, 곧 "조선 정조에 일관된 작품"으로 만들려고 했다는 것이며,[11] 다른 하나는 "소설이 아니라 강담(講談) 식

---

8) G. 루카치,『역사소설론』, 이영욱 역, 거름, 1987, p.228.
9) 「벽초 홍명희 선생을 둘러싼 문학담의」,『대조』1호, 1946.1.
10) 「홍명희·설의식 대담기」,『신세대』23호, 1948.5.

으로 시작했"다는 것,[12] 곧 이야기꾼이 역사를 알기 쉽고 흥미 있게 전달하는 방식으로 시작했다는 것으로서, 이러한 언급은 홍명희의 의도 자체가 이미 서구 소설의 기준을 벗어난 지점에 있었음을 말해준다.

여기서 '조선 정조'와 '강담'에 대해 좀더 논해 보면, 우선 조선 정조와 관련해서는 홍명희가 연암을 제외한 고문 중심의 한문학이나 『사씨남정기』 등 소수를 제외한 고전 소설, 심지어 『춘향전』 같은 판소리계 소설에 대해서도 회의적인 시각을 드러낸 바 있다는 점을 주목할 수 있다.[13] 곧 홍명희가 보기에 우리의 고전 문학은 중국으로부터의 영향에서 자유롭지 못했으며, 아울러 봉건 이념의 지배로부터도 미처 벗어나지 못했다는 것이다. 이런 점을 참조한다면, '조선 정조'란 중국의 문화로부터도 자유롭고, 봉건 이념으로부터도 자유로운 사상 감정이란 뜻이 된다. 그러나 이러한 사상 감정을 홍명희가 스스로 만들어낼 수는 없는 일이다. 만약 그렇다면 그것은 '조선'의 것이 아니라 '홍명희'란 개인의 것에 지나지 않을 것이기 때문이다.

그렇다면 '조선'에서 이러한 사상 감정을 구현하고 있는 실체는 무엇일까. 사실 그 답은 명확한데, 그것은 중국 한문화의 영향 아래 있으면서 봉건 지배층의 문화를 향유하고 있던 지배층이 아니라, 그에 대척되는 집단으로서의 민중에 있다. 이러한 추론이 옳다면, 홍명희가 말한 바의 '조선 정조'란 이른바 '민중성'을 의미한 것이라고 할 수 있다. 홍명희가 강담 양식을 선택한 이유가 드러나는 것은 이 지점이다. 한문학 같은 봉건 체제 하의 문학에 해당되지도 않고, '조선' 민중들의 사상과 감정이 제대로 담길 수 있으며, 아울러 민중들이 잘 받아들이고 즐길 수 있는 문학의 양식으로는 오로지 '강담'의 양식밖에 없었던 것이다.[14]

---

11) 「벽초 홍명희 선생을 둘러싼 문학담의」, pp.70-71.

12) 홍명희·모윤숙 대담, 「이조문학 기타」, 『삼천리문학』 창간호, 1938.1

13) 「벽초 홍명희 선생을 둘러싼 문학담의」, pp.69-70.

14) 『조선일보』 1928년 11월 17일자에는 "조선서 처음인 신강담"이라는 표제로 『임꺽정』에 대한 연재 예고가 실려 있다. 여기서 주목할 것은, '강담'이라는 용어에 대해서이다. 사실 '강담'이라는 용어 자체는 일본문학사에서 처음 쓰였던 말이지만(강영주, 『벽초 홍명희 연구』, 창작과 비평사, 1999, pp.269-270), 임형택의 연구에서 보는 바와 같이 우리 고전문학사에서도 일본의 강담과 유사한 형태의 이야기꾼이 존재했다는 점에서 홍명희의 이러한 시도 전체를 '일본적'인 것이라고 말할 수는 없을 것이다(임형택, 「18·9세기 '이야기꾼'과 소설의 발달」, 김열규 외, 『고전문학을 찾아서』, 문학과 지성사, 1976). 여기서 임형택은 당시 이야기꾼의 성격을 강담사·강창사·강독사(傳奇叟) 등의 셋으로 구별지어 살피고 있다. 참고로

따라서 『임꺽정』에 대한 분석과 평가는 '조선 정조'(민중성)와 '강담'이라는 두 사항을 전제로 수행되어야 할 것으로 생각된다. 사실 이 두 사항은 기존의 연구에서도 빈번히 주목된 사항이기는 하지만, 그럼에도 불구하고 작품의 실제 분석과 평가에는 제대로 관철되지 못했다고 할 수 있다. 앞에서 살핀 것처럼 실제 분석과 평가에는 서구 소설의 기준이 적용되기가 일쑤였던 것이다. 그러나 여기서 미리 말해둘 것은, 이러한 민중성을 구현하는 것이 『임꺽정』의 주인공인 임꺽정 자신은 아니라는 점이다. 어떤 면에서 임꺽정은 민중성으로부터 발생한 존재이기는 하나, 민중성으로부터 멀어져버린 존재일 뿐이다. 그렇다면 민중성을 구현하는 이는 누구인가. 그것은 임꺽정 이야기를 만들어내고 즐기는 민중들 자신이다. 곧 이야기 자체가 민중성을 구현하고 있는 것이지, 임꺽정이라는 인물이 민중성을 구현하고 있는 것은 절대 아니라는 점이 이 글이 입증하고자 하는 요지이다. 그런 점에서 임꺽정을 민중적 또는 反-봉건적 영웅이 될 것을 은연 중에 기대했던 그 동안의 연구들은 연구의 초점을 잘못 맞추고 있는 셈이다.15)

2. 말하기로서의 강담과 글쓰기로서의 소설

『임꺽정』의 전반적인 면모를 살펴볼 때, 이 소설이 강담의 양식16)을 띠고 있음은 쉽게 판별할 수 있다. 역사 이야기를 알기 쉽고 흥미롭게 구연하는 양식인 강담이 정사뿐만 아니라 야사 등의 역사 설화를 더욱 중점적으로 다루었던 것처럼, 『임꺽정』도 역사 설화를 중심으로 하기는 마찬가지다. 정사인 명종 실록의 기록뿐만 아니라, 『기재잡기』, 『성호사설』, 『열조통기』, 『동야휘집』 등에 실

강담과 유사한 형태는 중국문학사에서도 발견되는데, 장회소설의 연원으로 간주되는 '講史話本'이 그것이다(김영덕 외, 『중국문학사』(하), 청년사, 1990, p.223).

15) 이밖에 최근의 주요한 연구로는 채진홍, 『홍명희의 『임꺽정』 연구』, 새미, 1996이 있다.

16) 조선 후기에 나타났던 야담 중심의 이야기와 이야기꾼을 임형택은 강담과 강담사라 지칭한 바 있다(임형택, 「18·9 세기 '이야기꾼'과 소설의 발달」, 김열규 외, 『고전문학을 찾아서』, 문학과 지성사, 1976 및 염무웅·임형택·반성완 대담, 「한국 근대문학에 있어서 「임꺽정」의 위치」, 윗책, pp.325 328 등을 참조).

린 임꺽정 관련 일화들도 빠짐없이 다루어지고 있는 것이다.17) 이에 더하여 「의형제편」처럼 서사의 구성 상 화적 패거리들이 모이게 되는 과정을 그려야 하나, 그에 상응하는 역사적 기록이 없을 때는 민담이나 잡록 류의 이야기까지도 '조그만 꼬투리'18)만 있으면 가져와 소설의 소재로 삼는 것도 보인다. 곽오주가 화적이 되는 과정을 그려낼 때, 황해 지방의 '곽쥐'라는 말에 얽힌 민담을 가져오는 것이 그 단적인 예이다. 요컨대 '구연 상황의 적응력'이 좋았던 강담처럼, 『임꺽정』 역시 소설의 진행 상황에 따라 자유자재로 역사 기록이나 설화를 끌고 들어오는 유연성을 보이는 것이다.

『임꺽정』이 강담과 유사성을 띠는 것은 실제적인 서사 구성의 측면에서도 드러난다. 그것은 이 소설이 내면이나 성격 또는 관념 중심으로 서사가 구성되는 것이 아니라 사건 중심으로 구성된다는 점이다.19) 강담의 경우, 앞에서 논한 바와 같이 역사적 사실을 풀어서 설명하는 데 중점을 두고 있으므로, 자연히 그에 참여하는 인물들의 복합적 전체적 성격보다는 일면적인 성격밖에 나타날 수 없다. 곧 이때의 인물들의 성격은 역사적 사실(사건)을 설명하는 데 도움을 주는 측면으로 한정되어 작품 속에 나타나는 것이다. 『임꺽정』 역시 이와 마찬가지이다. 물론 임꺽정이 우락부락하고 말수가 적으며, 지기 싫어하지만 깊은 생각은 잘 하지 않는다는 식으로 그의 독특한 성격이 전연 나타나지 않는 것은 아니다. 그러나 인물의 성격에 의해 사건의 향방이 결정되는 통상의 현대 소설과는 달리, 임꺽정의 이와 같은 성격은 작품의 서사 전개에 있어서 그다지 본질적인 요소로 기능하지는 못한다. 그에게는 심지어 계급 차별에 대한 고민조차도 매우 단선적으로 나타나며, 동시에 그러한 고민이 그를 화적패의 두령으로 만든 것이 아니라, 여러 가지 사건들이 겹치면서 어쩔 수 없이 두령이 된다는 식으로 서사가 구성되는 것이다.20)

---

17) 임형택·강영주 편, 『벽초 홍명희와 『임꺽정』의 연구자료』, 사계절, 1996 참조.

18) 염무웅·임형택·반성완 대담, 「한국 근대문학에 있어서 「임꺽정」의 위치」, 윗책, p.326.

19) 『임꺽정』이 사건 중심의 소설이라는 것은 일찍이 이원조가 간파한 바 있다. 그는 『임꺽정』이 묘사는 자연주의적이지만, "성격을 통해 사건이 진전되는" 서구식의 소설과는 달리, "사건을 통해서 성격이 엿보이"는 소설이라고 요약한다(이원조, 「『임꺽정』에 관한 소고찰」, pp. 435-436).

20) 『임꺽정』에 나오는 인물들의 성격은 평면적이다. 한번 설정된 성격은 수많은 우여곡절을 겪으면서도 결코 바뀌지 않는다. 이런 점 역시 사건을 전개하는 데 필요한 성격만 강조된 때

물론 이러한 논의에 대해서는 제대로 교육받지 못한 백정 출신의 임꺽정으로서는 당연한 것이 아닌가 하는 반론이 있을지도 모른다. 그러나 임꺽정의 의형제들 가운데서도 성격이나 관념에 의거하여 화적이 된 사람은 없다. 예를 들어 이봉학 같은 경우는 일정 수준의 교육을 받고 지방 수령까지 지낸 인물이지만, 그가 화적이 되는 것은 성격이나 관념에 기인한 자발적인 것이 아니라, 의형제로 삼은 임꺽정을 도와주었던 사실이 발각되는 사건에 주요한 원인이 있는 것이다.

> 자—임꺽정이의 이야기를 붓으로 쓰기 시작하겠습니다. 쓴다 쓴다 하고 질감스럽게 쓰지 않고 끌어오던 이야기를 지금부터 쓰기 시작합니다. 각설 명종대왕 시절에 경기도 양주땅 백정의 아들 임꺽정이란 장사가 있어……
> ……이야기 시초를 이렇게 멋없이 꺼내는 것은 이왕에 유명한 소설권이나 보아두었던 보람이 아닙니다. (중략) 이야기를 쓴다고 선성만 내고 끌어오는 동안에 이야기 머리에 무슨 말을 얹을까, 달리 말하면 곧 이야기 시초를 어떻게 꺼낼까 두고 두고 많이 생각했습니다.[21]

한편 강담과의 유사성은 이 소설의 서두인 '머리말씀'에서도 드러난다. 통상의 역사 소설과는 달리, 이 소설의 서술자는 강담을 구연하는 이야기꾼과 유사한 면모를 드러내고 있다. 위의 인용에서 보듯이, 서술자는 그 모습을 직접 드러낸 채, 마치 강담의 이야기꾼처럼 독자를 직접 대면하는 청중들로 간주하면서 이야기를 풀어나가는 것이다. 물론 '머리말씀'의 다음 부분에서는 '—습니다'의 경어체 말투가 사라지고, 통상의 소설체인 '—하였다' 체로 바뀌지만, 그럼에도 불구하고 전체적인 문체의 양상은 여전히 이야기꾼의 말투를 유지하고 있다.

그러나 『임꺽정』이 강담의 차원에 그대로 머무르는 것은 아니다. 강담이 청중과 대면하여 즉흥적으로 구연하는 방식을 기본으로 하는 것이라면, 소설은 홍명희의 말대로 "글자 한 자 한 자에도 공연히 신경질적이어서 시간만 허비하"[22]게 되는 글쓰기를 기본으로 하는 것이기 때문이다. 그러한 글쓰기에는 암묵적으

문으로 생각된다.
21) 홍명희, 『임꺽정』 1권 「봉단편」, 사계절, 1995(3판), pp.3-4.
22) 「벽초 홍명희 선생을 둘러싼 문학담의」, 『대조』 1호, 1946.1, p.70.

로 서사의 일관성이 요구되는 것이며, 나아가 작가 자신의 세계관이나 가치관을 유지하면서 글쓰기를 할 것이 요구되는 것이다. 물론 강담에도 일관성과 세계관적 특징이 전혀 없는 것은 아니겠지만,23) 기본적으로 청중과 직접적으로 대면하면서 이야기를 진행하는 강담 양식의 특성 상 청중의 반응에 좌우되어 서사의 일관성, 그리고 이야기꾼(글쓰기에서는 작가) 자신의 세계관을 희생하기가 쉬운 것이다.

그런 점에서 『임꺽정』을 쓸 때 홍명희의 난관은 강담의 양식 속에서 서사의 일관성을 유지해야 한다는 것, 그리고 작가 자신의 세계관 — 그것이 비록 민중성과 일치하는 것이라 하더라도 — 을 희생하지 않아야 한다는 것에 있었다고 하겠다. 그 결과에 대해 미리 말하자면, 홍명희는 강담의 양식을 동원하면서도 서사의 일관성 측면에서는 일정 수준으로 유지할 수 있었으나, 작가 자신의 세계관 측면에서는 후퇴한 결과를 낳았다고 할 수 있다. 이제 이에 대해 좀더 논하기로 한다.

이 가운데 우선 서사의 일관성에 대해 살펴보면, 『임꺽정』은 통상의 역사 소설보다 확실히 뒤떨어져 보인다. 이 소설이 파노라마 식 소설로 평가되기도 했던 것24)도 그 때문일 것인데, 예를 들어 「봉단편」과 「피장편」, 그리고 「양반편」은 이장곤에서 갖바치로, 갖바치에서 어린 임꺽정으로 주요 인물이 변경되고 있고, 더욱이 이 인물들과는 직접적인 관련이 없는 궁중 비사나 당시 지배층의 정황도 같이 상세히 소개되기 때문에, 일관성의 측면에서 이 세 편은 상당히 문제가 있다. 그리고 「의형제편」도 박유복, 곽오주, 길막봉, 황천왕동, 배돌석, 리봉학 등이 교체되면서 등장하여 화적이 되기까지의 과정을 개별적으로 보여주는 것이 중심이 되므로, 앞의 세 편보다는 덜하지만 일관성에 적지 않은 문제가 있다고 하겠다. 다만 이들이 의형제 결의 이후를 다루는 「화적편」에서는 표면적으로도 일관성이 유지된다.

---

23) 임형택에 따르면, 야담의 경우 『청구야담』이 나온 19세기 중반까지는 대체로 당시 사회 현실을 생생하게 담는 것이 많았으나, 『동야휘집』 이후에는 회고조의 통속화 경향을 보인다고 한다. 이에 더하여 그는 『임꺽정』이 그러한 야담의 통속화 경향에 대항하여 야담의 본래적 의미를 살려서 계승한 것으로 본다(임형택 외, 「한국근대문학에 있어서 『임꺽정』의 위치」, 염무웅·임형택·반성완 대담, p.323).

24) 임화, 앞글

그러나 달리 보면, 『임꺽정』이 실질적으로도 일관성을 잃고 있는 것은 아니다. 「봉단편」에서 「양반편」까지는 당대의 사회적 역사적 상황을 소개함으로써 임꺽정이 화적이 될 수밖에 없는 배경을 제시하고 있으며, 「의형제편」은 그러한 배경 위에 우여곡절을 거쳐 청석골로 모이게 되는 과정을, 「화적편」은 이후 토벌대와 대결하기까지의 과정을 각각 다루고 있기 때문이다. 결국 『임꺽정』은 표면적으로는 파노라마 식의 구성을 취하지만, 그럼에도 불구하고 전체적 심층적으로는 일관성을 유지하고 있다고 할 수 있다. 여기서 홍명희가 개별적 작품으로 구성하되 모으면 하나의 장편이 되는 방식의 구성을 의도했던 사실을 떠올린다면, 개별적 작품으로 구성할 수밖에 없었던 궁극적 원인은 일관성 면에서 취약할 수밖에 없는 강담의 양식을 채용한 것에 있다고 할 것이며, 그럼에도 불구하고 전체적으로는 하나의 장편이 될 수 있었던 것은, 즉흥적인 강담의 영역을 넘어서서 비일관적인 이야기들이 하나의 큰 흐름으로 묶일 수 있게끔 세밀한 글쓰기 계획을 짰던 덕분이라고 할 것이다.

다음으로 세계관과 관련된 문제를 살펴보기로 한다. 그러나 홍명희는 자신의 세계관 또는 이념적 성향에 대해 연재 당시에는 별다른 언급을 남기지 않았다. 다만 임꺽정에 대해서는 연재를 시작한 지 10개월 뒤인 1929년에 다음과 같은 언급을 남긴 바 있다.

> 임꺽정이란 옛날 봉건 사회에서 가장 학대받던 백정 계급의 한 인물이 아니었습니까. 그가 가슴에 차 넘치는 계급적 ○○(투쟁 — 인용자)의 불길을 품고 그때 사회에 대하여 ○○(반기 — 인용자)를 든 것만 하여도 얼마나 장한 쾌거였습니까.
> 더구나 그는 싸우는 방법을 잘 알았습니다. 그것은 자기 혼자가 진두에 선 것이 아니고 저와 같은 처지에 있는 백정의 단합을 먼저 꾀하였던 것입니다.[25]

이러한 언급에서 홍명희는 애초에 임꺽정을 봉건 사회에서의 계급 갈등이나 투쟁을 대변하는 인물[26]로 그려내려 했음을 알 수 있다. 그러나 문제는 과연 강

---

[25] 홍명희, 「『임꺽정전』에 대하여」, 『삼천리』 1호, 1929.6.

담의 양식을 통해 이와 같은 계급 갈등의 양상이 제대로 포착될 수 있는가에 있을 것이다. 그러나 이 소설에서 실제로 제시된 내용을 본다면, 일단 이에 대한 답은 회의적일 수밖에 없다. 물론 「양반편」이나 「의형제편」을 본다면 계급 갈등의 양상이 부분적으로 나타나지 않은 것은 아니다. 어린 임꺽정이 천민이라는 출신의 한계 때문에 제대로 교육받지 못한 것이라든지, 리봉학이 공을 세웠으면서도 그에 합당한 대우를 받지 못한 것은 그 예이다.

그러나 위의 인용과는 달리, 임꺽정과 무리를 이룬 의형제들 가운데 백정 출신은 한 사람도 없다는 점, 일곱 두령이 화적이 되는 과정이 계급 갈등에 의한 것이라기보다는 천민 간의 교유와 의리에 따른 것으로 그려진다는 점, 임꺽정 또한 능동적으로 '같은 처지에 있는' 이들끼리 단합을 꾀한 것이 아니라 의형제들이 이미 모여 있는 청석골에 관헌에 쫓기면서 들어가게 된다는 점, 나아가 임꺽정이 청석골 두령이 된 이후의 행적 역시 계급갈등 또는 투쟁에 의한 것으로 보기 어렵다는 점에서, 계급 갈등은 이 소설에서 전체적인 전제 조건으로 작동하고는 있을지 모르나, 실제 서사 구성에 있어서는 별다른 실질적인 주제가 되지 못한다. 단적으로 「화적편」만 보더라도, 빼앗은 재물을 자신들을 위해서만 쓰는 것이라든가, 임꺽정이 양반으로 행세하면서 서울에 잠입하여 첩 살림을 차리는 것, 임꺽정이 도포를 입고 임금처럼 행세하는 것 등의 장면들은 계급 갈등과는 무관한 것이거나, 오히려 당시 지배 계급의 행태를 역설적으로 모방하고 있음을 볼 수 있다.

이처럼 서사 구성이 계급 갈등과 무관하게 처리된 것이 전적으로 강담이라는 양식을 택한 때문만은 아닐 것이다.[27] 그러나 역사를 쉽고 흥미있게 이야기하는 강담의 양식, 달리 말해 현실에 육박해 들어가기보다는 외면적인 사건과 일면적인 성격에 치중하는 이야기의 방식으로 임꺽정 일당을 단순한 화적 패거리가 아닌, 당대 사회의 모순에 심도 있게 항거한 의미 있는 집단으로 그려낸다는

---

26) 계급 투쟁을 강조했다고 해서 이 당시 홍명희의 세계관 또는 이데올로기적 지향을 사회주의 또는 유물론적인 것으로 단정지을 수는 없다. 한편으로 1920년대 말부터 이미 공산주의자였다는 설도 있지만 확인되지 않았으며(강영주, 『벽초 홍명희 연구』, 창작과 비평사, 1999, 4장 참조), 실제로 그가 남긴 글이나 대담 기록은 대체로 중도주의적인 입장에 서 있었다는 것을 보여준다.

27) 다른 이유는 다음 장에서 논하기로 한다.

것은 어려운 일이 아닐 수 없다.[28] 이로 볼 때 홍명희는 원래는 임꺽정을 계급 투쟁의 담당자 또는 적어도 그 선행 형태의 투쟁을 담당한 인물로 그려내려 했으나, 임꺽정이 봉건 조정과 본격적으로 대립하기 시작하면서부터는 그러한 의미부여로부터 한 걸음 물러섰으며, 그 원인 중 하나가 강담에 있는 것으로 추론할 수 있다.

사실 홍명희는 독자들에게 친근한 강담이라는 양식 속에서 자연스럽게 봉건적 모순과 그것을 넘어설 이념을 녹여내려고 했을 것이다. 그러나 강담의 양식은 봉건적 모순을 드러내는 것 — 의형제들이 청석골로 들어가기까지의 과정 — 에는 부분적으로라도 작동할 수 있었지만, 그 모순을 넘어서서 홍명희가 애초에 의도했던 이념을 담는 것 — 그 모순에 대한 적극적인 대처로서의 화적패의 활동 — 에는 무력한 것이었다고 할 수 있다. 그렇지만 이러한 논의가 강담이라는 양식을 선택한 것이 잘못이었다는 뜻은 결코 아니며, 오히려 그 반대라고 할 수 있다. 비록 처음에 의도했던 계급 갈등 또는 투쟁의 양상은 제대로 그려내지 못했지만, 강담의 양식을 통해 다른 무엇을 얻는 성과를 거두고 있기 때문이다. 그렇다면 그 다른 무엇이야말로 『임꺽정』의 진정한 면모가 될 것인데, 이에 대해서는 다음 절에서 좀더 상세히 논하기로 한다.

3. 봉건적 한계 내에서의 봉건과의 대립

『임꺽정』의 주인공인 임꺽정에게서 가장 중요한 특징은 물론 힘이 천하장사라는 데 있다. 타고난 힘에 검술까지 뛰어나다는 점에서 임꺽정은 청석골 대장이 될 만하지만, 그밖에도 곽오주와 박유복, 길막봉 역시 힘이 장사이며, 리봉학은 궁술, 배돌석은 돌팔매질, 황천왕동은 걸음걸이에 신기한 능력을 갖추고 있는 것으로 제시된다. 이들은 검이나 쇠도리깨 같은 무기를 쓰기도 하지만, 그러한 무기는 신체의 연장이라는 점에서 그것을 다루는 능력 역시 신체 자체의 능

---

28) 이렇게 물러난 점이 서론에서 보았던 것처럼 『임꺽정』에 대한 이중적 평가의 주요한 원인이 되었을 것이다.

력과 같은 궤에 속하는 것이라 할 수 있다.

이처럼 주요 인물들의 탁월한 신체적 능력이 강조되는 것은 강담이나 민담 특유의 과장과 관련이 깊은 것으로 보인다. 예를 들어 임꺽정이 나무를 뽑고 호랑이를 찢어죽이며, 한 번의 칼질로 여러 명의 관군을 무찌르는 것이나, 리봉학이 하늘 높이 나는 새를 정확하게 맞추는 것, 그리고 황천왕동이 하루 이틀 사이에 서울과 청석골을 걸어서 왕복하는 것 등의 일화는 일반적인 사실주의 소설에서는 용납되기 어려운 일이지만, 강담적인 분위기 속에서는 얼핏 보기에 별다른 부자연스러움 없이 그려지는 것이다.

그런 까닭에 이들의 신체는 합리적으로 조절 통제되는 근대적인 신체[29]와는 거리가 멀다. 강담의 분위기 속에서 과장되고 신비화되어 나타나는 이러한 능력은 그 당사자로서도 제대로 통어하기 힘든 것으로 나타나는 것이다. 곽오주가 울음소리에 시달리다 못해 아기를 죽이게 되는 것이 그 대표적인 예이다.

> "이놈의 애녀석이!"
> 하고 꺽정이의 머리를 끄들렀다. 꺽정이가 그 사람의 손을 쥐고 돌아서서 한 번 떠다 밀었더니 그 사람은 고사하고 그 사람 뒤에 겹겹이 섰던 구경군이 장기 튀김으로 자빠졌다. (중략)
> "너 이놈! 힘이 세다고 역적질할 생각을 가졌다지?"[30]

위의 인용은 어린 임꺽정이 어른을 밀쳤다가 억울하게 곤장을 맞게 되는 장면이다. 조절되지 않는 신체적 능력으로 인해, 어린 임꺽정은 역적 모의를 한 것으로 심문을 받는다. 물론 당치 않은 누명이기에 곤장만 맞고 풀려나지만, 그럼에도 불구하고 이 장면은 탁월한 신체적 능력이 이들에게 반드시 긍정적인 기능을 하지는 않으며, 도리어 곡절 많은 삶을 살게 하는 원인이 된다는 것을 알려준다. 곧 자신의 의도와는 상관없이 사회로부터 문제인 인물로 대우받게 되며, 더욱이 그러한 부당한 대우에 또다시 뛰어난 신체적 능력으로 반항하는 식의 악순환이 거듭되는 삶을 살게 되는 것이다.

---

29) A. Giddens, 『현대성과 자아정체성』, 권기돈 역, 새물결, 1997 참조.
30) 홍명희, 『임꺽정』 3권 「양반편」, 사계절, 1995(3판), pp.218-220.

임꺽정을 다시 보면, 어릴 때는 부모에게, 좀더 커서는 주위의 양반집 자식들과 평민 어른들에게, 더욱 커서는 당대 사회 전반에 대한 반항적 의식을 지니게 된다. 이 반항적 의식이 신체의 성장에 비례하여 더욱 격렬해지는 것은 물론이지만, 임꺽정이 청년기에 화적이 되지 않은 것은 스승인 갖바치가 그러한 임꺽정의 반항적 의식을 국토 유람과 왜변 토벌을 통해 완화시켜 주었기 때문이다. 곧 갖바치는 임꺽정이 화적 패거리가 되는 시기를 지연시키는 역할을 하는 셈이다.

한편 탁월한 신체적 능력을 볼 때, 임꺽정을 비롯한 이 인물들은 영웅이 아닌가 생각해 볼 수 있다. 탁월한 신체적 능력은 신화나 고전 소설에 나타나는 영웅적 인물의 전형적인 자질이기도 한 때문이다. 그러나 임꺽정과 그 의형제들은 영웅이 되기에는 결정적인 제한점이 있다. 그것은 신화나 고전 소설의 주인공들이 당대의 지배 이념과 어떤 관계를 맺고 있는가를 생각할 때 단적으로 드러난다. 신화나 고전 소설의 주인공들은 지배 이념 자체로부터 파생된 존재들이다. 그러하기에 이들이 신체적 능력을 발휘하는 일은 개인적 욕망을 해소하는 차원을 넘어, 지배 이념을 현실 속에 구체화하고 결국 당대 지배층의 지배력(권력)을 강화하는 역할을 한다. 이에 반해 임꺽정 같은 인물들의 신체적 능력은 철저히 지배 이념과 무관한 지점에서 나타난다는 점에서 영웅과는 거리가 멀다. 도리어 이들의 신체적 능력은 지배 이념을 훼손하거나 부정할 수 있는 위험한 것으로 인식되며, 따라서 임꺽정 같은 인물들은 일종의 영웅 미달형 인물로 제시된다고 할 수 있다.[31)]

이처럼 지배 이념과 권력으로부터 분리되어 있다는 점에서 이들은 영웅이 될 수 없다. 이들의 능력이 아무리 민담적으로 과장된다 하더라도, 그것만으로는 기존의 지배 이념과 권력에 사적으로 반항하는 것이 될 뿐이다. 이러한 반항이 무위에 그칠 것은 당연한 일인데, 그것은 당사자뿐만 아니라 주위 사람들에게도 예기치 않은 피해를 미치게 된다. 의형제 결의 이전에 일곱 두령이 개별적으로

---

31) 임꺽정은 삼포왜변 당시 자신의 신체적 능력을 봉건 국가를 위해 쓰기도 하지만, 결국에는 당시의 봉건 체제가 자신의 능력을 필요로 하지 않음을 절실하게 느끼게 된다. 이는 리봉학, 황천왕동이, 신돌석을 비롯한 다른 형제들도 마찬가지이다. 국가가 필요로 하는 것은 관리할 수 있는 보통 수준의 능력일 뿐이다.

존재할 때, 이들이 심지어 부모나 형제 같은 주위 사람들로부터도 골치덩이로 취급받는 것도 그 때문이다.

『임꺽정』 이전에 지배 이념과 무관한 영웅 미달형의 인물들이 다수 등장하는 전형적인 작품으로 들 수 있는 것은 중국 소설 『수호전』일 것이다. 『수호전』과 『임꺽정』의 유사점은 선행 연구에서도 빈번히 주목된 바 있지만, 필자가 보기에 가장 근본적인 공통점은 바로 지배 이념과 무관한, 신체적 능력 중심의 영웅 미달형 인물들을 주인공으로 삼았다는 데 있다. 그러나 이 인물들 역시 개별적으로 존재하기만 한다면, 당대 사회에 대한 사적인 반항을 하는 정도의 수준에 머물 수밖에 없을 것이다. 그럴 때 『수호전』의 서사는 이들 인물들이 신체적 능력을 용납하지 않는 현실의 핍박에 의해 양산박에 모여 일종의 공동체를 만들게 된다는 식으로 구성된다.[32] 한 사람은 창을 잘 쓰고, 다른 사람은 용력이 뛰어나다는 식으로 신체적 특장점이 한데 어우러져 개별적으로 흩어져 있을 때와는 비교할 수 없는 능력을 가진 집단, 그러나 그 구성원들은 외부의 기존 사회와는 달리 서로 우애를 주고 받는 공동체적인 집단으로 탈바꿈하는 것이다. 『임꺽정』 역시 마찬가지다. 임꺽정을 비롯한 의형제들이 우여곡절 끝에 청석골에 모인 뒤에는 각각의 신체적 특장점들이 연합되면서 서로 상승작용을 일으켜 당대 사회의 지배적인 질서에 집단적으로 대항할 수 있는 힘이 생기는 것이다. 이 새로운 집단이 '의형제'라는 관계가 말해주는 것처럼 공동체적인 성격을 지니는 것임은 두말할 것도 없다.

그렇지만 집단을 형성한 순간부터 이들은 개별적으로 존재할 때와는 전연 다른 문제에 부딪히게 된다. 비록 공동체적인 근간은 유지된다고 하더라도, 그 집단을 내적으로 결속하고, 봉건 조정의 공격을 방어하기 위해서는 일정한 조직을 갖출 필요가 있는 것이다. 그렇다면 임꺽정 일당은 어떤 형태의 조직을 갖추는가.

> (전략) 새 대장(임꺽정—인용자)이 교의에 안즌 뒤에 오가와 서림이가 여러 두령과 가치 줄을 지어서 군례로 보이고 그 다음에 적은 두목과 졸개들을 불러드려서 새로 현신을 드리게 하엿다. (중략) 대장이 아침 일지기 도회

---

32) 이를 '핍상양산'(逼上梁山)이라고 한다(이혜순, 『수호전』 연구』, 정음사, 1985, p.146).

청에 나와서 자리에 안즌 뒤에 먼저 여러 두령이 대장 아페 와서 국궁(鞠躬)하고 자리에 가서 안꼬 다음에 두목들이 대청에 올라와서 국궁하고 나려가고 나중에 졸개들이 마당에 들어와서 국궁하고 물러가는데 국궁진퇴에 창까지 잇섯다. 이것은 새로 정한 조사 절차니 (중략) 대장이 여러 두령과 공론하고 시프면 공론하고 그러치 안흐면 종사관 하나만 다리고 의론하고 종사관과도 의론하고 십지 안흐면 혼자 생각으로 결단하야 여러 두령과 두목에게 명령하고 지휘하게 되니 대장의 권력(權力)은 그 위풍에서 더 지낫다.33)

임꺽정 일당이 새로이 갖춘 조직은 대장을 필두로 종사관, 두령, 두목, 작은 두목, 졸개 등의 상하 계급으로 이루어지며, 이에 더하여 일정한 예식 절차도 마련된다. 그러한 예식 절차 중 조회하는 장면을 언급한 것이 위의 인용이다. 이 인용에서 확인할 수 있는 것은, 대장인 임꺽정이 위풍도 당당하지만, 권력은 그 위풍보다 더한 것으로 제시된다는 점이다. 곧 임꺽정을 정점으로 한 피라미드식의 조직이 갖추어진 것인데, 실제로 임꺽정이 관을 쓰고 누런 도포를 입는다든지 하는 것을 볼 때 은연 중 왕의 역할을 하고 있다고 할 수 있다. 그렇다면, 임꺽정 일당이 만든 조직은 비록 공동체적인 근간 위에 서 있다 하더라도 실질적으로는 기존 사회의 계급적 질서를 그대로 모방한 것이 아닌가 하는 의문이 제기되는 것이다.

이러한 의문은 조직이 갖추어진 이후의 일을 다루는 「화적편」의 전반적 내용을 볼 때 더욱 강화된다. 임꺽정이 지니는 대장의 권력은 청석골 내에서는 무소불위의 것으로 내내 유지되며, 진상 봉물이라든가 관가를 털어 모은 재물들은 오로지 청석골 자체의 호화로운 생활을 위해 쓰일 뿐이다. 임꺽정 자신부터 양반 행세를 하면서 서울로 잠입해 여러 명의 첩을 두며, 그것을 말리는 황천왕동을 구타하기도 한다. 요컨대 그들은 오로지 청석골을 유지하는 데만 관심을 보일 뿐, 그들이 화적패가 된 주요한 배경인 계급 모순을 타파하려는 어떤 행위조차 보이지 않는 것이다. 이러한 상황에서 청석골 화적패를 의적이라 부를 수는 없을 것인데, 관헌들은 물론 일반 백성들조차 보복이 두려워 협조하는 것으로

---

33) 홍명희, 「화적편」, 1권, 『임꺽정』, 을유문화사, 1948, pp.8-9.

처리되는 것은 당연한 결과라 할 것이다.

이로 볼 때 임꺽정은 봉건적인 한계 내에서 봉건에 대립한 것이라고 규정할 수 있을 것이다. 임꺽정은 계급 모순에 반항적 의식을 지니고 있었지만, 그 반항적 의식을 진전시켜 봉건 질서와 전면적으로 맞서지는 못했던 셈이다. 이처럼 임꺽정이 봉건적인 한계 내에 갇히게 된 궁극적 원인은 아무래도 봉건적 질서가 건재하고 근대적 맹아는 보이지 않았던 조선 명종 조라는 시대 자체에 있을 것이다. 그러한 시대에 임꺽정을 봉건적 한계를 벗어난 인물로 만드는 것은 아무리 강담의 양식을 가져온다 해도 비현실적인 것이기 때문이다.

그렇지만 임꺽정이 봉건을 벗어나지 못한 원인을 시대적 한계로만 몰아부칠 수는 없다. 무엇보다도 그러한 시대적 한계가 작품 속에 어떤 방식으로 나타나는지를 밝히는 것이 필요하다. 이와 관련하여 다시금 주목할 것은 임꺽정 일당이 신체적 능력을 중심으로 공동체적 집단을 구성했으나, 실질적으로는 그들이 반항하고자 했던 봉건적 조정을 역설적으로 모방하여 조직을 구성할 수밖에 없었던 점이다. 그렇다면 이들은 왜 새로운 형태의 조직을 만들지 못했던 것일까. 그 이유는 무엇보다 이들 구성원에게 봉건적 이념(이데올로기)을 넘어서는 새로운 이념이 없었다는 데 있을 것이다. 그러한 새로운 이념이 체계화 정교화될 경우, 그 이념을 실현하기 위한 새로운 형태의 조직이 시도될 수 있겠지만, 신체적 능력에 의거하는 임꺽정 일당으로서는 그러한 이념을 가질 수가 없었던 것이다.34)

새로운 이념 대신 임꺽정 일당을 결속하는 구실을 하는 것은 의형제 간의 우애와 의리이다. 그러나 인애를 내세웠던 『수호전』의 송강도 그러했듯이, 우애와 의리만으로 새로운 형태의 조직을 구성할 수는 없다. 더욱이 앞에서도 보았듯이 임꺽정은 왕처럼 무소불위의 권력을 가지게 됨에 따라 이러한 우애와 의리는 실질적인 결속력을 더 이상 발휘하지 못하는 것이다. 여기서 주목할 것은 서림이라는 인물이다.

---

34) 이런 점은 『수호전』과도 상통하는데, 황제에 맞섰던 송강 일당이 끝내 조정의 포획책에 승복하고 귀순했던 근본적인 원인도 그들을 결속할 이념이 없었기 때문이라고 할 수 있다. 귀순 후 『수호전』의 인물들은 처벌 대신 벼슬을 얻지만, 뿔뿔이 흩어진 이후에는 결국 각기 비극적인 죽음을 맞았던 것이다.

『형님이 아무리 야단을 처두 내가 하구 시픈 말은 다해야겟소. 서종사 말을 형님이 너무 미드시는 게 탈입늰다. 나는 서종사가 오늘 오지 안흘 줄을 미리 다 알엇소』

쇠멱미테 가튼 곽오주가 말을 불쑥불쑥 하는데 꺽정이는 화가 꼭두까지 치밀어 올라서

『아가릴 찌저 노키 전에 가만이 닥치구 잇거라』[35)]

위의 인용은 임꺽정이 의형제의 맏이로서보다는 조직의 정점에 선 대장으로 처신하고 있음을 보여준다.[36)] 그렇게 대장으로 처신할 때의 임꺽정에게 가장 중요한 인물은 다른 형제들이 아닌, 서림일 수밖에 없는 것이다. 서림은 절묘한 계책을 세워 신체적 능력으로만 구성된 의형제들의 조직을 효율적으로 발휘하게 하는 머리 구실을 하기 때문이다. 그렇지만 서림의 능력은 당면한 정황을 헤쳐나가는 계책을 세우는 것으로 엄밀하게 국한되며, 이념의 측면에서는 봉건 이념을 넘어서는 그 어떤 구실도 하지 않는다. 그런 점에서 이원조가 서림을 작가의 작중 현신으로 본 것[37)]은 부분적으로만 타당하다. 홍명희는 서림을 통해 신체적 능력에 의존하는 임꺽정 일당이 제대로 활동할 수 있도록 만들기는 하지만, 다른 한편으로 서림이 계책의 차원을 넘어 이념의 영역으로 나아가는 것을 제한하고 있기 때문이다. 곧 서림은 의형제의 집단으로서의 화적패를 상징하는 것이 아니라, 봉건 국가를 본뜬 擬似-권력 집단으로서의 화적패를 상징하는 인물인 것이다.

4. 서술자의 정체성과 『임꺽정』의 성과

이상의 논의를 볼 때, 홍명희는 임꺽정을 봉건적 한계 내에서 봉건적 방법으

---

35) 「화적편」 3권, pp.293-294.
36) 임꺽정이 다시금 의리를 앞세우게 되는 것은 서림이 붙잡힌 뒤 관군의 공격으로 화적패가 와해된 이후이다.
37) 이원조, 잎글, p.437.

로 봉건에 대항했던 인물로 그려내려 했던 것이라 할 수 있다. 이것이 당시 역사의 발전 단계와 부합하는 것이라면, 홍명희가 왜 청석골 화적패를 '의적'으로 그려내지 않았는지도 이해된다. '의적'이 공동체를 중시하는 가치관과 이어지는 것임에 반해, 서림이 핵심적인 역할을 하는 청석골 화적패는 공동체보다는 봉건적 조직체에 더욱 가까운 것이기 때문이다. 그런 점에서 임꺽정이 봉건적 모순을 타파하려는 영웅적인 시도를 보여주지 않았다는 식으로 『임꺽정』을 비판하는 것은 당시의 역사적 상황이나 작가의 의도를 제대로 고려하지 못한 결과라고 하겠다.

한편 이러한 임꺽정의 '한계 있는' 위상은 그것을 그려내는 서술자의 정체성과도 연결된다. 이 소설에서 강담을 수행하는 서술자는 임꺽정에 대해 일정한 거리를 유지하고 있는 것으로 나타난다. 한편으로는 임꺽정이 그렇게 될 수밖에 없었음을 이해하고 동조하지만, 다른 한편으로는 임꺽정에 대해 객관적이고 냉정한 태도 역시 같이 드러내는 것이다. 다음의 인용은 그 예이다.

> 대체 꺽정이가 처지의 천한 것은 그의 선생 양주팔이나 그의 친구 서기(徐起)나 비슷 서로 가트나 양주팔이와 가튼 도덕도 업고 서기와 가튼 학문도 업는 까달게 남의 천대와 멸시를 우서버리지도 못하고 안심하고 밧지도 못하야 성질만 부지중 괴상하야저서 서로 뒤쪽되는 성질이 만헛다. 사람의 머리 버이기를 무 밋동 도리듯 하면서 거미줄에 걸린 나비를 차마 그대로 보지 못하고 논바테선 곡식을 예사로 짓밟브면서 수채에 나가는 밥풀 한낫을 앗기고 반죽이 눅을 때는 홍제원 인절미 갓기도 하고 조급증이 날 때는 가랑닙에 불 부튼 것 갓기도 하엿다.[38]

위의 인용은 임꺽정의 거칠고도 조급한 성격을 설명하는 부분이다. 이 인용의 앞 부분은 임꺽정이 그러한 성격을 가질 수밖에 없는 연유를 이해하는 태도를 드러내지만, 뒷부분에는 자못 냉정하게 임꺽정의 성격을 설명하고 있다.

지금까지의 논의에 따른다면, 임꺽정을 이상화시키지 않는 이와 같은 서술자의 양면적 태도는 보다 근원적으로는 작가인 홍명희의 냉철한 역사 인식에서

---

38) 『화적편』 1권, p.25.

비롯한 것이라고 할 것이다. 그는 임꺽정을 이념적으로 '현대화'[39]된 도적이 아니라 당시 역사 속에 살아있는 도적으로 그려내려 했던 것이다. 그러나 단순하게 그러한 역사 인식이 직접적으로 소설의 전반적인 서술에 작용한다고는 할 수 없다. 왜냐 하면 앞에서 주목했던 것처럼 『임꺽정』은 대중적인 이야기꾼에 의해 연행되는 강담의 양식을 채택하고 있기 때문이다. 달리 말해 강담 이야기꾼을 서술자로 택했을 때, 그 이야기꾼보다 지식과 이념의 측면에서 좀더 수준 높은 것임에 틀림없는 작가의 직접적인 목소리는 서술의 표면에 그대로 드러날 수 없는 것이다.

사실 이는 애초에 강담 양식을 택했을 때 홍명희가 부딪혔던 난관이라고 할 수 있다. 작가의 직접적인 목소리를 드러낸다면 강담이라는 양식 자체가 무너지게 될 것이며, 반대로 강담이라는 양식을 유지하려면 임꺽정에 대한 작가 자신의 입장을 제대로 전달할 수 없게 될 것이다. 그렇다면 홍명희는 이러한 난관을 어떻게 벗어나려 했을까. 그 답은 강담 이야기꾼인 서술자의 이데올로기적 입장[40]을 보다 명확히 하는 데 있다. 일단은 작가의 이데올로기적 입장과 구별되면서도 궁극적으로는 일치 또는 상통하는 그러한 서술자의 이데올로기적 입장을 갖춘다면, 강담의 양식과 작가의 이념적 의도 양자를 살릴 수 있을 것이기 때문이다.

여기서 문제는 그러한 입장을 어떻게 형성할 것인가이다. 사실 이 문제에 대한 답 역시 명확하다. 당시의 사료 기록에 나온 대로 봉건 이념의 입장에서 임꺽정을 바라보게 만들 수는 없을 것이며, 반대로 사회주의적인 이념의 입장에서 바라보게 만들 수도 없을 것이기 때문이다. 그럴 때 가능한 유일한 방책이면서 또한 가장 자연스러운 방책은 임꺽정 이야기를 몇 백 년간 즐겨온 기층 민중의 시각을 가져와 서술자의 입장으로 만드는 것이다. 이는 임꺽정이라는 기층 민중 출신의 인물에 가장 부합하는 방책이면서, 동시에 기층 민중들을 대상으로 한

---

39) 루카치는 '과거의 토대 구조가 현재의 토대 구조와 경제적으로나 이데올로기적으로 동일하다는 확신을 가진 탓에 과거 사건의 유일성 — 역사적 특수성 — 을 고려하지 않게 된 것을 현대화'라고 부른다(G. 루카치, 윗책, p.228).

40) 서술자의 이데올로기적 입장을 서사학적으로 설명한 것은 S. S. Lanser, *The Narrative Act* ; *Point of View Prose Fiction*, Princeton : Princeton Univ. Press, 1981을 참조. 그리고 작가 및 서술자의 이데올로기적 입장이 작품에 대한 기획과 실천으로 연결되는 것에 대한 논의는 P. Macherey, A *Theory of Literature Production*, London . Routledge & Kegan Paul, 1978을 참조.

강담의 양식과 맞아떨어지는 방책이기도 하다.

그렇다면 기층 민중들은 임꺽정을 어떻게 바라보았을까. 이를 설명하기 위해서는 우선 앞에서 논의한 바 있는 신체적 능력의 문제로 되돌아갈 필요가 있다. 기층 민중들이 보기에 임꺽정은 자신들과 같으면서도 다른 점이 있다. 별다른 권력이나 금력 없이 신체 하나만으로 살아간다는 점에서는 같지만, 그 신체의 능력이 남다르다는 점에서는 민중들과 다르다. 그러기에 임꺽정은 자신들과 달리 봉건적인 지배 체제나 권력의 핍박에 대해 굴종하지 않고 대항할 수 있다. 이와 같은 대항을 보면서 그들은 일종의 대리 만족을 얻는다. 곧 자신들로서는 감히 어겨볼 수도 없는 기존 질서를 신체 하나만으로 부정하는 존재들로 해석하면서, 억압된 현실 부정 욕구를 임꺽정 같은 예외적 인물들을 통해 충족하려 하는 것이다. 임꺽정이 부패한 봉건 관료들을 징치하면서 부당하게 착취한 재물을 빼앗는 것에 이들이 재미를 느끼는 것은 그 때문이다.

그러나 이러한 예외적인 인물들은 체제와 권력에 대해서만 아니라, 민중들 자신에게도 언제 피해를 끼칠지 모르는 존재들이라는 점에서 문제가 된다. 자신들을 규율할 보편적인 이념이나 윤리 의식도 없고, 오직 자신들끼리의 의리만 아는 이 예외적 인물들은 민중을 위하기는커녕 의적의 차원으로도 나아가지 못한 채 도리어 자신들에게 위협을 주는 존재이기도 한 때문이다. 달리 말해, 자신들에게 피해를 준다는 점에서는 체제나 권력을 가진 이들과 다를 바 없는 것인데, 임꺽정 역시 자신의 졸개를 해치거나, 구월산으로 피신하는 도중에도 아무 거리낌없이 민가에 들러 행패를 부렸던 것이다. 그럴 때 민중들은 이 예외적 인물들에 대해 양면적인 태도를 보인다. 한편으로는 이들이 드러내는 반항적인 면모에 찬사를 보내면서도, 다른 한편으로 그들에게서 발견하는 봉건 체제나 권력을 모방한 또다른 권력자의 모습에 대해서는 비판적 태도를 보이는 것이다.

이러한 양면적 평가가 기층 민중들이 임꺽정을 바라보는 시각에 내재되어 있다면, 홍명희는 그러한 시각을 가져와 강담 이야기꾼으로서의 서술자가 가지는 입장으로 내세웠다고 할 수 있다. 『임꺽정』 이전에도 카프 계열의 소설처럼 당시까지의 근대 소설사에서 민중적인 입장에 선 서술자를 등장시키는 소설들이 없었던 것은 아니지만, 그럼에도 불구하고 그러한 서술자는 다분히 지식인 또는 이념적 입장을 거쳐 만들어진 민중들의 이미지에 의존한 것이었다. 그러나『임꺽정』에서는 대다수 민중들의 입장이 그대로 서술자의 입장 내지 정체성으로 전환되고 있다는 점에서, 그리고 그러한 정체성을 전제로 당시의 사회상을 민중의 입장에서 그려내고 있다는 점에서,『임꺽정』이야말로 당시의 획기적인 역사 소설이라 하지 않을 수 없다. 달리 말하면 임꺽정을 봉건적 한계 내에서 그에 대립하는, 그 시대에 적절한 인물형으로 그려낼 수 있었던 것도 이러한 민중적 정체성을 지닌 강담적 서술자를 내세운 데 결정적으로 힘입고 있는 것이다. 결국『임꺽정』이 '조선 정조'(민중성)를 구현하고 있다면, 그것은 소재적인 차원에서 당시 조선의 민중 생활사를 복원하고 있다는 점 외에, 이러한 민중의 시각을 고스란히 살려내고 있다는 점에서 그렇다고 할 것이다.

5. 결론을 대신하여

　사실 강담의 양식을 선택하여 소설을 시작한 순간부터 홍명희 자신이 가졌던 이념적 의도를 직접 드러내는 것은 방해받기 시작한 것이라고 할 수 있다. 강담의 양식은 그러한 이념에 아직 적합하지 않은 것이었기 때문이다. 그런 까닭에 『임꺽정』이 좀더 적극적인 내용을 담지 않은 것을 비판할 수도 있지만, 홍명희가 우리 근대 소설사에서 처음으로 민중적 정체성에 의거한 서술자를 내세웠던 사실, 그리하여 임꺽정이라는 예외적 개인으로부터가 아닌, 이야기 전체로부터 민중성을 구현해 내었던 공적이 그러한 비판에 가려져서는 안될 것이다.

> 　꺽정이는 갑자기 부축한 군사를 밀어젖혔다. 그는 비틀거리며 싸움터 쪽으로 몇 걸음 걸어가다가 우뚝 서 버렸다. 그의 입에서는 비통한 부르짖음이 터져 나왔다.
> 　"이젠 힘이 없구나. 아, 원통하다."
> 　꺽정이는 눈 위에 쓰러졌다. 부릅뜬 눈은 저무는 창공을 향해 굳어지고 가슴에서 끝없이 흘러내리는 피는 흰눈을 붉게 물들였다.

이때 구월산의 은은한 메아리가 그의 마지막 부르짖음에 대답했다.
아— 원통하다.[41]

이제 마지막으로 북한에서 홍석중에 의해 축약본으로 다시 쓰여진 『청석골 대장 임꺽정』에 대해 언급하기로 한다. 이 축약본은 위의 인용에서 보듯이 『임꺽정』에서는 쓰이지 않았던 임꺽정의 죽음까지 다루고 있는데, 그럴 때의 가장 큰 특징은 비장미가 강조된다는 사실이다. 사실 이 축약본은 매우 적극적인 내용을 담고 있으며, 따라서 임꺽정 역시 봉건적 한계 내에서 그려지기보다는 그것을 넘어서는 이념형의 인물로 다시 축조되고 있다. 임꺽정의 죽음 역시 '미리 태어난 자의 비극'이라는 맑스적인 비극 개념[42]이 연상될 만큼, 새로운 이념을 가졌으나 그것이 허용되지 않은 시대에 산 영웅적 인물의 비장한 죽음으로 그려진다. 그러나 그 때문에 임꺽정은 비현실적으로 이상화되고 아울러 소설 전체의 현실성 역시 상쇄되고 마는 것으로 보인다. 곧 민중적인 정체성이라기보다 이념적인 정체성에 의거한 서술이 수행됨에 따라 대상 인물에 대해 독자들이 가질 수 있는 비판적 거리는 없어지고 마는 것이다. 그런 점에서 『임꺽정』을 다시 본다면, 민중들 스스로가 그 이야기를 즐기면서 자신들도 모르게 은연 중에 드러내었던 화적들에 대한 비판적 시각을 소설로써 명확하게 드러내었다는 점이 『임꺽정』의 가장 큰 미덕인 셈이다.

---

41) 홍석중 축약, 『청석골대장 임꺽정』, 동광출판사, 1989, pp.338-339.

42) 이는 마르크스와 엥겔스가 라쌀레와 벌인 지킹엔 논쟁에서 마르크스가 드러낸 비극의 한 유형이다. 봉건 질서가 와해되고 있던 16세기 독일의 역사를 배경으로 한 비극으로서, 괴테가 기사 계급이었던 괴츠 폰 베를리힝엔을, 라쌀레가 귀족 계급인 프란츠 폰 지킹엔을 비극의 주인공으로 각각 삼았음에 비해, 마르크스는 역사가 진전하는 방향을 알려주지만 그 실현 조건은 아직 대단히 열악한 상태의 '이른' 시기에 반기를 들었던 기층 민중 출신(농민) 토마스 뮌쩌에게서 비극의 주인공을 찾아야 한다고 말하고 있다. 이상에 대해서는 A. 아르봉, 『마르크스주의와 예술』, 서광출판사, 1981, pp.38-41 참조.

제 2 부

전후 소설과 '장소'의 문제

1. 서 론

　1990년대 이후 본격화되었던 전후 소설 연구는 이제 상당한 성과가 축적된 것으로 보인다. 손창섭, 장용학, 이범선, 오영수, 오상원, 최인훈 등 대표적인 전후 작가들에 대한 개별 작가론을 비롯하여,[1] 전쟁 및 당시 상황에 대한 현실적 반영에 대한 연구,[2] 전후 소설 전반에 대한 문학사적인 종합적 연구[3] 등이 수행되어 전후 소설을 다양하게 조명한 바 있다.

　이러한 연구 성과들을 참조하면서, 이 글에서는 전후 소설의 전반적 흐름을 배경의 문제를 중심으로 살펴보려고 한다. 물론 배경을 단순하게 서사의 무대 차원에 머무는 것으로 볼 수는 없다. 작품에서 전개되는 사건이나 그 속에서 유

---

1) 작가론을 종합적으로 모은 것으로 이주형 외, 『한국현대작가연구』, 민음사, 1989 ; 권영민 외, 『한국현대작가연구』, 문학사상사, 1991 ; 송하춘 외, 『1950년대의 소설가들』, 나남, 1994 등이 있다.
2) 정호웅, 「50년대 소설론」, 『1950년대 문학연구』, 예하, 1991 ; 조남현, 『한국현대소설의 해부』, 문예출판사, 1993 ; 김만수, 「1950년대 소설에 나타난 한국전쟁의 형상화방식」, 『한국전후문학의 형성과 전개』, 태학사, 1993 등을 들 수 있다.
3) 김윤식·정호웅, 『한국소설사』, 예하, 1993 ; 권영민, 『한국현대문학사 1945-1990』, 민음사, 1993 ; 이재선, 『현대한국소설사 : 1945-1990』, 민음사, 1997 등을 들 수 있다.

동하는 인물 등은 배경이라는 근본적 틀 위에서 방향이 잡히고 구체화되기 때문이다. 그럴 때 작가는 자신의 의도를 좀더 잘 작품으로 구현하기 위해 자신에게 익숙한 또는 익숙하다고 간주하는 공간을 배경으로 설정하려 하기 마련이다. 그러나 작품 속 배경의 원재료가 되는 현실 자체가 급격한 변화를 보이는 경우, 곧 이푸 투안 식으로 말한다면, 종래의 낯익은 장소가 낯선 추상적인 공간으로 변해 버리는 경우, 작가는 자신이 쓸 소설의 배경을 설정하는 데 곤란함을 겪을 수밖에 없다. 그러한 추상적인 공간 속에 구체적인 인물과 사건을 배치할 수는 없는 일이기 때문이다. 이런 점은 특히 전쟁으로 인해 종래의 낯익은 장소가 삽시간에 피비린내 나는 낯선 공간으로 변해버리는 상황에 처했던 전후 소설 작가들에게는 심각한 문제로 제기되었던 사항으로 보인다. 요컨대 그들이 익숙한 장소를 배경으로 선택하려 해도, 전쟁이라는 상황 자체가 그러한 장소를 잘 허용하지 않았던 것이다. 이러한 난관에서 대개의 전후 소설은 그나마 전쟁 속에서도 잔존한, 그러나 언제 그조차 파괴되어 버릴지 모르는, 지극히 '작은' 장소를 배경으로 설정하는 방식을 취하게 된다. 곧 이전의 소설에 비해 배경으로 설정되는 현실 공간의 범위가 극도로 축소되어 버리는 것인데, 이에 따라 전후 소설에 나타난 실제적인 배경은 막막한 추상적 공간 속에 점점이 놓여 있는 위축된 '장소'의 형태로 나타난다고 할 수 있다.[4]

그렇지만 전후 소설을 '장소'를 중심으로 분석하기 위해서는, 장소의 개념을 좀더 명확히하고, 아울러 전쟁이 장소에 미치는 영향을 논하는 것이 우선 필요하다. 따라서 이 글에서는 장소 개념과 전쟁의 관계를 먼저 논한 후, 그 다음 여

---

[4] 사실 장소는 전쟁이라는 '돌연한' 상황이 아니더라도 그 성격이 바뀔 수는 있다. 흔한 예로는 이푸 투안이 들었듯이 늘상 지나치던 장소를 어느 날 새롭게 보는 경우를 들 수 있다. 그렇지만 그러한 장소의 변화는 전체적 일상성 속에서 아주 미세한 부분일 뿐이며, 대부분의 경우 그 새로운 변화는 일상성 속으로 다시금 포섭된다고 할 수 있다. 또 다른 예로는 일상성을 당연하거나 자연스러운 것으로 더 이상 받아들이지 않게 된 경우이다. 일상성을 대하는 자 스스로의 새로운 인식이나 깨달음으로 인한 경우일 것인데, 이때도 낯익은 장소는 낯선 공간으로 변화한다. 그렇지만 이는 인식의 변화인 것이지 장소가 된 공간 자체의 심각하고도 전면적인 변화가 동반된 것은 아니다. 마지막 경우는 인위적 환경 개발이다. 단시간에 대규모로 이루어지는 이러한 개발은 전쟁처럼 생존 위기를 동반한 장소의 변화를 가져오지는 않지만, 그럼에도 불구하고 장소감 sense of place 을 변경시키는 가장 본질적인 경우가 될 것이다. 마셜 버만이 분석했던, 벤야민의 파리 묘사나 도스토옙스키의 네프스키 지구의 묘사의 본질은 바로 이러한 대규모의 개발에 따른 장소감의 변화라 할 수 있다(마셜 버만, 『현대성의 경험』, 윤호병 외 역, 현대미학사, 1998 참조).

러 전후 소설들을 분석하면서, 어떠한 방식으로 '장소'의 문제가 전후 소설에서 구체화되고 또 해소되는지 밝히기로 하겠다.

2. 장소와 일상성, 그리고 전쟁

먼저 장소 place와 공간 space의 개념에 대해 살펴보기로 한다. 단적으로 말해 모든 장소는 공간이 되지만, 모든 공간이 다 장소가 되는 것은 아니다. 이 말은 장소라는 말에는 공간과 구별되는 특수한 함의가 있음을 알려준다. 이푸 투안은 장소와 공간의 구별에 대해 다음과 같이 정리하고 있다.

> (…) "공간"은 "장소"보다 추상적이다. 무차별적인 공간에서 출발하여 우리가 공간을 더 잘 알게 되고 공간에 가치를 부여하게 됨에 따라 공간은 장소가 된다. (…) "공간"과 "장소"의 개념을 정의하려면 서로를 필요로 한다. 우리는 장소의 안전 security, 안정 stability과 구분되는 공간의 개방성, 자유, 위협을 알고 있으며 그 역 또한 알고 있다. 나아가 우리가 공간을 움직임이 일어나는 곳이라 생각한다면, 장소는 정지(멈춤)이다. 움직임 속에서 정지할 때마다 그곳은 장소로 변할 수 있다.[5]

위의 인용에 따른다면, 장소는 아직 자연 그대로인 공간, 곧 '무차별적인 공간'이 인간에 의해서 인식되고 가치가 부여됨에 따라 만들어지는 것인 셈이다. 이때 인식에서 가치 부여에 이르는 과정은 달리 말해 '의미화 과정' signifying process이라고 할 수 있을 것인데, 장소가 '의미를 띤 공간'[6]으로 규정되는 것도 이와 관련이 있다. 그러나 의미화되는 모든 공간이 다 장소가 될 수 있는 것은 아니다. 우주의 먼 곳이나 아직 가 보지 않은 미지의 세계 등도 인간에 의해 의

---

5) Yi-Fu Tuan, *Space and Place*, Minneapolis ; Minnesota Univ. Press, 1977, p.7(이푸 투안, 『공간과 장소』, 구동회·심승희 역, 도서출판 대윤, 1995, p.19).

6) E. Carter, J. Donald & J. Squires(eds.), *Space and Place : Theories of Identity and Location*, London ; Lawrence & Wishart, 1993, p.xii

미화될 수 있지만(신화적 공간 또는 과학적 공간), 그런 공간이 장소가 될 수는 없을 것이다. 무엇보다도 그런 공간은 인간이 직접 가볼 수는 없기 때문이다. 따라서 장소는 접근 가능성이 전제되어야 하는 개념이라고 할 수 있다. 이푸 투안 역시 이 점을 주목하여 장소의 형성 요건으로 '경험의 축적'을 언급하고 있다.

한편 경험이 축적되고 의미화된 공간이라는 점에서 장소의 형성은 일상성과 밀접한 관계가 있다. 일상성이 '사람들의 개별적 삶을 매일 매일의 테두리 속에서 조직하'는 것으로서, '일과 행위와 생활의 규칙적이고 반복적인 리듬'7)을 의미하는 것이라면, 그런 반복적인 리듬 속에서 사람들은 주위의 공간을 낯익고 친숙한 것으로 접하게 되는 것이다.

사실 이처럼 일상성과 장소의 연관을 문제삼는 연원은 하이데거에 있다. 하이데거는 공간을 중성적이고 기하학적인 순수 공간 Raum으로 간주하지 않고, 현존재와 주위 세계 간의 연계 또는 교섭에 의거하여 유기적인 통일로서의 공간성 Räumlichkeit을 띠게 되는 실존론적인 범주로 파악한다.8) 여기서 현존재가 주위 세계와 연계 또는 교섭하는 것이 이른바 관심(염려) Sorge의 현상 형태인 '일상적 관심 Besorgen'에 따른 것이라면, 결국 공간(주위 세계)은 '일상적인 관심에 의거한 교섭을 통해 발견되고 분별적인 헤아림에 의해 해석'9)된 장소들로 재구성되는 것인 셈이다.

그러나 인간(현존재)이 주위 세계와의 일상적 교섭이 도저히 불가능한 사태 Sache가 닥치면 어떻게 될까. 카렐 코지크가 관심에 의거한 실존철학을 비판하는 주요한 근거가 여기에 있다. 코지크는 일상성에 의거한 논리를 전개하는 실존 철학은 근본적으로 비역사성 위에 기초하는 것이라고 비판하면서, 그 반례로 전쟁에 의해 일상성 자체가 붕괴되어 버리는 상황을 제시한다.

전쟁은 일상성을 붕괴시킨다. 그것은 수백만의 사람들을 그들의 환경으로부터 강제로 끌어내고, 그들의 일로부터 떼어내며 그들의 친숙한 세계로부터 몰아낸다. 비록 전쟁이, 일상생활의 기억과 경험 속에서, 그리고 그 지

---

7) 카렐 코지크, 『구체성의 변증법』, 박정호 역, 거름, 1985, p.70.
8) 김형효, 『하이데거와 마음의 철학』, 청계, 2000, pp.101-113 참조.
9) 윗책, p.113.

평 위에서 '살고 있는' 것이라 할지라도 그것은 일상성을 넘어서는 것이
다.10)

그리하여 일상성은 '마치 내 집처럼 신뢰·친숙성·친근성으로 나타나는 반
면에 역사(전쟁)는 탈선·일상성의 파괴·예외적인 것·낯선 것으로 나타'난다.
그럴 때 소박한 수준의 의식은 일상성을 자연스럽고 당연한 분위기로 간주하기
때문에, 역사(전쟁)는 '개인이 숙명적으로 그 속에 내던져지는 파국의 형태'로서
'일상성 속에 불쑥 튀어들어오는' 양상으로 인식하게 된다.

물론 코지크가 단선적으로 역사(전쟁)와 일상성을 대립시키는 것은 아니다.
'가장 예외적이며 전혀 자연스럽지 않고 전혀 인간적이지 않은 환경 속에서조
차도 사람들은 생활의 리듬 곧 일상성을 만들어내는 것'11)이다. 코지크는 그 단
적인 예로 죽음의 위협이 항상 의식되고 또 그 위협이 늘상 가시화되는 집단수
용소에서도 유태인들이 그들 스스로 질서를 만들어내고 일상적인 삶의 리듬을
회복하려 했던 예를 든다. 이런 점을 본다면, 일상성이란 역사의 이해할 수 없는
사태를 애써 다시금 기호화하고 스스로 반복함으로써 친숙한 것으로 만들려는,
그리하여 삶의 안정을 확보하려는 절실한 삶의 企圖 Entwerf에 의해 이루어진
것이라 할 수 있다.

그렇지만 기존의 일상성이 붕괴된 상태에서 나타나는 새로운 일상성이란 개
인들에게 역설적으로 매우 낯선 것이며, 동시에 아직 조야한 형태12)에 머무는
것일 수밖에 없다. 그들이 겨우 마련한 이러한 일상성으로는 도저히 기호화할
수 없는 낯선 사태, 곧 파괴와 생존의 위협이 언제 다가올지 모르는 사태가 눈
앞에 펼쳐져 있기 때문이다. 정상적인 상태의 일상성이 삶의 비―안정성과 비
―반복성을 은폐하고 안정성과 반복성을 신뢰하게 만드는 것이라면, '조야한
형태의 일상성'이란 그러한 신뢰 자체가 극도로 제한된 상태로 성립되는 것이

---

10) 카렐 코지크, 앞책, p.67.
11) 윗책, p.67-68.
12) 여기서 '조야한 형태의 일상성'이란 통상적인 일상성과는 달리, 개인의 안전과 안정에 대한
    보장의 약속이 금방 허구임이 드러나는 것, 따라서 장소 만들기가 제대로 수행되지 못하는
    수준의 일상성을 의미하는 것으로 쓰기로 한다. 적어도 통상적인 일상성이라면 그 허구성
    이 쉽사리 드러나지는 않고, 또 그만큼 장소의 안정성 또한 보장된다고 할 수 있다.

다. 이와 같은 조야한 형태의 일상성에 주체들이 만족할 수 없는 것은 물론이지만, 그럼에도 불구하고 그들은 이 일상성을 수긍할 수밖에 없다. 마음 한켠에는 전쟁 이전의 정상적인 일상성을 희구하는 심리가 남아 있지만, 그것을 회복하려는 시도는 포기되거나 유보된 채, 현실적으로는 조야한 형태의 일상성에 더욱 매달리게 되는 것이다.

전후 소설 역시 이러한 상황을 반영할 수밖에 없다. 전쟁 중이든 전쟁 직후든 간에 '조야한 형태의 일상성' 하에서 전쟁 전의 '평화로운' 장소가 파괴되거나 축소되는 것이 배경 설정의 주요한 관건이 되는 것이다. 그럴 때 전후 소설은 조야한 형태의 일상성에 의해 그나마 마련했거나 잔존했던 남은 장소마저 막막한 공간으로 변해버린 상황을 자조적으로 그려내면서, 이제 삶의 안정된 반복을 최소로나마 도모할 수 있는 '장소'를 만들거나 유지하기 위해서는 갖은 노력을 다해야만 한다는 것을 보여준다. 한편 그런 점에서 전후 소설에서 실제로 그려진 장소는 매우 불안정한 장소라 할 것인데, 이 불안정성에 대립하면서 가상적이나마 안정된 장소를 애써 만들려 하거나, 최소한 인물 자신의 내면적 자유라도 허용될 수 있는 장소를 찾으려 하는 경향 또한 전후 소설에서 두드러지게 나타난다. 이제 다음 장부터는 이러한 전후 소설의 여러 경향을 검토하면서 장소의 문제가 어떻게 제기되고 또 해결되어 갔는지 살펴보기로 한다.

3. 최소 장소로서의 방과 조야한 형태의 일상성

전쟁에서 비롯한 조야한 형태의 일상성 하에서 극도로 불안정하게 만들어지거나 유지되는 현실적 장소는 전후 소설 가운데 가장 빈번하게 나타난다. 피난민으로서 낯선 환경에서 겪어야만 하는 어려움을 다룬다든가, 반드시 피난민은 아니라 할지라도 겨우 마련한 비좁고 헐벗은 장소 — 흔히 집 또는 가정으로 표상된다 — 나마 유지하기도 힘든 상황을 제시하는 소설들이 그것이다. 그렇지만 이 문제를 가장 극단적으로 밀고 나간 작가는 아무래도 손창섭일 것이다.

그 동안의 여러 연구들에서 주목되었듯이, 손창섭 소설에는 거리에서 중요

사건이 일어나는 경우는 거의 없으며, 대개는 집, 특히 좁은 방에서 많은 사건이 이루어진다. 그렇다면 그 방은 어떤 성격을 가지고 있는가. 이 물음에 답하기 위해 우선 손창섭의 첫 작품인 「공휴일」을 살펴보기로 한다.

> 조그마한 자기의 세계에서 아무데도 국척(跼蹐)되는 일 없이, 멋대로 하루를 경영할 수 있는 것이 짜장 즐겁지 않은 바는 아니었다. 그러면서도 (중략) 이제는 완전히 습관화되어 버린 일과에서 하루를 거른다는 것은 어딘가 허수한 맥빠진 감이 아주 없지도 않았다. 마치, 언제고 같은 박자로만 움직이고 있던 시계추가 잠시 정지되어 있는 상태와도 흡사한 것이었다.[13]

「공휴일」에 대해 먼저 말해둘 것은 이 작품이 전쟁과는 무관하다는 점이다. 이 작품의 핵심적인 제재는 전쟁 이전의 정상적인 일상성이다. 이 작품의 주인공 도일은 직장과 결혼, 나아가 삶 자체를 사로잡고 있는 일상성에 명시적으로 반발하지는 못한 채, 다만 '조그마한 자기의 세계'에서만이라도 그러한 일상성으로부터 일시적으로나마 벗어나려 시도하는 것을 보여준다. 그러나 이 방이 일상성을 완전히 벗어난 장소인 것은 아니다. 이 방 역시 실제로는 일상성 속에서 주체들에게 허용된 사적인 장소일 뿐이다.[14] 위의 인용에 제시된, 도일이 방에 대해 느끼는 이중적인 감정은 그러한 방의 한계를 잘 알려준다. '조그마한 자기의 세계'에서 '멋대로 하루를 경영하는' 즐거움은 일상성의 굴레를 벗어났음을 뜻하지만, 그 즐거움 뒤에 숨어있는 '허수한 맥빠진 감'이란 결국 일상성에서 벗어날 수 없음을 인정했을 때 나타나는 무력증[15]에서 비롯한 감정인 것이다.

이로 본다면, 「공휴일」은 방이라는 사적 장소를 매개로 전쟁 이전의 정상적인 일상성에 대한 암묵적인 반발—어쩔 수 없이 순응한다는—을 보여주는 데 그 주제가 있다고 하겠다. 여기서 방은 일상성 속에 있지만 그럼에도 불구하고

---

13) 손창섭, 「공휴일」, 『한국현대문학전집』 3권, 신구문화사, 1981, p.117.

14) 뒤에 다시 언급하겠지만, 박태원의 「소설가 구보씨의 일일」에 나오는 구보의 방도 이와 마찬가지이다. 「공휴일」의 도일의 방이 어머니와 누이로 상징되는 일상성 속에 견고하게 자리잡고 있는 것처럼, 구보의 방 역시 어머니로 상징된 일상성 속에 견고하게 자리잡고 있는 것인데, 그런 사적 장소에서 구보나 도일은 좀더 '안전'하고 '안정'되게 일상성으로부터의 탈피를 기도할 수 있다.

15) 조남현, 「손창섭의 소설 세계」, 『한국현대소설의 해부』, 문예출판사, 1993, p.108.

일상성의 구속으로부터 상대적으로나마 자유를 느낄 수 있는 장소로 의미부여
된다.

그렇다면 정작 전쟁 이후의 조야한 형태의 일상성이 다가왔을 때, 방이라는
장소는 어떤 변화를 겪는가. 이 변화의 단초는 손창섭의 두 번째 작품인 「사연
기」에서 잘 드러난다.

> 짜증에 가까운 성규의 어투로, 얼른 좀 내려오지 않고 뭘 꾸물거리고 있
> 느냐는 재촉을 받고서야, 동식은 마지못해 일어서 아랫방으로 내려갔다. 먼
> 지와 글음과 파리똥으로 까맣게 쩔은, 창 하나 없는 벽과 천장 구석구석에
> 는 거미줄이 얽히어 있고, 때고 또 때고 한 장판 바닥에서는 먼지가 풀썩풀
> 썩 이는 음침한 단칸 방이었다. 이 방에 들어설 때마다 동식은 어느 옛날 애
> 기에나 나옴직한 끔찍스러운 괴물이라도 살 것 같은 우중충한 동굴을 연상
> 하는 것이었다.[16]

이 소설의 배경이 되는 것은 두 개의 방이다. 원래는 방 하나인 판잣집을 둘
로 나누어 윗방은 동식이 세들어 살고 있고, 아랫방은 성규와 그 가족이 살고
있는 것이다. 위의 인용은 성규 가족이 살고 있는 아랫방을 묘사한 부분인데, 이
러한 묘사는 이미 이 방이 장소로서의 성격을 잃고 있음을 알려준다. '우중충한
동굴을 연상'케 하는 그 방은 전쟁과 그로 인한 조야한 형태의 일상성에 이미
침탈된 장소에 지나지 않는 것이다. 달리 말해 성규와 정숙은 조야한 형태의 일
상성이 강요하는 생존 경쟁에서 탈락된 인물들인 것이며, 그 때문에 최소한의
사적 장소마저도 제대로 유지할 수 없이 동굴 같은 방에서 죽어가는 것이라고
할 수 있다.

동식이 거처하는 방 역시 이와 비슷한 상태임은 쉽게 짐작할 수 있다. 물론
동식의 방은 아직은 최소로나마 장소의 안정성을 유지하고 있다는 점에서 성규
가족의 방과 상대적으로 구별된다. 곧 동식의 방은 그가 조금이라도 안식을 취
할 수 있는 장소인 것이다. 따라서 동식의 방은 「공휴일」에서의 도일의 방과 유
사한 의미를 띠는 것이라고 할 수도 있지만, 그럼에도 불구하고 이 두 방은 결

---

16) 손창섭, 「사연기」, p.127.

정적인 차이점이 있다. 중산층의 안정된 일상성에 속한 도일은 그 방을 ‘자기의 세계’로 유지하는 데 어려움이 없지만, 동식은 그 방만이라도 유지하기 위해 조야한 형태의 일상성 속에서 갖은 노력을 다해야 할 것이기 때문이다. 한편 결핵으로 죽어가는 성규의 신경질과 짜증을 동식이 아무런 군소리 없이 받아들여주는 것도 여기서 설명된다. 그는 조야한 형태의 일상성이란 결국에는 생존조차 허용치 않는[17] 그러한 일상성이라는 것, 아울러 결국에는 자신도 그 일상성 속에서 몰락해 갈 것은 성규와 마찬가지임을 깨닫고 있기 때문인 것이다.

이로 볼 때, 「사연기」는 조야한 형태의 일상성에 의해 ‘자기의 세계’로서의 사적인 장소가 이미 침탈되었거나 앞으로 될 수밖에 없는 상황을 성규의 방과 동식의 방을 통해 보여주는 셈이다. 그럴 때 인물이 삶의 안정을 도모할 장소는 그 어디에도 없게 된다. 이후의 손창섭 소설은 이처럼 ‘자기의 세계’로서의 사적인 장소가 조야한 형태의 일상성에 의해 침탈되는 과정을 더욱 세밀하게 보여준다. 그러나 이후 작품이 「사연기」와 완전히 동일한 양상을 보여주는 것은 아닌데, 이를 「설중행」을 중심으로 살펴보기로 한다.

「설중행」에서 셋방살이나마 자신의 방에서 ‘웅덩이의 물처럼 잔잔한’ 생활을 하고 있던 고선생은 갈 곳이 없다고 ‘염치 없이 늘어붙는’ 옛 제자 관식을 할 수 없이 식객으로 들이게 되지만, 곧 주객이 뒤바뀌는 처지에 빠지고 만다.

> 「우정? 아니 이거 점점 더 해괴한 소리가 나오는구나. (중략) 훈장 생활에 나는 수천명의 학생을 상대했다. 그래 그 수천명에게, 인정이나 우정을 베풀 의무가 내게 있단 말이냐? (중략)」
>
> 찻집을 나와 가지고도 고선생은 속이 풀리질 않았다. 아무리 생각해도 우스운 놈이다. 뻔뻔하기 짝이 없다. 그렇지만 그 놈은 어디까지나 이쪽을 몰인정한 사람, 박정한 사람이라고 생각하고 있는 것이다. 그게 억울하고 괘씸했다.[18]

이 작품에서는 두 가지의 일상성, 곧 전쟁 이전의 일상성과 전쟁 이후의 조야

---

17) 그것이 ‘전쟁’으로 인한 일상성, 유태인들이 나치수용소에서 만들어낸 일상성과 유사한 것이라고 할 수 있다.
18) 손창섭, 「설중행」, p.248.

한 형태의 일상성이 충돌하고 있다. 곧 관식은 실질적으로는 조야한 형태의 일상성에 의거해 움직이면서도 고선생에게는 전쟁 이전의 일상성—'인정이나 우정'—에 의해 움직일 것을 윤리를 내세워 강요하고 있는 것이다. 위의 인용에서 고선생은 자신이 몰인정하고 박정한 사람으로 비쳐지는 것을 억울해 하지만, 그렇게 억울함을 느끼는 것이야말로 전쟁 이전의 일상성에 의거한 사고 방식인 것이다. 이 두 일상성이 충돌한 결과는 명약관화하다. 조야한 형태의 일상성에 의거한 관식의 침탈을 전쟁 이전의 일상성에 의거한 고선생이 버텨낼 수가 없기 때문이다. 물론 고선생 역시 조야한 형태의 일상성에 의거하여 움직이려 하지 않는 것은 아니다. 그렇지만 어느 정도 안정된 직장이 있는 고선생은 관식만큼 철저하지가 못하기에, 자신도 의식하지 못하는 사이에 전쟁 전의 일상성을 대변하게 되고 마는 것이다.

두 일상성 간의 이 같은 대립은 「혈서」나 「생활적」, 「피해자」 등에서도 서사 전개의 기본적인 틀이 되는 사항이다. 「혈서」에서 조야한 형태의 일상성을 대변하는 인물은 상이군인 출신의 준석이며, 전쟁 이전의 일상성을 대변하는 인물은 군대 기피자인 달수이다. 달수가 준석과의 논쟁에 항상 지고 마는 근본적인 이유도 여기에 있는데, 정상적인 일상성 하에서 제대로 작동하는 윤리나 도덕을 내세운 달수의 논리는 조야한 형태의 일상성이 지배하는 상황에서 먹혀들 수가 없는 것이다. 「생활적」이나 「피해자」에서는 두 일상성을 대변하는 인물들 간의 대립이 더욱더 분명하게 나타난다. 동주나 순이(「생활적」), 병준(「피해자」)은 전쟁 이전의 일상성을, 그리고 봉수와 춘자(「생활적」), 순실(「피해자」)은 조야한 형태의 일상성을 대변하는 것이다.[19]

그럴 때 이러한 소설들의 서사는 방을 둘러싼 두 인물군 간의 쟁투 형식으로 전개된다. 물론 이 쟁투의 결과는 「설중행」에서 본 것처럼 조야한 형태의 일상성을 대변하는 인물들의 일방적인 승리로 끝난다. 심지어 동주나 병준은 그러한 침탈에 고선생처럼 억울함이나 괘씸함을 제대로 표명하지도 못한다. 이에 따라 '자기의 세계'의 의미를 지닌 장소였던 방은 더 이상 외부 공간과 구별되지 않

---

19) 김동환 역시 손창섭 소설의 인물을 불구자와 관찰자를 한 축으로 한 인물들과, 그들을 이용하여 이익을 보는 인물들의 관계를 주목한 바 있다(김동환, 「한국전후소설에 나타난 현실의 추상화 방법 연구」, 한국현대문학연구회 편, 『한국의 전후문학』, 태학사, 1991, p.217).

는 낯선 공간으로 변하게 되는 것은 물론이다.

> (전략) 평생 처음 부당한 모욕을 당한 것 같은 생각이 막연히 들었다. 고선생은 분을 가라앉히기 위해 밖으로 나갔다. 밖에는 눈이 내리고 있었다. 펑펑 쏟아지는 함박눈이었다. (중략) 고선생은 한강을 끼고 길없는 언덕을 눈 속에 그냥 걸어갔다.[20]

그런 점에서 「설중행」을 다시 보면, 이 소설은 자신을 조야한 형태의 일상성 속으로 밀어넣으려는 관식에게 '부당한 모욕'감을 느낀 고선생이 그가 살던 방을 나와 눈 속을 하염없이 걸어가는 것으로 끝난다. '길 없는 언덕을 눈 속에 그냥 걸어가'는 이 장면은 끝내 고선생이 자신의 사적 장소를 유지하는 데 실패했음을, 이제 더 이상 고선생에게 진정한 장소란 없음을 드러내고 있다. 한편 이러한 성격의 결말은 조금씩 성격을 달리하면서 다른 손창섭 소설에서도 빈번히 제시된다. 「비오는 길」이 동옥이 자기만의 장소를 잃은 채 어디론가 팔려가는 것으로 끝난 것이라든지, 「혈서」가 달수와 싸운 후 준석이 규홍의 방을 나와 정처없이 어디론가 가는 것으로 끝나는 것, 「피해자」에서 병준이 죽기 전에 '아무도 없는 데서 혼자 죽겠다'고 애원하는 것은 그 단적인 예들이다. 그럴 때 이들이 걸어가는 정처없는 길이야말로 '장소'를 만들 여력을 주지 않는 전후의 피폐한 '공간' — 의미화 할 수 없는 — 그 자체라고 할 수 있을 것이다.

4. 이상화된 과거와 고립된 장소

1950년대의 전후 소설에서 종종 발견되는 것은 현실로부터 거의 완전히 고립된 장소이다. 오영수의 「메아리」나 「은냇골 이야기」, 이범선의 「학마을 사람들」이나 「환원」, 선우휘의 「싸릿골의 신화」, 하근찬의 「산중우화」나 「산울림」 등은 그런 장소가 나타나는 대표적인 경우이다. 그 한 예로 오영수의 「은냇골 이야기」

---

20) 「설중행」, p.259.

의 배경을 보기로 한다.

> 뼘질로 두 뼘이면 그만인 하늘밖에는 어느 한 곳도 트인 데가 없다. / 깎아세운 듯한 바위 벼랑이 동북을 둘렀고 서남으로는 물너울처럼 첩첩이 산이 가리었다. 여기가 국도에서 사십여 리 떨어진, 태백산맥의 척추 바로 옆 골미창 은내(隱川谷)라는 골짜기다. / 날짐승도 망설인다는 이 은냇골에도 오래 전부터 사람이 살아 왔고 지금도 칠팔 가호가 살고 있다.[21]

당시 상황이 실제로 전쟁의 영향으로부터 자유로운 곳이 없었던 것을 생각한다면, 위의 인용에 제시된 것과 비슷한 장소가 현실에 실재했다고는 할 수 없다. 그런 점에서 이 장소는 전쟁으로부터 벗어나고 싶어하는 당시의 일반적인 욕망을 대변하는, 일종의 관념적인 '장소'라 하겠다.

이 고립된 장소는 이중적인 측면에서 전쟁과 대립한다. 그 첫 번째는 전쟁으로 인해 격화된 생존 경쟁으로부터 벗어나 삶의 안정감을 얻을 수 있는 곳이라는 점이다. 오영수의 「메아리」에서 피난살이에 지친 동욱 내외가 지리산 부근의 인적 없는 깊은 산중으로 도피하듯이 들어가는 것은 그 단적인 예이다. 비록 산중에서도 동욱 내외가 어려움을 겪지 않는 것은 아니지만, 그러한 어려움은 어느 날 불쑥 다가와서 모든 삶을 뒤흔들어 놓는 전쟁 하에서의 어려움과는 차원이 다르다. 곧 산중에서의 어려움이란, 불가해한 현실(전쟁)의 어려움이 아니라, 언젠가는 해결되게 되어 있는 자연의 순환론적인 어려움인 것이다. 이는 「은냇골 이야기」에서 좀더 뚜렷이 나타난다. 이 작품에서는 전쟁이 배경으로 등장하지는 않으며, 대신 자연적인 고난이 전면에 등장한다. 그러나 이 자연적인 고난은 심지어 죽음을 불러오는 것이라 해도, 삶의 안정성을 해치는 것은 아니다. 예를 들어 이 작품에서 박가는 결국 자연이 주는 시련 때문에 죽지만, 겨울이 끝나면 봄이 온다는 순환론적 안정감은 '대물림'이라는 틀로 변환되면서 그의 죽음까지도 일상적이고도 안정적인 것으로 포용하고 있다.

고립된 장소가 전쟁과 대립하는 두 번째의 측면은 전쟁의 주요한 원인이었던 이데올로기로부터 자유로운 곳이라는 점이다. 이와 관련하여 오영수의 「후일담」

---

21) 오영수, 「은냇골 이야기」, 『한국현대문학전집』 1권, 신구문화사, 1981, p.147.

은 전쟁으로 인한 이데올로기 대립이 개개인의 삶에 어떤 영향을 미치는지 잘 알려준다. 이 작품은 제주도 4·3사태 이후 이데올로기와 무관한 한 여인이 억울하게 부역자로 몰려 죽는 것을 주요한 줄거리로 삼고 있다. 겨우 양민증을 얻어 생활의 안정을 얻을 수 있었다 해도, 이후 전쟁이 일어나고 전세가 불리해지자 결국에는 이데올로기의 희생양이 되고 마는 것이다.[22]

이와 달리 고립된 장소는 이데올로기적인 흑백 논리로부터 자유로운 곳으로 설정된다. 그 예를 선우휘의 「싸릿골의 신화」에서 볼 수 있다. 이 소설에서 싸릿골은 '시세의 바람에도 한 사람의 희생자도 나지 않을' 정도의 고립된 장소지만, 국군 낙오병들이 흘러들어옴으로써 이데올로기 대립에 희생될 위기에 처하게 된다. 이 위기를 벗어나는 과정에서 고립된 장소가 이데올로기로부터 자유로울 수 있는 근거가 무엇인지 드러난다. 그것은 다름 아닌 공동체적 질서이다. 곧 싸릿골 사람들은 강 노인을 정점으로 한 공동체적 질서[23]를 이루고 있었던 것인데, 국군 낙오병 역시 공동체의 일원으로 포용함으로써 이데올로기 대립을 넘어설 수 있었던 것이다. 이로 볼 때 대립없이 외부의 환란에 대해 일치해서 대처할 수 있는 공동체적 질서야말로 이 고립된 장소가 이데올로기에 맞설 수 있는 실질적인 근거라고 하겠다.

> 자동차 길엘 가재도 오르는 데 십 리, 내리는 데 십 리라는 영(嶺)을 구름을 뚫고 넘어, 또 그 밑의 골짜기를 삼십 리 더듬어 나가야 하는 마을이었다. / 강원도 두메의 이 마을을 관(官)에서는 뭐라고 이름지었는지 몰라도 그들은 자기네 곳을 학마을(鶴)이라고 불렀다.[24]

이범선의 「학마을 사람들」은 이와 같은 이상화된 공동체적 장소를 설정하면서도 그 장소 역시 역사(전쟁)로부터 자유롭지 않음을 보여주는 작품이라는 점에서 주목된다. 위의 인용에서 보듯이, 「학마을 사람들」 역시 고립된 장소임을

---

22) 그럼에도 불구하고 「후일담」은 그 여인이 희생되는 상황을 '정서적 비애'로만 치환하는 수준에 머물고 만다(차원현, 「1950년대 한국 소설의 분단 인식」, 문학사와 비평연구회 편, 『1950년대 문학 연구』, 예하, 1991, pp.127-128 참조).

23) 조남현도 이 작품을 가부장적인 질서에 의한 것으로 보고 있다(조남현, 앞책, p.217).

24) 이범선, 「학마을 사람들」, 『한국현대문학전집』 6권, 신구문화사, 1981, p.291.

강조하는 것에서 소설이 시작된다. 그러나 앞에서 본 작품들과는 달리, 이 장소
에는 역사적 격변이 개입한다. 그렇게 개입시키는 상징적인 장치로 이용되는 것
은 학이다.[25] 공동체적 질서를 표상하는 것으로 의미부여한 학을 일제 강점기
동안에는 날아오지 않게 만든다거나, 새끼가 떨어져 죽게 하여 전쟁을 예고하게
만든다거나 하는 식으로 역사적 격변을 이 고립된 장소에 개입시키는 것이다.

 따라서 이 작품에서 이상화된 공동체적 장소는 일제 강점기와 6·25가 있기
전의 과거로 소급하여 설정된 셈이다. 여기서 지금까지 살펴본 고립된 장소의
근본적인 연원이 이데올로기 대립도 거친 생존 경쟁도 없을 때의 과거 농촌 공
동체에 있음이 드러난다. 그렇지만 이들 작가가 그려낸 이상화된 농촌 공동체가
실제로 존재했다고는 할 수 없을 것이다. 「학마을 사람들」은 그러한 시기를 19
세기 말로 설정하고 있지만, 역사를 조금만 들추어보아도 그 시기가 이상화된
농촌 공동체를 허용하지 않았던 시기라는 것은 금방 알 수 있는 것이다. 그런
까닭에 이러한 고립된 장소에서 역설적으로 볼 수 있는 것은, 이 작가들이 고립
된 장소 외에는 조야한 형태의 일상성을 벗어날 길을 도저히 발견할 수 없다는
절박한, 그러나 단순한 상황 인식이다. 요컨대 현재의 열악한 상황을 벗어나려
는 즉각적인 반동 욕구가 이러한 장소를 설정하도록 만들었던 것이다.[26]

 가자는 것이었다. 돌아가자는 것이었다. 고향으로 돌아가자는 것이었다.
옛날로 되돌아가자는 것이었다. 그것은 그렇게 정신 이상이 생기기 전부터
철호의 어머니가 입버릇처럼 되풀이하던 말이었다. (중략) / 무슨 하늘이 알
만큼 큰 부자는 아니었지만 그래도 꽤 큰 지주로서 한 마을의 주인 격으로
제법 풍족하게 평생을 살아오던 철호의 어머니 눈에는 아무리 그네가 세상
을 모른다고는 해도, 산등성이를 악착스레 깎아 내고 거기에다 게딱지 같은
판자집들을 다닥다닥 붙여 놓은 이 해방촌이 이름 그대로 해방촌(解放村)일
수는 없는 노릇이었다.[27]

---

25) 이용남, 「서정과 고발의 미학」, 『한국의 전후문학』, p.72.
26) 강현구 역시 이 점을 주목하여 전쟁의 충격을 자연의 섭리에 따른 일시적 재난으로 순화시
    키고 있다고 보고 있다(강현구, 「전흔과 좌절의 궤적-이범선론」, 송하춘 외, 『1950년대의 소
    설가들』, 나남, 1994, p.225).
27) 이범선, 「오발탄」, p.361.

한편 「오발탄」은 이상화된 과거 장소를 열악한 현재 장소와 대립시키는 구성을 취하고 있다. 이러한 대립에서 이상화된 과거 장소로 되돌아가는 것이 불가능함은 두말할 것도 없다. 아무리 '가자'고 외쳐도 '게딱지 같은 판자집'을 벗어날 수 없는 것이다. 그럴 때 이 소설의 주요 인물들은 손창섭이 그려내었던 것과 마찬가지의 상황에 처하게 된다. 조야한 형태의 일상성 속에서 최소로나마 겨우 마련한 사적 장소조차도 제대로 유지하지 못하는 것이다.

한편 이 소설은 철호와 영호 형제를 통해 전쟁 전의 일상성과 전쟁 이후의 조야한 형태의 일상성 간의 대립을 보여준다. 곧 양심과 윤리, 관습과 법률을 중시하여 '가난하더라도 깨끗이 살자'는 신조를 가진 철호가 전자를 대변하는 인물이라면, 양심과 법률의 선을 넘어서서라도 인간답게 살아보자고 주장하는 영호는 후자를 대변하는 인물인 것이다. 그렇지만 철호는 물론, 영호 역시 몰락하기는 마찬가지라는 데 이 소설의 비극성이 있다. 영호는 조야한 형태의 일상성 속에서라도 수단 방법을 가리지 않고 생존 경쟁에 이기기만 한다면 좀더 나은 내일이 있을 것처럼 믿었지만, 실제로 그것은 허상에 지나지 않았던 것이다.

> 「어쩌다 오발탄(誤發彈) 같은 손님이 걸렸어. 자기 갈 곳도 모르게.」 / (중략) 철호는 까무룩히 잠이 들어 가는 것 같은 속에서 운전수가 중얼거리는 소리를 멀리 듣고 있었다. (중략)
>
> <……아들 구실, 남편 구실, 아비 구실, 형 구실, 또 계리사 사무실 서기 구실. 해야 할 구실이 너무 많구나. 그래 난 네 말대로 아마도 조물주(造物主)의 오발탄인지도 모른다. 정말 갈 곳을 알 수가 없다. 그런데 지금 난 어디건 가긴 가야 한다……>28)

철호가 어디로 갈지 망설이는 이 소설의 결말은 장소감 sense of place을 잃은 상태를 단적으로 보여준다. 손창섭 소설의 결말에서 주인공들이 바라보았던, 어떤 의미도 부여할 수 없는 막막하고도 낯선 공간이 철호의 앞에도 놓여 있는 것이다.

이상에서 본 것처럼 고립된 장소를 설정하는 것은 그만큼 실제 현실의 장소

---

28) 이범선, 「오발탄」, pp.380-381.

가 위기에 처해 있음을 반증해 준다. 그러나 이러한 장소를 설정한 소설들은 현실성 확보에 거의 실패해 버리고 만다. 고립된 장소 자체가 이미 별다른 역사적 현실적 근거 없이 성립된 일종의 도피적 장소에 지나지 않기 때문이다. 이러한 상황에서 주목되는 것은 「오발탄」인데, 「학마을 사람들」에서와는 달리 이 작품에서 이범선은 고립된 장소나 그것의 연원이 되는 과거의 공동체적 장소를 아무리 이상화한들, 조야한 형태의 일상성을 극복하고 보다 진정한 장소를 만들 수는 없음을 보여준다. 요컨대 고립된 장소를 설정하는 방식은 이범선의 이러한 작업을 통해 무위로 끝나고 다시금 손창섭이 위치했던 원점으로 되돌아온 셈이다.

5. 관념적 장소와 자기의 세계

이처럼 고립된 장소를 설정하는 것이 결국에는 무위로 끝나고, 다시금 현실의 장소에서 출발할 수밖에 없다면, 문제는 그 장소마저도 실상은 막막한 공간에 지나지 않는다는 데 있다. 여기서 현실을 벗어나지 않으면서도 좀더 안정적이고 이상적인 장소를 찾아야 한다는 과제가 제기된다. 그렇다면 그러한 장소를 어디에서 찾을 것인가. 장용학과 최인훈의 소설이 주목되는 것은 이 지점이다. 이 두 작가는 그러한 장소를 내면이나 관념에서 찾으려 하는 시도를 보여주기 때문이다. 그러나 미리 말하자면 이 두 작가가 그러한 장소를 관념 속에서나마 성공적으로 마련할 수 있었던 것은 아니다. 선험적인 관념이 너무 압도적인 탓에 결국에는 현재의 장소와는 완전히 분리된 장소를 마련하는 정도에 그쳐버린다는 점에서, 이 두 작가는 앞서 살펴본 고립된 장소를 설정했던 작가들보다는 현실에 더 가까이 가 있지만, 그럼에도 불구하고 전후 소설의 영역을 완전히 넘어서지는 못했던 것이다.

먼저 장용학의 소설 가운데 「비인탄생」을 살펴보면, 이 작품에서 주인공 지호는 결석 일수 때문에 졸업을 하지 못하는 학생 때문에 일상적 질서—'법규의 위신'—를 막무가내로 내세우는 교장에 맞섰다가 사직을 당한다. 이후 세를 내

지 못한 지호는 방의 문짝이 뜯겨나간 후, 다음 인용에서 보듯이 폭격으로 무너
진 방공호에서 살게 된다.

> 그도 그럴 것이 그는 저 거리에서 쫓겨, 여기 해발 백 미터는 됨직한 산
> 비탈에서 혈거생활을 하고 있는 것이다.(중략) 그는 병에 누워 있는 어머니
> 와 함께 옛날 방공호에서 살고 있었다. 지금은 지난 사변에 폭격을 당해서
> 오유가 되어 버렸지만, (중략) 그 안뜰에서는 푸른 사슴이 목련화와 꽃송이
> 를 먹고 사는 동화 세계의 성을 그리게 하였다.29)

이 방공호는 지호에게 안정된 삶을 누리는 새로운 장소가 된다. 비록 거리 —
현실 — 로부터 밀려난 곳이기는 하지만, '대자연과 도시, 고대와 현대의 한 접
점'이 될 수 있는 곳이며, 동시에 '푸른 사슴이 목련화와 꽃송이를 먹고 사는 동
화 세계의 성'을 연상케 하는 곳이다. 이 장소에서 지호는 전쟁으로 인해 '인간
적인 것이 인간을 누르는' 일상성으로부터 벗어나 안정과 안식을 취할 수 있다.

그러나 이러한 장소 역시 전쟁으로 인한 조야한 형태의 일상성으로부터 예외
가 되지는 못한다는 데 「비인탄생」의 주제가 있다.30) 이는 두 가지 사건으로 제
시된다. 그 하나는 녹두노인의 등장이다. 장용학의 용어로 '인간적인 것' — 조야
한 형태의 일상성 — 을 상징하는 이 인물은 지호의 그림을 돈을 주고 산다. 지
호는 생활 문제와 어머니의 간호 때문에 녹두노인이 돈을 놓아두고 가는 것을
비록 '무엇을 겁탈 당한 것 같'지만 방관할 수밖에 없다. 다른 하나는 그 돈으로
인해 도둑으로 몰리게 되는 사건이다. 이후 지호는, 충격을 받고 죽은 어머니의
시체를 까마귀들이 덮고 있는 광경을 보면서 방공호조차도 떠나게 되는 것이다.
결국 「비인탄생」에서의 방공호는 공동체적 질서와는 무관할지언정, 공동체적
질서에 의거한 고립된 장소와 유사하다고 할 수 있다.

그럴 때 「비인탄생」의 이부인 「역성서설」의 배경이 주목된다. 얼핏보기에 이
소설은 현실과 분리된 자연을 주요한 배경으로 삼고 있다는 점에서 고립된 장
소와 다를 바가 없어 보인다. 그러나 다음 인용을 보면, 이 소설의 배경인 자연

---

29) 장용학, 「비인탄생」, 『현국현대문학전집』 4권, 신구문화사, 1981, p.216.
30) 졸고, 「한국관념소설의 계보-장용학 · 최인훈 · 이청준의 경우」, 『한국근대소설사의 탐색』, 월
    인, 1999 참조.

이 실제 자연과는 무관하며, 주인공인 삼수—지호의 다른 이름—가 환상 속에서 만들어낸 장소일 뿐이라는 것이 드러난다.

> 눈을 떴을 때 해는 中天에 높았고, 여기저기에 이는 연기, 절간은 재로 화해 있었다. 법당이었던 자리에도, 암자였던 자리에도 사람의 시체 같은 것은 없었다. / 폭포 가로 내려가 보았다. / 거기는 전에 終姬를 데리고 <魔女의 誕生>을 그렸던 그 폭포 가였고, 재가 된 山寺는 그때 거기서 저 북쪽 산속 깊이에 지붕만이 아득하게 보이던 廢寺였었다. / (중략) / 그 골짜기를 걸어나가는 지호의 뒷모습에는 아무 감상도 없었다. 그것은 세계의 그늘에서 나가는 길이었다.[31]

이 소설의 결말에서 삼수는 자신에게서 떨어져 나온 진정한 '나'가 녹두 노인(녹두 대사)이 변신한 괴물과 처절한 대결을 벌여 '인간적인 것', 달리 말해 조야한 형태의 일상성을 파괴시키는 것을 보다가 의식을 잃고 만다. 이후 정신을 차렸을 때의 상황을 제시한 것이 바로 위의 인용인데, 여기서 삼수는 그 동안 자신이 거처했고 아울러 '인간적인 것'과 맞서 싸웠던 장소인 깊은 산 속은 환상이었을 뿐, 실제로는 「비인탄생」에서 거처했던 방공호 근처임을 깨닫는다. 그러나 삼수가 그 동안 환상 속에서 겪었던 일들을 부정하는 것은 아니다. 오히려 환상은 조야한 형태의 일상성에 대한 승리를 거두는 유일한 방법으로 선택된 것이라고 할 수 있다. 비록 환상 속에서나마 조야한 형태의 일상성에 대해 완전한 승리를 거둔 삼수는 이제 '세계의 그늘'—조야한 형태의 일상성—을 벗어난 새로운 삶의 길을 가게 된다는 것이다.

「역성서설」에서 장용학이 이처럼 환상 속의 장소를 내세운 이유는 명백하다. 「비인탄생」에서 도피적인 고립된 장소를 내세웠어도 조야한 형태의 일상성을 전복하기는커녕 도리어 그것에 굴복할 수밖에 없다는 것이 드러났을 때, 이제 자신의 관념—인간적인 것이 인간을 옭죄고 있는 역설을 전복하려는 관념—을 전적으로 실현할 수 있는 공간으로서 환상 속의 장소를 내세웠던 것이다. 그러하기에 이와 같은 장소는 관념 속에서만 존재하는 장소이지 현실과는 어떠한

---

31) 장용학, 「비인탄생」, p.299.

연관도 없는 장소인 셈이다. 그리고 그렇게 현실과 무관한 만큼, 이 관념적 장소는 애초에 그것을 추구했던 이유인 현실에 대한 치열한 부정과도 관계 없는 것이 되고 만다. 어떻게든 조야한 형태의 일상성을 극복하려 했다고 해도, 환상을 통해 그것이 극복될 리 없기 때문이다.

장용학이 환상 속에서라도 자신의 관념에 걸맞는 장소를 소설의 배경으로 내세우고자 했던 것이 비해, 최인훈은 좀 다른 시도를 보여준다. 그 역시 자신의 관념에 걸맞는 장소를 만들고자 하지만, 그 장소는 환상 속의 장소처럼 현실과 아예 분리된 것은 아니다. 이제 이 점을 중심으로 최인훈의 「광장」과 「회색인」을 살펴보기로 한다.

> 「(전략) 밀실만 풍성하고 광장은 사멸했습니다. 각기의 밀실은 신분에 비례해서 그런 대로 풍성합니다. 개미처럼 물어다 장식하니깐요. (중략) 아무도 광장에서 머물지 않아요. 필요한 약탈과 사기만 끝나면 광장은 텅 빕니다. 광장이 사멸한 곳. 이게 남한이 아닙니까? 광장은 비어 있읍니다.」[32]

'광장'과 '밀실'이라는 주제어에서 보듯이, 「광장」은 장소의 문제가 단순한 배경의 차원에 그치지 않고 주제와 밀접하게 관련되어 있다.[33] 여기서 광장이 공적인 공간을, 밀실이 사적인 장소를 의미한다는 것은 위의 인용에서 잘 드러난다. 그럴 때 「광장」의 서사는 일단 주인공 이명준이 자신의 관념에 걸맞는 장소, 곧 광장과 밀실이 잘 조화된 진정한 장소를 탐색하는 것으로 이루어진다. 남한과 북한 가운데 어느 곳이 과연 그러한 장소인가, 또는 그러한 장소가 될 가능성이 있는가의 문제가 「광장」의 일차적인 화제가 되는 것이다. 그러나 이명준은 남북한 어디에서도 진정한 장소를 찾지 못한다. 남북한 모두 광장과 밀실이 조화되기는커녕, 어느 한쪽이 다른 쪽을 '사멸'시키고 있는 것으로 파악되는 것이다.[34]

---

32) 최인훈, 「광장」,『한국현대문학전집』16권, 신구문화사, 1981, p.38.
33) '광장'과 '밀실'의 의미에 대해서는 조남현, 「최인훈의 <광장>」, 앞책, pp.242-246 참조.
34) 그럴 때 명준은 제3국을 택한 후 타고르호에서 바라보는 '바다'에서만 광장과 밀실이 조화롭게 공존하는 장소를 볼 수 있다. 따라서 그의 자살은 진정한 장소 찾기의 역설적인 시도인 셈이다.

그렇지만 이와 같은 진정한 장소 찾기의 문제는 「광장」의 서사에서 표면적인 차원의 화제에 지나지 않는다. 이명준은 남한과 북한을 돌아다니면서 진정한 장소 찾기와는 차원이 다른, 보다 근본적인 문제에 부딪히기 때문이다. 그것은 밀실만 남은 남한이든, 광장만 있는 북한이든 간에 남북한이 공히 가지고 있는 문제로서, 정확히 말하자면 이데올로기 일반의 문제이다. 곧 남한과 북한은 서로 다른 이데올로기를 표명하고 있지만, 그럼에도 불구하고 이데올로기적인 흑백 논리에서 비롯한 강압적인 폭력이 개인의 내면을 황폐화시킨다는 점에서는 어느 쪽의 이데올로기든 똑같다는 문제인 것이다. 그럴 때 「광장」의 심층적인 서사는 이데올로기 일반으로부터 개인의 내면을 어떻게 지킬 것인가를 중심으로 전개된다.

> 여태까지 오해를 해 온 것을 어렴풋이 깨달았다. 오해. 에고의 방문이 붕괴되는 소리가 들렸다. 그렇게 튼튼하리라고 믿었던 에고의 문이 노크도 없이 무례하게 젖혀지고 흙발로 침입한 폭한이 그를 함부로 구타했다. 내 방인데, 그 자는 어찌 그리 방자할 수 있었을까.[35]

> 명준은 절실한 표정을 하고 장황한 인용을 해가며 과오를 청산하고 당과 정부가 요구하는 일꾼이 될 것을 맹세했다. (중략) 그는 가슴에서 울리는 붕괴음(崩壞音)을 들었다. (중략) 그의 에고의 방 도어가 붕괴하는 소리였다. 이번 것은 더 큰 음향이었다.[36]

위의 두 인용은 「광장」의 서사를 보다 근본적으로 추동하는 것이 '에고의 방' —내면—과 그것을 둘러싼 이데올로기 일반 간의 대립에 있음을 잘 알려준다. 여기서 첫 번째 인용문의 '오해'가 어떤 뜻인지 드러난다. 그 오해란 어떻든 간에 내면만큼은 어느 누구도 간섭할 수 없다고 간주했던 데서 비롯한 오해이다. 그러나 이데올로기는 자본주의적인 것이든 공산주의적인 것이든 간에 바로 그러한 내면에 직접 간섭하는 것임을, 명준은 남한에서의 형사의 폭력과 감시, 북한에서의 혹독한 자아 비판을 통해 깨달았던 것이다. 이로써 명준은 광장과 밀

---

35) 최인훈, 「광장」, p.46.
36) 윗책, p.87.

실이 조화롭게 공존하는 진정한 장소를 찾는 문제보다, 이데올로기의 폭력으로
부터 내면의 자유를 확보할 수 있는 장소를 찾는 문제에 더욱 매달리게 된다.

　　그러나 「광장」에서 이명준은 그러한 장소 역시 마련하지 못한다.[37) 대신 그
가 찾은 것은 이데올로기로부터의 도피처가 되는 '사랑'의 장소이다. 남한에서
의 윤애의 집, 북한에서의 명사십리 휴양소, 전쟁 중 낙동강 전투에서 발견한 동
굴이 그렇게 해서 찾은 장소들이다. 이 장소들은 이명준이 관념과 사색을 펼치
는 장소는 아니지만, 대신 윤애와 은혜라는 사랑의 대상이 있음으로써 이데올로
기의 폭력에 의해 붕괴된 내면을 위무하는 장소가 된다. 그렇지만 이 장소들은
이데올로기로부터의 도피처라는 점에서, 그리고 사랑 역시 공동체적 관계의 일
종이라는 점에서, 앞에서 살펴보았던 공동체적 질서에 의한 고립된 장소와 유사
하게 되고 만다.

　　　(전략) 나의 모든 시간이 일요일(日曜日)의 시간이 된다. 나는 시간을 번
　　것이다. 긴장하지도 않고 기한도 없으며 한없이 게으를 수 있는 시간 즉 자
　　유를. 결론을 서두를 필요 없는 공상으로 보낸다. 그리고 소설을 쓴다. (중
　　략) 소설은 나에게 또 하나의 자유를 줄 것이다. 소설을 쓰고 있는 동안 나
　　는 신이니까. 그렇게 해서 나는 신이 된다. 가만 있자. 좀 지저분한 신이 아
　　닌가. 기껏 악덕 자본가(현호성—인용자)에 얹힌 신이라면. 괜찮다. 요새는
　　그렇게밖에는 신이 될 수 없다. 김 학이처럼 신이 되는 길도 있으리라. 그러
　　나 나는 그런 건 취미 없다. 그건 좋은 사람이 하면 그만이 아니겠는가
　　……38)

　　그럴 때 최인훈 소설에서 내면의 자유를 지킬 수 있는 장소가 제시되는 것은
「회색인」이다. 주인공 독고준이 자신의 방에 대해 생각하는 부분인 위의 인용은
그러한 장소의 성격을 잘 보여준다. 이 방에서 그는 '결론을 서두를 필요 없는
공상'과, '위대해도 좋고 위대하지 않아도 좋은' 소설을 쓰면서 '신'이 되는 것

---

37) 채호석은 그 원인을 광장과 밀실의 대립, 또는 개인과 사회의 대립을 절대화시키는 이명준
　　의 관념에서 찾고 있다(채호석, 「『광장』의 창작 방법에 대한 비판적 검토」, 이주형 외, 『한
　　국현대작가연구』, 민음사, 1989, p.178).
38) 최인훈, 「회색인」, p.258.

이다. 예전에 독고준이 단독으로 월남한 고학생으로서 조야한 형태의 일상성에 어쩔 수 없이 규정되어 있었다면, 이제 그러한 일상성 대신 인간과 세계에 대한 여러 관념과 사색을 내면의 자유가 허용된 이 방에서 본격적으로 수행하게 된다.

그러나 이 독고준의 방은, 앞 절에서 다룬 손창섭과 오영수·장용학의 소설에 나타났던 장소와 비교할 때, 양면적 성격을 지니고 있다. 우선 손창섭의 방과 비교한다면, 최인훈의 방은 최소화된 장소로서 자기의 세계가 된다는 점에서 유사하면서도, 조야한 형태의 일상성을 대변하는 인물에 의해 침탈될 운명에 처해 있지는 않다는 점에서 결정적으로 다르다. 그리고 이범선이나 오영수의 고립된 장소와 비교한다면, 조야한 형태의 일상성의 침탈을 받지 않는다는 점에서 유사하면서도, 공동체적 질서 및 이상화된 과거와는 아예 무관한 사색과 관념이 이 장소를 채우고 있다는 점에서 또한 다르다. 이로 본다면, 최인훈의 '방'은 앞의 두 장소가 변증법적으로 지양된 장소로서 간주될 수도 있는 셈이다.

그러나 이러한 지양의 수준은 사실 매우 미흡한 수준에서 이루어진 것이기도 하다. 그 이유는 독고준이 이 방을 마련하게 된 연원을 고려할 때 잘 드러난다. 독고준은 월남 이후 '악덕' 자본가가 된 매부 현호성에게 과거 북한에서 그가 공산당원이었다는 사실을 알리겠다고 위협함으로써, 현호성의 집에 자신의 방을 마련하게 되었기 때문이다. 달리 말해 독고준은 이데올로기 대립을 이용함으로써, 그리고 그 대립이 만들어낸 조야한 형태의 일상성 — 전쟁을 이용해 모은 현호성의 재산 — 과 타협함으로써, '에고의 방'을 지키고 유지할 장소를 만들어 냈던 것이다. 그렇기 때문에 이 방에서 독고준이 아무리 '신'으로서 조야한 형태의 일상성이 지배하는 현실을 넘어설 방법에 대해 거창하고 심각한 관념을 펼친다 하더라도, 그 관념은 역설적으로 일상성과의 타협 위에 이루어지는 관념인 셈이다.

(전략) 나는 누이를 위해서 현호성에게 복수한 것일까. 그것은 거짓말이다. 나는 나를 위해서 음모했을 뿐이다. 그런데. 그런데. 그렇지. 나는 악한이 되기를 택했다. 나는 자유라는 것. 이 희한한 자유를 돈과 바꾸겠다는 것, 그 돈을 시간과 바꾸겠다는 것. 그 시간을 자유와 바꾸겠다는 것. 그런데 이

순환의 어딘가에 잘못된 것이 있었다. (중략) 창백한 남자(창문에 비친 자신의 모습—인용자)가 그를 지켜보고 있었다. 그 남자는 쌀쌀하게 말했다. 정직하게 살아. 아주 정직하게. 이 집을 나가란 말인가. 그렇게 바본 줄은 몰랐어. 그러면 그러면. 나는 용기가 없었던 게 아니다. 나는 신파는 싫었을 뿐이다. 나는 절제를 하려던 게 아니다. 돈키호오테를 재연하고 싶지 않았을 뿐이다.[39]

물론 독고준이 이러한 방의 연원을 도외시하는 것은 아니다. 위의 인용에서도 드러나듯이, 실제로 「회색인」의 결말 부분은 독고준이 자신의 방이란 실제로 돈으로 상징된 일상성과 타협한 결과라는 것을 의식하면서, 그 방을 나갈 것인가 말 것인가를 고민하는 것으로 채워져 있기 때문이다. 이에 따라 독고준은 그 방을 나가는 것이란 돈키호테처럼 전후 사정 고려하지 않고 이상을 향해서만 비현실적으로 돌진하는 '신파'밖에 되지 않는다고 합리화하기도 하고, 그 방에 머물면서 '신'이 되는 것이란 '천민을 멸시하는' 일종의 엘리트주의가 아닌가 회의하기도 한다. 그렇지만 결국 독고준은 그 방의 집을 나가지 못한다. 이미 그는 자신의 '방'이 주는 장소의 안전성과 안정성에 사로잡혀 있기 때문이다. 그럴 때 독고준이 결국 택하는 것은 「광장」의 이명준이 그러했던 것처럼 사랑으로 도피할 장소 — 이 역시 현호성의 '돈'이 뒷받침하는 장소이다 — 를 찾는 것이다. 실제로 이 소설은 독고준이 이유정의 방으로 들어가는 것으로 끝난다.

그러나 이렇게 일상성과의 타협에 의해 마련된 방이 전연 의미가 없는 것은 아니다. 이러한 방은 사실 손창섭이 「공휴일」에서 선보였던, '자기의 세계'로서의 도일의 방과 유사한 것이며, 나아가 1930년대에 박태원이 「소설가 구보씨의 일일」에서 선보였던 구보의 방과 유사한 것이기도 하다. 도일과 구보의 방은, 아들의 결혼과 취직을 원하는 어머니로 표상된 정상적인 의미의 일상성 속에서 안정되게 '자기의 세계'로서 자리잡고 있었던 것이며, 그럴 때 구보나 도일은 그러한 안정성 위에서만 역설적으로 일상성을 벗어나거나 전복하려는 시도를 생존의 위협 없이 수행할 수 있었던 것이다. 요컨대 도일과 구보의 방은 일상성 속에 존재하는 지극히 '정상적인' 사적 장소였던 것인데, 이 점이 독고준의 방

---

39) 「회색인」, pp.342 343.

과 결정적으로 유사하다고 하겠다.

그런 점에서 최인훈의 「회색인」은 전후 소설의 경계를 벗어나고 있다고 할 수 있다. 독고준의 이 방은 전후 소설이 보여주었던, 전쟁의 영향 하에서 생존 자체도 의문시되어 버리곤 하던 불안정한 장소가 더 이상 아니기 때문이다. 물론 독고준이 이데올로기 대립을 이용하여 그 방을 마련했다는 점에서 전쟁으로 인한 조야한 형태의 일상성은 아직까지는 영향력을 발휘한다고 할 수 있다. 그러나 이 조야한 형태의 일상성은 손창섭 소설이나 이범선, 장용학의 소설에서 나타났던 정도로 위압적이지는 않다. 비록 아직까지는 '방'이라는 최소 장소로 제한된 것이기는 하지만, 어떻든 자신을 부정하거나 전복하는 시도를 할 수 있는 장소 역시 그 속에 포용할 수 있을 만큼, 이제 정상적인 의미의 일상성으로 변화하기 시작한 것이다.40) 「서유기」를 비롯한 이후 최인훈 소설의 주인공들이 보여주는 사색과 관념은, 이처럼 일상성과의 타협한 결과로서 또는 일상성이 제공한 결과로서의 자기의 '방'이 전제됨으로써만 가능했다는 것은 두말할 것도 없다.

6. 결 론

이상에서 전후 소설에 나타난 배경을 장소의 문제를 중심으로 살펴보았다. 전쟁과 그로 인한 조야한 형태의 일상성은 장소를 만들거나 유지할 가능성을 주지 않는다. 그럴 때 손창섭 소설이 보여주는 것은 마지막 남은 개인의 사적 장소인 '방'마저도 조야한 형태의 일상성에 의해 침탈되는 과정이다. 이러한 점

---

40) 그렇게 자신을 위협하는 독고준을 자기 집에 머물게 했음에도, 정작 현호성은 독고준을, 있든 없든 상관없는 식객 정도로 취급할 뿐, 대면조차 잘 하지 않는다. 그는 이미 사업으로 바쁘고, 독고준이 요구하는 돈조차도 그에게는 약소한 수준에 지나지 않기 때문이다. 현호성의 이런 태도 역시 전쟁으로 인한 조야한 형태의 일상성이 어느 정도 정상적으로 작동하는 일상성으로 바뀌기 시작했다는 것을 알려준다. 그러나 조야한 형태의 일상성이 사라지는 것은 아닌데, 정전이나 평화협정으로 전쟁이 종결되지 않고 '휴전'으로 전쟁이 종결되었다는 점을 참조한다면, 이 조야한 형태의 일상성은 그 정상적인 일상성 밑에 일종의 저층으로 잠재화된다고 하겠다.

은 사실 손창섭뿐만 아니라, 서기원, 이호철, 하근찬 등의 작품들에도 해당될 수 있을 것이다. 그럴 때 전후 소설은 조야한 형태의 일상성을 벗어난 고립된 장소로서, 과거 장소를 이상화시킨 공동체적 장소를 가상적이나마 만들어낸다. 오영수나 선우휘, 이범선에게서 볼 수 있는 이러한 장소는 그렇게 이상화되고 고립된 만큼 현실성은 없지만, 장소의 위기가 얼마나 본질적이었는가를 알려주는 반증이 된다. 이와 같은 최소 장소로서의 '방'과 공동체적 질서에 의한 고립된 장소가 미흡하나마 지양된 것이 관념에 의거한 '자기의 세계'로서의 '방'이라는 장소이다. 특히 최인훈의 「회색인」에서 볼 수 있는 이러한 형태의 장소는 전후 소설에서 애초에 문제시되었던 장소의 위기가 사라지고, 1930년대 중반의 모더니즘 소설에서 보여주었던, 정상적인 의미에서의 일상성 속에서 마련되는 사적 장소가 다시 나타나기 시작했다는 것을 알려준다.

이로 볼 때 전후 소설이 장소의 문제와 관련하여 보여주는 것은 막막한 외부 공간에 대비되는 사적 장소에 대한 강렬한 애착 topophilia라고 할 수 있다. 조야한 형태의 일상성에 맞서 사적 장소를 찾고 애써 유지하고자 하는 열망이 전후 소설의 배경을 근본적으로 결정하고 있는 것이다. 그러나 이처럼 사적 장소에 집착한 만큼, 전후 소설은 조야한 형태의 일상성이 지배하는 막막한 외부 공간을 본격적으로 탐구하지는 못한다. 그러한 일상성을 만들어낸 이데올로기조차도 본격적으로 탐구되기보다는 그것이 낳은 부작용 — 이데올로기적 흑백 논리 — 만 두드러지게 부각될 뿐이다. 전쟁으로 파괴된, 그리고 동물적인 생존 경쟁이 펼쳐지는 이 막막한 외부 공간이 정면으로 조명되려면, 이데올로기의 대립을 객관화할 수 있는 작가 자신의 시각이 필요했던 것인데, 그 시각이 어느 정도라도 형성되기까지는 좀더 시간이 지나야만 했던 것이다.

회의적 주체와 타자에 대한 사랑
– 최인훈 초기 소설에 대하여 –

1. 서 론

최인훈은 우리의 전후 소설사가 낳은 가장 큰 작가지만, 의외로 『광장』 이전의 초기 작품들은 그다지 주목받지 못한 것 같다. 데뷔작인 「GREY구락부 전말기」는 상대적으로 연구자들의 관심을 끌기도 했지만, 첫 장편 소설인 『가면고』를 위시한 그밖의 작품들은 간략히 언급만 될 뿐 본격적인 분석 대상에서는 제외되기 일쑤였던 것이다. 여기에는 초기 작품들이 가지는 미숙성에도 원인이 있겠지만, 아마도 그 가장 주된 이유는 『광장』의 후광(後光)이 너무도 컸기 때문인 것으로 보인다. 곧 『광장』이라는 너무도 뚜렷한 성과가 이전 작품들에 대한 접근을 가로막는 역효과를 낳았던 것이다.[1]

그러나, 『광장』 이전의 작품들은 다음과 같은 이유에서 주목할만한 가치가

---

1) 최인훈 소설에 대한 주요한 연구 성과로는 염무웅, 「상황과 자아」, 『현대한국문학전집 16』, 신구문화사, 1966 ; 김우창, 「남북조 시대의 예술가의 초상」, 『최인훈 전집 4』, 문학과 지성사, 1978 ; 김병익·김현 편, 『작가연구총서-최인훈』, 은애, 1979 ; 김인환, 「모순의 인식과 대응방식」, 『문예중앙』 1982. 봄 ; 조남현, 자아완성 혹은 구원에의 몸짓」, 『최인훈 소설집-달과 소년병』, 세계사, 1989 ; 이인숙, 『최인훈 소설의 담론 특성 연구』, 고려대 박사논문, 1998 ; 양윤모, 『최인훈 소설의 '정체성 찾기'에 대한 연구』, 고려대 박사논문, 1999 등이 있다.

있다. 그 하나는 최인훈 개인에 대한 작가론적인 차원으로서, 『광장』에 이르기까지의 작가적인 도정(道程)을 드러내는 데 필수적인 작업이라는 것이다. 다른 하나는 전후 소설사의 흐름과 관련된 것인데, 이는 1950년대 소설사와 60년대 소설사의 변별점을 드러내는 일과 관련된다. 곧 최인훈은 이 작품들에서 이미 1950년대의 여타 소설과는 구별되는 면모를 보여주고 있었던 것이며, 바로 이를 통해 전쟁 체험의 구속으로부터 상당 부분 해방되어 전쟁을 좀더 객관적 시각으로 대하게 되었던 1960년대 소설사를 열어 젖힐 수 있었던 것이다. 문학사의 진전이 어느 한 작가에게 집중되어 구현되는 경우가 있다면, 이 시기의 최인훈이야말로 바로 그런 경우라고 할 수 있다.

이 글은 최인훈의 초기 소설을 분석함으로써, 일차적으로는 그가 걸어갔던 작가론적인 도정을 밝히고, 좀더 나아가서는 전후 소설사의 중요한 결절점을 드러내는 것을 목표로 삼는다. 미리 말하자면, 이러한 분석의 주안점은 이른바 '주체의 재건' 또는 '형성'에 있다.[2] 전쟁으로 인해 물질과 정신 양면에서 황폐화된 주체를 어떻게 재건하고 현실에 맞서게 할 것인가라는 문제들은 이 시기 최인훈을 사로잡았던 주제인 동시에, 1960년대 소설사가 전쟁과 이데올로기로부터 객관적인 거리를 확보해 나가는 데 있어 선결해야 할 과제이기도 했던 것이다.

2. 관념 소설의 소설사적 의미

1950년대의 우리 소설사에서 주요한 과제가 전쟁이 준 충격과 피해를 극복하는 데 있었다는 것은 새삼 강조할 필요도 없는 일이다. 전쟁은 물질적인 부면 외에 정신적 또는 심리적인 부면에도 치명적인 상처를 입혀놓았던 것이다. 그럴 때 전쟁이 미친 정신적인 부면에 미친 가장 근본적인 악영향은 무엇일까. 필자가 보기에 그것은 주체의 붕괴에 있다. 전쟁이라는 한계적인 상황에 일방적으로 규정되면서 현실에 대응할 정신적 중심점을 잃어버린 채, 손창섭이 단적으로 그

---

2) 최인훈 초기 소설을 주체성과 관련지어 언급하거나 연구한 것으로는 김인환, 조남현, 양윤모 등의 연구를 들 수 있다.

려낸 것처럼 생존만을 위해 살아가는 동물의 차원에 놓이고 말았던 것, 달리 말해 주체의 자율성이 여지없이 붕괴되고 인간 이하의 차원에 놓이는 경험을 했던 것, 그것이 바로 전쟁이 우리 민족 구성원들에게 강요한 정신적 위기였던 것이다.

이러한 주체의 붕괴에 대응하는 가장 흔한 방법은 자신이 속한 진영의 이데올로기에 전적으로 기대어 주체를 유지 보존하려는 데 있다. '우리 편'의 이데올로기가 규정하고 지시하는 대로 전쟁 이후의 상황을 바라보고 판단함으로써, 전쟁으로 인한 불가측의 사태에 대응하려는 것이다. 그러나 이러한 방법은 비록 전쟁의 참상을 순전히 적의 탓으로 돌릴 수는 있을지라도 전쟁을 심화시키는 구실을 할 뿐, 전쟁 자체를 넘어서게 만들지는 못한다. 전쟁으로 인해 극단화되어 흑백논리를 강요하는 이데올로기는 도리어 주체를 황폐하게 만들어 버리기 때문이다. 곧 주체는 자립성을 유지하려는 애초의 목표를 잃고, 스스로 이데올로기의 수단이 되고 마는 것이다.

1950년대 소설사에서 가장 주요한 흐름인 휴머니즘은 이러한 딜레마를 해소하려는 데 그 출현 배경을 두고 있다. 명시적으로 어느 한쪽의 이데올로기에 기대지 않고, 좀더 보편적인 차원에 서서 전쟁 일반을 비판하면서 전쟁으로 파괴된 인간성 회복을 주창하는 것이다. 이는 극단화된 이데올로기가 강요하는 흑백논리를 회피하면서도, 전쟁의 상처를 달래고 민족 공동체의 회복을 지향하는 사상적 통로였던 것이라고 할 수 있다. 그러나 휴머니즘을 통해 당대 작가들이 그야말로 이데올로기로부터 초연한 위치에 설 수 있었던 것은 결코 아니다. 김동리, 황순원, 이범선, 선우휘 등의 소설에서 보듯이, 휴머니즘의 구현자는 어디까지나 '우리 편'인 것이며, 적군은 그러한 휴머니즘의 방해자로 등장하였다가 차츰 우리 편의 휴머니즘에 공명하게 된다는 도식을 이러한 경향의 소설들이 주된 서사적 구도로 취하고 있기 때문이다. 그런 까닭에 이 시기의 휴머니즘은 궁극적으로 이데올로기 자체를 문제삼을 수 없었으며, 단지 이데올로기의 수단으로 전락할 위험에 처한 주체가 이데올로기의 영향력을 회피하기 위해 애써 마련한 윤리적 거점이라는 한정적인 의미를 띠는 차원에 머물게 된다.[3] 이러한 휴

---

3) 휴머니즘과 반공 이데올로기 간의 관계에 대해서는 김윤식·정호웅, 『한국소설사』, 문학동네, 2000, pp.355 360 참조.

머니즘이 이제 우리편에 공명하여 '인간적'으로 변한 적과 손쉽게 가상의 화해를 한다는 식으로 전쟁의 참상을 미봉해 버림으로써 오히려 현실을 외면해 버리는 형국에 빠졌던 것은, 이데올로기의 문제를 회피한 데 따른 당연한 귀결일 것이다.

이와 같은 1950년대 소설사의 흐름에서 장용학으로부터 시작되고 최인훈에게서 본격화된 전후 관념 소설의 존재는 단연 이채를 띤다.[4] 비록 그 흐름이 실존주의를 비롯한 외부 사상의 충격에서 비롯한 것이었다 해도, 무엇보다 전쟁을 낳은 주요한 원인으로서 이데올로기를 정면에서 문제삼고 그것을 극복하려 했다는 점에서 장용학 이후의 관념 소설이 지니는 문학사적 의미는 매우 크다고 하지 않을 수 없다. 예를 들어 장용학을 보면, 「요한시집」이나 「비인탄생」, 「역성서설」 연작과 같은 작품에서 그는 오히려 휴머니즘에 반발하면서 남북한의 이데올로기를 동시적으로 비판하는 데 심혈을 기울였던 것이다.[5] 비록 그러한 이데올로기 비판이 현실의 영역이 아닌, 관념과 환상의 영역에서 이루어진 것이라 할지라도, 장용학의 이러한 시도는 그가 1950년대 소설사를 벗어나는 지점에서 있었음을 알려준다.

그러나, 이와 같은 장용학의 이데올로기 비판은 그것을 수행할 주체를 적절하게 형성하지 못했다는 데 가장 큰 문제가 있다. 이는 두 가지 측면에서 고찰될 수 있을 것인데, 그 하나는 우화를 전면에 내세운 그의 창작 방법에서 비롯한다. 「요한시집」이나 「비인탄생」에서 보는 것처럼 우화를 일종의 선험적인 관념으로 제시하고 그것을 연역한 예로 소설을 전개시켜가는 그의 창작 방법에서는 주인공이란 단지 그 관념에 따라 조종되는 인물에 지나지 않게 되기 때문이다. 그렇기 때문에 장용학 소설의 주인공은 자신에게 부여된 선험적인 관념 —

---

4) 졸고, 「한국 관념소설의 계보」, 문학사와 비평연구회 편, 『1960년대 문학연구』, 예하, 1993 참조.

5) 장용학이 펼친 이데올로기 비판의 대강은 다음과 같다. 그는 우선 '인간'과 '인간적'을 구분한다. 이 가운데 '인간'이 인간의 진정한 본질을 가리키는 것이라면, '인간적'은 그러한 본질을 떠나 불가피하게 인간이 지닐 수밖에 없는 허위적인 한계를 가리킨다. 그럴 때 그는 '인간적'인 것이 '인간'을 옭죄고 좀더 바람직한 삶을 살지 못하게 가로막고 있다고 보는데, 그러한 '인간적'인 것의 대표적인 예가 본질을 옮기지 못하는 언어와, 그 언어에서 파생된 '이데올로기' 및 실정화된 관습과 제도 등이다. 그리하여 그의 소설은 '인간적'인 한계를 넘어 언어 이전의 '인간' 본질에 도달함으로써 언어와 이데올로기의 한계를 초극하려는 시도로 이루어진다.

'인간적'인 것이 '인간'을 억누르고 있다는 — 에 대한 아무런 회의도 가지지 않는다. 단지 그 관념에 따라 어떤 내적인 고민도 없이[6] '인간적인' 이데올로기와 끊임없이 '기계적으로' 심리적인 논쟁을 벌이는 역할을 수행할 뿐이다. 그러나 이로써 주인공은 결국 자신이 맞서싸우는 대상인 이데올로기와 방향만 상반될 뿐, 동일한 성격을 띠게 되고 만다. 이데올로기 역시 조금의 회의도 자신의 체계 속에서는 허용하지 않는 것이기 때문이다.

> 奴隷. 새로운 自由人을 나는 奴隷에 보았다. 차라리 奴隷인 것이 自由스러웠다. 不自由를 自由意思로 받아들이는 이 第三奴隷가 現代의 英雄이라는 認識에 도달했다. (중략) 그러나, 그것도 한때의 기만이었다. 흥분에 지나지 않았다. (중략) 그 奴隷도 自由人이 아니라 自由의 奴隷였다. (중략) 自由도 하나의 數字, 拘束이었고, 强制였다. 극복되어야 할 그 무엇이었다.[7]

장용학이 내세운 주체가 적절하게 형성될 수 없었던 두 번째의 측면은 좀더 본질적인 것으로, 그의 인식론과 관계된다. 이데올로기와 언어를 등치시키는 장용학의 인식론에서 이데올로기를 아예 넘어서려면 언어 이전의 차원까지 거슬러 올라갈 수밖에 없었던 것이다. 그러나 이때 문제는 그러한 차원에 도달하기 위해서는 주체 역시 스스로를 부정해야 한다는 데 있다. 이는 주체가 언어에 의해 형성된다는 점을 고려할 때 특히 그러하다. 「요한시집」은 이와 같은 딜레마를 잘 보여준다. 위의 인용에서 보는 바와 같이, 주인공 누혜는 기존의 이데올로기를 부정함으로써 얻어냈던 '자유'조차도 그것이 언어('숫자')로 된 이상에는 궁극적인 것이 아님을 또다시 깨닫고, 아예 언어 이전의 차원으로 옮겨가기 위한 시도로서 자살을 하게 된다. 그러나 이렇게 자살을 한 후에는 설혹 '자유 이후에 올 것'을 보았다 해도 누혜는 결코 현실로 되돌아올 수 없으며, 만약 돌아온다 해도 이미 언어를 부정한 이상 그렇게 본 것을 동호처럼 살아남은 자들에게 전할 방법조차도 아예 없다. 결국 누혜의 자살은 '자유 이후에 올 것'은 아무

---

6) 장용학 소설의 주인공이 하는 고민은 그래서 외적 현실과의 격렬한 논쟁의 형태를 띠고 나타날 뿐, 어떤 것이 진실인지 확정하지 못한 채 이리저리 모색하는 내적 고민의 형태는 절대 띠지 않는다.

7) 장용학, 「요한시집」, 『현대문학전집』, 신구문화사, 1966, p.326.

것도 알려주지 못하는 헛된 시도에 그치고 마는 것이다.

지금까지 본 것처럼 장용학은 어떤 회의도 없이 전쟁을 낳은 이데올로기에 맞서 논쟁하는 주체를 내세워 당대 작가 가운데 가장 근원적인 측면까지 거슬러 올라간다. 그러나 그의 시도는 역설적으로 언어도단(言語道斷)의 차원에 봉착함으로써 결국 이데올로기에 대항할 현실적 거점인 주체조차도 소멸하고 마는 것으로 귀결된다.[8] 최인훈의 소설이 등장하는 것은 바로 이 지점이다. 그렇다면 최인훈이 장용학의 좌절을 넘어서는 방법은 어디에 있는가. 미리 말하자면 이는 '끊임없이 회의하는 미정형의 주체'를 내세워 전쟁의 충격을 극복하고 이데올로기의 강압을 해체하려는 시도로 나타난다. 이는 장용학 소설의 주인공이 그 어떤 회의도 가지지 않았던 것에 비한다면, 매우 괄목할만한 소설사적 진전이라고 할 수 있다. 이제 다음 장에서는 최인훈의 초기 단편 소설들을 대상으로 이 점을 상론해 보기로 한다.

3. 회의적 주체의 의의와 한계 ― 「GREY구락부 전말기」

최인훈의 첫 소설인 「GREY구락부 전말기」(1959)에서는 전쟁 이후의 암담한 상황에서 벗어나고자 애쓰는 젊은 인물들이 등장한다. 이들에게 전쟁 이후의 현실은 삶에 대한 어떤 긍정적인 전망도 허용하지 않는 것으로 다가온다. 정확히 말하자면, 현실이 아무리 열악하다 해도 그것을 개선할 엄두도 내지 못한 채 다만 그에 적응하고 동화하여 '속물'이 되는 길밖에 이들에게 허용된 삶의 방식은 없는 것이다. 이들이 기껏 할 수 있는 일이라고는, 주인공인 현이 작품의 초두에서 보여주듯이 암담한 현실을 벗어나 프랑스 같은 선진국에서 자신이 쌓은 지식과 교양으로 삶의 가능성을 꽃피운다는 식으로, 몽상에 빠지는 것뿐이다. 그

---

8) 그러나 이 말이 장용학 소설이 무가치하다는 뜻은 결코 아니다. 오히려 장용학 소설은 관념으로써 기존 이데올로기에 대항하고, 이를 통해 전쟁의 상처를 넘어서려 했던 첫 번째 시도라는 점에서 매우 중요한 의미를 지니는 것이다. 곧 휴머니즘에 의존했던 1950년대 전후 소설의 한계를 극복할 단초가 장용학에게서 나타난다는 것이 장용학 소설의 주요한 소설사적 의미가 될 것이다.

러나 이러한 몽상조차도 그것에서 깨어날 때는 더한 허무감과 자학적인 모멸감
만 주는 것임은 두말할 것도 없다.

　이러한 상황에서 이 인물들은 현실을 벗어날 새로운 가능성을 발견하고자 한
다. 그러나 그것은 역설적이게도 현실에 대한 어떤 시도도 아예 하지 않는 데서
비롯한 가능성인데, 그러한 가능성을 소규모의 공동체적 관계를 통해 모색해 보
는 공간이 바로 '그레이구락부'가 되는 셈이다.

> 　"움직임의 길이 막혔을 때, 움직이지 않음이 나옵니다. 예스라고 하기 싫
> 을 때 노라 하지 않고 그저 입을 다무는 것도 또한 훌륭한 움직임입니다.
> (중략) 우리는 역사의 알몸을 보았습니다. 역사란 시간의 아지랑이입니다.
> 우리는 시간을 믿지 않습니다. 우리는 말짱한 빈손, 이것을 위하여 이 자리
> 에 모였습니다. (중략) 우리는 분명한 마음으로 외칩니다. 우리는 움직임을
> 마다한다고. 잿빛의 저녁놀 속에서만 슬기의 새 '미네르바'의 부엉이는 눈
> 을 뜹니다. 이는 우리의 상징입니다. 우리의 강령은 심령적인 것입니다. '동
> 지 서로 사이에 내적인 유대 감정을 이어 가고 순수의 나라에 산다는 느낌
> 을 이어간다.' 이것이 바로 그것입니다. (하략)"[9]

　그레이구락부의 '발당 선언'인 위의 인용은 이들의 현실 인식을 잘 보여준다.
그 핵심은 두 가지로서, 하나는 '역사의 알몸'을 보았다는 것이며, 다른 하나는
'움직임의 길이 막혔'다는 것이다. 여기서 '역사의 알몸'은 역사의 긍정적인 전
망이 실상은 완전한 허구('시간의 아지랑이')에 지나지 않았음이 폭로된 사건,
곧 전쟁(6·25)을 의미한다. 이러한 전쟁은 그에 대응하는 각각의 주체들에게
무조건적으로 자신의 논리에 동화될 것('예스')을 명령하는 사태로 다가온다. 곧
모든 주체를 그의 자율성[10] — 뜻이나 의지 — 과는 무관하게 무차별적으로 자신
의 논리 속으로 휩쓸어 가버리는 사태가 바로 전쟁인 것이다. 그럴 때 주체는
자신의 어떤 '움직임'도 일방적으로 전쟁에 의해 규정되면서 그 자신의 자율성

---

9) 최인훈, 「GREY구락부 전말기」, 『웃음소리-최인훈 선집』, 책세상, 1989, pp.17-18.
10) 주체는 객관적인 관점에서는 외부 세계의 종속자에 불과할지라도, 그 스스로는 자신의 자율
　성을 전제로 성립되는 것이다. 이러한 자율성의 표지 index 가 바로 '자유', '의지'이다. 이에
　대해서는 알랭 투렌, 『현대성 비판』, 정수복·이기현 역, 문예출판사, 1995, pp.260 263 참조.

이 송두리째 부정되는 경험을 하게 된다. 달리 말해 주체는 그 자신의 자유로운 의지로써 의미 있는 주체적인 '움직임'을 전연 할 수 없는 상황에 봉착하게 되는 것이다.

그렇다면 전쟁이 종결되었을 때, 주체는 다시 회복 내지 재건할 수 있었을까. 6·25가 종전이 아닌 휴전의 상태로 끝났다는 것은 이와 관련하여 특별한 의미를 지닌다. '휴전'이란 전쟁이 완전히 종결된 것이 아니며, 전쟁 이후에도 전쟁의 논리는 여전히 현실에 일종의 저층으로 남아 있다는 것을 뜻하기 때문이다. 그런 까닭에 전쟁의 피해를 복구하고 다시금 삶의 안정성을 도모할 수 있는 일상성이 형성된다고 해도, 그 일상성은 항상 전쟁의 논리를 본질적인 한계로 가질 수밖에 없는 것이다.11) 이를 위의 인용과 관련지어 설명한다면, 전쟁이 끝났음에도 불구하고 여전히 '예스'만을 강요하는 전쟁 하의 이데올로기가 유지되고 있어서, 부정적인 현실을 극복하려는 주체의 어떤 움직임도 그 논리에 종속되고 만다는 것이 된다.

이러한 상황에서 그레이구락부의 구성원들은 '아무런 움직임도 하지 않음'을 내세움으로써, 전쟁 이데올로기에 의해 좌우되는 현실 전반을 넘어서고자 한다. 여기서 구락부의 구성원들이 자신들의 모임을 '손쉬운 도피'가 아니라고 역설하는 이유가 드러난다. 현실의 모든 부면에 관철되면서 끊임없이 '예스'만 강요하는 전쟁의 이데올로기를 벗어나서 산다는 것은 어려운 일이 아닐 수 없는 것이다. 현이 구락부의 발당식에 참석한 뒤, '갈래갈래 찢긴 나'의 '비뚤어진 마음보'가 '삐그덕 소리를 내면서 바로잡히는 것'을 분명히 느낄 수 있었던 것도 이러한 '움직이지 않음'에서 역설적인 가능성을 보았기 때문이라고 할 수 있다.

그러나 이와 같은 그레이구락부의 논리는 일찍이 장용학이 '언어 이전'의 상태를 지향함으로써 결국에는 주체 자신도 소멸될 수밖에 없었던 것과 동궤에 놓이는 것은 아닌가. 움직임을 거부한 순간, 주체는 현실로부터 배제되어버릴 것이기 때문이다. 이러한 난관을 넘어서기 위해 현을 비롯한 구락부의 구성원들이 내세우는 것은 이른바 '창문의 인간형'이다.

---

11) 전쟁과 일상성의 관계에 대해서는 카렐 코지크, 박정호 역, 『구체성의 변증법』, 거름, 1985, pp.66-68 참조.

“움직임의 손발을 갖지 못하고, 내다보는 창문만을 가진 인간형이 있다. 손 하나 발 하나 까딱하긴 싫고, 다만 눈에 보이는 온갖 빛깔, 형태를 굶주린 듯 지켜봄으로써 보람을 느끼는 사람, 이런 타입은 ‘창’ 타입의 사람이다. 창은 먼저, 밖으로부터 들어앉은 방을 막아준다. 거친 행동과, 운동의 번답에 대한 보호를 뜻하는 ‘건물’의 한 군데인 것이다. (중략) 그러나 한편, 창은 이같이 닫힌 집이 바깥과 오가기 위한 자리다. 창에서 이루어지는 바깥하고의 오가기는 오직 눈에 의해서만 이루어진다. (중략) 그는 즐거움에 몸을 불사르지 않는 한편, 괴로움에 대하여 저주하지도 않는다. ‘누리는 만들어지지 않는 것이 좋았다’ 하는 말을 그는 받아들이지 않는다. ‘누리가 만들어진 것은 아무튼 좋은 일이었다’ 하는 것이 그의 믿음이다. (중략) 그레이구락부는 그러한 ‘창’의 기사들의 기사단인 것이다. (하략)”[12]

위의 인용에서 보듯이, ‘창문형 인간’이란 현실로부터 완전히 단절된 것이 아니라, 끊임없이 현실을 지켜보는 인간이다. 이들은 현실에 대한 관심을 갖되, 이데올로기의 구속력이 배제된 자리에서 현실을 ‘회의’하려 하는 것이다. 그런 점에서 ‘창문형 인간’은 회의적 주체라고 할 것인데, 이 회의적 주체가 목표로 삼는 바는 분명하다. 전쟁으로 인해 극단화된 이데올로기의 시야에서는 발견할 수 없었던 인간적인 진실을 현실 속에서 다시 발견하고자 하는 것, 그리고 그렇게 발견한 것을 붕괴된 주체를 재건하는 기반으로 삼으려는 것에 이들의 목표가 있는 것이다. 이것이 그들이 현실을 ‘굶주린 듯’ 찾아 지켜보는 이유이며, 나아가 ‘누리가 만들어진 것은 아무튼 좋은 일이었다’고 현실을 긍정적으로 바라보는 이유이다.

그러나 ‘회의’는 과연 붕괴된 주체를 재건하고, ‘예스’만을 일방적으로 강요하는 전쟁의 이데올로기로부터 벗어난 새로운 삶을 살, 결정적인 방법이 될 수 있을까. 하지만 그 답은 부정적이다. 왜냐하면 회의는 주체 내부에서 이데올로기의 강압을 배제하는 출발점일 뿐, 그 자체로 이데올로기를 대체할 새로운 주체성이 되는 것은 아니기 때문이다. 그렇다면 회의에서 출발한 이들 구성원들은 어떤 과정 또는 방법을 거쳐야 새로운 주체성을 형성할 수 있을 것인가.

---

12) 「GERY구락부 전말기」, pp.22-23.

　　이후 소설의 전개에서 구락부의 구성원들은 그러한 과정 또는 방법으로 '유희'를 선택하는 것으로 제시된다. 이에 대해 살펴보면, 구락부 구성원들은 '내적인 유대 감정'에 따른 공동체적 관계 속에서 그 동안 현실에서는 누릴 수 없었던 즐거움을 누리게 된다. 이러한 즐거움을 만들어내는 행위가 유희인바, 이는 키티의 호콩 놀이나 현의 난롯불 들여다 보기, 농담과 진담이 섞인 대화 나누기 등의 양상으로 드러난다. 그럴 때 유희는 구락부 바깥의 현실적 공간에서는 절대 허용되지 않는 것으로서 그들만의 자율적인 정체성을 형성하는 근거가 된다. 예를 들면 현실에서 키티의 호콩은 보잘것없는 과자에 지나지 않지만, 구락부 내에서는 '호콩에의 끌림을 물리칠 수 있는 힘을 가진 사람'은 아무도 없을 정도로 가치를 부여받는 것이다. 이와 같은 가치가 이데올로기로부터 자유로운, '무정부주의적인 분위기'에서 비롯한 것임은 물론이다. 어떤 권력 관계나 서열 관계도 없이 '남의 즐거움과 취미에 대한 너그러운 아량'으로 그러한 유희를 다 함께 즐기는 과정을 통해, 구성원들은 현실에서 가능하지 않았던 능동적이고 자율적인 행동을 최소한 구락부 안에서는 할 수 있었던 것이다.[13]

　　　현은 그 대답 아닌 대답에 끄덕였다. 그는 골치 아픈, 신에 대한 궁금증을 쓸데없는 일이라고만 보고 싶지는 않았다. (중략) 그러나 우격다짐으로 쥐어박아서 해답을 끄집어낼 아무런 재주도 없었다. (중략) C는 머리도 돌이키지 않은 채 대뜸
　　　"사람은 무엇 때문에 살아야 하나?" / 느릿느릿 외우듯 이러는 것이다.
　　　"천주를 알고 천주를 공경하기 위하여 사느니라."
　　　현은 경을 외우는 가락으로 그런 대꾸를 한다. (중략) 갑자기 조용해졌을 때, 바시락하는 껍질을 부수는 소리가 나자, C는 깜짝 놀라 일어나면서,
　　　"나 한 알만." / 키티에게 손을 내민다. (중략)
　　　"한 알만. 덕분에 고귀한 신앙문답을 깨뜨려버렸어. 그 손해 배상으루."[14]

---

13) 이러한 유희의 성격과 관련하여 데리다는 유희는 양분법적인 대립으로부터, 그리고 신의 진실이나 이성 자체 등으로부터의 자유를 즐기는 행위로 본 바 있다(*Encyclopedia of Postmodernism*, ed. by V. E. Taylor & C. E. Winquist, New York : Routledge, 2001, p.290). 그러나 「GREY……」의 이후 서사 전개를 본다면, 최인훈은 이러한 유희의 의의보다는 한계에 관심을 보이는 것 같다.
14) 「GREY구락부 전말기」, pp.27-28.

그러나 유희는 새로운 주체를 형성할 진정한 방법이 되지 못한다는 데 문제가 있다. 이는 유희가 자기목적적인 행위로서 자족적인 쾌락을 추구하는 차원에 머무르는 방법이라는 것에서 말미암는다. 비록 현실에 대한 회의가 유희의 계기로 작용했다손치더라도, 유희를 즐기는 과정 중에 회의는 사라지고 말기 때문이다. 위의 인용은 그러한 유희의 한계를 잘 보여준다. 애초에 논의의 주제가 되었던, 이데올로기를 넘어선 궁극적인 것('신')에 대한 회의는 유희에 의해 사라지고, 대신 유희의 쾌락을 주고받는 관계만 남게 되는 것이다. 이와 함께 지적할 것은, 이러한 유희조차도 자꾸 반복됨에 따라 처음의 열광이 사라지고 자동화되고 심상한 것으로 바뀌게 된다는 점이다. 곧 유희가 자동화되면 될수록 공동체적인 유대 관계도 '허물어지게' 되고 마는 것이다. 이로 볼 때 유희는 주체의 새로운 질적 변화를 이끌어내는 방법으로는 되지 못했던 셈이다.

구락부의 파국이 다가오는 것은 이러한 상황에서이다. 물론 파국의 결정적인 계기는 구락부의 불온성을 의심한 경찰에 의해 구성원들이 체포되는 사건이지만, 보다 근본적인 원인은 위에서 본 바와 같이 유희가 지니는 한계에 있었다고 할 것이다. 구성원들이 무혐의로 모두 무사히 풀려 나온 뒤에도, 더 이상 구락부가 지속되지 못하는 것도 그 때문이라 할 수 있다.

> "뻔뻔스런⋯⋯. 너희들이 매일같이 모여서 불온서적을 읽고, 이 자들과 연락하여 국가를 전복할 의논들을 한 게 아니냐?" (중략)
> "전혀, 네, 오햅니다. 우린 그저 모여서 철학이나 문학에 대한 잡담을 하고 소일한다는 것뿐, 집이 너르고 하여 같은 집에서 자주 만났다는 데 지나지 않고, 무슨 목적이 있었다든가 한 것이 아닙니다."
> 이렇게 말하면서 현의 마음에서는 참을 수 없는 굴욕감이 북받쳐 올라왔다. 이게 우리의 그레이구락부에 대한 내 입에서 나온 풀이란 말인가. 잡담과 소일! 그리고 다음에 온 것은 이 같은 표현을 뺏아낸 그 자에 대한 미움이었다.[15)]

---

15) 「GREY구락부 전말기」, p.34.

현이 형사에게 취조를 받는 장면인 위의 인용은 그래서 이중적인 의미를 띤다. 그 하나는 이 장면에서 구성원들이 그 동안 생각했던 것과 달리 구락부는 결코 이데올로기로부터 완전히 벗어난 곳에 있지 않았다는 것이 드러난다는 점이다. 구락부는 그들의 생각과는 무관하게 여전히 현실 속에 위치하고 있었으며, '창문형 인간'도 현실에서는 더 이상 허용되지 않는다는 것을 현을 비롯한 구성원들은 체포 사건을 통해 절실히 깨닫게 되는 것이다.

한편 이 장면의 또 다른 의미는 그 동안 애써 매달려 왔던 회의와 유희가 실상은 무가치한 '잡담과 소일'에 지나지 않았다는 것이 드러난다는 데 있다. 물론 현은 자신에게서 '잡담과 소일'이라는 표현을 '빼앗아낸' 반공 이데올로기를 증오하게 되지만, 그럼에도 불구하고 이미 체포 이전에 구락부는 유희의 한계로 인해 와해의 위기를 맞고 있었다는 점을 고려한다면, 그 표현은 전적으로 반공 이데올로기의 강요에 의한 것이라고만은 할 수 없는 것이다. 이는 풀려 나온 이후 현이 키티에게 자진사퇴를 권고했다가, 도리어 "풀 포기 하나 현실은 움직일 힘이 없"는 '도도한 정신주의' 집단이 그레이구락부라는 통렬한 반박을 받는 장면에서도 마찬가지로 입증된다. 정신주의라는 표현 또한 '잡담과 소일'이라는 표현과 동일하게 구락부를 풍자하는 것이기 때문이다.

이상의 논의를 본다면, 결국 최인훈은 이 소설을 통해 전쟁 이데올로기에 대항하는 방법으로 회의와 유희를 제시해 놓고, 그 의미와 한계를 따져본 것이라 할 수 있다. 그럴 때 최인훈은 당시 상황을 넘어서기 위해서는 회의하지 않을 수 없다는 것은 인정하지만, 그럼에도 불구하고 그러한 회의가 유희 차원에 귀착된다면 새로운 주체의 형성은 불가능하다는 것을 보여준다. 그렇다면 새로운 주체의 형성을 위한 다른 방법은 없는가. 이 문제에 대해 최인훈은 또 다른 방법을 내놓고 있다. 그것이 바로 사랑이다.

이 소설에서 사랑의 문제는 주인공인 현과 유일한 여성 회원인 키티 간의 관계를 중심으로 제시된다. 먼저 언급해둘 것은 애초에 사랑이 구락부 내에서는 금기시되었다는 점이다. 그것은 사랑이 자칫하면 구성원들 사이의 '내적인 유대 감정'을 해칠 수 있다고 보았기 때문이다. 그러나 현은 시일이 갈수록 키티를 사랑하게 되는데, 그것은 유희로 인한 즐거움과 열광이 약화되는 것에 반비례한다. 이러한 반비례의 관계가 성립된 연유는 유희와 사랑의 속성을 생각할 때 쉽게 이해된다. 유희가 가벼움과 자기충족적인 것 ― 주체의 자기 유지 ― 으로 이루어진다면, 사랑은 진지함과 생산적인 것―주체의 질적 변화―으로 이루어지기 때문이다.

그렇지만 이 소설에서 사랑이 회의나 유희보다 우위에 선다는 것이 입증되는 순간은 체포 사건으로 와해의 위기가 현실화된 이후이다. 그 이전에 현은 키티와 첫 키스를 나누고 그에 대해 진지한 의미를 부여하기도 하지만, 그의 이러한 시도는 그때까지 유희를 중시했던 키티에 의해 거부되고 만다. 키티는 자신을 다른 구성원들에게 누드 모델로 내놓는 유희를 벌임으로써, 현과의 키스 역시 사랑이 아닌 유희에 지나지 않는 것으로 만들어 버렸던 것이다.

그러나 체포 사건 이후 키티의 구락부 자진 사퇴 문제로 그녀와 논전을 벌이는 과정에서 현은 유희나 회의를 넘어 사랑의 영역으로 다가가게 된다. 그 논전에서 키티는 '풀 포기 하나 현실을 움직일 힘이 없다'고 구락부를 비판하지만, 다른 한편으로는 구락부에서 보낸 시간이 귀중했다고 말한다. 이러한 언급은 키티가 현실에 대한 의미 있는 행동보다는 못하다고 할지라도 여전히 회의와 유희를 현실에 맞서는 방법으로 중요하게 간주하고 있다는 것을 알려준다. 이러한 키티에 대해 현은 아예 이 소설에 제시된 것 중 가장 지독한 유희를 벌여 모욕을 줌으로써 유희에 더 이상 미련을 갖지 못하게 만든다. 그는 키티가 은연 중에 꿈꾸었던 대로 구락부가 행동을 위한 비밀결사단체였다는 식으로 거짓 연기를 벌이고 그녀를 놀림으로써, 회의나 유희만으로는 결코 전쟁 이데올로기를 넘어설 수 없다는 것을 보여주었던 것이다.

　　지금껏 현에게 있어서 키티는 이성이라느니보다 재주있는 사람이었다. 그 재주가 키티의 끄는 힘이었다. (중략) 그러나 지금, 현의 수에 골탕을 먹고 이렇게 남의 집 소파에서 잠든 키티는 그저 여자였다. 그리고 현 자신도 그저 남자인 것을, 그저 사람인 것을 느끼는 것이었다. 아름답고 신비하지만 그것만을 쓰고 있을 수 없는 탈을 인제는 벗어야 할 것이 아니냐, 현은 그렇게 생각하였다.(현자도, 철인도, 공주도 아닌 그저 사람. 얼마나 좋은가. 더 멋있다.)[16]

위의 인용은 논전이 끝난 후, 이제 회의와 유희를 넘어선 지점에 있는 현이 키티를 보면서 사랑을 느끼는 부분이다. 이 부분이야말로 이 소설의 진정한 주제에 해당한다고 할 것인데, 여기서 현은 회의나 유희가 비록 '아름답고 신비하'다 하더라도 그 자체만으로는 새롭게 형성해 나가야 할 주체성의 내용이 될 수 없으며, 단지 새로운 주체성을 향해 나가는 과정이자 방법 — '탈' — 에 지나지 않는 것으로 파악하고 있다.[17] 그러한 '탈'을 벗을 때에야 비로소 현은 '탈'에 가려 그 동안 보지 못했던 키티라는 타자 자체 — '그저 사람' — 를 볼 수 있는 것인데, 그렇게 타자 자체를 대하는 방식을 '사랑'이라고 이름붙이고 있는 것이다. 이렇게 사랑에 의해 타자를 대하는 방식, 그것이 바로 현이 우여곡절 끝에 새롭게 형성했던 새로운 주체성의 내용이라고 할 수 있다.

지금까지의 논의를 볼 때, 「GREY구락부 전말기」는 세 가지 의미 계열의 대립으로 이루어진다. 첫 번째 의미 계열은 전쟁 이데올로기와 그에 좌우되는 현실의 계열이며, 두 번째는 회의에서 출발하되 현실로 되돌아가지 못하고 자족화된 유희의 계열이고, 마지막으로 세 번째는 타자 자체에 대한 발견과 관계 맺음이라는 사랑의 계열이다. 이 가운데 두 번째와 세 번째 계열은 첫 번째 계열과 대립한다는 점에서 공통적이지만, 이상의 논의를 참조한다면 최인훈이 보다 궁극적인 의미를 부여하는 것은 세 번째 계열임을 알 수 있다. 곧 두 번째 계열은 세 번째 계열로 나아가는 징검다리가 될 때만 의미가 있는 것이다. 정리해서 말하자면, 최인훈은 당시 현실에 대해 회의하지 않을 수 없다는 것은 인정하지만, 그러한 회의에만 매달리는 것으로는 전쟁 이데올로기에 좌우되는 현실을 결코 넘어설 수 없다고 본 것이다. 이러한 추론이 옳다면, 최인훈에게 사랑은 회의적 주체가 현실로 되돌아가기 위해 반드시 얻어야만 하는 새로운 정체성이 되는 셈이다.

---

16) 「GREY구락부 전말기」, pp.39-40.

17) 이 '탈'의 문제는 뒤에 다룰 「가면고」에서 본질적인 주제가 된다. 그런 점에서 최인훈은 동일한 문제를 반복적으로 다루면서 주제 의식을 심화시켜 나가는 유형의 작가라고 할 수 있다.

4. 사랑을 통한 새로운 주체 형성의 가능성 탐색 — 「가면고」

　　최인훈은 「GREY구락부 전말기」 이후 「라울전」, 「9월의 다알리아」, 「우상의 집」 등의 단편 소설을 발표한다. 이 가운데 「라울전」은 회의주의자인 라울과 행동주의자인 바울을 대립시켜 회의의 의의와 한계를 다시 한 번 짚어보고 있는 작품이며, 「9월의 다알리아」는 전쟁 중의 섬뜩한 일화를 통해 인간의 자유 의지와는 상관없이 무조건 생존을 위해 발버둥치다가 죽어갈 수밖에 없는 전쟁의 비인간적인 본질을 드러내고 있는 작품이다. 그리고 「우상의 집」은 전쟁의 상처를 넘어서기 위한 회의와 그에 바탕을 둔 공동체적 관계를 유희의 대상으로 삼아버리는 내용의 작품이다. 이러한 간단한 개괄에서도 「GREY……」가 이후 최인훈 소설의 주요한 주제를 두루 함축하고 있다는 사실을 잘 알 수 있다.

　　최인훈이 4 · 19 이후 발표한 첫 중편 소설 「가면고」는 「GREY……」를 이어받으면서도 좀더 깊은 차원에서 ‘사랑’을 통한 새로운 정체성 형성을 시험해 본 작품이라는 점에서 최인훈 소설 가운데 중요한 위치를 차지한다. 이 소설을 분석하기 전에 먼저 말해둘 것은, 이 소설이 주인공인 민의 현실적인 이야기와, 그가 최면술 치료를 받으면서 고백한 다문고 왕자의 이야기가 교직되어 있는 액자 소설의 형식을 취하고 있다는 점이다. 이에 더하여 민의 이야기와 다문고의 이야기가 내용상 서로 철저히 호응하고 있다는 점, 그리고 민이 창작해 낸 발레의 각본 역시 동일한 주제를 변주한 것이라는 점을 고려한다면, 「가면고」는 실상 세 개의 동일한 이야기가 얽혀 있으면서 서로가 서로의 의미를 형성하게 만드는 구조로 짜여져 있음을 알 수 있다.[18]

　　이 가운데 민의 이야기를 먼저 살펴보기로 한다. 민의 이야기는 그가 전쟁 당시의 에피소드를 회상하는 것에서 시작한다. 그것은 추운 겨울밤에 깎아지른 듯한 산길을 행군하던 때 애인의 검은 기미를 상상하며 추위를 견디는 M과 달리

---

18) 조남현은 이와 같은 세 이야기가 서로 다른 층위에서 구원의 가능성을 탐구하는 것으로 본다. 민의 이야기는 에로스적 사랑을 통해, 다문고의 이야기는 자아완성을 통해, 그리고 발레 각본은 예술에의 몰입을 통해 구원의 가능성을 탐색하고 있다는 것이다(조남현, 윗글, p.312).

자신에게는 M처럼 사랑하는 사람이 없다는 것을 깨닫고 더욱 추워졌지만, 정작 M은 벼랑으로 떨어져 죽고 말았다는 내용이다. 이 에피소드는 전쟁을 바라보는 민의 태도를 잘 드러내준다. 추위가 전쟁을 상징하는 것이라면, 그러한 전쟁을 견뎌내거나 이기는 것은 M처럼 내면적 태도를 어떻게 갖추느냐에 달려있지 않다는 것이다. 이러한 관점에 따른다면, 전쟁은 그 내면의 정체성이 무엇이든 간에 무작위적으로 닥쳐오는 치명적인 사태 Sache, 곧 주체의 '자유 의지'와 관계없이 부여되는 '외적 운명'의 성격을 띤 것이 된다.[19] 전쟁이 끝나고 무사히 전역할 당시에 민이 전사자나 전상자들에 대해 남모르게 지녔던 우월감 또는 '부듯한 몸의 밀도'가 어디에서 연원한 것인지가 드러나는 것도 이 지점이다. 그것은 M처럼 '외적 운명'에 의해 일방적으로 피해를 당한 자들과는 달리 그에 맞서 '천금을 주고도 사지 못할 비싼 겪음'을 주체적으로 얻어낸 존재가 바로 자신임을 확인했을 때 느꼈던 감정이었던 것이다.

그러나 이러한 우월감은 전역 직후 새롭게 사랑하려고 마음먹은 여자가 우연히도 죽은 M의 옛 애인이었음을 알게 되는 순간 사라지고 만다. 그 우연은 무사히 전역했던 것 역시 외적 운명에 맞서는 자신의 자유 의지에 따른 것이 아니라 우연의 소산에 지나지 않았던 것임을, 따라서 전쟁의 경험도 '비싼 겪음'이 아니라 아무런 의미도 없는 허무한 경험에 지나지 않는 것임을 깨닫게 해 주었던 것이다. 민에게 전쟁이란 자신의 자유 의지와는 상관없이 다만 생존을 위해 발버둥쳐야 하는 비인간적인 경험으로만 남았던 것인데, 이를 이 소설의 표제어인 '탈'에 비유한다면, 민에게 인간이 아닌 동물의 '탈'을 강제로 덮어씌우는 사태가 바로 전쟁이었던 것이라 할 수 있다.

한편, 이와 같은 논리에 따른다면 민의 전역도 전쟁이라는 외적 운명이 씌운 탈이 벗겨지는 또 다른 외적 운명에 지나지 않는 셈이다. 전쟁과 관련하여 민은 한 번도 자유 의지를 주체적으로 발현하지 못한 채 외적 운명에 끌려 다녔던 것이다. 이 지점에서 '그렇다면 전역한 이후에는 다시금 자유 의지를 발현할 수 있는가' 하는 문제가 제기될 수 있다. 그러나 그 답 역시 부정적이기는 마찬가지다. 전쟁 이전이라 해도 탈을 쓰지 않았던 것은 아니기 때문이다. 민이 '전쟁

---

19) '자유 의지' 및 '외적 운명'은 소설 속에서 주인공 민이 쓴 용어이다.

은 그에게 보태지도 빼지도 않았다'고 생각하는 것처럼, 전쟁이 씌운 탈이 벗겨
졌다 해도 전쟁 이전에 덮어쓴 탈이 다시금 나타나 그의 자유 의지를 가로막았
던 것이다.

> 자리에 들어서도 부스럭거리다가 종내 잠드는 것을 단념하고 일어나 앉
> 은 그는, 윗목에 걸린 경대 앞에 다가섰다. 거울 속에는 쫓기는 사람의 초조
> 함을 숨기느라고 짐짓 평정을 꾸민 가짜 성자의 탈이 있었다. (중략) 양식의
> 모방에 과장된 필체로 그려진 서투른 초상화였다. 저 탈을 피가 흐르도록
> 잡아 벗겼으면. 그 뒤에는 깨끗하고 탄력 있는 살갗으로 싸인 얼굴이 분명
> 감춰진 것을 알고 있었다.[20]

전쟁 이전에 민이 덮어쓰고 있었으며, 전쟁 이후 다시 모습을 드러낸 탈이 무
엇을 의미하는지는 위의 인용에서 잘 드러난다. 그것은 '짐짓 평정을 꾸민 가짜
성자의 탈'이다. 이 구절의 의미가 무엇인지는 지금까지의 논의를 참조할 때 분
명해진다. 그것은 이데올로기가 좌우하는 현실에서 벗어나 '움직이지 않음'의
상태에서 겉으로는 초연한 체 현실을 바라보는 '창문형 인간', 곧 회의적 주체
를 의미한다. 요컨대 민은 회의조차도 순수하게 자유 의지로 가지게 된 것이 아
니라, 보다 깊은 측면에서는 외적 운명에 의해 강요된 결과라고 생각한 것이다.
민이 회의하면 할수록 그 회의를 벗어나고픈 욕망 역시 비례해서 커지는 일종
의 악순환에 빠지게 되었던 것도 이러한 견지에서 이해될 수 있다. 회의는 강요
된 것이기도 했기 때문에 민은 회의한다는 사실 자체만으로는 도대체 만족할
수 없었던 것이다. 그러나 회의를 벗어나려고 현실에서 아예 도피해 버린다거
나, 반대로 회의를 불러일으켰던 세계와 인간에 대한 지식을 포기하고 무지한
상태로 되돌아갈 수는 없는 일이다. 이러한 상황에서 회의를 벗어나는 길은 오
로지 회의를 일거에 해결할 수 있는 궁극적인 진리를 붙잡아 자신의 것 ─ 주체
성의 새로운 내용 ─ 으로 만드는 것밖에 없다. 이처럼 궁극적인 진리로써 회의
를 극복하는 것, 그것을 민은 '자기 완성을 통한 구원'이라 말하고 있다.
　　그렇다면 어떻게 해야 회의를 극복하고 자기 완성을 이룰 수 있는가. 그 가장

---

20) 최인훈, 「가면고」, 『현대한국문학전집 16』, 신구문화사, 1966, p.356.

보편적인 방법은 지식을 쌓는 것이지만, 민은 지식에서 그 길을 발견하지는 못한다. "책이 쓸모 없음을 안 것이 아마 책의 쓸모의 모두였다."고 말하는 「GREY……」에서의 현처럼, 지식을 많이 알수록 도리어 회의만 커지는 역설을 민 역시 목도하는 것이다. 그럴 때 민이 택하는 방법은 「GREY……」에서의 현이 그랬던 것처럼 사랑이다. '정말 추운 현대'에서 '얼음 위에 불을 피우는 작업에는 짝패가 필요하'다면, 사랑은 그러한 짝패와 관계맺는 방식이기 때문이며, 이에 더하여 진실로 사랑을 할 경우에는 모든 회의가 사라질 것이라고 믿기 때문이다. 그렇지만 「GREY……」의 현보다 「가면고」의 민은 좀더 본격적이고도 심층적으로 사랑을 추구한다. 회의 또는 유희와 사랑 가운데 어느 것을 택해야 하는가의 문제가 중심적이었던 「GREY……」와 달리, 「가면고」에서는 어떠한 형태의 사랑이어야 회의를 넘어 새로운 주체를 형성할 수 있는가의 문제가 중심이 되는 것이다.

이 문제와 관련하여 민은 두 가지 형태의 사랑을 겪는 것으로 제시된다. 그 첫 번째는 화가인 미라와의 사랑이며, 두 번째는 발레리나인 정임과의 사랑이다. 이 가운데 우선 미라와의 사랑을 본다면, 민이 그녀를 사랑하는 방식은 다음의 인용에서 잘 드러난다.

> 민은 그 인형의 얼굴에 미라의 얼굴을 겹쳐 보았다. 그녀의 성미의 다양성과 이 인형들의 순수함이 하나가 된, 그 영혼의 몽타즈는, 황홀한 아름다움을 지닌 얼굴이었다. 그녀가 이런 여자가 되어 주었으면. 둔한 여자는 필요치 않았다. (중략)
> 민은, 오랜 시간 그녀가 그리하는 모습을 보고 있으면서도 별로 지루한 줄을 몰랐다. 그녀를 만나러 와서 하릴없이 기다리면서 지루하게 느끼지 않는 것은, 다만 그녀는 소재로서 필요할 뿐 여기서도 민은 <나>를 생각하고 있는 때문이었다.[21]

위의 인용에서 먼저 주목되는 것은 민이 미라에게 바라는 사항이다. 이는 미라가 그녀 자신의 세계 — '성미의 다양성' — 를 가지고 있기를 바라면서도, 인

---

21) 「가면고」, p.376.

형처럼 자신과의 사랑에 전적으로 피동적인 존재가 되기를 바란다는 것으로 제시된다. 이 두 사항은 얼핏보기에 모순으로 보이지만, 최소한 민에게는 그렇지 않다. 그는 미라가 주체성을 지닌 존재이기를 바라면서도, 그 주체성을 전적으로 자신에게 바칠 것을 요구하고 있는 것이다. 단순히 인형 같은 '둔한 여자'는 민에게 바칠 주체성이 없으며, 반대로 주체성만 있는 여자는 자신에 대한 무조건적인 헌신을 하지는 못한다는 것이 민의 생각인 것인데, 여기서 이 단계의 민이 생각하는 사랑이 어떤 것인지 분명히 드러난다. 그것은 자신을 위해 상대방의 주체성을 수단으로 삼는 사랑인 것이다.[22] 그러나 이로써 결국 미라는 민이 '<나>의 완성' — 새로운 주체 형성 — 을 이루는 데 필요한 '소재'(수단)에 지나지 않게 되고 만다.

이러한 민의 사랑이 제대로 이루어질 수 없을 것임은 당연한 일이다. 주체성이란 누구에겐가 복속될 때는 더 이상 유지될 수 없는 것이기 때문이다. 요컨대 민은 미라에게 양립할 수 없는 모순적인 요구를 하고 있었던 것이다. 미라의 처지에서 보자면, 그녀는 민의 요구에 의해 주체성과 인형 가운데 하나를 택해야 하는 양자택일의 기로에 놓이게 된 셈이다. 이러한 기로에서 미라는 민에게 자신이 민의 주체성을 인정하듯이 민도 자신의 주체성을 인정할 것을 원한다. 그녀가 민에게 자신의 예술 — '그녀 자신의 <자기>' — 을 인정해 줄 것을 끈질기게 요구했던 것도 그 때문이다. 그러나 이미 대상을 '수단'으로 간주하는 사랑에 들려있던 민은 이처럼 자신을 '타자'로서 받아들이라는 미라의 요구를 이해하지도 받아들이지도 못한다. 그녀의 그림을 두 번에 걸쳐 찢어버리는 행위에서 단적으로 드러나듯이 그녀를 수단으로 삼으려는 시도만을 반복할 뿐이다. 이로 볼 때 이후 미라가 결국 민에 대한 사랑을 포기하는 것은 필연적인 귀결이라고 할 수 있다.

이제 민과 정임의 사랑에 대해 살펴보기로 한다. 우선 고려할 것은 정임의 성격이다. 민은 자신이 쓴 발레 각본에 따라 춤을 추는 정임을 주체성만 내세웠던 미라와 완전히 상반된 인물로 파악한다. 비록 주체성은 없다고 하더라도 인형처

---

22) 김현 역시 이를 주목하고 다음과 같이 언급한 바 있다. "그(민-인용자)의 유일한 잘못은 타인을 완전히 소유해서 자기만이 구원되겠다는 그 이기적인 태도에 있었던 듯이 생각된다." (김현, 「정신의 치료술-가면고」, 『현내문학전집 16』, p.526).

럼 자신에게 헌신은 할 수 있는 존재로 파악했던 것이다. 민이 처음에는 정임을
그다지 사랑하지 않은 까닭도 여기에 있다. 주체성을 지니되 자신에게 헌신하는
사람을 사랑의 이상적인 대상으로 간주했던 애초의 생각에 비춘다면, 주체성을
내세우지 않는 정임은 미라보다 더 결격이었던 것이다.

　　로터리의 희부연 보도를 향하여 나비처럼 떨어져가는 그녀의 환상이 머
리를 스쳐갔다. (중략)
　　만일 자기가 조금이라도 움직이면 그녀의 균형이 무너질 것 같았다. 자꾸
머리가 어지러워온다. 자기만 <사람>이고 다른 사람은 인형으로 알고 살
아오던 사람이, 처음으로 또 다른 자기 밖의 <사람>을 발견한 현장에서 느
끼는 멀미였다. 사막과 인형들을 상대로 저 혼자만의 독백을 노래하며, 포
탄에 찢어진 <남의 팔다리>를 가로채면서 살아온 자에게는, 지금 테라스
위에서 맞서오는 <사람>의 모습은 어지러웠다. <사람>이란 이렇게 무서
운 것…….23)

그러나 정임을 '자신의 예술을 위해 필요한 수단'으로 간주했던 민의 생각은
착각이었음이 이후에 드러난다. 미라의 이별 편지를 받고 망연자실한 민 앞에서
정임이 극장 옥상의 난간 위에 올라서서 자신의 사랑을 능동적으로 표현했을
때, 위의 인용에서 보듯이 민은 인형이나 수단이 아닌 독자적 존재로서의 정임
을 인식하게 된다. 정임은 민의 생각과는 달리 결코 인형이 아니었던 것이며, 회
의의 탈을 쓴 민으로서는 결코 이해할 수 없는 방식으로 존재하고 있었던 것이
다. 바꾸어 말하자면, 민은 그녀가 순수하지만 무지하므로 인형이 될 것으로 생
각했지만, 바로 그렇게 순수하고 무지하기 때문에 그녀는 민처럼 타자를 수단으
로 보지 않고 그저 자연스럽게 타자로 대하면서 그 자신도 독립성을 유지할 수
있었던 것이다.24)

---

23) 「가면고」, p.408.
24) 민이 정임의 모습 자체에서 결코 수단으로 간주할 수 없는 그녀의 존재를 느끼는 장면은
　　엠마누엘 레비나스가 타자의 '얼굴'이 지니는 중요성을 강조한 것을 연상시킨다. 레비나스
　　는 "얼굴을 통해서 존재는 더 이상 그것의 형식에 갇혀 있지 않고 우리 자신 앞에 나타난
　　다. (중략) 얼굴은 존재가 그것의 동일성 속에서 스스로 나타내는, 다른 어떤 것으로 환원할
　　수 없는 방식이다."라고 말한 바 있다. 이상에 대해서는 강영안, 「레비나스의 철학」, 『시간

그러나 이처럼 정임을 새롭게 바라보게 된 것이 갑작스러운 비약인 것은 아니다. 정임과의 만남은 민이 미라와의 사랑을 되돌아보는 계기가 되었기 때문이다. 당시 민은 정임을 인형으로 다루면서 미라도 "자기가 인형처럼 <물건>처럼 다루어지기를 바라겠는"지 자문해 보고는 그렇지는 않을 것이라고 이미 생각하고 있었던 것이다. 이와 관련하여 주목할 것은 정임이 '자기 세계를 고집하지 않고' 민과의 대화를 늘 바랐다는 사실이다. 미라가 자신의 주체성을 견지하면서 민과 별다른 대화를 나누지 않았던 것과 비교할 때, 정임의 이와 같은 면모는 민에게 자신이 사랑하는 방식뿐만 아니라 사고하는 방식 자체를 되돌아보게끔 만든다. 이후 민이 일기장에 "獨白은 自淫이요 對話는 사랑이다."라고 적을 수 있었던 것도 그 때문이다. 이러한 에피그램은 민이 그 동안 자신의 정체성으로 삼았던 회의란 실상은 독백에 지나지 않았으며, 그러한 독백에 의존했던 미라와의 사랑도 참된 의미의 사랑과는 무관한 것이었음을 인정하기 시작했다는 것을 알려준다.

정리해서 말하자면, 민은 무지하지만 순수하기 때문에 타자를 수단으로 삼을 생각조차 하지 않는 정임과의 만남을 통해 그 동안 지녀왔던 사랑의 방식과, 독백적인 회의에 의존했던 사고 방식을 반성하게 되었던 것이라고 할 수 있다. 이와 같은 반성이 기반이 되었을 때, 민은 위의 인용에 제시된 것처럼 정임까지도 수단이 아닌 '사람' ― 타자 ― 으로 바라볼 수 있었던 것이다. 그러나 정임과의 만남이 민에게 준 것은 이것으로 그치지 않는다. 이는 무엇보다 정임을 '사람'으로 보게 됨으로써, 자기 자신도 '사람'으로 보게 된다는 것으로 드러난다. 곧 정임을 타자로 봄으로써 민은 그 동안 자신의 얼굴을 가리고 있던 회의라는 탈을 벗을 수 있었던 것이다.

그러나 이 단계의 민이 그 동안 염원하던 '자기 완성'을 완전히 이루었다고는 말할 수 없을 것이다. 그는 회의에 자족해서는 안된다는 것, 자기 완성은 타자를 수단으로 삼아서는 이루어질 수 없다는 것, 그렇게 타자를 타자로 대할 수 있을 때 사랑이 시작되며 그러한 타자와의 상호 작용 속에서 자기 완성이 이루어질 수 있다[25]는 것을 확인하기는 했지만, 아직까지는 자기 완성의 출발점에 서 있

과 타자』, 문예출판사, 1996, pp.135-136 참조.

25) 이와 관련하여 박덕규는 "타자와의 합일로서의 사랑은, 자아의 세계에 대한 각성을 통한 자

을 뿐이기 때문이다. 요컨대 민은 아직 사랑을 통해 무엇을 발견하거나 얻을 수 있을지를 알지는 못하는 상태에 머물고 있는 것이다.

이제 민이 최면술 치료를 받으면서 환상 속에서 떠올린, 고대 인도의 왕자 다문고의 이야기를 분석해 보기로 한다. 앞에서도 언급했듯이 다문고의 이야기는 민의 이야기를 다른 시·공간으로 바꾸어 놓은 것으로서 일종의 알레고리에 해당한다고 할 수 있다. 민이 '자기 완성'을 위해 노력하는 것과 다문고가 모든 사물의 근원인 브라만의 얼굴을 가지기 위하여 노력하는 것은 상통하며, 민이 '가짜 성자의 탈'을 쓰고 미라나 정임 위에 군림하면서도 실상은 자신의 회의는 보잘것없는 것에 지나지 않는다는 고통에 시달리는 것은 다문고가 성자의 얼굴을 가지고 자신을 누구보다 우월한 존재로 행세하면서도 실상은 그것이 거짓에 지나지 않는다는 고통에 시달리는 것과 상통한다. 그리고 민이 무지하지만 순수한 정임과의 만남을 계기로 회의의 탈을 벗게 되었던 것은, 다문고가 무지하지만 순수한 마가녀와의 만남을 계기로 업(業) ― 주체의 자유 의지와는 무관하게 다가오는 '외적 운명' ― 의 탈을 벗게 되었던 것과 상통한다.

> 나는 마루에 풀썩 무릎을 꿇으며 두 손으로 낯을 가렸다. 처음으로, 이 많은 얼굴(다문고의 명령에 따라 산 채로 벗겨낸 사람의 얼굴 가죽―인용자)들에 대한 공포가 덮쳐들었다. 나는 죄어드는 가슴과 찢어질 듯한 머리의 아픔 때문에 신음했다. (중략)
> 「후회한다……」 / 나는 숨을 모으기 위하여 잠깐 말을 끊었다.
> 「내 탈을 벗지 못해도 좋다. 영원히 깨닫지 못한 채 저주스런 탈을 쓰고 살아도 좋다. 만일 이 끔찍한 일을 하지만 않았다면, 이 죄만 없어진다면……」 (중략)
> 「왕자 다문고. 너의 한 마디가 너의 업(業)을 치웠다. 탈은 벗겨졌다.」[26]

그러나 무엇보다 민과 다문고가 상통하는 것은 주체의 자기 완성을 위해 타자를 수단으로 삼았다는 점일 것이다. 다문고는 처음에는 지식과 수행, 육체적

기 완성의 의미를 포괄한다."고 언급한 바 있다. 박덕규, 「구원 없는 세대의 구원-최인훈의 문학세계」, 『웃음소리-최인훈 선집』, 책세상, 1989, p.418.

26) 「가면고」, p.418.

사랑을 통한 내적 완성을 시도함으로써 탈을 벗고 브라만의 얼굴을 가지려 노력하지만, 그러한 방법들이 실패하자 마술사 부다가의 제안에 따라 '가장 낮은 것을 지닌 사람의 얼굴 가죽'을 '가장 높은' 자신의 얼굴에 붙이는 방법을 취하게 된다. 이후 다문고는 가장 낮은 얼굴을 가진 마가녀에게 거짓 사랑으로 접근한 후 그녀의 가죽을 떼어서 붙이지만 탈은 떨어지지 않는다. 대신에 그는 마가녀에 대한 사랑이 그녀가 죽은 이후에도 여전히 남아 있음을 깨닫는데, 그 사랑은 다문고의 심경에 큰 변화를 가져온다. 위의 인용에서 보듯이 아무런 가책도 없이 그 동안 '자기 완성'을 위해 타자를 수단으로 삼았던 것에 대한 후회와 죄의식을 마가녀에 대한 사랑을 매개로 절실하게 느끼게 되는 것이다.

결국 다문고는 마가녀의 탈을 보면서, 브라만의 얼굴은 자신이 생각했던 것처럼 궁극적인 진리나 자기 완성의 징표가 아니라 독선과 집착을 불러일으키는 대상이었을 뿐이며, 그러한 독선과 집착에서 벗어나지 못했던 자기 자신의 얼굴은 가장 높은 것이 아니라 실상 가장 낮은 것에 지나지 않았다는 사실을 깨닫게 되었던 것이라 할 수 있다. 다문고의 얼굴에서 탈이 벗겨지고 브라만의 얼굴이 나타나게 된 연유가 이해되는 것은 이 지점이다. 가장 낮은 얼굴은 타자에게 있었던 것이 아니라 다문고 자신 속에 있었던 것이며, 후회와 죄의식을 느낀 순간 그 낮은 얼굴이 바깥으로 나와 겉의 높은 얼굴과 합해지면서 떨어져 나갔던 것이다. 그리하여 다문고는 이제 높은 얼굴도 낮은 얼굴도 아닌, 완전히 새로운 질(質)의 얼굴—브라만의 얼굴—을 가지게 되었던 것이다.

물론 이러한 결말은 민의 이야기와 조금의 차이가 있다. 다문고가 완전히 새로운 궁극의 얼굴을 가지게 되었던 것과는 달리, 정임을 통해 회의의 탈을 벗은 민의 얼굴은 아직 완성되지는 못한 상태에 있기 때문이다. 이러한 차이를 감안하면서 다시금 이 소설의 구성 방식을 되살려보면, 왜 최인훈이 다문고의 이야기를 민의 이야기에 대한 알레고리로 같이 제시해 놓았는지 이해할 수 있다. 현실에서 민은 이제 겨우 자기 완성의 출발점에 서 있을 뿐이어서, 그러한 완성의 궁극에 가닿고 싶다는 욕망의 실현은 아직 요원한 일로 남아 있었기 때문에, 작가는 그렇게 궁극에 가닿는 다문고의 이야기를 보족(補足)의 형식으로 같이 제시했던 것이다.

「<본 케이스는 청년기의 보상(補償) 의식의 나타남으로써, 싸움에 다녀
온 젊은이들이 그동안의 공백기간을 무엇인가 값있는 어떤 것을 빨리 얻음
으로써 메워보려는 정신 현상의 하나임> 이 대목 말입니다.」

「그 대목에 약간 불만이 있으시다 그런 얘긴가요?」

「이를테면…… 모든 사람의 정신 활동을 이처럼 환경과 그에 대한 <대
응>의 두 가지로 나누어버리면 결국은 인간을 해체한다는 거나 다름이 없
지 않을까 하는 생각입니다. (중략) <환경>, <대응> 그리고 제 3의 요소가
필요합니다. (하략)」[27]

한편 이러한 차이를 고려할 때, 위에 인용된 「가면고」의 결말 부분에서 최면
술 치료를 담당했던 이들이 다문고의 이야기를 '전쟁으로 인한 공백기를 메워
보려는' '청년기의 보상 의식'으로 판단하는 이유 역시 이해될 수 있다. 이제 겨
우 자기 완성 또는 새로운 주체 형성의 출발점에 서게 된 민이 환상 속에서나마
그렇게 새로운 주체의 형성을 이룬다는 것은, '무언가 값있는 것을 빨리 얻'고
자 하는 조급증이 드러난 결과로도 해석될 수 있기 때문이다. 그들은 현실에서
는 새로운 주체의 형성이 완결되지 않았음에도 다문고 이야기 속에서는 완결되
고 있는 '차이'를 주목하고서, 그러한 차이가 생겨난 원인을 섣부른 보상의식에
서 찾고 있는 것이다.

그러나 이러한 해석에 따른다면, 민이 다문고의 이야기를 만들어냈던 근본적
인 동기는 간과되고 말 위험이 있다. 완성했는가 못했는가의 차이보다 더 중요
한 것은, 둘 모두 새로운 주체를 형성함으로써 자신이 처한 피동적인 상황—이
는 민에게는 '외적 운명'으로서의 전쟁이며, 다문고에게는 자유의지와는 무관하
게 짐지워진 '업'이다—을 넘어서려 했다는 동기 또는 목적이기 때문이다. 최
인훈이 '코밑수염'이란 인물의 말을 빌어 다문고의 이야기가 전하고 있는 속뜻
이 단지 보상 의식의 결과로만 해석되는 것을 방지한 것도 같은 연유에서이다.
이른바 '제 3의 계기'가 바로 그것인데, 이는 '외적 운명'을 거부하고 새로운 삶
을 창조해 나가려는 부정성 nagativity[28]을 가리킨 것이라고 할 수 있다. 달리 말

---

27) 「가면고」, p.419.

28) 알렉상드르 코제브는 부정성을 자유 및 창조 행위와 관련시킨 바 있다. 벵쌍 데꽁브, 『동일
　　자와 타자』, 박성창 역, 인간사랑, 1990, pp.46-47 참조.

해, 완성되든 되지 않았든 전쟁이 '업'처럼 강요한 '동물'로서의 운명을 벗어나 '인간'으로서 살아나가려는 지향을 민이 잃지 않았다면, 그러한 지향이야말로 주체성의 새로운 내용이 되는 것임을 최인훈은 '제 3의 계기'라는 말로 표현했던 것이라 할 수 있다.

5. 결 론

　지금까지 「GREY구락부 전말기」와 「가면고」를 중심으로 최인훈의 초기 소설을 살펴보았다. 전후소설사가 휴머니즘에서 관념 소설로 이어지면서 이데올로기에 대한 비판으로 나아갔다면, 최인훈은 그러한 이데올로기 비판을 바탕으로 전쟁으로 붕괴된 주체를 재건 또는 새롭게 형성하는 데 관심을 기울임으로써 1950년대 소설을 넘어서는 곳에 위치할 수 있었다. 이러한 최인훈의 초기 소설에서 중점적으로 문제시된 사항은 회의와 유희, 그리고 사랑 등 세 가지이다. 이 가운데 회의와 유희는 현실로 되돌아가지 못하고 자족적인 상태에 머문다는 점에서 전쟁 이데올로기를 회피할 수는 있지만 극복하지는 못한다는 한계를 지니는 것으로 파악된다. 그럴 때 최인훈이 전쟁 이데올로기를 극복할 가능성을 발견한 것은 사랑이다. 그러나 사랑은 타자를 수단으로 삼는 형태가 아니라 오직 타자를 타자로서 발견하는 형태의 사랑일 때만 의미가 있는 것이었다. 요컨대 최인훈은 그렇게 발견한 타자와의 상호 작용 속에서만 비로소 새로운 주체가 형성될 수 있다고 본 것이다. 이를 본다면, 흔히들 생각하는 것과 달리 최인훈 소설의 본질은 회의가 아닌 사랑에 있다고 할 수 있다.

　마지막으로 언급할 것은 이 초기 소설들과 『광장』의 관계에 대해서이다. 필자가 보기에 『광장』은 소설 논리상 최인훈 소설 가운데 '시간적으로' 가장 앞섰거나, 아니면 반대로 가장 뒤처진 소설이다. 그러한 판단의 관건은 주인공 명준이 가진 진실에 대한 확신 — 밀실과 광장의 논리 — 을 어떻게 볼 것인가에 달려 있다. 곧 확신을 가지지 못한 회의적인 주체의 상태에서 출발하고 있어서 아직 현실로 나이기지는 못하는 다른 소설의 주인공과 딜리, 유독 명준만이 그러한 확신을 가지고 남북한의 현실에 직접 뛰어들고 있다는 점이 문제가 되는 셈이다. 여기서 만약 명준의 그러한 확신이 회의를 경유한 것이라면 『광장』은 가장 앞선 소설이 될 것이고, 그렇지 않다면 가장 뒤쳐진 소설이 될 것인데, 그렇다면 회의에 대한 경유 여부를 판별하는 기준은 또 어디에 있을 것인가. 그 답은 바로 사랑에 있다. 회의에서 출발한 주체가 유희를 거쳐 사랑에 도달하고 타자와의 상호 작용 속에서 새로운 주체를 형성한 뒤에야 현실로 되돌아올 수 있다는 것이 최인훈 소설의 기본적 구도라면, 명준이 윤애 및 은혜와 어떠한 형태의 사랑을 하는가라는 문제야말로 회의를 거쳤는지 안 거쳤는지 판별하는 기준이 아니될 수 없기 때문이다. 최인훈이 『광장』을 고쳐쓸 때, 가장 정성을 들인 부분이 바로 사랑과 연관된 부분이었던 것은 아마도 이 점을 심각하게 고려했기 때문일 터이다.

김승옥 소설에 드러난 4·19세대의 주체 형성 과정

1. 서 론

그간의 연구를 볼 때 김승옥 소설의 소설사적 의의에 대해서는 대체로 세 가지 사항이 언급되었다. 첫 번째는 1950년대의 전후 소설에 대해 김승옥 소설이 지니는 혁신성을 주목한 것으로, 이는 '지적 체험을 감각적·정감적 체험과 마찬가지로 직접적·구체적으로 표현해냄'으로써 "감수성의 혁명"[1]을 이루었다는 언급으로 요약된다. 두 번째는 유년기에 전쟁을 겪었던 이른바 4·19세대의 정체성과 관련된다. 곧 김승옥 소설을 부정적 정신으로서의 자유에 근거한 4·19세대의 새로운 문학이 시작하는 출발점[2]으로 평가하는 것이다. 그리고 세 번째로는 근대화의 진전과 관련된 것으로서, 1960년대에 본격화된 근대화와 도시적 일상성을 감각적으로 포착했다는 것[3]에 주목하는 것이다.

한편 부정적인 평가도 없지 않았는데, 이는 김승옥 소설이 지닌 소시민적 또는 세대적 한계를 염두에 두고 이루어졌다. 김승옥 소설에 드러난 일탈이 결국

---

1) 유종호, 「감수성의 혁명」, 『현실주의 상상력』, 나남, 1991, p.86.
2) 김윤식·정호웅, 『한국소설사』, 문학동네, 2000, pp392-397.
3) 진영복, 「한국자본주의의 형성과 60년대 소설」 및 김명석, 「일상성의 경험과 탈출의 미학」, 『1960년대 문학연구』, 민족문학사연구소 편, 깊은샘, 1998 참조.

에는 일시적 도피에 지나지 않으며 결국에는 시민 의식이 파산되고 새로운 노
예화에 낙착되고 말 것이라는 경고[4]나, 독특한 문체의 감각에도 불구하고 소시
민적 욕구로 일관한 나머지 트리비얼리즘으로 빠져들게 되었다는 부정적 평가[5]
가 그것이다. 흔히 이러한 부정적 평가는 김승옥이 「내가 훔친 여름」(1967)과
「60년대식」(1968) 이후에 보여주었던 작가적인 몰락 과정을 결정적인 근거로 삼
고 있다. 초기 김승옥 소설에 잠재되어 있던 소시민적 요소나 이념적으로 불명
확한 부정성이 후기작에서 본격적으로 노정되면서 그의 작가적 생명력은 쇠진
하고 말았다는 것이다.[6]

이와 같은 긍·부정의 평가를 볼 때, 김승옥 소설을 해명하는 데 주요한 관건
이 되는 사항은 아무래도 4·19세대의 정체성 문제에 있을 것 같다. 물론 이 세
대 문제를 다루는 것은 자칫하면 김승옥과 같이 활동했던 동 세대의 비평가들
이 이전 세대로부터 자신들을 우월한 자리에 매김하려는 세대론적 전략의 일
환[7]으로 그의 소설을 고평했던 글들[8]과 유사한 결론으로 낙착될 우려가 있다.
그리고 "김승옥은 4·19세대라기보다는 근대화 세대이며, 그의 문학은 4·19와
의 연관은 찾기 힘든 반면에 근대화로 말미암은 온갖 긍부정성을 감각적으로
체현하고 있다"는 언급[9]처럼, 김승옥 소설의 또 다른 주제인 근대화 문제를 소
홀히하는 결과를 빚을지도 모른다.

그러나 4·19세대[10]의 주요한 특징을 살펴본다면, 세대 문제는 여전히 김승
옥 소설을 해명하는 핵심적인 고리임을 알 수 있다. 이 세대는 이념이라든지 민

---

4) 백낙청, 「시민문학론」, 『창작과 비평』 1969년 여름호.
5) 권영민, 『한국현대소설사 1945-1990』, 민음사, 1993, p.205.
6) 이처럼 비판적 시각을 드러낸 연구로는 한형구, 「역사에의 두려움 혹은 생활에의 의욕」, 『한
   국현대작가연구』, 민음사, 1989 ; 류보선, 「김승옥론 — 개인과 사회의 대립적 인식과 그 의미」,
   『문학사상』 1990년 5월 ; 김민정, 「김승옥론」, 『외국문학』 1996년 가을 등을 들 수 있다.
7) 이 세대 비평가들의 세대론적 전략에 대해서는 권성우, 「60년대 비평문학의 세대론적 전략과
   새로운 목소리」, 문학사와비평연구회 편, 『1960년대 문학연구』, 예하, 1993 참조.
8) 김현, 「구원의 문학과 개인주의」, 『사회와 윤리』, 일지사, 1974 및 김병익, 「시대와 삶」, 『상
   황과 상상력』, 문학과지성사, 1979 등.
9) 진영복, 「한국자본주의의 형성과 60년대 소설」, 민족문학사연구소 편, 『1960년대 문학연구』,
   깊은샘, 1998.
10) 여기서 4·19세대란 일반적으로는 4·19 시기에 사회에 본격적으로 뛰어들었던 세대를 가
    리키는 것이지만, 그 가운데 특히 4·19를 목격하고 동참했던 세대로서 당시의 지식인 청
    년층을 가리키는 용어로 쓰기로 한다.

족 문제가 무엇인지 모르는 상태에서 이성적이라기보다는 감각적 측면에서 참혹한 전쟁을 겪어냈으며, 무엇보다도 4·19와 5·16을 통해 혁명 성공에 대한 환희와 반공 이데올로기로의 회귀 및 자유의 좌절이라는 극단적인 경험을 치루어냈던 세대이다. 그리고 이후 군사정권의 개발독재에 따른 급격한 근대화 과정을 때로는 주체로서 주도하기도 하고 때로는 객체로서 그 모순에 희생되기도 했던 세대이다. 요컨대 얼핏 보기에는 4·19와 직접 관련이 없는 유년기 전쟁 체험이라든가 근대화 과정의 제반 모순은 이 세대가 겪은 경험의 핵심을 이루는 사항인 것이다.

그렇지만 여기서 다시 한 번 강조할 것은, 왜 '4·19'세대인가라는 문제에 대해서이다. 논자에 따라서는 이 세대를 유년기 전쟁체험세대라고도 할 수 있을 것이며, 반대로 근대화 또는 개발독재 세대라고도 할 수 있을 것이기 때문이다.11) 그러나 전쟁 체험이든 근대화 체험이든 그것을 바라보고 평가하는 준거가 4·19와 5·16이라는 극단적인 경험에 근거한 것이라면, 이 세대를 '4·19' 세대라고 하지 않을 수 없다. '환상'과도 같이 성취했던 혁명적인 자유와 그에 대한 억압으로의 극단적인 반전―5·16―은 이 세대에게 과거와 미래를 바라보는 태도를 결정하는 잣대가 되었던 것이다.

그런 점에서 김승옥 소설에 대한 기존의 분석을 보면, 심지어 4·19세대를 내세운 연구라 할지라도 실제 분석에서는 앞에서 살펴본 세대의 특성이 제대로 전제되지 못한 채 분석이 수행되는 경우가 빈번하다. 예를 들어, 「생명연습」에서는 '자기 세계'의 중요성이 주목되지만,12) 그럼에도 불구하고 그 세계는 순수한 내면적 질서로 이루어진 것처럼 과대 평가되기 일쑤이며, 「서울 1964년 겨울」 같은 경우는 세대 문제와 관계없이 근대화로 인한 소외 현상을 드러낸 것으로 흔히 간주된다. 그러나 뒤에서 다시 논하겠지만 '자기 세계'란 전쟁으로 인한 속악한 현실적 질서로부터 당한 오욕의 기억으로 얼룩진 것이며, 「서울…」의 소

11) 이 세대를 어떻게 일컫는가에 따라 연구의 중점 역시 달라질 수밖에 없다. 유년기 전쟁체험을 강조할 경우에는 이념 대립이나 전쟁의 원체험을 중심으로 살펴야 할 것이고, 근대화를 강조할 경우에는 급격한 근대화가 낳은 제반 모순을 중심으로 살펴야 할 것이다. 그러나 필자가 보기에는 어느 쪽도 김승옥 소설 전반을 해명하는 데는 미치지 못한다. 왜냐 하면 전쟁체험과 근대화를 어떻게 소설화했는가에 있어서 그 '어떻게'의 방향을 설정해 준 것이 4·19와 5·16의 결정적인 경험이기 때문이다.
12) 한상규, 「환멸의 낭만주의」, 문학사와비평연구회 편, 『1960년대 문학 연구』, 예하, 1993.

외 현상은 근대화로 인한 것이라기보다는 4·19세대의 정치적 환멸을 표현한 것으로 보인다.

이 글은 김승옥 소설을 4·19세대의 주체 형성 및 분열의 과정이 드러난 대표적인 경우로 간주하고 고찰하려는 목적을 지닌다. 이를 위해 김승옥의 작품을 논의의 편의상 몇 개의 대표작으로 한정하여 주체의 성장 과정에 맞추어 살핀다. 대상 작품은 「생명연습」, 「건」, 「환상수첩」, 「서울 1964년 겨울」 등 네 작품이다. 실제로 김승옥의 소설적 관심은 「생명연습」과 「건」으로 대표되는 유년기 체험에서, 「환상수첩」과 「무진기행」으로 대표되는 서울과 고향이라는 공간의 대립적 체험으로 옮겨 가며, 「역사」와 「서울, 1964년 겨울」로 대표되는 서울 체험을 탐구하는 것으로 종결된다는 것을 생각할 때, 이와 같은 작품 선정은 그다지 무리가 없을 것으로 생각한다.[13]

2. 환경 또는 원점 : 아버지의 부재와 근원적 상처

김승옥의 데뷔작인 「생명연습」은 4·19세대가 주체를 형성하는 기본적 상황을 알려주는 작품이다. 이 작품에서 그 동안의 연구들이 가장 주요한 사항으로 주목했던 것은 이른바 '자기 세계'이다. 여기서 자기 세계란 '외부 세계에 냉소적인 태도를 보이는 고립된 개인이 독자적으로 보유하고 있는 그만의 내밀한 내면 세계'[14]로서 '주체 내부의 자기동일성'을 확보하는 근거가 되는 것[15]이기도 하다.

> '자기 세계'라면 그것을 가지고 있는 사람을 몇 명 나는 알고 있는 셈이다. '자기 세계'라면 분명히 남의 세계와는 다른 것으로서 마치 함락시킬 수 없는 성곽과도 같은 것이 아닌가 생각한다. (중략) 웬일인지 이들은 모두가

---

13) 「무진기행」이 빠진 것은 이 작품을 이루는 여러 요소가 이전 작품인 「환상수첩」에서도 거의 유사하게 드러난다는 점 때문이다.

14) 한상규, 앞글, p.54.

15) 차미령, 앞책, p.20.

그 성곽에서도 특히 지하실을 차지하고 사는 모양이었다. **그 지하실에는 곰팡이와 거미줄이 쉴새없이 자라나고 있었는데** 그것이 내게는 모두 그들이 가진 귀한 재산처럼 생각된다.(이하 강조는 인용자)[16]

그러나 김승옥은 이러한 자기 세계를 두고 위에 인용한 대로 ‘화려한 성곽’이 아니라 ‘곰팡이와 거미줄이 쉴새없이 자라나는’ ‘지하실’과 같은 것이라고 말하고 있다. 곧 자기 세계란 남들의 모범이 되거나 자랑할만한 것이 아니라, 오히려 일생을 두고 숨기고서 삭여야만 하는 근원적인 상처와 같은 것으로서 이 소설에서 의미 부여되는 것이다(“하나의 세계가 형성되는 과정이 한마디로 얼마나 기막히다는 것을 나는 잘 알고 있다.”). 이는 한 교수의 자기 세계가 외국 유학이라는 현실적 소망을 이루기 위해 성욕을 내세워 정순과의 사랑을 무참히 짓밟았던 경험으로 이루어져 있는 것에서 단적으로 드러난다.[17] 그런 까닭에 이러한 자기 세계는 겉보기에 일관된 동일성을 이루고 있는 주체의 밑바닥에 위치한 일종의 근원적인 틈(균열)를 지시하는 것이라 할 수 있다. 그렇다면 주체는 역설적으로 이러한 근원적인 균열을 메우고 은폐하려는 시도에 의해 동일성을 확보하고 성립되는 것인 셈이다.

이제 「생명연습」의 주인공인 ‘나’의 자기 세계를 살펴보기로 하자. 이 소설에서 속 이야기로 제시된 ‘나’의 자기 세계 역시 심각한 균열로 내면에 남은 경험으로 구성되어 있다. 그러한 경험이란, 아버지가 돌아간 후 ‘거의 문란하다고나 해야 할’ 어머니의 남자 관계, 그리고 그것을 용납하지 못하는 형의 어머니에 대한 폭력, 어머니를 죽여버리자는 형을 도리어 누나와 ‘나’가 절벽에서 떠밀어 버린 일, 살아돌아온 형이 며칠 후 자살한 것 등으로 제시된다. 그리고 이와 같은 비극적 경험에는 누나와 ‘나’가 ‘생식기를 손수 자른’ 부흥회 전도사를 보러 갔던 것과, 서양인 선교사가 자위 행위를 하는 장면을 역시 둘이 같이 몰래 훔쳐보았다는 두 개의 에피소드가 겹쳐진다.

---

16) 김승옥, 「생명연습」, 『무진기행-한국소설대계 45』, 두산동아, 1995, p.18. 이하 작품 인용은 이 책에 따른다.

17) 오 선생의 경우는 자기 세계를 가진 인물로 제시는 되지만, 그 자기 세계를 이루는 상처가 무엇인지 명확하게 제시되지는 않는다. 작품 결말에 자로 그은 선의 에피소드는 그 상처 자체가 아니라 그 상처에서 비롯한 자의식에 따른 것이다.

이상과 같은 요약에서 짐작할 수 있듯이, 이 비극적 경험의 열쇠는 오이디푸스적인 욕망에 있다. '아버지의 부재'라는 특별한 상황에 의해 활성화된 이 오이디푸스적인 욕망은 속 이야기 속에 두 개로 중첩되어 나타난다.[18] 그 하나는 형의 것으로서, 부재하는 아버지 대신 새로운 아버지 역할을 하고자 하는 욕망이다. 어머니에 대한 간섭과 폭력 행사가 그것인데, 그러나 어머니는 형의 오이디푸스적인 욕망의 구도 속에 자신을 위치시키기를 거부한다. 그녀가 형에게 연애와 결혼을 권유하는 것도 그 때문이다. 그럴 때 형은 누나와 '나'에게 도움을 요청한다. 어머니가 외도를 계속하느니 만큼 어머니를 같이 없애버리자는 것이다. 이는 자신의 욕망을 거부하는 대상에 대한 형의 파괴 욕구에 따른 것이라 할 수 있다.

그러나 누나와 '나'는 형의 요청을 거부한다. 그 이유로는 일단 누나와 '나'는 형과 달리 어머니를 중심으로 한 오이디푸스적 관계에서 비교적 떨어져 있다는 점을 지적할 수 있다. '나'의 경우는 형이 새로운 아버지 역할을 한다 해도 아들의 위치를 그대로 유지할 수밖에 없으며, 누나의 경우에도 어머니는 더 이상 오이디푸스적 욕망 — 정확히는 엘렉트라적인 것이라 할 것이다 — 의 대상이 아니었던 것이다. 여기서 누나와 '나'가 형의 요청을 거부한 보다 직접적인 이유가 제시된다. 그것은 누나와 '나'가 또 다른 두 번째의 오이디푸스적 관계를 이미 형성하고 있다는 점이다. 곧 누나는 '나'를 항상 보살피며 '나'의 유년기를 감싸고 있는 것이다. 요컨대 누나는 '나'를 자식으로 간주하면서 그 자신이 이미 새로운 어머니 역할을 하고 있는 것인데, 누나가 애써 어머니의 남자 관계를 인정하려는 태도를 드러내는 것도 이 두 번째의 오이디푸스적 관계에 기인한다.

그렇지만 이러한 누나와 '나'의 관계 역시 어머니와 형의 관계처럼 아버지의 부재라는 상황을 벗어난 것이 아니다. 어쩌면 아버지의 부재는 누나와 '나'의 관계에서 더욱 심각한 위기일지도 모른다. 왜냐 하면 형의 경우는 스스로 아버지가 됨으로써 아버지의 부재를 해소하려는 반면, 누나와 '나'의 관계에서 '나'는 도저히 아버지가 될 수 없는 처지이기 때문이다.

---

18) 오이디푸스 삼각형에 대해서는 김형효, 『구조주의의 사유 체계와 사상』, 인간사랑, 1989, pp.247-249 참조.

아아, 어머니는 얼마나 아버지를 찾아 헤매었던 것일까. 내 어린 시절의 기억 속에 불쾌감을 모질도록 일으키던 어머니의 '남자 관계'는 곧 내가 사랑하는 그리고 어머니가 사랑하는 아버지를 찾아 헤매던 일이기도 했던 것이다.[19]

위에 인용된, 어머니의 남자 관계를 두고 쓴 누나의 작문은 역설적으로 아버지 찾기를 시도하는 누나 자신의 심리를 보여준다. 누나의 작문은 표면적으로는 어머니를 변호하고자 하지만, 성인 화자인 '나'의 말대로 실상은 '거의 완전한 허구'인 것이다. 요컨대 누나 자신이 아버지 찾기를 시도하고 있기 때문에, 어머니의 행위도 그렇게 비쳤던 것이다.[20]

그렇다면 아버지 역할을 할 사람은 누구일 것인가. 그 후보로 가장 먼저 떠올려질 사람은 물론 형이다. 다락방에 거처하는 형을 두고 '나'가 '하늘에 살고 있다'고 한 것도 형을 아버지로 삼으려는 기도(企圖)가 드러난 표현일 것이다. 그러나 과연 형이 아버지 역할을 할 수 있었을까. 이미 어머니와의 관계에서 아버지가 되지 못한다는 것이 드러나지 않았는가. 이 소설에서 성기를 잘라버렸다는 전도사와 남몰래 자위를 하는 선교사의 두 에피소드가 지니는 은밀한 의미가 드러나는 것은 이 지점이다.

이 두 에피소드에 공통된 것은 '남근'에 대한 관심이다. 그럴 때 남근이 아버지의 표상임을 감안한다면, 이 에피소드들은 누나와 '나'의 아버지 찾기 작업의 일환으로 수행된 것임을 알 수 있다. 먼저 전도사의 에피소드를 보면, 비상한 관심을 가지고 전도사의 부흥회에 참석한 누나와 '나'는 정작 그가 주위의 보통 사람과 다름이 없다는 사실을 발견한다. 이러한 발견은 역으로 말해 주위의 어른들도 전도사처럼 남근이 없는 존재임을, 달리 말해 주위 어른들 가운데 어느 누구도 자신들의 아버지가 될 수 없음을 뜻한다. 이후 '나'는 자신도 전도사처럼 성기를 잘라야 할지도 모른다는 생각에 '공포의 땀'을 흘린다. 이러한 공포의 땀이 오이디푸스 콤플렉스와 같이 나타나는 거세 불안 castration complex의 징

---

19) 「생명연습」, p.34.

20) 한편 이러한 누나의 시도를 형은 '극기'로 파악한다. 곧 내면적인 상처를 메우고 은폐함으로써 자신을 유지하려는 시도로 파악하는 것이다.

후임은 두말할 것도 없다. 곧 이 거세 불안은 자신도 주위의 어른들처럼 남근 없는 존재가 되지 않을까 하는 우려가 표면화된 것이라고 할 수 있는 것이다.

> 선교사는 멀리 아래로 보이는 시가지의 불빛을 꿈꾸듯이 보고 있다. (중략) 드디어 바지 단추를 끄른다.
> 홍청대는 항구의 여름밤과는 상관없이 바위처럼 고독한 자세 하나가 우리의 눈앞에서 그의 기나긴 방황을 시작하고 있다. (중략) 아아, 사람은 다면체였던 것이다. (중략) 나의 등에도 누나의 등에도 어느새 공포의 식은땀이 흐르고 있었다.[21]

그렇다면 누나와 '나'는 어디서 그러한 남근을 발견하는가. 선교사의 에피소드가 그 답을 알려준다. 위의 인용에서 보듯이 이 에피소드는 겉으로는 인간의 다면성을 알게 된다는 뜻을 지닌다. 그러나 누나와 '나'의 아버지(남근) 찾기를 고려한다면, 이 에피소드의 보다 깊은 뜻은 남근이 있을 곳에 있지 않고 엉뚱한 곳에서 엉뚱한 행위로 나타난다는 것, 따라서 다시는 찾을 수 없다는 절망적 사실을 확인했다는 데 있다. 이제 어느 누구도 아버지가 될 수는 없다는 사실을 명백히 깨닫게 되었다는 것이 이 에피소드의 숨은 의미인 것이다. 이번에는 '나' 뿐만 아니라 거세 불안과는 무관한 누나까지도 '공포의 땀'을 흘리는 것이 이를 증명해 준다.[22] 한편 이러한 분석이 타당하다면, 누나와 '나'가 어머니를 죽이자는 형을 왜 죽이려 했는지의 심층적인 이유 역시 드러난다. 그것은 아버지가 되고자 하고 또 되어야 함에도 그렇게 되지 못했던 형에 대한 징벌이자 남근 없는 주위 어른들에 대한 징벌이었던 것이다.

이로 볼 때 「생명연습」에 제시된 자기 세계란 아버지의 부재로 인한 가족의 해체와 아버지 찾기의 참담한 실패 경험으로 구성된다고 할 수 있다. '자아의 이상 l'Idéal du moi'[23]으로서 주체가 본받고 따라가야 할 아버지가 없다는 것, 그

---

21) 「생명연습」, pp.30-31.
22) 누나와 '나'의 이와 같은 행위는 관음증 voyeurism에 해당하는 것이다. 프로이트는 이러한 관음증을 남성에, 노출증은 여성에 각각 대응시킨 바 있다(G. 프로이트, 『성욕에 관한 세 편의 에세이』, 김정일 역, 열린책들, 1997 및 조셉 칠더즈·게리헨치 편, 『현대 문학·문화 비평 용어사전』, 황종연 역, 문학동네, 1999, pp.434-35 참조).
23) 자크 라캉은 '이상적 자아'와 '자아의 이상'을 구분한다. 전자는 욕망을 훌륭히 충족하는 자

러한 아버지의 표상은 전쟁과 이념 대립으로 얼룩진 역사적 현실 앞에서 존재하지 못했고 살아남은 이들은 '남근 없는 존재'에 지나지 않았다는 것, 이를 확인한 것이 「생명연습」의 주제인 것이다. 이러한 상황이 김승옥뿐만 아니라 같은 세대의 다른 이들에게도 예외가 아니었음은 김승옥 외에도 김현, 최하림, 강호무, 서정인, 김치수, 염무웅, 곽광수 등이 참여했던 『산문시대』의 창간사를 통해 짐작할 수 있다.

> 태초와 같은 어둠 속에 우리는 서 있다. (중략) 우리는 이 투박한 대지에서 새로운 거름을 주는 농부이며 탕자이다. 비록 이 투박한 대지를 가는 일이 우리를 완전히 죽이는 절망적인 작업이라 할지라도 우리는 우리 손에 든 횃불을 던져버릴 수 없음을 안다. 우리 앞에 끝없이 펼쳐진 길을 우리는 이제 아무런 장비도 없이 출발한다.[24]

이들은 자신들이 서 있는 시대적 상황을 '태초의 어둠'에 비유하면서, 그 어둠 속을 '아무런 장비도 없이', 곧 본받을 자아의 이상도 없이 출발해야 하는 것이 자신들의 세대임을 밝히고 있다. 이것이 아마도 4 · 19세대가 생각했던 주체 형성의 환경이었을 것이다. 그렇다면 이후 주체는 어떤 길을 가게 될 것인가. 아무런 장비도 없는 그들은 시행 착오를 겪지 않으면 안될 것이다. 그러한 시행 착오를 김승옥은 '극기'와 '기만'이라 부른 바 있다.

3. 주체 형성의 출발 : 현실 기만의 전략

「생명연습」이 아버지의 부재가 근원적인 균열로 남아 있는 환경을 무의식적인 층위에서 확인하는 내용이었다면, 김승옥이 다음으로 썼던 「건」은 4 · 19세대의 주체 형성이 어떻게 시작하는지 구체적으로 보여주는 작품이다. 이 작품은

아의 환상을 가리키며, 후자는 현실적으로 모방해야 하는 이상적인 아버지의 이미지를 가리킨다(J. 라캉, 『욕망이론』, 민승기 외 역, 문예출판사, 1999 참조).
24) 『산문시대』 창간사, 김윤식 · 정호웅, 앞책, p.392에서 재인용.

유년기의 주인공 '나'가 빨치산의 시체를 목격하고, 아버지를 따라 그 시체를 매장하는 일에 갔다가, 윤희를 윤간하려는 형과 그 친구들의 공모에 적극 협력한다는 줄거리로 되어 있다.25) 이러한 줄거리에서 알 수 있듯이, 이 소설은 김승옥 소설 가운데 거의 유일하게 유년기 전쟁 체험을 정면으로 드러낸 작품이다.

　이 소설에서 먼저 주목할 것은 빨치산의 습격이 어린 주인공에게 미친 영향이다. 우선 그 영향의 첫 번째 양상은 이 소설의 초두에서 주인공이 친구, 특히 미영과 함께 놀았던 방위대 본부가 불에 타는 사건으로 제시된다. 어른들 몰래 친구들을 주도하면서 '하루 종일 가슴 뛰는 놀이를 할' 수 있었던 그 건물의 지하실은 '나'에게는 급박하고 피폐화된 현실과 분리된 이상적인 공간이라는 의미를 지닌다. 이제 그러한 공간은 전쟁으로 인해 훼손되고 이제 더 이상 허용되지 않게 된 것인데, 이에 더하여 어린 주인공이 좀더 본질적인 영향을 받는 것은 빨치산의 시체를 목격한 사건이다.

> 　내가 몸을 돌렸을 때 두어 발자국 저편에 벽돌이 쌓여 있는 더미의 강렬한 색깔이 나의 눈을 찔렀다. **엉뚱하게도 나는 거기에서야 비로소 무시무시한 의지(意志)를 보는 듯싶었다.** 적갈색과 자주색이 엉겨서 꺼끌꺼끌한 촉감의 피부를 가진 괴물이, 밤중에 한 남자가 몸을 비틀며 또는 고통을 목구멍으로 토하며 죽어 가는 것을 바로 곁에서 묵묵히 팔짱을 끼고 보고 있다가 그 남자가 드디어 추잡한 시체가 되고 그리고 아침이 와서 시체를 구령하러 사람들이 몰려들었을 때, 나는 모든 걸 다 보았지, 하며 구경꾼들 뒤에서 만족한 웃음을 웃고 있었다.26)

　어린 주인공은 대단한 구경거리로 알았던 빨치산의 시체가 실상은 '영락없이 만취되어 길가에 쓰러진 한 거지의 꼬락서니'처럼 그다지 볼 것도 없는 평범한 구경거리였음에 실망하고 돌아선다. 그러나 돌아선 순간 '나'는 위의 인용에서 보듯이 벽돌 더미에서 어떤 '무시무시한 의지'를 지닌 '괴물'과 같은 것을 감각한다. 여기서 그 괴물이 무엇을 상징하는지는 빨치산이 죽기 전에 겪었을 고통

---

25) 앞절에서 아버지의 부재를 논했지만, 「건」에서는 김승옥 소설 가운데 거의 유일하게 아버지가 등장한다. 그러나 이 아버지는 무력한 존재로 나타난다.

26) 「건」, p.116.

을 생각할 때 명확해진다. 그것은 '신념(이념)의 덩어리'로서 날고 긴다는 빨치산조차 여지없이 죽음에 이르도록 만드는 현실의 강력한 힘이다.[27] 그런 점에서 이 장면은 어린 주인공이 모든 것을 훼손시키면서 죽음을 강요하는 세계의 압력을 감각적으로 깨닫게 된 순간이라고 할 수 있다.

따라서 빨치산의 습격은 주인공에게 앞으로 자신 또한 지금껏 지녔던 순수성이 훼손될 것이며(방위대 본부의 파괴), 어떤 저항을 보이든 간에 '무시무시한 의지'가 강요하는 훼손과 몰락의 운명에 예외가 될 수 없음을 깨닫는 계기가 된 셈이다. 물론 이러한 깨달음은 아직 이성적이라거나 의식적인 것이 아니라, 감각적이면서도 무의식적인 형태를 띤 것이다. 그런 까닭에 명료하게 정식화하여 의식하지는 못하는데, '어설프고도 허망한 주황색 구도'라는 모호한 표현이 그러한 상태를 말해준다.

> 나는 처음의 돌 몇 개는 남들처럼 천천히 던져 넣었지만 그러나 나중엔 힘껏 마치 돌팔매질하듯이 던졌다. (중략) 관 속에 누운 사람이 내가 던진 돌을 맞고 드디어 내지르는 비명이라는 환각을 나는 무진 애를 쓰며 찾고 있었다. (중략) 나는 내 오른팔에 더욱 세찬 힘을 느끼며 던지기를 계속했다. 그러자 나를 꽉 붙잡는 손이 있었다. 아버지였다. 아버지는 나를 홱 밀어젖혀 버렸다. 나는 엉덩방아를 찧으며 뒤로 나동그라졌다. 나는 목구멍을 욱 하고 치받고 올라오는 울음을 간신히 삼키고 있었다. (중략) **시체도 그리고 그것을 묻고 있는 사람들도 나는 밉기만 했다.**[28]

지금까지의 논의를 볼 때, 위의 인용에서 제시된 것처럼 왜 주인공이 빨치산의 관을 내릴 때 돌팔매질을 하듯이 돌을 던졌는지가 설명된다. 그것은 현실의 무시무시한 의지에 맞서지도 못한 채 무력하게 훼손당하고 죽음을 맞았던 빨치산처럼 자신도 그러한 운명을 맞을 것이며, 다른 사람들도 결국에는 마찬가지일 것이라는 예감을 부정하려는 안타까운 행위였던 것이다. 주인공이 울먹이면서 자신을 말린 아버지를 포함한 주위 사람들에게 안타까운 미움이라는 복합적인 감정을 느끼는 것도 그 때문이라고 할 수 있다.

---

27) 한형구, 앞책, p.228.
28) 「건」, p.122.

「생명연습」이 아버지의 부재라는 주체 형성의 환경을 아프게 확인하는 것이
었다면, 「건」은 이에 더하여 주체에게 그 환경이 강요하는 운명을 확인하는 내
용이라고 할 수 있다. 이처럼 순수의 훼손과 죽음이 불가피한 운명이라면, 주체
는 그 운명에 대하여 어떤 태도를 드러내며 자신을 형성해 갈 것인가. 윤희 누
나를 윤간하려는 형들의 음모에 적극 가담하는 어린 '나'의 모습이 그 답이다.
본받을 자아의 이상 — 아버지 — 이 부재한 현실에서, 주체에게 주어진 삶의 길
이란 순수성의 훼손과 죽음으로의 길밖에 없다면, 그러한 난관에서 이제 주체는
현실의 '무시무시한 의지'에 의해 훼손되기 전에 스스로 자기 자신을 훼손해 버
리고자 하는 것이다. 그것이 바로 '자기 세계가 이루어지는 기막힌 과정'인바,
달리 말해 주체가 형성되는 과정이라고 할 수 있다.

그러나 이와 같은 '스스로 훼손하기'가 진정으로 자신의 모든 것을 훼손해 버
리는 것을 뜻하지 않는다는 것도 분명하다. 이 전략은 무시무시한 의지를 지닌
현실에 대한 일종의 '기만'이라는 성격을 띤다.[29] 현실에 능동적으로 타협하여
외적으로는 스스로 타락한 포즈를 취함으로써 방위대 본부의 지하실로 상징된
자신의 순수성만은 현실의 의지에 의해 장악되지 않고 남아 있게 하려는 것이
다.

바야흐로 나는 무서운 음모에 가담하고 있었다. (중략) 자, 미영아, 너의
집을 제공하라고 한다. (중략) 그러나 나는 그 집이 빈집이라고 생각을 해본
적이 한 번도 없었다. (중략) 어느 날엔가는 아름다운 일본의 크레용을 내게
대한 선물로 가지고 돌아와서 네가 다시 그 집에 살게 되리라는 기대를 간
직하고 있었다. (중략) 너의 빈집이 내게는 용궁처럼 신비스러운 곳이었다.
(중략) 그런데 자, 미영아, 나는 이제 몇 분 안으로 이러한 모든 것 위에 먹

---

29) 진정석은 이와 같은 주체 형성의 전략을 아도르노를 빌어 '자기 보존을 위한 희생과 기만
의 책략'으로 보고 김승옥 소설을 분석한 바 있다. 이 틀 위에서 극기와 위악의 심층적인
의미가 파악되었다는 점에서 이 연구는 중요한 연구사적 의미를 지닌다(진정석, 「글쓰기의
영도」, 『문학동네』 1996년 여름호 참조). 그러나 전체적으로 이 분석에 동의하면서도 필자
는 희생과 기만의 전략 이후 주체가 자신에 대해 지니는 비관적인 자의식에 더 관심을 기
울여야 할 것으로 생각한다. 왜냐 하면 이후 김승옥 소설은 현실에 대한 기만이 결국에는
자기 자신을 기만하는 것이었다는 것을 인식하는 차원으로 나아가는데, 그것이야말로 김승
옥 소설의 본질을 이루는 자의식의 근간이 되는 것이기 때문이다. 이에 대한 상세한 것은
이후의 논의를 참조.

칠을 해버리려고 하는 것이다.

　아아, 모든 것이 항상 그렇지 않았더냐. **하나를 따르기 위해서 다른 여러 개 위에 먹칠을 해버리려 할 때**, 그것이 옳고 그르고를 따지기보다 훨씬 앞서 맛보는 섭섭함. 하기야 그것이 '자라난다'는 것인지도 모른다. 미영아, 내게 응원을 보내라.30)

　위의 인용은 그러한 기만의 전략을 잘 보여준다. '나'는 미영이네가 살던 빈 집을 윤간 장소로 이용하려는 형의 계획에 가담한다. 미영의 집은 어떤 곳인가. 방위대 본부의 지하실에서 애틋한 추억을 같이 했던 미영에 대한 그리움과 기대를 환기하는 곳이다. '나'는 그런 그리움과 기대의 장소를 윤간의 장소로 '먹칠'을 해 버리는 것에 '섭섭함'을 느끼면서도 형의 제안에 능동적으로 동의한다. '하나를 따르기 위해서 다른 여러 개에 먹칠을 해 버리'려는 것이며, 그것이 '자라남' 곧 성장이라는 것이다.

　이러한 기만, 곧 '스스로 훼손하기'의 전략은 「생명연습」에서 나타났던 용어인 '극기'보다 한 걸음 더 나아간 것이다. 그 작품에서 형은 어머니의 남자 관계를 변호하려는 누나의 글에 대해 '극기'일 뿐이라고 반박한다. 근원적인 상처를 은폐하면서 그 상처로 인한 내면의 고통을 견뎌내는 것이 극기라는 것인데, 이에 반해 자기 기만은 자신의 외면을 현실의 속악한 질서에 스스로 내어주어 훼손시킴으로써, 달리 말해 현실의 속악한 질서에 능동적으로 동화됨으로써 내면만큼은 순수하게 보호하고자 하는 역설적인 노력이라고 할 수 있다.

　그러나 과연 이러한 기만의 전략은 성공할 수 있을 것인가. 아도르노와 호르크하이머는 오딧세이의 예를 근대적 주체의 전형(前型)으로 평가하면서 그 이유를 희생과 기만을 통해 주체를 보존하려는 성향을 든 바 있다.31) 그러나 달리 본다면 현실은 바로 그러한 주체의 희생과 기만을 통해 끊임없이 자신의 질서와 규칙을 재생산하고 증식하는 것은 아닌가. 곧 자신의 순수를 믿는 만큼 그 주체는 거리낌없이 현실에 순응하면서 능동적으로 타락한 행위를 하게 되고, 이로써 현실의 속악한 질서는 더욱 강화되는 것이 아닌가 하는 것이다. 그럴 때

---

30) 「건」, p.125.
31) T. W. 아도르노 외, 『계몽의 변증법』, 김유동 역, 문학과지성사, 2001, 1 · 2장 참조.

‘내가 겉으로 현실과 야합하여 저지르는 일은 나쁜 일일지 모르지만, 적어도 내부의 진정한 나는 그러한 외면적 행위와는 관계없이 순수하다’는 주체의 생각은 실상 자신의 악행에 대해 스스로 발행한 면죄부에 지나지 않게 되고 만다. 이것이 바로 현실 기만이 자기 기만으로 전화(轉化)되는 과정이다.

> 윤희 누나 앞에 서자, 나는 온 세상이 빙글빙글 도는 듯이 어지러워서 몸을 잘 가눌 수가 없었다. (중략) 나의 전언(傳言)을 듣고 나서 누나는 아주 명료한 음성으로 간단히 승낙했다. **바보 바보 바보. 그러나 또 어느새 나는 형에게 유리한 구실을 덧붙이고 있는 자신을 발견했다.**
> "아마 굉장히 중대한 학교 일인가 봐. 아무도 모르게 누나 혼자만 와야 한 대."
> 나는 눈을 감았다. 내 귀에 윤희 누나의 고맙다는 그리고 틀림없이 그 빈 집으로 가겠다고 전해 달라는 말소리가 먼 하늘의 우레 소리처럼 웅웅거렸다.[32]

한편, 그렇게 현실을 기만하는 과정에서 필연적으로 발생하는 것은 주체의 분열이다. 위의 인용에 드러나듯이, ‘나’는 속으로는 누나가 형의 전갈을 받아들이지 않을 것을 열렬히 바라면서도, ‘어느새 형에게 유리한 구실을 덧붙이고 있는 자신을 발견’하는 것이다. 이러한 분열은 고통을 수반한다. 자신이 진정한 ‘나’라고 믿고 있는 것을 배반하는 행위이기도 한 때문이다. 이러한 고통을 어떻게 주체는 해결해 나갈 것인가. 그러나 「건」에서는 이에 대한 답을 제시하지 않는다. 다만 그 고통을 간직한 채 현실에 대한 기만이 결국은 자신에 대한 기만으로 되돌아올 것이라는 것을 아직 모르는 어린 주인공이 기만 전략을 통해 주체 형성의 출발점에 들어서는 지점까지만 보여줄 뿐이다.

이와 같은 「건」의 의미를 참조할 때, 「생명연습」에서 드러났던 ‘아버지의 부재’라는 사항이 이 작품의 전제 조건임을 알 수 있다. 주체가 오이디푸스 시기를 ‘정상적으로’ 넘어서는 것이 아버지가 적대자가 아니라 보호자이며 성장을 위한 모방의 대상임을 받아들였을 때 가능한 것이라면, 「건」의 어린 주인공은

---

32) 「건」, p.127.

'무시무시한 의지'로부터 적절한 보호를 해 주고, 나아가 그런 의지로부터 자신을 건사하기 위해 모방해야 할 바람직한 대상을 발견하지 못하는 것이다.[33] 여기서 주체는 살아남기 위한 방법으로 '스스로 훼손하기'의 방법을 고안해 내고 실천한다. 물론 주체가 자신의 순수를 현실 속에서 펼칠 일말의 가망성이라도 있다면, 그는 여지없이 그 순수를 드러낼 것이다. 4·19는 그런 점에서 김승옥을 비롯한 동 세대들에게 순수를 드러내고 실천할 수 있는 시기로 다가온다. 그러나 곧이은 5·16은 그러한 가망성이 '환상'이었음을, 주체에게 남은 것은 '스스로 훼손하기'밖에 없음을 전면적으로 강요하는 사태였다고 할 수 있다. 김승옥이 작가적 활동을 시작한 것은 5·16 이후라는 것을 생각한다면, 순수를 유지하고 실천하는 방향의 주체 성장을 그려낼 가능성은 애초에 막혀 있었던 셈이다.

4. 성장 : 분열증의 고통과 자의식의 형성

유일하게 주체에게 주어진 길이 '스스로 훼손하기'라면, 그 길을 가는 동안 주체 분열로 인한 고통이 동반한다는 것을 앞에서 지적한 바 있다. 그러한 고통은 「환상수첩」, 「누이를 이해하기 위하여」, 「무진기행」 등의 작품에서 본격적으로 다루어진다. 여기에서는 이 가운데 「환상수첩」을 살펴보기로 한다. 주인공인 '나'(정우)가 위악(僞惡)으로 점철된 서울 생활을 견디지 못하고 고향으로 내려가지만 결국에는 자살하고 만다는 것이 이 작품의 줄거리이다.

이 소설에서 우선 주목되는 것은 서울과 고향의 대립이다. 이후 「누이를…」

---

33) 이것이 유년기에 전쟁을 겪었던 4·19세대의 근본적 상황임은 아무리 강조해도 지나침이 없다. 모든 기존의 것들이 무력하게 파괴되고 사라지는 상황을 이성적이 아닌 감각적으로 겪었다는 것, 달리 말해 이념 같은 전쟁이란 사태를 파악하는 추상적인 관념들이 없는 상태에서 어린 주체들은 보호자로서의 아버지가 무력한 위치로 떨어진 것을 경험하면서, 동시에 모방할 대상이라고는 전쟁 하의 극악한 현실에서 살아남기 위해 온갖 짓을 다해야 하는 어른들밖에 없는 것 ― 그런 대상을 모방할 수는 없는 일이다 ― 을 알게 되는 것이다. 이와 달리 그 이전이나 이후 세대에게는 미력하나마 아버지의 상이 작동한 것으로 판단할 수 있다.

과 「무진기행」에서도 되풀이되는 이 대립은 그 동안 긍정적 공간과 부정적 공간의 대립으로 파악되기 일쑤였다. 요컨대 내면의 순수를 찾을 수 있는 공간과 근대화된 모순에 노출되어 타락할 수밖에 없는 공간이라는 식의 해석이다. 그러나 이 글의 논지에 따르면 타락—스스로 훼손하기—은 이미 고향에서부터 시작된 것이기도 하다는 점에서 이러한 고향과 서울의 단선적인 대립 도식은 문제가 있다. 비록 이 소설의 주인공은 서울에서야 비로소 '사람을 미워하는 법을 배우고 말았다'고 쓰고 있지만, 「건」에서 보았듯이 이미 고향에서 주체는 미움을 알게 되었기 때문이다.

물론 서울이 고향과 완전히 같은 것은 아니라는 것은, 현상적으로 타락을 강요하는 정도가 더욱 심하다는 차이로 나타난다. 그렇다면 그러한 차이의 원인은 무엇인가. 그것은 고향에는 두고온 가족이 있다는 데 있다. 달리 말해 고향에는 비록 자아의 이상은 되지 못하지만 주체를 보호해주는 최소한의 보호고치 cocoon 역할[34]을 해 주는 가족이 있으나, 서울에서는 주체가 홀로 고독 속에 내버려지는 것이다. 물론 서울에서도 의사-가족 관계로서 친구들 관계가 등장하기는 한다. 그러나 그 친구들과의 우정이란 실상 "친구끼리라는 미명 아래 서로를 이용하고 서로를 파멸시켜 가며 그러나 헤어지지도 않고 끈덕지게 붙어서 으르렁대"(p.39)는 관계여서 자아의 보호 고치 역할을 할 수는 없었던 것이다.

이러한 상황에서 주체는 자신을 보존하기 위하여 더욱더 스스로 훼손하기의 길에 들어서게 된다. 그리하여 이 소설의 주인공 같은 상경민들이 숱하게 모인 집합소인 서울은 스스로 훼손하기의 경쟁이 벌어지는 장소가 되는 것이다. 주인공이 선애와의 사랑을 스스로 훼손해 버리는 것도 그 때문이다. 이러한 행위가 주체 분열의 고통을 불러올 것은 불을 보듯 당연한 일인데, 여기서 주목할 것은 그렇게 스스로 훼손하기에다가 자신의 그러한 행위를 외부에 과장하여 노출하는 성향이 덧붙는다는 점이다. 이러한 노출 행위는 최소한 외면만이라도 완전히 현실에 적응하였으며, 따라서 현실적인 가치를 지닌 존재가 되었음을 외부에 표방하려는 의도를 띤다.

---

34) A. 기든스, 『현대성과 자아정체성』, 권기돈 역, 새물결, 1997 참조.

　　선애의 차살을 안 것은 그 다음날 아침 신문에서였다. / 그날, 나와 영빈
은 아침부터 대학 앞 하꼬방 술집에 들어박혀 이단짜리 '여대생 염세자살'
의 기사를 오려서 술상 위에 밥풀로 붙여 놓고, (중략) 술잔을 그의 면상에
던지고 그러면 그는 안주 접시를 내 얼굴에 던지고 그러다가 (중략) 정다운
듯이 마시고 또 마시고, 마침내 나는 똥물까지 토해놓고 의식을 잃었었다. /
(중략) 나는 (유리창에-인용자) 다시 입김을 내뿜어서 뿌옇게 만들었다. '미
안하다'라고도 써보았다. 미안하다니? 얼마나 무책임한 언어인가? 그렇다고
무엇이 책임 있는 말이고 무엇이 책임 없는 얘기인지도 구별할 수 없었다.
원수를 사랑하라. 그러면? 그렇다. 마땅히 사랑해야 할 사람을 사랑하는 데
등한하게 되었던 것이다. **그렇지만 내 편과 원수를 구별할 수가 없었던 게
아닌가.**[35)]

　　그럴 때 위의 인용은 스스로 훼손하기가 현실에 대한 기만이 아니라 실상은
자기에 대한 기만이었음을 깨닫는 장면이라고 할 수 있다. 능동적으로 스스로를
훼손하며 자신을 현실에 내맡겼을 때, 정작 훼손되는 것은 외면적인 '나'가 아
니라 애써 보존하고자 했던 내면의 순수—사랑—였고, 결국 자신은 현실의
'무시무시한 의지'의 대리자였을 뿐임을 깨닫는 것이다. 스스로 훼손하기를 결
심하게 되었던 처음의 분별—순수와 비순수—이 현실 논리에 따라 아무런 의
미도 없는 것이 되어버리는 난관에 주체는 봉착하게 된 셈이다.

　　이러한 깨달음은 그 동안 주체가 스스로 훼손하기의 과정에서 성공적으로 주
체를 보존하게 되었다고 믿으면서 지연시켜 왔던 분열의 고통이 한꺼번에 밀려
오는 계기가 된다. 그리고 그 고통을 통해 주체는 자신의 상황을 되돌아보게 된
다. 이렇게 자신을 되돌아봄을 통해 주체의 자기반성적 의식이 솟아난다. 이제
주인공은 포즈만의 고뇌가 아니라 진정한 고뇌의 길로 들어서는 것이다. 이를
위해 서울을 벗어나 애초의 출발점이었던 고향으로 되돌아가는 것은 필연적이
다. "고향이 있는 남해안으로 가면 새로운 생존방법이 있을지도 모른다는 기대"
를 품고 고향으로 돌아가는 것이다.

　　그렇다면 고향에서 주인공은 자아 분열과 스스로 훼손하기의 방법 외에 또

---

35) 「환상수첩」, p.52.

다른 방법을 발견할 수 있었는가. 그 답은 부정적이다. 스스로 훼손하기에 여념이 없는 주체들이 있기는 고향도 마찬가지였기 때문이다. 폐병에 걸린 채 춘화를 만들고 팔아서 약값을 떼우다가 아예 춘화 만들기에 매달려 사는 수영과, 얼치기 시인으로서 기생집에서 농지거리로 세월을 보내는 윤수가 바로 그런 주체들이다. 그러니 주인공이 귀향을 '어리석은 도피'였다고 생각하는 것은 당연한 귀결이다.

그러나 귀향이 아예 소용없는 것은 아니었는데, 그것은 주인공이 이제 자의식을 가지고 있다는 점에 기인한다. 다시 한 번 오딧세이에 비유한다면, 주인공은 자의식이라는 밧줄로 자신을 기둥에 묶어놓은 채 현실의 무시무시한 의지가 부르는 사이렌의 노랫소리를 듣는 것이다. 그 곁에는 부지런히 노랫소리가 들리지 않는 곳으로 자식이 탄 배를 저어가고자 하는, 곧 보호 고치 역할을 하는 늙은 부모가 있다. 그리고 여기서 주인공은 자신과 비슷한 자의식을 지닌 인물로 윤수를 재발견한다. 주인공이 부모의 권유로 세상에 다시 뛰어들기 위한 준비로서의 여행에 윤수와 동행하는 것도 그 때문이다.

> 집을 나설 때 대문 밖까지 배웅을 나온 아버지와 어머니의 표정을 잊을 수가 없다. 두 분은 분명히 나를 불쌍히 여기고 있었다. 어쩌면 지난날의 자신들을 향하여 응원의 주먹을 휘두르는 기분이었는지도 모른다. (중략) 이제 와서 나는 옴쭉달싹할 수 없음을 느꼈다. 애쓰다가 애쓰다가 안되면 그만이다라던 얼마 전까지의 내 생각은 수정을 받아야 했다. 이제는 **애쓰다 애쓰다가 안되면 아니 그렇지만 기어코 해내어야만 되었다.**[36]

부모의 권유로 떠난 여행에서 이들은 두 인물을 만난다. 곡예단원인 이씨와 미아가 그들인데, 특히 이씨는 주인공에게 '애쓰고 애쓰다가 기어코 해내어야만' 하는 '세상에 뛰어들기'를 결심하게 만드는 역할을 한다. 곡예단 해체와 함께 스스로 줄에서 떨어져 죽은 이씨는 자의식을 가졌던 인물로서, 세상의 탈락자가 되어 쓸쓸히 죽어가는 것이 아니라 삶의 현장에서 당당하게 죽음을 맞이해야 한다는 것을 보여주었던 것이다.[37] 이와 함께 윤수 역시 고아이고 보잘것

---

36) 「환상수첩」, p.87.

없는 미아와 결혼을 결심하고 세상에 뛰어들기를 결심한다. 자의식을 가진 존재로서 삶을 회피하지 않고 정면에서 받아들여 살기로 한 것이다.

그러나 이 소설은 그러한 결심 역시 환상이었음을 확인하는 것으로 종결된다. 고향도 서울과 마찬가지로 결국에는 '새로운 생존 방법'을 허용하지 않았던 것이다. 곧 자의식은 주인공을 붙들어주기에는 너무도 연약한 밧줄이었던 것인데, 이는 윤수가 수영의 동생을 윤간하려는 깡패들에게 대들다가 죽는 사건으로 현실화된다. 이와 같은 윤수의 죽음은 「건」에서 어린 주인공이 윤간에 능동적으로 협조하던 것과 대비할 때 그 의미가 확연히 드러난다. 자신을 훼손하려 했던 「건」의 주인공과는 달리, 윤수는 세상에 맞서면서 순수를 지키고자 했던 것이다. 그러나 그러한 행위가 좌절되었을 때, 「환상수첩」의 주인공은 무시무시한 현실의 의지란 주체가 스스로를 훼손하지 않고 현실에 맞서는 것을 결코 허용하지 않는다는 사실을 절감하게 된다. 곧 주체에게는 승리나 반항은 없이 패배나 순응이냐만 허용된다는 비관적 인식에 도달하는 것이다. 주인공의 자살은 이 비관적 인식에 연유한다.38)

이와 같은 비관적 인식은 사실 5·16을 겪은 4·19세대의 심리를 반영한 것이라고 보아야 할 것이다. 그들은 4·19를 이씨의 죽음과 미아와의 사랑으로 표상된 주인공의 여행처럼 현실에 맞서면서 살아갈 새로운 생존 방법이 있음을 깨닫게 한 사건으로 받아들였지만, 그러한 생존 방법이 실상은 '환상'에 지나지 않았음을 윤간 사건처럼 곧이어 다가온 5·16으로 처절하게 확인하게 되었던 것이다. 여기서 이 세대는 주인공처럼 자살할 것이냐 수영처럼 타협을 통해서라도 살아남을 것이냐의 양자택일의 상황에 놓이게 된다.

> 다시 한 번 말하고 싶지만 중요한 것은 어떻게 해서든지 살아 내야 한다는 문제일 것이라고 나는 확신한다. (중략) 죄(스스로 훼손하기—인용자)란 게 있다고 한들 또 어떠한가? 불가피하게 죄를 짓게 되면 짓는 것이다. 그러

---

37) 곡예단이 삶의 전부였던 이씨는 곡예단 해체 후 살기 위해서 어쩔 수 없이 해야 할 '스스로 훼손하기'를 막고자 죽는 것으로 해석할 수 있다.

38) 이와 관련하여 「환상수첩」의 한 구절을 옮기면 다음과 같다. "날이 갈수록 내 도피의 어리석음이 드러났다. 미워하는 데서 그치지 말고 **반항하는 법을 배웠더라면** 나의 괴로움은 진작 서울에서 무마될 수 있었을 것이다."(p. 79)

나 죄의 기준(基準)이란 게 없어진 지금, 죄의 기준을 비단 죄뿐만 아니라 모든 것의 기준을 일부러 높여서 생각할 필요는 없다고 나는 생각한다. 그는 **분명히 환상적인 기준을 만들어 두고 거기에 자기를 맞추려고 애썼던 모양인데** 참 바보 같은 놈이었다. 그가 고통하며 지낸 밤이 길었다면 내가 고통하며 지냈던 밤은 더욱 길었으리라.39)

그럴 때 「환상수첩」은 주인공의 자살을 비판하는 수영의 언급으로 끝난다. 이러한 수영의 비판은 '순수'라는 것이 없는데도 그것을 자의적으로 설정해 두고 지키려 하는 것이야말로 '환상'에 지나지 않는다는 데 그 핵심이 있다. 오로지 살아남는다는 것만이 중요하다는 것이다. 이처럼 살아남기를 결심하는 것 역시 자살을 결심하는 것만큼 또는 그보다 더 고통스럽다고 역설하는 수영의 모습은 5·16에 대한 4·19세대의 태도를 요약해서 보여준다. 현실을 인정하고 받아들이며 그 속에서 '스스로 훼손하기'의 방법이 비록 고통스럽고 굴욕적인 결과를 낳는다손치더라도 생존하는 것이 우선이라는 것이다.

그러나 그러한 생존이란 결국에는 '부끄러운 타협'에 지나지 않는 것은 아닐까. 왜냐하면 수영의 이 거창한 발언에는 주인공이 생각했던 '반항'이라는 항목은 애초부터 소거되어 있기 때문이다. 이후 김승옥은 이와 같은 수영의 태도가 실상은 현실과 타협하기 위한 것이었다는 점을 「무진기행」을 통해 보여준 바 있다. 고통스럽고 부끄럽더라도 타협은 해야 하고 그래야 물에 빠진 여자처럼 죽지 않고 살아남는다는 것인데, 만약 이 경우에도 자의식이 한 역할이 있다면 그러한 타협에 고통을 느끼게 하고 '부끄러움'을 의식하게 한 것밖에 없을 것이다.

5. 성장 이후 : 고립된 자의식과 현실에의 동화(同化)

김승옥에게 동인문학상을 안겨준 「서울 1964년 겨울」은 「무진기행」과 함께

---

39) 「환상수첩」, pp.106-107.

김승옥 소설의 성가를 높여준 작품이다. 지금까지 이 작품은 거의 모든 연구에서 근대화 과정의 주요한 모순으로서 인간 소외 현상을 다룬 작품으로 평가받아 왔다. 그렇지만 이러한 해석을 그대로 수긍하기에는 1964년이라는 시간적 배경이 일단 문제시된다. 5·16으로 정권을 잡은 군사정권이 1963년 12월에 이르러서야 제3공화국의 민간 정부로 외양을 바꾸어 재출발했으며, 이전 정부의 경제계획을 물려받아 야심차게 추진했던 제1차 경제사회발전 5개년 계획도 1962년에 시작되었던 것을 본다면, 본격적인 개발독재에 따라 근대화의 모순이 심화되기에 1964년은 아직 이른 시기이기 때문이다. 실제로 이 작품을 본다면, 인간관계 단절이라는 표면적인 주제는 근대화 또는 산업화와 별 관련이 없는 내용에 의해 뒷받침되고 있는바,[40] 이는 근대화의 모순에 따른 인간 소외라는 주제 외의 다른 방식으로 이 소설을 읽을 필요가 있음을 암시해 준다. 여기에서는 지금까지의 논지에 따라 4·19세대의 주체가 처한 상황을 중심으로 이 소설을 해석하고자 한다. 미리 말하자면, 이 소설은 4·19세대의 주체가 지닌 무력한 자의식을 중심으로 그 세대가 처한 정치적 상황에 대한 알레고리로 구성된 작품이라고 할 수 있다.

「서울…」은 어느 겨울밤 선술집에서 우연히 만난 구청 병사계 직원 '나', 부잣집 장남으로 대학원생인 안, 그리고 아내의 시체를 병원에 팔아버린 월부책장수 '사내'의 이야기를 다루고 있다. 먼저 주목할 것은 시골 출신으로 사관학교에 지원했다가 떨어지고 그나마 관계의 말단 위치인 구청의 병사계(兵事係)에 근무하는 '나'의 신분이다. 이러한 신분에서 강조되는 것은 군사정권과의 관련성이다. 현실의 질서에서 가장 강고한 권력의 주체로 성장하려다 실패한, 그러나 아직은 현실에서 완전히 떨려나지는 않은 중간자적인 신분의 인물을 화자로 설정하고 있는 것이다. 이러한 설정은 '나'가 앞에서 살펴본 소설의 주인공들과는 달리, 순수라든가 자의식 같은 것은 없이, 달리 말해 그다지 고통을 느끼는

---

40) 대표적으로 작품 초두의 말놀이 장면이 그러한데, 이는 지금까지 근대적 계량화의 단초로 보거나 무의미한 인간 관계를 표상하는 것으로 간주되어 왔지만, 이 말놀이 앞에는 날 수 있는 것과 꿈틀거리는 것에 대한 대화가 상당한 분량으로 먼저 제시된다. 그러나 무의미한 말놀이라는 관점으로 이 앞의 대화는 제대로 설명되지 않는다. 그리고 인물 구성면에 있어서도 '사내'의 존재는 단순히 소외 관계를 입증하기 위해 동원된 인물로 보기에는 그 비중과 역할이 너무 크다. 그리고 소외 관계는 세 인물 모두에게 이루어져 있지 않고, '나'와 안은 일종의 동지석 관계를 형성하고 있는데, 이 역시 소외 관계만으로는 잘 해명되지 않는다.

일 없이 현실에 순응하는 인물임을 알려준다. 반면에 대학원생 안은 「무진기행」의 주인공처럼 자의식을 갖춘 인물로서 현실의 중심부로 진입할 여건이 갖추어졌음에도 불구하고 자의식 때문에 밤거리를 헤매다니는 인물이라고 할 수 있다.

소설은 '나'와 안, 두 인물이 서로 나누는 대화에서 시작된다. 그러한 대화의 주제는 크게 세 가지이다. 첫 번째는 위의 인용에서 보듯이 '날 수 있는 것으로서 잡을 수 있는 것'에 대한 것이다. 여기서 '난다'는 것이 이상(理想)을 뜻한다면, '잡는다'는 것은 '실천한다'는 의미가 될 것이다. 요컨대 이상을 실천해 본 적이 있는가라는 뜻인데, 둘은 모두 보잘것없는 것('파리')밖에 없었다는 데 일치하지만 더 이상 이 주제로는 대화가 진행되지 못한다.

> "어떤 꿈틀거림이 아닙니다. 그냥 꿈틀거리는 거죠. 그냥 말입니다. 예를 들면…… **데모도…….**" / "**데모가? 데모를? 그러니까 데모…….**"
> "서울은 모든 욕망의 집결지입니다. 아시겠습니까?"
> **"난 우리가 거짓말을 하고 있었던 것 같은 느낌이 듭니다."** 그는 붉어진 눈두덩을 안경 속에서 두어 번 꿈벅거리고 나서 말했다. "난 우리 또래의 친구를 새로 알게 되면 꼭 꿈틀거림에 대한 얘기를 하고 싶어집니다. 그래서 얘기를 합니다. 그렇지만 **얘기는 오 분도 안 돼서 끝나 버립니다.**"[41]

두 번째 주제는 '꿈틀거리는 것'이다. 여기서 꿈틀거림은 '죽지 않고 살아 있으며 무언가를 지향해 움직여 감'을 의미한다. 이 주제는 좀 더 대화가 진행되는데, '나'가 예로 든 '여자의 아랫배가 숨쉬는 것에 따라 오르내리는 것'이 과연 꿈틀거리는 것인가 아닌가를 먼저 토론하기 때문이다. 이에 대해 안은 처음에는 꿈틀거림이 아니라고 했다가 맞다고 입장을 번복한다. 그 이유는 안이 드는 꿈틀거림의 예가 '데모'인 데서 드러난다. 처음에 안은 여자 배의 오르내림이 데모처럼 능동적인 살아 있음이 아닌 것으로 판단했다가, 데모가 금기시되는 군사정권 하의 억압적인 상황 속에서는 숨쉬는 것조차 꿈틀거림이 될 수 있다고 판단한 것이다. 물론 당시 상황에서는 데모라는 말을 꺼내는 것조차 일종의 금기이다. 이는 안뿐만 아니라 '나' 역시 데모에 대해서는 어떻게 말을 꺼낼지

---

41) 「서울, 1964년 겨울」, pp.217-218.

당황한 채 머뭇거리는 데서 잘 드러난다. 그러한 상황에서 두 번째 주제가 '거짓말'이 되고, 결국에는 더 이상 대화가 이어지지 못하는 것은 당연한 일이다.

그러나 세 번째 주제는 아연 활기를 띠면서 대화가 진행된다. 그것은 '자신만이 아는 지식 나열하기'이다. 그러한 지식이 이상을 향한다거나, 또는 살아있으면서 무언가를 지향한다거나 하는 것이 아님은 물론이다. 아무런 쓰임새도 없다 해도 무언가를 알고 있다는 사실만이 중요한 것일 따름이다. 당시 정치적 상황과 연결해 본다면, 이 세 번째 주제의 대화는 속악한 현실에 대해 아무런 소용도 없는 지식과 어떤 역할도 하지 않는 지식인─4·19세대의 중심인─에 대한 통렬한 야유 내지 자기 풍자이다. 그 지식의 의미나 용도가 무엇이든 간에 다른 지식인들은 모르는 지식을 자신만은 알아야 한다는 맹목적인 추구[42]가 풍자되고 있는 것이다. 이렇게 대화를 나눔으로써 두 사람은 비슷한 것에 쾌감을 느낀다는 의미에서 동류 의식을 느낀다.

> "밤거리에 나오면 뭔가 좀 풍부해지는 느낌이 들지 않습니까?" / "뭐가요?"
> "그 뭔가가. 그러니까 생(生)이라고 해도 좋겠지요. (중략) 밤이 됩니다. 난 집에서 거리로 나옵니다. 난 모든 것에서 해방된 것을 느낍니다. 아니, 실제로는 그렇지 않을는지 모르지만 그렇게 느낀단 말입니다. (하략)"[43]

그럴 때 위의 인용은 대낮의 억압적인 권력이 어둠에 가려지는 밤에는 해방된 듯한 느낌을 받는다는 안의 말은 이상에서 살펴본 세 가지 주제의 대화에 대한 추론의 타당성을 입증해준다. 이러한 대화의 핵심은 근대화의 모순에 무력한 개인들의 상황을 드러내는 것에 있는 것이 아니라, 당시의 억압적인 권력에 의한 정치적 모순에 무력한 청년 세대의 상황을 드러내는 데 있는 것이다.

그러나 이와 같은 해방감이야말로 월부책장수 사내가 이 두 인물과 동행하고자 하는 이유가 된다. 삶의 모든 희망('아내')이 수포로 돌아가고, 그것을 포기하는 대신 얼마 되지 않는 돈을 받아든 사내의 모습은 이 세대에 바라본 힘없는

---

42) 이는 「환상수첩」에서 서울의 대학에서 들은 교수들의 강의와, 그 방식을 고스란히 따라가는 학생들에 대한 비판과 상통하는 것이다.

43) 「서울, 1964년 겨울」, pp.222-223.

민중들의 모습을 암시하고 있다. 여기서 시체도 돌아갈 곳 없이 팽개쳐진 아내
는 4·19를 의미하는 것일 수도 있다. 그러나 처음부터 안과 '나'가 사내의 동행
을 허락하는 것은 아니다.[44] 안의 거부에 사내는 자신의 모든 것(돈 = 희망)을
내걸고 동행을 요청하고, 그제서야 수락을 받는다. 그럴 때 세 인물이 걸어가는
밤거리는 그러나 안이 생각했듯이 해방의 느낌을 주는 곳만은 아니다. 현실에
대한 불만을 약화시키거나 현실에서 도피할 수 있는 유흥업소가 유혹하는 곳이
기도 하다. 세 인물 가운데 안이 그 유혹에 가장 약한데, 사창가로 가자는 안의
제안을 사내는 '경멸하는 듯한 웃음을 띠고' 거부하면서, 이 소설 전반에 걸쳐
유일하게 '꿈틀거리는 것'으로서 미용학원[45]에 난 불을 보러 간다. 물론 안은
세 사람 가운데 가장 무관심하고, '나'는 미용학원의 낱자 간판이 타는 순서를
자기만의 지식으로 삼기에 바쁘다. 불에 가장 열렬한 반응을 보이는 것은 아무
런 자의식도 지식도 없고, 이제는 희망조차 팔아버린 사내이다.[46]

> 무언가 하얀 것이 우리가 웅크리고 앉아 있는 곳에서 불타고 있는 건물
> 쪽으로 날아가는 것이 보였다. **그 비둘기는 불 속으로 떨어졌다.** (중략) **그때
> 순경 한 사람이 우리 쪽으로 달려왔다.**
> "당신이다."라고 순경은 아저씨를 한 손으로 붙잡으면서 말했다. "방금
> 무얼 불 속에 던졌소?" / "아무 것도 안 던졌습니다."
> "뭐라구요?" 순경은 때릴 듯한 시늉을 하며 아저씨에게 소리쳤다. "내가
> 던지는 걸 봤단 말요. 무얼 불 속에 던졌소?" / "돈입니다."[47]

사내는 불의 꿈틀거림 속에서 '아내'를 본다. 그리하여 불 속으로 자신의 모

---

44) 이후 상황에서 안은 항상 '나'를 이끄는 주도적인 위치에 선다. 사내는 안의 주도에 따르는
    '나'를 또 따른다. '나'는 사내의 처지나 생각에 무관심한 안과 달리 그런 대로 사내의 입장
    을 고려하면서 사내를 이끈다. 안을 지식인, 사내를 민중, 나를 중간자의 입장에 서 있는
    인물로 파악할 때, 왜 그런 위계질서가 성립되었는지 이해할 수 있다.
45) 내면적 순수 대신 외면을 꾸미는 곳으로 이 역시 알레고리적인 의미로 해석할 수 있다. 억
    압적인 현실에 찌들린 얼굴을 가짜로 바꾸는 곳이다.
46) 「서울 1964년 겨울」에서 근대화의 모순만을 주목할 경우, "월부 책장사의 사연은 비극적인
    것이지만 「서울 1964년 겨울」에서는 중요성을 가지지 못한다"는 판단을 내리기 쉽다.(천정
    환, 「김승옥 소설에 나타난 근대화의 문제」, 문학사와 비평연구회 편, 『한국 현대 문학의
    근대성 탐구』, 새미, 2000, p.369)
47) 「서울, 1964년 겨울」, p.231.

든 희망과 맞바꾼 돈을 던진다. 그때 순경이 다가와서 사내를 위협한다. 이 장면은 앞에서 안이 꿈틀거림의 예로 데모를 들었다는 것을 고려할 때 데모의 광경을 알레고리화한 것으로 판단할 수 있다. 안이 현실에 대해 무력감을 느끼는 자의식 때문에 데모를 선망하던 관념에도 불구하고 정작 불을 외면하고 마는 반면, 사내는 본능적으로 그것에서 억압적 현실에서의 해방과 삶의 희망을 보는 것이다.

이후 소설은 모든 돈을 던져버린 채 경찰의 위협을 받았던 사내가 다시금 안에게 동행을 요청하고, 밀린 월부책값을 받아 여관비를 내려던 사내의 계획이 수포가 된 후, 안이 낸 돈으로 각각 여관방을 하나씩 잡아 들어가는 것으로 진행된다. 이러한 모든 과정에서 안은 방관자적 입장을, 나는 중간자적 입장을, 사내는 조력을 절실히 필요로 하는 처지를 지속적으로 드러낸다. 그런데 여기서 중요한 것은, 안이 최소한 위선자는 아니라는 점이다. 안은 그 나름대로 필연적인 이유가 있었던 것인데, 이는 아래의 인용에서 잘 드러난다.

> "난 그 사람이 죽으리라는 걸 알고 있었습니다." 안이 말했다.
> "난 짐작도 못했습니다."라고 나는 사실대로 얘기했다. (중략)
> "씨팔 것, 어떻게 합니까? 그 양반 우리더러 어떡하라는 건지……."
> "그러게 말입니다. 혼자 놓아 두면 죽지 않을 줄 알았습니다. 그게 내가 생각해 본 **최선의 그리고 유일한 방법**이었습니다."[48]

자의식을 가진 주체는 고뇌한다. 그러나 그 고통스러운 고뇌는 오로지 주체 혼자의 몫이다. 그리고 그렇게 고뇌할 때만이 주체는 자신이 살아 있다고 간주한다. 이러한 주체의 모습은 예전에 자신의 순수를 보존할 요량으로 스스로 훼손하기를 수행하던 주체와는 또 다른 모습이다. 그는 이제 스스로 훼손하기를 수행하지 않는다. 다만 상황으로부터 떨어져나와 사태를 고뇌 속에 관조할 뿐이다. 그러나 이러한 관조야말로 방임을 통한 현실에 대한 타협과 그다지 다를 바 없다. 고뇌했다는 것만으로 자신의 방임 내지 타협에 대한 면죄부를 발행하는 것이 이러한 주체의 현단계라면, 다음 단계는 고통스러운 고뇌조차 벗어던진 채

---

48) 「서울, 1964년 겨울」, p.236.

다만 현실에 대한 방임 또는 관조만 남은 주체일 것이다.

이상과 같은 비관적인 모습에도 불구하고, 「서울 1964년 겨울」은 4·19세대의 시야를 주체 자신의 벽을 넘어 기층 민중에게까지 넓혔다는 점에서 김승옥 소설 가운데 가장 멀리 나간 작품이라고 할 수 있다. 자신의 세대가 지닌 근본적인 한계와 문제점을 폭로하는 제3의 시각을 기층 민중을 대변하는 사내를 등장시킴으로써 보여주고 있기 때문이다. 그러나 이후 김승옥은 그러한 한계를 넘어서서 타 계급에 대한 이해나 연대에까지 이르지는 못한다. 대신 자신이 포함된 산업화된 근대적 상황을 고뇌 없이 드러내는 방향으로 후퇴한다. 고뇌가 그만큼 무거웠고 성욕의 해방적 가능성 외에는(「야행」 등) 「서울 1964년 겨울」에서 드러난 정치적 무력감의 해결 방향이 보이지 않았기 때문일 터이지만, 이로써 그의 작가적 생명력은 소진되고 말았다고 하겠다.

6. 결론을 대신하여

비록 이 글의 앞 부분에는 오이디푸스에 대한 논의를 빌어 작품을 분석했지만, 그에 반하는 논리를 드러내는 것으로 김승옥의 작가적 생명력의 소진에 대해 시론적으로 말해보고자 한다.

들뢰즈와 가타리는 자본주의 하에서 주체가 지니는 욕구의 양축을 분열증적인 것과 편집증적인 것이라고 말한 바 있다.49) 그들은 이 두 욕구 가운데 분열증적인 것은 기존 질서의 흐름으로부터 벗어나려는 탈영토화된 욕구를, 편집증적인 것은 그렇게 탈영토화된 것을 다시금 자본이라는 '기관 없는 신체'에 복속

---

49) 들뢰즈와 가타리는 자본주의하의 주체의 욕구를 탈속령화에 따른 분열증적인 것과 재코드화에 따른 편집증적인 것의 양 축으로 구성되는 것으로 본다. "자본주의 사회에서 욕구의 편집증적인 축과 분열증적인 축은 그 가장 극단적인, 따라서 가장 선명한 형태로 드러난다. 자본주의의 강화된 군주제는 사물을 몰적인 집적체로 모으고자 하는, 그리고 그들에게 중심화된, 통합된 조직화를 부과하고자 하는 욕구의 편집증적인, 파시스트적인 경향을 나타내며, 자본주의 흐름들의 가속된 탈속령화는 이질적 요소들의 분자적인, 비체계적인 연합을 형성하고자 하는 욕구의 분열증적인, 혁명적인 경향을 나타낸다."(로널드 보그, 『들뢰즈와 가타리』, 이정우 역, 새길, 1995, p.168.)

시키는 조직화된 욕구로 본 것으로 생각된다. 이러한 이해가 타당하다면, 분열증의 주체는 고통에서 벗어나기 위해 — 실제로는 지연시키기 위해 — 끊임없이 편집증적인 욕구에 매달리게 되는 것이라고 할 수 있다. 그런데 보다 중요한 것은 이 두 욕구가 자본주의 하의 주체 — 또는 '기계' — 가 지니는 양면적인 모습이라는 것이다. 분열증을 통해 현실에 반발하고 떨어져 나온 주체가 다시금 자신과 대상을 편집증적으로 재코드화하면서 현실에 복속되는 것, 이와 같은 구도는 크게 보아 4·19세대가 갔던 길에도 해당되는 것이 아닌가 한다. 그 원인은 어디에 있을까. 아마도 분열증의 고통이 너무도 컸기 때문일 것이다. 그러나 이는 특히 김승옥에게 더욱 그러했다고 할 수 있다. 왜냐 하면 그는 그러한 고통을 이성과 관념을 통해 포착해냈던 것이 아니라 '감각적'으로 포착해냈기 때문이다. 그럴 때 김승옥은 도저히 편집증적인 욕구를 통해 현실에 재진입하려는 방향으로 전환하지 못한 것으로 보인다. 「누이를 이해하기 위하여」에서 귀향한 누이가 드러내었던 실어증은 그런 점에서 김승옥의 내면이 진솔하게 표현된 것이라 할 수 있다. 주체 분열의 고통을 힘겹더라도 소설 속에서 유지했을 때, 그의 소설은 긴장력과 탁월성을 드러낸다. 그러나 「서울 1964년 겨울」은 그에게 일종의 극한 지점이었다고 할 수 있다. 그 이후 그는 도저히 더 이상 고통을 고통 그대로 소설 속에 드러낼 수 없었고, 문제를 해결할 방향조차 흐려져 버렸던 것이리라. 그리하여 그가 잠정적으로 택한 소설쓰기 방식은 고통을 삭제하고 개발독재 하의 현실을 관조하는 것이었다. 그러나 그것이 절충책에 지나지 않을 뿐 내면의 고통은 그대로임을 알았을 때, 그는 문학적 실어증에 빠지지 않을 수 없었을 것으로 여겨진다. 이는 최인훈이나 이청준이 주체 분열의 포착에 있어 감각이 아닌 관념에 상당 부분 의존했던 것, 그리하여 작가적 생명을 지속시킬 수 있었던 것과 대비되는 사항일 것이다.

타자성에 대한 두 가지 접근
— 정찬론 —

1. 한국 기독교 소설과 타자성의 문제

한국 현대 소설사에서 기독교가 관련되는 경우는 대체로 세 가지 경향으로 나누어볼 수 있다.[1] 그 하나는 배경의 차원에서 기독교가 제시되는 경우이다. 주로 개화기에서 일제강점기에 이르는 시기의 작품들에서 종종 발견되는 이 경우의 작품들은 기독교의 본질적인 측면에 대해서는 거의 관심이 없으며, 기독교로 대표되는 서양 문화의 물결이 어떻게 우리 사회에 밀려들었으며 어떠한 사회적 영향을 미쳤는가에 주요한 관심을 두고 있다. 두 번째는 전후 소설에서 1970년대에 이르는 시기에 주로 나타난 경향으로서, 당대 사회가 봉착했던 현실적인 문제에 대응해 나가는 주요한 사상적 방법을 기독교 속에서 찾고자 하는 경우이다. 그러나 김동리나 이문열, 황석영, 조성기 등으로 대표되는 이러한 경우의 작품들에서 기독교는 아직 본질적인 차원에서 다루어지지 못했으며, 주로 다른 비기독교적인 사상들과 경쟁하는 관계 속에서 기독교의 현실적인 가능성을 모색해보는 차원에 그쳤다고 할 수 있다.[2]

---

1) 우리 소설사에서 기독교 소설의 흐름에 대해서는 신익호, 「한국 현대 기독교 소설사」, 『기독교와 현대 소설』, 한님대 출판부, 1994 참조.

여기서 주목되는 것이 세 번째의 경향이다. 이는 1980년대 이후에 본격적으로 나타난 경향으로서, 기독교를 그 나름대로 본질적인 차원에서 도입하여 인간의 본질 및 신과의 관계 등을 소설화하는 작업이라고 할 수 있다. 이와 같은 경향의 대두는 그만큼 기독교적인 관점이 한국 문학 및 문화 속에 정착되었음을 의미하는 동시에, 민족문학과 현실주의의 강력한 자장 아래 전개되었던 한국현대소설사의 흐름에서 상대적으로 빈곤하게 다루어질 수밖에 없었던 철학적 또는 신학적인 문제들이 이제 한국 소설의 영역에 본격적으로 진입했음을 알려준다.

정찬은 1990년대 이후 이승우와 함께 이와 같은 세 번째 경향을 대표하는 작가이다. 그는 권력과 욕망에 따른 폭력적인 사회 현실과 그에 희생된 인간들의 비극을 그려내면서도, 단순한 현실 반영의 차원을 넘어 그러한 비극을 낳을 수밖에 없었던 원인이 인간의 본질적인 한계에서 기인한 것으로 제시하고, 나아가 신적인 존재에 대한 근원적인 물음을 제기했던 것이다. 달리 말해 지금까지 정찬은 신적인 존재를 전제로 한 인간의 본질 탐구에 창작의 중점을 두었다고 할 수 있다.

이 글은 정찬이 근래 발표한 장편 소설들인 『세상의 저녁』과 『그림자 영혼』을 대상으로 삼아, 현재 우리 기독교 소설의 수준을 가늠하고자 하는 목적을 가진다. 우선 말해둘 것은, 겉으로 보기에 이 두 작품은 상반된 경향을 보여준다는 점이다. 『세상의 저녁』이 사랑과 슬픔에 대한 신학적 탐구를 기반으로 주인공의 종교적 승화 과정을 그려내고 있음에 반해, 『그림자 영혼』은 주체성이 낮은 환각 속에 파멸되어가는 주인공의 몰락 과정을 세밀한 정신분석을 통해 그려내고 있는 것이다. 그러나 이 두 작품에는 공통적으로 관류하는 것이 있다. 인간이 어떻게 존재하고 생을 영위해야 할 것인가에 대한 윤리학적인 문제 의식이 바로 그것인데, 그런 점에서 이 두 작품은 동일한 문제 의식 하에 작가가 지향하는 바의 반례(反例)와 정례(正例)를 각각 보여준다고 하겠다.[3]

---

2) 이는 사실 다른 종교 소설도 마찬가지 사정이라고 할 수 있다. 예컨대 불교 소설의 경우, 배경적인 차원을 넘어 불교의 본질적인 측면에 접근해 들어가는 경우는 1980년대 이후라고 할 수 있다(1979년 김성동, 『만다라』).

3) 『그림자 영혼』이 나중에 발표되었음에도 불구하고 먼저 다루는 것은, 반례를 우선 보여주기 위해서인데, 이는 엠마뉴엘 레비나스가 구분한 인간 주체성의 두 차원과 상응하는 것이기도

그렇다면, 정찬이 이 두 작품을 통해 보여주는 윤리학적인 문제 의식의 내용은 무엇인가. 필자가 보기에 그것은 '타자의 타자성을 어떻게 대할 것인가'라는 물음으로 요약될 수 있다. 곧 작가가 의식했건 하지 않았건 간에 이 두 작품은 타자성을 대하는 인간의 두 가지 태도를 표상하고 있는 것이다. 여기서 '타자의 타자성'은 엠마뉴엘 레비나스의 용어이다. 이 용어에서 타자가 "주체가 아닌 모든 사람은 물론, 주체가 갖고 있지 않은 모든 사물에도 해당되는 궁극적인 기표(signifier)"를 의미한다면, 그러한 타자의 '타자성'은 '주체에 동화되지 않은 채 끝내 남아있는 대상의 존재성'을 가리킨다.[4]

레비나스는 이러한 타자의 타자성을 대하는 방식으로 '표상' 또는 '향유'의 방식과 '대화'의 방식을 제시한다. 이때 '표상' 또는 '향유'란 주체가 타자의 타자성을 억압하고 주체에 동일화시키는 방식을 의미한다.[5] 이는 그가 '전체성'이라고 부른 것에 해당하는 방식으로서, 자아중심적 주체성이 타자를 (욕망의) 대상으로 환원하는 방식인 것이다.[6] 한편, '대화'는 묵시적으로 주체에게 살인하지 말 것(동일화하지 말 것)을 요구하는 타자의 '얼굴'을 용인하고 그 타자와 이타적으로 관계 맺는 방식을 의미한다. 곧 타자의 타자성을 인정하고 수용하는 방식인 것인데, 이는 그가 '무한성'이라고 부른 것에 해당한다.

이 두 가지 방식은 실상 타자의 타자성을 대하는 방식인 동시에, 인간이라는 존재의 양면성을 가리킨 것이라고 할 수 있다. 곧 인간은 한편으로는 한 조각의 빵을 위해 살인할 수 있는 존재이면서도, 다른 한편으로는 곤경에 빠진 타자를 위해 아무것도 실제로 해줄 수 없어도 눈물을 흘릴 수 있는 존재이기도 한 것이다.[7] 그럴 때 레비나스는 현대 문명이 가지고 있는 여러 문제를 인류가 극복하

하다.

4) *Encyclopedia of Postmodernism*, ed. by V. E. Taylor & Ch. E. Winquist, London ; Routledge, 2001, pp.8-9 참조.

5) 이는 동일자 중심, 주체 중심의 현대성에 대한 비판과 연결될 수 있다.

6) 레비나스는 이러한 방식이 서양 철학의 중심이 되어왔으며, 하이데거의 존재론조차 이러한 동일자의 논리를 넘어서지 못한 것으로 보고 거부한다. 레비나스에대해서는 김연숙, 『레비나스의 타자 윤리에 관한 연구』, 서울대학교 대학원 박사논문, 1999 참조.

7) 이 두 행위 중 전자에 해당하는 것을 레비나스는 욕구(needs) 또는 향유(enjoyment, jouissance)로, 후자에 해당하는 것을 열망(desire)이라고 부른다(김연숙, 윗책, p.35.). 이를 라캉의 용어와 대비하면, 정확히 같지는 않지만 요구 또는 향유는 욕망(desire)에 대응하는 것으로 보인다. 열망에 대응하는 것은 라캉이 이타적인 관계 양상에는 그다지 주목하지 않으므로 없는 것 같다.

기 위해서는 타자의 타자성을 온존하는 방식의 윤리학을 가져야 할 것임을 역설한다.

이 절에서 마지막으로 덧붙일 것은, 레비나스에게 있어 이와 같은 타자의 타자성에 대한 논의가 주체와 타자의 선명한 이분법에 의존한 느낌이 든다는 점이다. 이와 관련하여 참조할 것은 자크 라캉의 논의이다. 그는 역설적이게도 인간 주체 안에 '타자'의 자리를 마련하고 있다. 그것은 바로 무의식의 자리인데,[8] 그는 "타자의 존재는 타자성의 두 번째 단계에서만 이해될 수 있다. 타자는 또 다른 주체가 아닌 주체가 환원시킬 수 없는 이질성으로 이해될 때에야 비로소 나와 다른 주체 사이에서 중재 역할을 수행할 수 있다"[9]고 말한 바 있다. 물론 이러한 인용은 라캉이 레비나스의 견해에 완전히 동의하여 쓴 것은 아니다. 라캉은 레비나스가 말한 바의 '표상' 또는 '향유'를 '욕망'으로 바꾸어 말하면서 주체를 분석한 것이라 할 수 있다. 이 인용은 무의식이 주체와 타자의 차이('이질성')를 이해하면서도, 그 차이를 억압하고 동일자로 환원하는 과정(은유-오인)을 설명한 부분이다. 그럴 때 주체와 타자 사이의 차이는 의식으로 상승하지 못한 채 무의식 속에 보존되는바, 그 때문에 라캉은 무의식 속에 타자가 있다고 한 것이다. 정리하자면, 자크 라캉의 논의는 동일성의 시도 속에서도 용해되지 않는 타자성이 주체 안에 자리잡고 있음을 전제하고 있다는 점에서 레비나스의 논의와 궁극적으로는 일치한다고 할 수 있다.

2. 동일화된 타자의 환상과 주체의 파멸 —『그림자 영혼』

정찬의 『그림자 영혼』은 도스토옙스키의 『악령』을 모티프로, 정신분열 증세를 보이는 인물인 김일우의 회상기와 그것을 읽는 정신과 의사 '나'의 이야기가 번갈아가며 제시되는 액자 소설이다. 논의의 편의를 위해 우선 이 소설의 줄거

---

8) 이 말이 '무의식=타자'라는 뜻은 아니다.
9) J. Lacan, 「무의식에 있어 문자가 갖는 권위(주장) 또는 프로이트 이후의 이성」, 권택영 외 역, 『욕망이론』, 문예출판사, 1994, p.89.

리를 소개하기로 한다.

1998년 11월 '나'에게 김일우가 찾아온다. 그는 프로이트의 「도스토옙스키와 아버지 살해」를 요약해 소개한 '나'의 글에서, 도스토옙스키가 부친의 죽음을 바랐던 무의식적인 죄의식을 소설이라는 허구를 통해 승화시켰다는 부분을 반박하면서, 허구과 현실은 이분법적으로 나뉘지 않는다고 주장한다. 그 증거로 김일우는 자신이 1992년 6월 페테르부르크의 수도원에서 『악령』의 주요 인물인 스타브로긴을 만났다고 하며, 그 만남을 기록한 회상기를 '나'에게 주고 간다. 보름 후 이루어진 두 번째 만남에서, 김일우는 『악령』에서 스타브로긴과 육체 관계를 나눈 후 죄책감으로 자살했던 소녀 마드로샤의 이야기를 꺼내면서 두 번째 회상기를 주고 간다. 그 회상기의 주요 내용은, 자신이 14세 때 영희라는 15세의 소녀를 어린 시절 돌아간 어머니와 동일시했다는 것, 그러나 영희에 대한 이끌림과 죄의식 사이에서 갈등하던 중 어느 날 아버지가 영희를 겁간하는 장면을 목격했다는 것, 이후 영희에게 '더러운 년'이라고 계속 저주하자 어느 날 영희가 목매 자살했다는 것이었다. 김일우와 '나'의 세 번째 만남은 김일우가 '나'에게 오스카 와일드의 『도리언 그레이의 초상』이라는 소설을 부쳐준 후 이루어진다. 이 소설에 제시된 그레이의 추악한 죽음과 레오나르도 다빈치의 「두 성녀와 아기예수」에 표현된 성스러움과 순결함을 두고 김일우는 순결과 추악, 거룩함과 죄악에 대한 이야기를 나누다가 갑자기 스타브로긴으로 행세하는 정신분열증세를 보이면서 자신이 '신을 죽였다'는 고백을 한다. 이후 우편으로 부쳐져온 세 번째 회상기는 김일우의 고교 시절 이야기로서, 영희와 비슷한 이미지를 가지고 있었던 하숙집의 소녀 강인수를 변태적으로 겁간한 뒤, 다시 '더러운 년'이라고 속삭임으로써 자살을 시도하게 만들었다는 내용이었다. 이후 1999년 1월 초순에 강인수가 찾아와 김일우의 자살을 알린다. 그녀는 김일우와 결혼했으며 임신 중이었는데, 그녀와 같이 그의 집으로 가본 '나'는, 김일우의 아버지가 1992년 6월[10] 처참하게 살해되었으며, 김일우가 범인이라고 자수했지만, 취조 시의 이상한 행태와 증거불충분으로 미궁에 빠졌다는 사실을 알게 된다.

---

10) 앞에서 김일우가 페테르부르크에서 스타브로긴을 만났다는 시간과 동일한데, 이것은 작가의 의도에 따른 것이다. 곧 첫 번째 회상기 전체가 김일우의 환상에 지나지 않음을 드러내려는 것이다.

한편, '나'에게 남긴 김일우의 유서는 스타브로긴이 남긴 유서의 내용과 똑 같았다. "나 스스로 한 짓이니, 누구의 죄도 아니다."

이러한 줄거리에서 알 수 있듯이, 이 소설은 무의식의 욕망과 죄의식을 중심적인 관심사로 삼고 있다. 여기서 우선 주목할 것은 스타브로긴에 대한 김일우의 정신분열적인 환상이다. 지금부터는 이 환상이 발생한 연원을 따라가면서 소설을 분석해 보기로 한다.

> 내가 일곱 살 때 어머니가 죽었다. 그녀의 죽음은 불가사의했다. 어느 날 훌쩍, 감쪽같이 사라져버린 것이다. 그것이 죽음이라는 것을 나는 몰랐다. 어머니는 나에게 친숙하고 편안한 존재였다. **그녀가 죽었다는 것은 친숙하고 편안한 것이 나로부터 빠져나갔음을 뜻했다.** 그녀가 빠져나간 텅 빈 공간은 낯설고, 어두웠다. (중략) 어느 날 어둠 속에서 희뿌연 것이 나타났다. 그것이 어머니의 손이라는 것을 깨닫기까지 시간이 별로 걸리지 않았다. (중략) 그 손은 무언가를 만들고 있었는데, 놀랍게도 그것은 혼이었다. 어머니는 어둠 속에서 (나의-인용자) **혼을 만들고 있었다.**(정찬, 『그림자 영혼』, 세계사, 2001, pp.80-81 — 이하 강조는 인용자)

위의 인용은 어머니의 부재가 가져온 결핍에 대해 말하고 있는 부분이다. 7세 때에 겪은 일인 만큼, 이 결핍은 정신분석에서 말하는 바의 원초적인 결핍, 곧 출생으로 인한 어머니와의 분리와 동일한 것이라고는 할 수 없다. 그러나, 어머니의 죽음은 그러한 원초적인 결핍을 다시금 자극했으며, 그 결과 어머니와의 재결합에 대한 욕망을 강력하게 환기시키는, 달리 말해 김일우의 주체가 퇴행하는 계기가 되었다고 할 수 있다. 원초적인 어머니(Mother)에 근접해 있던 실제의 어머니(mother)가 사라진 사건은, 두 어머니의 차이를 인식하는 성장 단계에서 다시금 그 차이를 무화시키는 애초의 단계로 그를 퇴행시킨 것이다. 그럴 때 김일우의 주체('영혼')는 위의 인용에 나와있듯이 그러한 퇴행의 단계에 머무른 채 형성된다. 원초적인 어머니의 영상11)으로부터 거리를 두지 못한 채12), 원초적인

---

11) 프로이트에 따르면 이것은 순결한 처녀의 이미지를 띤다. 반면에 아버지(father)와 실질적으로 교섭하는 어머니(mother)는 창녀의 이미지를 띤다. 프로이트는 오이디푸스 콤플렉스에 의거한 이 두 영상이 남성들의 여성에 대한 기본적인 이미지로 파악한 바 있다. G. Freud, 「사

어머니의 영상에 의해 주체가 형성되었던 것이다.

본디 욕망은 주체의 텅 빔, 곧 결핍에 기원한다. 그러나, 결핍을 채우려는 주체에게 주어진 것은 그 결핍을 채워줄 원초적인 어머니가 아니라 그와 무관한 실재계의 타자들일 뿐이다. 여기서 주체는 그 타자 가운데 유사성이 있는 것[13]을 택하여 결핍을 채울 궁극적인 것으로 오인하면서 대상화하고(은유), 그것을 얻으려 노력한다. 그렇지만, 대상이 획득되었을 때 주체는 그 대상으로써도 결핍이 채워질 수 없음을 깨닫는다. 여기서 다시 주체는 또다른 대상을 찾아나선다. 대상이 다른 것으로 치환되는 것이다(환유).

> 어느 날 나는 과수원이 한눈에 내려다보이는 마당에 서 있었다. **배꽃은 눈처럼 희었고, 햇빛은 눈부셨다.** (중략) 주위는 적막했다. 세상이 텅 빈 듯한 적막감이었다. 나는 눈을 깜박거렸다. 언젠가 이와 똑같은 정경, 똑같은 적막 속에 있었다는 느낌이 강하게 일었다. (중략) 어떤 소리가 귀에 닿았다. 먼 곳에서 들려오는 듯한 그것은 어머니의 노랫소리였다. (중략) 내가 부엌 문을 열었을 때 **어머니 대신 영희의 놀란 얼굴과 마주쳤다.**(윗책, pp.81-82)

김일우 역시 이러한 경로를 통해 원초적인 어머니를 대신할 대상을 찾는다. 그 대상은 바로 영희이다. 위의 인용은 그것을 단적으로 보여주는 부분이다. 인용 앞 부분에서는 원초적인 어머니가 띠는 순결의 이미지가 강조되고 있으며, 그러한 이미지 속에 김일우의 주체는 영희와 원초적인 어머니를 동일시하고 있다. 결국 영희는 하나의 소타자(a)가 된 것인데, 이 과정에서 영희의 타자성은 억압되고 만다. 영희의 타자성은 억압되어 무의식의 영역으로 내려가게 되는 것이며, 김일우의 주체는 원초적인 어머니를 대신할 기표를 찾아 떠도는 욕망의 사슬에 얽히게 되는 것이다.

그러나, 이후 사건의 진전 과정에서 김일우는 영희가 결핍을 메울 궁극적인

랑을 선택하는 특별한 기준」 참조.

12) 이러한 거리두기가 성장의 표시이다. 원초적인 어머니와 실제의 어머니를 동일한 것으로 오인하는 단계를 넘어서는 것이다.

13) 이 유사성이 있고 없음을 판별하는 기준은 타자의 욕망이다. 곧 주체는 타자의 욕망을 욕망하면서 욕망의 사슬을 떠돌게 되는 것이다. 이처럼 타자의 욕망을 욕망한다는 이론적 구도는 르네 지라르의 모방 이론과 유사하다.

대상이 될 수는 없음을 알게 된다. 영희를 아버지가 겁간하는 것을 목격하는 사건은 김일우에게 그 동안 잠재되었던 오이디푸스 콤플렉스를 활성화하는 계기가 된다. 주지하듯이 오이디푸스 콤플렉스는 유아가 애초의 나르시시즘 상태에서 벗어나 어머니를 욕망하는 것에 대한 징벌의 위협감 ― 거세 공포 ― 을 느끼는 것이지만, 성장기에 활성화된 김일우의 경우에는 좀더 복잡한 양상을 띤다. 순결한 어머니를 범한 아버지에 대한 적대감에다 그러한 아버지를 받아들인 '부정한' 어머니(영희)에 대한 공격성이 부가되는 것이다. 정확히 말하자면, 아버지에 대한 적대감이 아버지의 권력 앞에 좌절되어 분출되는 방향이 바뀐 결과로 어머니에 대한 공격성이 나타났던 것이다. 곧 아버지에 대한 적대감을 표현할 수 없는 주체가 어머니에게로 공격의 화살을 돌리는 것인데, 이후 김일우가 영희를 '더러운 년'이라고 비난하는 것은 이와 같은 복잡한 양상이 표면화된 결과이다.

여기서 또 하나 고려할 것은, 김일우의 이러한 비난이 외면적으로는 이른바 도덕 관념(상징계의 질서)과 결합하는 양상을 보인다는 점이다. 김일우의 비난은 도덕 관념에 의해 보증을 받으면서 합리화되는 것인데, 이는 사실 매우 중요한 사항이다. 결핍을 메우려는 애초의 상상계적인 욕망이 이제 상징계와 결합하면서 변형되고, 나아가 그렇게 변형된 욕망이 역으로 그 기원이 되었던 애초의 상상계적인 욕망을 은폐하게 된다는 것을 의미하기 때문이다. 그렇다면 그렇게 변형된 욕망은 어떤 것인가. 그것은 대상에 대한 상징적인 권력 관계, 곧 지배 관계를 형성하고자 하는 욕망이다.[14] 정리하자면, 김일우는 부정해진 영희/어머니를 도덕적으로 비난함으로써, 단순히 결핍을 메우려던 차원을 넘어 아예 대상을 지배하고자 하는 것이다.

이때 제기되는 문제는 그러한 비난이 타자인 영희에게 부여한 충격이다. 이 소설이 김일우의 회상기를 중심으로 이루어졌다는 점에서, 당시 영희가 느꼈을 심적인 충격은 제대로 진술되지 못하지만,[15] 그녀는 김일우로 대표된 상징계의

---

14) 이 시기의 김일우에게 있어 이러한 욕망은 소유나 접촉을 통한 것이 아니라, 응시(gaze)를 통해 발현된다. 본디 관음증 또는 절시증은 남근에 대한 금기에서 비롯한 것이지만, 상징계의 질서와 결합할 경우 대상에 대한 지배 욕구를 표상하는 것이 된다. 곧 '나는 네가 무엇을 했는지 보았고 알고 있다'는 것은 응시 대상에 대한 지배 욕구를 표현한 것이며, 이때 응시 대상은 자아의 테두리가 무너지면서 응시의 주체에 대한 종속감을 느끼게 된다.

응시(gaze)에 종속되면서 자아 존중감에 결정적인 상처를 입게 되는 것이다. 이러한 상처의 결과, 영희는 자신을 스스로 파괴함으로써 상징계의 징벌에 대응하려 한다. 그녀의 자살은 바로 이러한 과정을 거쳐 결정된다.

그렇다면 영희의 자살은 김일우에게 어떤 영향을 미쳤을까. 단적으로 말해 그것은 죄의식을 불러일으켰다는 것으로, 이는 두 가지 측면에서 설명될 수 있다. 그 한 측면은 영희에 대한 죄의식인데, 응시와 비난을 통해 대상과의 권력 관계를 형성하려 했던 그에게 그녀의 죽음은 권력 관계 자체가 무화되어버리는, 예상하지 못했던 심각한 사태였던 것이다. 한편 이러한 죄의식은, 영희가 어머니를 표상하는 소타자였던 것을 고려할 때 원초적인 어머니에 대한 죄의식으로 이어지는 것이기도 하다. 죄의식의 두 번째 측면은 바로 이를 가리킨다. 그럴 때 김일우의 주체는 이제 자신에게는 어머니의 결핍을 메우기를 원할 자격조차 없다는 좌절감에 빠지게 된다. 원초적인 어머니의 영상을 훼손해 버린 것은 아버지의 질서를 이용하여 '어머니/영희'를 비난했던 바로 자신이기 때문이다.16)

그러나, 좌절을 겪었다고 해서 결핍을 메우려는 시도 자체가 중지되는 것은 아니다. 오히려 주체는 더 교묘하고도 철저하게 그러한 시도를 하려 하게 된다. 그런 점에서 인수를 대상으로 삼은 두 번째의 시도는 이중적 의미를 띤다. 그 하나는 여전히 원초적인 어머니를 회복하려는 기본적인 성향이 지속된다는 점이고, 다른 하나는 그러한 성향 위에 영희의 자살로 인한 좌절감까지도 회복해야 한다는 점이다. 이를 위해 김일우가 간 길은 라캉의 용어로 말하자면 '스스로 아버지 되기', 곧 '아버지의 욕망을 모방하기'이다.

김일우는 인수에 대해 그녀가 어머니이자 영희이기도 하다고 생각한다. 이는 달리 말해 김일우에게 인수는 영희와 어머니에 대한 죄의식의 두 측면을 모두

---

15) 김일우의 회상기가 지니는 전반적인 특징은 타자에 대한 관심은 아예 없다는 점이다. 이 사건이 있은 지 10여 년이 지난 후 김일우가 회상기를 쓰는 시점에 있어서도, 여전히 그는 나르시시즘적인 상태에서 벗어나지 못했기에 당시 타자인 영희의 심리에는 아무런 관심이 없다.

16) 영희의 시체를 발견한 김일우가 '심장도 거의 멈출' 정도로 의식을 잃고 마는 것은 그러한 좌절에 봉착한 자신을 징벌하기 위한 것이다. 그러나, 이 징벌은 양가성을 띤다. 한편으로는 죄를 지은 자신에 대한 자책감이지만, 다른 한편으로는 징벌이 끝나면 다시금 결핍을 메우려는 시도를 할 수 있다는 새로운 출발—실제로는 욕망의 사슬의 두 번째 고리—을 의미하는 것이다.

해소하는 대상이라는 의미를 지니고 있었다는 것을 뜻한다. 그러나, '응시'를 통한 지배의 방식을 택하는 것으로는 영희의 경우처럼 실패하고 말 것이다. 그럴 때 보다 선명한 지배의 방식이 남아 있는데, 그것은 아버지가 영희에게 시도했던 방식, 곧 육체 관계를 통한 방식이다. 곧 아버지의 욕망(이라고 해석된 것)을 모방하면서 대상을 지배하고자 하는 것이다.

그러나, 이처럼 아버지의 욕망을 모방하는 것은 어디까지나 수단적인 차원일 뿐임도 강조할 필요가 있다. 어머니의 결핍을 메우고자 하는 애초의 욕망은 어디까지나 '아들'의 위치에서 비롯한 것이지, '아버지'의 위치에서 비롯한 것은 아니기 때문이다. 그런 점에서 김일우가 인수를 대하는 방식은 두 가지로 나뉘어 진행된다. 먼저 육체 관계를 가질 때 그는 아버지가 된다. 이는 당시에 목격했던 아버지의 모양새와 유사하게 행동하는 것에서 단적으로 드러난다. 그리하여 대상에 대한 지배가 확실해졌을 때, 두 번째의 방식이 나타난다. 그 동안 미루어졌던 좀더 심층적인 욕망, 곧 '아들'의 욕망이 고개를 내미는 것이다.

> (전략) 나는 옷을 입고 있는 인수의 귀에다 입술을 대고 낮은 목소리로 속삭였다.
> "더러운 년."
> 인수는 흠칫 놀라며 나를 쳐다보았다. 넋이 빠진 표정이었다. (중략) 다음 날 나는 아침 식사 때 위층으로 올라가지 않았다. (중략) 내가 들어가자 침대 위에 누워 있는 인수는 나를 뚫어지게 쳐다보았다. 밤새 앓은 듯 얼굴이 노랗게 변해 있었다. 나는 선 채로 묵묵히 그녀를 내려다보았다. 시선을 그녀의 눈에 고정시킨 채 어떤 표정도 드러내지 않았다. 조금 후 인수는 약간 웃었는데, 그것은 웃음이라기보다 겁에 질려 반사적으로 짓는 표정이 불과했다. **내가 희열에 몸을 떨자 인수의 얼굴은 형언하기 힘든 절망과 공포로 일그러지고 있었다.**(윗책, pp.146-147)

위의 인용은 육체 관계를 가질 동안 연기되었던 애초의 욕망('아들'의 욕망)이 다시금 표면화되면서, '아버지'에 의해 부정해진 '인수/영희/어머니'를 도덕적으로 비난하는 장면이다. 여기서 김일우의 주체가 목표로 삼는 것은 명백하다. 그것은 '아버지'의 위치에서 대상을 지배하는 것이 아니라, '아들'의 위치에서 대상을 지배하는 것이다. 그런 점에서 위의 인용 뒷부분은 이러한 도덕적 비난을 통해 김일우가 추구했던 쾌락이 무엇인지 잘 보여준다. 대상은 그 자신의 독립성을 잃고 완전히 피동적인 위치로 전락하였으며, '아들'로서의 주체는 그것을 '내려다보'면서 지배에서 오는 '희열에 떨고' 있다.

이러한 '지배' 또는 권력 관계가 주체가 대상의 타자성을 철저히 배제하고 억압함으로써만 가능하다는 것은 앞에서 본 바와 같다. 그런 까닭에 지배의 희열이란 타자성이 배제되고 억압됨으로 인한, 지배 대상의 절망과 공포를 대가로 삼은 것이라 할 수 있다. 그리고, 그러한 절망과 공포는 대상으로 하여금 그 자신의 타자성을 드러내지 않을 수 없도록 만든다. 인수 역시 영희처럼 김일우에 대한 자신의 타자성을 극적으로 드러내는데, 그것이 바로 인수의 자살 시도이다. 이러한 타자성의 현현은 지배에서 오는 희열에 만족했던 김일우로 하여금 더 큰 좌절감과 죄의식에 빠지게 만드는 계기가 된다. 이로 볼 때 죄의식의 연원은 동일화되지 않는 타자의 타자성에 있다고 할 것이다.

결국 김일우는 영희와 인수라는 현실적인 두 대상에게서 욕망의 충족 대신 좌절감과 죄의식만을 얻은 셈이다. 그러나, 이로써 욕망의 사슬은 종결되는가. 그것은 결코 그렇지 않다. 다만 김일우의 주체는 현실 공간에서 어머니를 대신하고 철저한 희열을 주는 대상을 발견하는 것은 거의 불가능하다는 깨달음을 얻었을 뿐이라고 할 수 있다. 그가 이 지점에서 만나는 것이 『악령』의 스타브로긴과 마드로샤이다.

영희의 죽음과 너무나도 흡사한 마드로샤의 죽음 앞에서 나는 기묘한 느낌 속으로 빠져들어갔다. 스타브로긴이 발돋움하면서 들여다본 광 속의 광경이 마치 눈앞에 있듯 생생히 떠오르는 것이었다. 그것은 허공에 매달린 영희의 모습이었다. 그런데 그 모습이 또렷해질수록 나의 존재가 지워지는 느낌이었다. (중략) 지워진다는 느낌은 (중략) 비유를 하자면 거울의 안쪽 세계(허구의 세계-인용자)로 들어가는 기분이었는데, **영희의 죽음 이후 처음으로 자유를 느꼈다.** (중략) 나는 너무나 행복해 울고 싶었다.(윗책, 138-139)

위의 인용은 소설이라는 허구를 통한 스타브로긴과 마드로샤와의 만남이 김일우에게 어떻게 받아들여졌는지 알려준다. 현실에서 김일우는 잠시 희열에 떨기도 했지만, 타자의 타자성으로 인해 혹독한 좌절을 겪고 죄의식이라는 대가를 치를 수밖에 없었다면, 위의 인용에서 보듯이 소설이라는 허구 속에서는 그러한 대가를 치를 필요가 없었던 것이다. 그것이 김일우가 소설 속에서 '자유'[17]를 느낄 수 있었던 이유이다.

그러나, 이와 같은 김일우의 생각이 허구의 본질을 꿰뚫은 것이 아니라는 것은 두말할 필요도 없을 것이다. 그는 허구조차도 자신의 욕망에 따라 오인했던 것일 뿐이다. 이는 김일우가 허구를 대하는 태도가 철두철미하게 인물과 자신을 동일시 곧 자기화하는 데 있다는 것에서 단적으로 드러난다. 곧 그는 소설 속에서 철저하게 자신을 확인하고, 현실에서는 미처 가지 못한 욕망의 경로를 추구하는 차원에서 벗어나지 못했던 것이다.

그렇다면, 김일우가 자신과 영희를 동일시할 수 있었던 스타브로긴과 마드로샤는 누구인가. 스타브로긴은 『악령』에서 가장 중심적인 관념을 소지한 인물로서, 신과 대립하는 인간 의 자아 의지의 무한한 가능성을 신봉하는 인물이지만, 그러한 자아 의지를 극한까지 추구한 결과 허무에 도달하여 자살하는 인물이기도 하다. 그리고 마드로샤는 불우한 환경에서 자라난 열두 살의 어린 처녀로서, 스타브로긴의 유혹에 빠져 성 관계를 가진 이후 그 충격으로 '하느님을 죽였어'를 되뇌며 자살하는 인물이다.

이와 같은 인물의 성격을 볼 때, 우리는 왜 김일우가 스타브로긴을 자신과 동일시할 수 있었는지 알 수 있다. 스타브로긴은 김일우에게 가장 순수한 욕망의 주체로, 달리 말해 세상의 모든 것을 욕망의 대상으로 삼는 삶을 산 인물로 파악되었던 것이다. 그러기에 김일우는 처음부터 스타브로긴의 모든 생애를 자신과 동일시했던 것은 절대 아니라는 점이 강조될 필요가 있다. 그가 처음에 관심을 기울였던 것은 오로지 자아 의지에 대한 확신으로 관습과 도덕과는 무관하

---

17) 이러한 자유는 사실 사르트르가 말했던 가학증적인 것에 지나지 않는다. 곧 동일성에 갇힌 주체는 타자를 자신의 자유를 구속하는 장애물로 간주하게 되며, 이로써 자신의 자유를 위해 타자를 억압해야만 하는 악순환에 빠지게 된다. 그럴 때 레비나스는 보다 진정한 자유(벗어남)란 타자에 대한 부끄러움을 기반으로 윤리적 책무성을 전제로 할 때 성립되는 것이라 본다(서동욱, 「타인과 초월」, 『존재에서 존재자로』, 민음사, 2003, pp.219-223 참조).

게 살아가는 스타브로긴인 것이지, 죄의식과 허무에 시달리면서 욕망의 마지막 종결점으로 파괴 욕망, 곧 자살을 선택하는 스타브로긴은 아닌 것이다. 앞의 인용에서 제시되었듯이, 김일우가 『악령』을 읽으면서 마드로샤와 영희를 동일시할 수 있었던 근본적인 이유도 여기에 있다. 마드로샤를 자신의 욕망에 따라 지배하여[18] 죽음으로 몰아넣었던 스타브로긴의 행위만을 영희에 대한 자신의 행위와 동일시하면서 합리화하여 죄의식을 해소할 가능성을 발견했던 것이다. 그런 점에서 스타브로긴은 일단 김일우에게 죄의식이나 좌절감과는 무관한 일종의 이상적인 자아의 이미지로 다가왔다고 할 수 있다.

그러나, 허구의 공간이 주는 이와 같은 '자유'는 아무런 대가 없는 것이 결코 아니었다는 데 문제가 있다. 우선 지적할 수 있는 것은, 김일우의 육체는 엄연히 현실 공간에 놓여 있다는 점이다. 아무리 허구의 공간에서 합리화하더라도 현실에서는 여전히 좌절감과 죄의식은 남아 있어서, 허구에 집착하면 할수록 현실의 엄연함도 더욱더 강렬해지는 악순환에 주체는 빠져들게 되는 것이다. 이러한 악순환을 종결짓기 위해 김일우의 주체가 수행하는 작업이 바로 허구와 현실의 구별을 해체하는 것인데, 이와 같은 해체의 결과로 나타난 것이 스타브로긴을 허구의 공간이 아닌 현실의 공간에서 대면하게 되는 정신분열적 징후이다.

김일우가 치른 또다른 대가는 그가 스타브로긴과 자신을 동일시할수록 죄의식과 허무로 인한 고통에 빠진 뒷날의 스타브로긴과 대면하지 않을 수 없었다는 것과 연관된다. 여기서 허무란 욕망의 사슬 속에서 끊임없이 욕망 충족을 추구했음에도 결국에는 결핍을 채우려는 근원적 욕망이 충족될 수 없었음을 확인했을 때 일어나는 감정을 가리킨다. 이와 관련하여 상기할 것은 이른바 타나토스적인 욕망, 곧 죽음과 파괴 본능에 의거한 욕망이다. 욕망의 충족을 지향하는 에로스적인 욕망에 비례하여 그 반대 방향으로 커지는 이 타나토스적인 욕망은 스타브로긴이 결국에 가닿았던 최종적인 종착점이며, 동시에 그를 자신과 동일

---

18) '하느님을 죽였다'는 마드로샤의 말은, 스타브로긴의 말에 완전히 빠져, 곧 스타브로긴에 의해 지배되어 신을 부정할 수밖에 없었다는 뜻이다. 그럴 때 그녀에게 자살은 모든 것을 대상화하는 스타브로긴의 자아 의지로부터 벗어날 수 있는 유일한 수단, 곧 자신의 타자성을 드러내는 방법으로 간주된 것으로 해석할 수 있다. 물론 스타브로긴은 그녀의 자살이 가지는 의미를 당시에는 깨닫지 못한다. 자아 의지가 주는 쾌락에 빠져, 자신이 지배하여 죽음으로 몰아넣은 것으로 판단했던 것이다. 그가 마드로샤에 대한 죄의식을 명료하게 느끼는 것은 유럽 여행 이후이다.

시했던 김일우 역시 가닿을 수밖에 없었던 종착점이기도 하다.[19] 곧 죄의식과 허무를 벗어나는 방법은 죽음밖에 없다는 것으로, 그 동안 자신의 욕망 충족을 위해 외부로 향했던 공격성이 주체 자신을 향하게 되는 것이다.

> "당신이 기다린 건 마드로샤의 죽음이 아니었나요?"
> "그런 마음도 약간 있었을지도 모르지요. 마음 한귀퉁이에서 웅크리고 앉아 히죽거리며 (마드로샤의—인용자) 죽음의 시간을 기다리고 있었는지도. 하지만 내가 진정으로 보고 싶었던 것은 천사에 둘러싸인 마드로샤였습니다. 아시겠습니까? **내가 확인하고 싶었던 것은…… 그것은…… 기적이었습니다.** 이 두 눈으로 직접, 그리고 홀로." (중략)
> 그의 목소리는 강렬한 분노에 떨고 있었다.
> "내 악의 영혼이 범죄를 꾸미고 있을 때 난 언제나 신을 의식했습니다. 나의 행위를 신이 어떤 눈으로 보고 있는가, 하고 말입니다. 나의 악은 타인의 고통을 목적으로 하지 않았습니다. 그 칼날은 나의 고통을 향하고 있었습니다."
> "당신의 고통으로?"
> "신을 겨냥하기 위함이었습니다. 나의 고통을 겨냥하지 않고서는 신의 고통을 겨냥할 수가 없으니까요. **타인을 통해서는 신과 닿지 않습니다.** 그 덧없는 존재를 통해 신과 닿을 수 있다는 생각은 기만입니다. (하략)"(윗책, pp.113-114)

김일우가 스타브로긴으로 변신한 정신분열의 징후 속에서 발언하는 위의 인용에서는, 타나토스적인 욕망을 벗어나려는 그의 마지막 시도에 깃든 은밀한 의미가 암시된다. 그러한 시도의 방향은 역설적이게도 신의 기적을 향하고 있다. 이때 신의 기적이란 욕망으로 인한 타자의 파괴를 원래대로 되돌리는 것을 의미하는데, 그렇게 되돌려진다면 김일우/스타브로긴은 죄의식과 허무를 벗어날 수 있을 것이기 때문이다. 물론 이러한 바람이 자신의 목숨을 걸 만큼 절실한

---

19) 이처럼 타나토스적인 욕망에 휩쓸린 스타브로긴과 김일우의 모습은, 『도리언 그레이의 초상』에서 욕망의 무한적인 충족을 지향함으로 인해 갈수록 추악하게 변해가는 자신의 초상화를 보면서 처음에는 쾌락을 느꼈던 도리언 그레이가 이후에는 공포심을 느끼고 초상화를 찢어버리는 것과 동일성을 지닌다.

것이라 할지라도 헛되이 끝날 것은 당연한 일인데,[20] 그럴 때 그는 인용의 뒷부분에서 볼 수 있듯이 자신에게로 '칼날'을 겨누게 되는 것이다. 그렇지만, 이렇게 자신에 대한 파괴 본능에 휩싸이면서도 김일우/스타브로긴은 결코 타자를 인정하지 않는다. '타인을 통해서는 신과 닿지 않'는다는 그의 발언은, 그가 죽을 때까지조차도 자아중심적 주체성이 낳은 미망을 벗어나지 못했다는 것을 알려준다. 스타브로긴이나 김일우의 유서가 모두 "나 스스로 한 짓이니, 누구의 죄도 아니다."였던 것은 그런 점에서 필연적이다.[21]

전체적으로 정찬의 『그림자 영혼』은 자아중심적 주체성에 의거한 타자에의 접근이 결국에는 대상의 파멸뿐만 아니라 주체의 파멸로 귀결된다는 것을 말하고 있다. 타자의 타자성을 억압하고 배제하면서 주체 중심적으로 타자를 동일화하는 방식은 죄의식과 허무라는 반작용을 낳기 마련이다. 정신분열 징후를 드러내는 극단적인 경우를 소설화한 것이기는 하지만, 어쩌면 현대 문명 전체가 김일우와 동일한 방식으로 성립되어 있다는 점에서 반드시 극단적인 것이라고는 볼 수 없다. 타자성을 몰각한 욕망의 주체를 진정한 자기 자신으로 간주하는 것 자체가 이미 환상이기 때문이다.

한편 이 소설의 마지막 부분에는 김일우와 대면하고 그를 분석함으로써 도움을 주려고 했지만 결국에는 아무 도움도 줄 수 없었던 정신과 의사인 '나'의 무력감이 표현되어 있다. 이러한 무력감은 이 소설의 숨겨진 또 다른 주제와 관련된다. 그것은 정신분석이라는 '과학'에 기대어 문제를 치유하려는 노력의 한계를 암시하고 있는데, 이는 신이라는 절대의 타자에 기댈 수밖에 없다는 작가 의식을 간접적으로 드러낸 것이라 할 수 있다. 그럴 때 주목되는 정찬의 또 다른 작품은 『그림자 영혼』 이전에 발표된 『세상의 저녁』이다.

---

20) 왜냐하면 그것은 신을 자아의 의지 또는 욕망에 복속시키는 것이기 때문이다.

21) 그런 점에서 스타브로긴이나 김일우는 죄의식을 벗어나려고만 몸부림쳤을 뿐, 죄의식을 주체 안에 수용하고자 하는 시도는 결코 하지 못했던 것이라 할 수 있다. 이것이야말로 두 사람이 결코 진정한 '자유'에 가닿지 못하고, 가학증적인 자유에 머무를 수밖에 없었던 이유이다.

3. 타자의 타자성과 초월에의 지향 — 『세상의 저녁』

　정찬의 『세상의 저녁』은 타자의 타자성에 대한 인식을 바탕으로 신의 뜻을 실천하는 한 인간의 종교적 승화 과정을 다룬 소설이다. 여기서 신은 절대적인 타자이며, 바로 그렇기 때문에 인간들의 고통과 슬픔을 그대로 수용하는 존재로 나타난다. 이 소설에서도 '신이 인간과 일체가 된다'는 구절이 나타나지만, 그때의 '일체'는 자기중심적인 것이 아니다. 궁극적으로는 일원론이 되겠지만, 그 일원론은 모든 대상을 동일화하여 집어삼키는 것이 아니라, 대상의 타자성을 인정하고 수용하는 다원성을 내포한 일원론이다. 그렇기 때문에 이 소설의 주인공이 겪는 험난한 신앙의 여정은 결과적으로 타자의 타자성을 그대로 받아들이기까지의 과정이라고 할 수 있다. 그 과정에서 주인공은 욕망의 충족을 지향하는 인간의 통상적인 존재 방식을 초월하여 타자의 타자성에 의거한 존재 방식이 인간의 진정한 존재 방식임을 깨닫게 되고 그것이 신의 뜻임을 알게 된다. 이제 이러한 점을 중심으로 『세상의 저녁』을 살펴보기로 한다.

　논의의 편의상 이 소설의 줄거리를 황인후의 삶과 죽음을 중심으로 말하면 다음과 같다. 주인공 황인후는 신부의 사생아로 태어난다. 어머니는 아기인 그를 아버지인 신부에게 보이지만, 의외로 신부는 그를 떨어뜨리고 만다. 이후 황인후는 종교에 심취하고 신부가 되기로 결심하지만 첫 번째 시련이 닥쳐온다. 짝사랑하던 소녀와 처음으로 산책을 하던 날 간질 발작이 일어난 것이다. 어릴 때 신부가 떨어뜨린 탓에 뇌에 손상을 입은 것이 간질로 나타난 것인데, 이 사건을 계기로 황인후는 자신의 태생에 얽힌 비밀을 알게 되고 절망한다. 그러나 그는 간질로 인해 신부의 꿈을 접긴 했지만 종교를 포기하지는 않는다. 그러던 어느 날 황인후는 강혜경을 만나게 된다. 그녀에게는 이미 약혼자가 있었지만, 두 사람은 열정에 휩쓸려 결합하고 우여곡절 끝에 아기가 태어난다. 그렇지만 아기는 황인후의 간절한 기도에도 불구하고 태어나자마자 선천성 심장 기형으로 죽고, 그는 심각한 신앙의 회의를 겪게 된다. 기적을 바랐지만 신은 기적을 주지 않았던 것이다. 강혜경과 헤어져 방황하던 그는 환상 속에서 그 동안 자신 속에 있던 내면적 존재와 대화를 나누면서 자신의 신앙이 실상은 자기중심적인 것에 지나지 않았음을 깨닫는다. 이후 황인후는 신부인 아버지를 찾아가 그를 통해 자신의 죄를 속죄받고, 가난하고 버림받은 자를 위한 삶을 살다가 눈밭에서 얼어죽는다.

이상의 간략한 줄거리에서 알 수 있듯이, 황인후가 신의 뜻에 접근해 들어가는 과정은 크게 세 단계로 나누어 볼 수 있다. 그 첫 번째 단계는 간질이 일어나기 전까지로, 이때의 어린 황인후는 그리스도를 아버지와 동일시하려 한다. 미지의 존재인 아버지를 신적인 존재로 이상화시켰던 것이다. 두 번째 단계는 이 소설의 대부분을 이루는 것으로 발작이 일어난 후부터 자신 내부의 악마적 존재와 대화를 나누기까지인데, 이 단계에서 황인후는 자신을 그리스도와 동일시하려 한다. 마지막으로 세 번째 단계는 신부인 아버지를 통해 속죄한 다음부터 그가 죽기까지의 기간에 해당하는데, 이 단계에서 황인후는 사랑과 슬픔의 모습으로 다가오는 신의 섭리를 깨닫고 실천하게 된다.

이와 같은 신앙의 성장 과정은 욕망을 매개로 한 주체와 대상 간의 관계가 변증법적으로 발전하는 것을 표상한다고 할 수 있다. 우선 미지의 존재인 아버지를 십자가에 매달린 그리스도의 상과 동일시하는 첫 번째 단계란 주체가 대상의 타자성을 소멸시키면서 대상을 자신의 욕망 충족의 도구로 삼는 단계이다. 이 단계에서 주체는 욕망의 궁극적인 대상이 무엇인지 모르기 때문에 자신이 접할 수 있는 것 가운데 그에 가장 가깝다고 간주되는 것으로 욕망의 궁극적 대상을 환치한다. 곧 제3의 사물들이 주체와 궁극적인 것 간의 분리를 극복하는 차선의 수단으로 동원되는 것인데, 이에 따라 수단으로 동원된 사물들은 본래의 타자성을 잃은 채 주체에게 복속되는 것이다. 그러나 이 같은 차선의 수단으로 욕망이 궁극적으로 충족되지는 않는다. 그럴 때 통상의 인간들은 수단으로 동원된 제3의 사물을 계속 바꾸어 나가는 악순환에 갇히게 되는데, 이러한 욕망의 악순환은 앞 절에서도 보았듯이, 죽음이라는 파괴적 결말이 날 때까지 지속된다.

아버지는 더 이상 거인에서 별로, 고래로, 독수리로 바뀌는 마술적 존재가 아니었다. **아버지는 사람의 아들 예수였다.** …… 불안전한 존재에게 안전을 요구함으로써 불멸을 부여하는 아버지의 목소리는 거룩하고 장려했다. …… 그 느낌은 아버지에 의해 만들어진 상처를 통해서 왔다. 아버지는 상처이자 목소리였다.(정찬, 『세상의 저녁』, 문학동네, 1998, p.65)

여기서 주목할 것은 인간이 그러한 제3의 사물들로 어떤 것이라도 선택할 수 있다는 점이다. 가장 비천한 것에서 가장 숭고한 것까지 심지어 신조차도 제3의 사물로 선택될 수 있는 것이다. 특히 신은 인간이 상정할 수 있는 가장 궁극적인 존재이기 때문에, 그러한 존재를 수단화한다면 인간은 불가능해 보였던 욕망의 궁극적 충족을 이룰 수도 있을 것이다. 그것이야말로 이 시기 황인후를 사로잡았던 환각의 비밀이라고 할 수 있다. 위의 인용에서 보듯이 미지의 존재인 아버지라는 대상에 접근하기 위해 현실적으로 볼 수 있는 십자가상의 그리스도를 동원했던 것이다.

그렇지만 이처럼 타자의 타자성을 소멸시키는 방식은 그 대상이 아무리 신이라 할지라도 주체가 욕망의 악순환을 벗어나는 방법이 될 수 없다. 타자를 대상으로 자기화하는 욕망의 종결점은 죽음밖에 없는 것이다. 미지의 아버지와 예수를 동일시하는 황인후의 환상 역시 죽음을 발견하는 것으로 끝난다. 어느 날 황인후는 새벽기도 속에서 시간의 강물이 '선과 악, 새벽과 저녁, 지식과 언어, 바람과 불, 소리와 향기, 황금과 욕망, …… 이 모든 것을 삼키는' '죽음이고 소멸인' 검은 심연으로 흘러가는 것을 본다. 이후 황인후에게 '엄청난 공포가 밀려'오고, '환상은 사라'지고 마는 것인데, 그 다음에 그를 기다리고 있던 것이 간질로 인한 첫 번째 발작이다.

간질 발작 이후 황인후는 더 이상 첫 번째 단계의 신앙을 유지할 수 없게 된다. 이는 욕망의 종결점이 죽음이라는 것을 환상 속에서 확인한 때문이기도 하지만, 어머니로부터 자신의 출생에 얽힌 비밀을 듣게 되었다는 것도 그 이유로 들 수 있다. 자신이 신부의 사생아라는 것을 알았을 때 예수와 동일시되던 아버지의 이상적인 모습은 깨지고 말았으며, 더욱이 그러한 죄인인 아버지를 둔 자신은 신을 욕망할 자격도 없음을 깨달은 때문이다. 그렇다면 이러한 생각에도 불구하고 왜 황인후는 신앙을 버리지 않았는가. 여기에 간질의 이중적인 의미가 있다.

"아버지의 정체가 드러나자 자넨 자신이 죄의 씨앗이라는 사실을 깨달았어. 죄가 있다면 그것에 대한 벌이 따라야겠지. …… 자네같이 순결한 영혼은 벌이 없으면 오히려 견디지 못하는 법이야. …… **고통이 곧 황홀이 되는 비밀**이 여기에 있어. ……"

"자네는 아버지를 그리스도의 자리에서 끌어내림으로써 응징을 훌륭하게 수행했네. 나의 감탄은 이 응징에 있는 게 아니라 그 다음에 있지. 자넨 아버지가 차지하고 있었던 그리스도의 자리에 다른 이를 내세웠어. …… 누구로 바꾸었냐고? 바로 자네였지. …… **자넨 한 송이 꽃**(간질 발작 - 인용자)**을 본 순간 아버지를 끌어내리고 그 자리를 차지했네. ……**"(pp.175-177)

간질은 황인후에게 태생의 죄악을 징벌하는 것인 동시에, 그러한 죄악을 씻어내리는 통과제의를 의미하는 것이기도 하다. 위의 인용에서 보듯이 '고통이 황홀이 되는 비밀'이란 간질의 고통이 심해지면 심해질수록 그것을 겪는 자신은 순결해진다는 역설에 있다. 황인후가 간질을 '죄의 씨앗에서 피어난 한 송이 꽃'으로 생각하는 것도 그 때문이다. 따라서 간질이 일어날 때마다 황인후는 그만큼 순결해지고 마침내 그가 가장 순결한 존재로 생각하는 예수에 근접하게 된다. 이것이 황인후가 겪는 신앙의 두 번째 단계의 정체이다.

사실 이러한 두 번째 단계는 첫 번째 단계를 역전시킨 상태라고 할 수 있다. 첫 번째 단계가 타자의 타자성을 소멸시킴으로써 신까지도 수단화하는 것이라면, 이 두 번째 단계는 주체가 자신의 존재성을 소멸시킴으로써 대상의 타자성에 다가가는 것이기 때문이다. 황인후가 애써 없애고자 노력했던 것은 '죄악의 씨앗'인 바로 자신의 존재성이었던 것이며, 그러한 소멸 과정을 거쳐 완전히 새로운 자신으로 만들고자 한 것은 타자인 예수였던 것이다. 이는 주체가 대상에 흡수되어 사라지는 무아지경과 동일한 것인데, 여기서 하나의 의문이 제기될 수 있다. 그것은 이처럼 타자인 예수에 흡수될 때, 과연 황인후는 타자성을 인정하고 수용하는 상태로 발전했는가 하는 의문이다. 그러나 그것은 결코 그렇지 않다. 이는 주체의 소멸이란 결국 타자성의 소멸로 이어질 수밖에 없다는 점을 생각할 때 쉽게 알 수 있다. 주체와 타자의 상관 관계 자체가 가능하지 않게 되는 것이다.

사실 이러한 무아지경의 단계는 첫 번째 단계보다 더욱 '교활한' 것이라고도 할 수 있다.[22] 주체가 대상에 흡수되어 자신을 소멸시킨다고 할 때, 그 대상이 란 항상 주체보다 숭고한 것일 수밖에 없기 때문이다. 그리하여 무아지경에서 현재의 시간으로 되돌아올 때 주체는 예전의 자신이 아닌 더 숭고한 주체로 되돌아올 것이다. 황인후 역시 마찬가지다. 기도를 한 이후나 무아지경의 환각 속에 빠져 예수와 자신을 일치시킨 이후에 그는 항상 이전보다 더 예수에게 가까운 존재가 되어 현재로 되돌아온다. 그렇지만 그가 자신을 일치시킨 예수가 진정한 예수가 아닐 것은 물론이다. 여전히 그가 욕망의 차원에 헤어나지 못한 채 성립시킨 자의적인 예수의 영상에 지나지 않기 때문이다. 요컨대 이 두 번째 단계의 신앙 역시 욕망의 굴레에 의한 것임에는 첫 번째 단계와 다를 바 없다고 하겠다.

그럴 때 이 단계에서 일어난 중요한 사건인 강혜경과 황인후의 사랑 역시 열렬하기는 하지만 타자성을 인정하고 수용하는 사랑이 되지 못할 것은 분명한 일이다.

강혜경이 별채로 다가오고 있을 때 황인후는 십자가를 등에 지고 골고다 언덕으로 가고 있는 사람의 아들을 보고 있었다. …… 밤의 병사들은 십자가 위에서 그의 손을 새의 날개처럼 펴고 못을 대었다. 황인후의 몸이 움직이기 시작했다. 잔물결처럼 미세한 움직임이었다. 탁! 병사의 망치 소리가 광막한 허공을 갈랐다. 그의 손은 파들파들 떨었고, 얼굴은 고통스럽게 일그러졌다. …… 그는 고통으로 흐려진 눈으로 울음소리가 들리는 곳을 내려다 보았다. 저 여인은 나를 위해 울고 있구나. …… 황인후는 나무 침대 위에서 극심한 괴로움에 시달리고 있었다. …… 강혜경은 황인후의 얼굴을 두 손으로 감싸안았다. 그의 고통이 고스란히 느껴졌다. 강혜경은 자신도 모르

---

22) 레비나스는 고독을 벗어나는 것에 대해 다음과 같이 언급하고 있다. "고독을 벗어날 길이 될 수 없는 것들을 먼저 확인해 두자. 지식은 그러한 길이 될 수 없다. 왜냐하면 원하든 원하지 않든 간에 지식의 대상은 주체에 의해 흡수되고 이원성은 사라질 것이기 때문이다. 무아경도 그와 같은 방법은 아니다. 왜냐하면 주체는 무아경 속에서 대상 속에 흡수되고 그 속에서 하나가 될 것이기 때문이다. 이 모든 관계는 타자의 소멸에 이르게 된다."(엠마누엘 레비나스, 『시간과 타자』, 강영안 역, 문예출판사, 1996, p.32.) 여기서 지식이란 타자를 주체의 관점에서 대상화한 결과를 가리킨 것으로 생각된다.

게 기도하고 있었다. 이분의 고통을 저에게 나누어주소서. …… 그는 눈을
떴다. 여인의 얼굴이 보였다. **나를 위해 울고 있던 여인. 세상의 저녁에서 지
상의 음식을 함께 나누고 싶었던 여인.** 그는 손을 뻗어 여인의 얼굴을 어루
만졌다.(pp.69-71)

　위의 인용은 황인후가 예수의 삶과 자신의 삶을 동일시하는 차원에서 강혜경
과의 사랑을 시작했다는 것을 보여준다. 간질로 인한 고통이 예수가 십자가에
못박히는 고통과 동일한 것으로 간주될 때 예수를 위해 울었던 여인이 있었던
것처럼 황인후 역시 자신을 위해 울고 기도하는 여인이 있어야 하는 것인데, 그
러한 여인으로 강혜경이 나타났던 것이다. 한편 강혜경은 황인후를 처음 만났을
때, 무아지경에 빠져있는 그를 보면서 어릴 때 동생의 병이 낫기를 간절히 기도
하던 때를 떠올린다. 곧 황인후 자체를 본 것이 아니라 과거의 그녀 자신을 보
았던 것인데, 이 지점에서 이들이 나누는 사랑의 성격이 명확히 드러난다. 황인
후는 강혜경이 자신을 소멸시키고 그의 영역으로 들어오기를 바랐던 것이며, 강
혜경은 무언가를 열렬히 기원하는 순수했던 과거의 자신을 찾기 위해 현재의
자신을 소멸시키고 황인후를 사랑하기 시작했던 것이다.

　이러한 자기중심적인 사랑이 황인후나 강혜경이 바랐던 보다 완전한 사랑이
라고 할 수는 없다. 이들이 자신들의 사랑을 완전한 사랑으로 승화시키기 위해
서는 많은 난관을 거쳐야 하는 것인데, 불행히도 이들은 그러한 난관을 극복하
지는 못한다. 아기의 죽음이라는 시련이 너무 가혹했던 탓이다. 특히 이는 황인
후에게 더욱 그러했다고 할 수 있다. 먼저 강혜경의 임신은 '결코 아이를 원하
지 않았던' 그녀뿐만 아니라 황인후를 당혹하게 했는데, 예수와 자신을 동일시
하는 환각에 빠진 그에게 임신은 예수가 겪지 않았던, 또는 신부인 아버지가 겪
을 수밖에 없었던 난관이었기 때문이다. 곧 강혜경의 임신은 그에게 인간으로
돌아오라는 자연의 요구였던 것으로, 그는 환각 속에서 신부의 옷인 로만 칼라
를 입은 아버지가 눈물을 흘리는 것을 보고난 이후 아이의 존재를 인정하게 된
다. 그러나 선천성 심장 기형으로 아기가 태어나자마자 죽은 것은 황인후로 하
여금 더욱 깊은 절망에 빠지게 만든다. 아기를 살리기 위해 그는 혼신을 다해
기도하지만 신은 기적을 내려주지 않았던 것이다.

그는 지금 수도원의 차가운 기도실에 무릎을 꿇고 있건만 환상 속의 나
그네가 되어 노래 소리를 따라 안개의 울타리 속으로 들어가고 있었다.
…… 텅 빈 성당 중앙에 계단이 보였다. …… 그는 비로소 깨달았다. 계단은
지상에서 신성에 닿는 영원의 층계임을. …… 그는 환희의 눈물을 흘렸다.
그토록 찾고 싶었던 길이 마침내 눈앞에 나타난 것이다. …… 계단의 끝이
보였다. **이제 그는 양의 피로 홍건한 지상의 존재가 들어갈 수 없는 곳 앞에
서 있었다.** 끊임없이 움직임으로써 영원히 정지하고 있는 존재의 숨결 소리
가 들려왔다. 그는 무릎을 꿇었다.(pp.138-139)

위의 인용은 황인후가 아기를 살리기 위한 기도를 환상 속에서 하고 있는 부
분이다. 그럴 때 주목할 것은 그가 기도를 하는 곳이다. 그곳은 '지상에서 신성
에 닿는 영원의 층계' 맨끝의 '지상의 존재가 들어갈 수 없는' 마지막 극한 지
점, 곧 인간으로서는 가장 높은 자리이다. 그러한 자리란 예수의 자리이며, 결국
황인후는 자신이 예수가 됨으로써 아기를 살리는 기적을 행하려 했던 것이다.
그러나 기적은 오지 않는다. 이러한 참담한 결과는 이제 황인후를 예수에서 '짐
승'으로 전락시킨다. 기적이 오지 않은 순간, 그는 자신이 절대 예수가 될 수 없
으며, 간질 역시 '죄의 씨앗에서 피어난 한 송이 꽃'이 아니라 신부의 사생아에
대한 신의 '저주'임을, 그리고 자신은 인간의 차원에도 미치지 못하는 한갓 짐
승임을 깨닫게 된 것이다.

그러나 실상 이러한 깨달음 역시 객관적으로는 황인후의 착각일 뿐이다. 자
신이 짐승이라고 생각하는 것조차 주체를 소멸시키고 타자성에 몰입한다는 점
에서는 자신은 예수라는 생각과 동일한 차원에 있기 때문이다. 곧 짐승이 되든
예수가 되든 그것은 모두 황인후가 자신을 소멸시킨 채 신에 복속하겠다고 생
각했을 때 나타난 결과인 것이다. 따라서 황인후가 신앙의 세 번째 단계로 들어
가는 것은 자신이 짐승이라고 생각하는 자기비하의 차원을 넘어설 때로 연기된
다. 이로 볼 때 황인후는 아기의 탄생과 죽음이라는 사건을 겪음에도 불구하고
시종일관 자신과 예수를 일치시키는 환각 속에서 강혜경과 사랑을 나눈 것이라
할 수 있다. 그러한 환각이 깨졌을 때 사랑 역시 깨지고 말 것은 당연한 일이다.

강혜경 또한 환각 속에서 사랑을 한 것은 마찬가지이다. 그녀의 환각은 황인

후의 영혼 가운데 맑은 부분, 곧 죽어가는 동생을 위해 간절히 기도하던 과거의 자신과 동일한 면만을 사랑했다는 데 있다. 곧 황인후라는 존재 자체를 보지 않고 그녀의 과거를 그에게 투사시켜 그것과 일치하는 부분, 곧 그녀가 보고 싶은 부분만을 본 것이다. 그러나 마지막으로 찾아간 황인후가 자신을 짐승이라고 비하하면서 발작을 시작했을 때, 그 고통스러운 모습을 지켜보면서 그녀는 '넌 저 짐승의 고통을 사랑할 수 있느냐? 맑은 영혼을 사랑하는 만큼 똑같이 사랑할 수 있느냐?'는 질문을 내면으로부터 받게 된다. 이 질문은 사실 황인후를 타자로 사랑할 수 있는가 하는 질문과 다름이 없는 것으로, 여기에 그녀가 '내겐 그런 능력이 없어요. 그건 신만이 할 수 있는 사랑이에요'라는 답했을 때, 그녀의 사랑 역시 자기애의 변형이었음이 인간적인 안타까움과 함께 드러나고 만다.

이제 황인후가 거쳤던 세 번째 단계의 성장 과정을 살펴보기로 한다. 이 단계는 타자가 소멸되거나 주체가 소멸되던 앞의 두 단계가 지양된 것으로 타자성이 온존한 채 대상과 관계를 맺는 것이다. 그러한 관계 속에서 대상은 그 독자성을 유지한 채 주체와 일치하게 되며, 주체 역시 독자성을 유지한 채 대상과 일치하게 된다. 대상과 주체는 둘이면서도 하나가 되며, 하나면서도 둘이 되는 것이다. 그런데 이는 결코 너와 내가 함께 있다는 말로 표현될 수 있는 것이 아니다. '함께 있다'는 말이란 타자성을 인정하는 것이기는 하지만, 주체와 대상과의 분리가 드러나는 말이기 때문이다.[23] 이상을 황인후가 도달한 신에 견주어 본다면, 신은 황인후와 일치되면서도 그의 욕망에 좌우되는 존재가 아니며, 황인후 역시 신과 일치되면서도 신에 의해 지배되는 로봇 같은 존재는 아니다. 신이 황인후가 타자성을 인정하지 않는 상태에서 그릇되게 신의 뜻에 다가가려 하면서 고통 속에 빠져 있을 때에도 그를 고통에서 건져올리는 기적을 행사하지 않았던 이유도 여기에 있다. 그런 식의 기적이란 결국 황인후의 욕망에 신이 타자성을 잃고 복속되는 것이기 때문이다. 그러나 신이 아무런 일도 하지 않았다는 것은 아니다. 신은 언제나 황인후와 일치한 채 그의 고통을 자신의 고통으

---

23) 이것은 레비나스가 생각한 공동체의 구성 원리이기도 하다. 레비나스는 '타자와의 이상적인 관계를 하나의 융합(일치)으로만 보는 관점'에 대항하고자 하는데, 이러한 입장에서 그는 하이데거를 비판하면서 타자와 주체는 '함께 있음'(Miteinandersein)이라는 말로는 결코 제대로 묘사될 수 없다고 주장한다(엠마누엘 레비나스, 앞책, p.116 참조).

로 느끼면서 슬픔의 눈물을 흘리고 있었던 것이다. 이와 같은 타자성을 지닌 존재 간의 일치, 그것이 황인후가 도달한 세 번째 단계의 신앙이다.

황인후가 이러한 세 번째 단계의 성장을 하게 된 것에는 두 가지 계기가 있다. 그 하나는 강혜경과의 이별 이후 짐승으로 자신을 비하한 채 은둔하던 가운데 고통어린 환각 속에서 만난, 황인후 자신의 상처가 인격화된 존재와 나눈 대화이며, 다른 하나는 아버지인 신부와의 만남과 대화 그리고 그를 통한 신에 대한 속죄이다. 이 가운데 전자를 통해 황인후는 그 동안의 자신의 신앙이 실상 욕망의 굴레를 벗어나지 못한 것임을 확인하게 되며, 후자를 통해서는 고통 속에 항상 자신과 일치하고 있던 신의 뜻을 알게 된다.

여기서 황인후의 아버지에 대해 좀더 논할 필요가 있다. 그는 아들의 고통을 만들어낸 근본적인 죄를 지은 인물이며, 동시에 '장엄하고 아름다운' 사제서품식에서 거짓말을 한 인물이지만, 그럼에도 불구하고 이 소설에서 위선자는 아니며 오히려 가장 숭앙받을 만한 가치가 있는 인물로 제시되고 있어서 어딘가 모순되는 느낌을 준다. 만약 그러한 모순이 작가가 어쩔 수 없이 저지른 구성상의 결함이 아니라면, 무언가 다른 뜻이 숨어있을 것이다.

이 소설에서 황인후의 아버지인 빈첸시오 신부 역시 황인후처럼 신의 뜻에 다가가기까지 난관을 겪었던 것으로 제시된다. 그가 사랑했던 여인으로부터 받은 십자가를 간직할 엄두를 내지 못한 채 스승에게 맡기는 일화는 이를 잘 알려준다. 십자가를 간직하지 못한 것은 그가 냉혹했다거나 양심에 찔려서였다기보다는 아직 타자성에 의거한 사랑을 발견하지 못한 단계에 있었기 때문이다. 그러나 과거 자신의 사랑까지도 타자성으로 대할 수 있었을 때, 곧 불가능한 사랑의 고통을 겪었던 과거의 자신과 여인과 일치하여 슬픔과 고통을 느끼면서도 그것을 사랑의 기적으로 되돌리지 않는 것이 신의 뜻임을 알았을 때, 그는 십자가를 돌려받을 수 있었던 것이다. 이는 여인이 황인후를 안고 찾아왔을 때도 마찬가지이다.

그녀는 두려워한 것이 없었다. 그 절망적 사랑 앞에서도 슬픔에 차 있을 지언정 결코 두려워하지 않았다. …… 그런데 왜 여인은 지금 저토록 두려워하고 있는가. 그는 다시 여인을 향해 두 팔을 벌렸다. 아이가 울기 시작했

> 다. …… 이윽고 여인은 조심스럽게 아이를 그에게 건넸다. …… 그를 올려
> 다보고 있는 아이의 눈은 거울처럼 맑았다. **그는 무릎을 꿇고 싶은 충동을
> 느꼈다.** …… 무릎이 꺾이고 있다고 느끼는 순간 아이는 차갑게 젖은 땅으
> 로 굴러떨어졌다.(pp.227-228)

아기를 안고 온 여인이 두려워한 이유와 그가 무릎을 꿇고 싶은 충동을 느낀
이유는 타자성에 의거한 사랑을 생각할 때 분명해진다. 여인이 두려워한 이유는
아기가 그의 것임을 확인시키려 한 데 있다. 곧 여인은 소유로서의 사랑을 그에
게 강요하려 했던 것인데, 그러한 행위는 그때까지의 절망적인 사랑과 근본적으
로 배치되는 것이다. 그 절망적인 사랑이란 상대방과 일치하되 이루어질 수 없
는 것을 이루려 한 것은 아니었기 때문이다. 그리고 그가 무릎을 꿇은 이유는
아기를 자신의 소유가 아닌 타자성에 의거한 존재로 보았다는 데 있다. 이는 아
버지와 아들 간의 관계가 자연적으로 타자성에 의거하여 맺어진 관계임을 상기
할 때 분명해진다.24) 자신의 몸에서 나왔으되 자신은 아닌 것, 곧 자신과 일치
하여 하나이되 자신과 일치하지 않는 타자로서의 관계가 고행이나 승화를 통하
지 않고서도 자연적으로 맺어지는 특별한 경우가 바로 아버지와 아들 간의 관
계인 것인데, 이러한 타자를 직접 눈으로 확인한 순간 그는 '신 앞에 무릎을 꿇
듯이' 꿇어앉지 않을 수 없었던 것이다.

이러한 설명에 따른다면 빈첸시오 신부는 결코 위선자가 아닌 것이며, 오히
려 두 번째 단계의 황인후로서는 접근할 수 없는 높은 상태에 있는 셈이다. 그
런 신부에게 황인후가 가르침을 받고 나아가 신에게 속죄를 하는 것은 하등 이
상할 것이 없다.

그렇다면 그 가르침이란 어떤 것인가. 먼저 신부는 황인후의 속죄를 듣고 '그
대의 죄는 오만에서 비롯되었다'고 말한다. 그가 말한 오만이란 신의 타자성을
인정하지 않고 오히려 신을 자신에게 복속시키거나 또는 자신을 소멸시키고 신

---

24) 레비나스는 이러한 관계에 대해 다음과 같이 말하고 있다. "아버지의 존재는 전적으로 타인
　　이면서 동시에 나인 '낯선 이'(타자—인용자)와 관계하는 것이다. 내 자신에 대한 나의 관
　　계는 그럼에도 나에게 낯선 것이다. 왜냐하면 아들은 마치 내가 쓴 시나 내가 만든 물건처
　　럼 그렇게 단순히 나의 작품이 될 수 있는 것이 아니기 때문이다. 그는 또한 나의 소유물
　　이 아니다. '할 수 있음'의 범주나 소유의 범주는 다같이 아이와의 관계를 그려줄 수 없다."
　　(윗책, pp.112-113)

과 일치시키려 한 것을 뜻한다. 그 다음에 신부는 '자신의 모습을 바로 보았다면, 그리하여 무섭게 버림받은 그대의 모습 위로 흘러내리는 신의 눈물을 보았다면 암흑 속으로 들어가지 않았을텐데'라고 말한다. 이 말의 뜻 역시 명확하다. 신은 황인후가 어떤 생각을 하고 어떤 행위를 하든 타자로서 항상 일치하여 같이 고통을 겪고 같이 슬퍼했다는 것이다. 이로 볼 때 황인후는 그 동안 고통과 슬픔을 절대화한 나머지, 자신의 온전한 전체를 보지 못했음을 알 수 있다.

　이후 황인후는 타자성에 의거한 신의 사랑을 실천하게 된다. 그 사랑은 욕망의 굴레에 빠져 그릇된 행위를 하는 대상에 대해서조차 슬픔의 눈물을 흘리는 사랑이다. 만약 대상이 사랑을 부정하고 더욱더 신의 뜻에 어긋난다고 해도 마찬가지이다. 그러한 대상과 일치하여 그의 영혼이 고통 속에서 흘리는 눈물과 동일한 눈물을 흘리는 것이다. 그러나 이처럼 일치하는 것만이 신의 사랑이 아닌 것은 두말할 필요도 없다. 대상과 분리된 지점에서 그러한 대상을 용서하는 것이 병행되는 것이다. 그것이 구원이다. 황인후가 이러한 사랑을 실천한 예로 이 소설에서 들고 있는 것이, 어릴 때 경풍으로 손발이 오그라든 채 버림받은 삶을 살면서 시선에 대한 신경증에 걸려 자기를 지켜보는 아이가 있으면 살해하고 마는 장선용의 경우이다. 그러한 장선용을 황인후는 도덕적으로 훈계하거나 법적으로 징벌하지 않는다. 다만 그와 일치하여 그가 아이를 죽일 수밖에 없던 고통을 받아들이면서 그를 용서함으로써 구원으로 이끄는 것이다. 곧 황인후는 그 동안 자기 자신의 범주 속에서 신의 뜻을 찾으려 했던 차원을 넘어 가장 궁극적인 타자의 타자성에 대한 진정한 인식을 하게 된 것이다.

　　다리가 풀리면서 자꾸만 미끄러졌다. …… 눈으로 덮인 세상은 너무나 밝은데, 그의 눈은 점점 어두워지고 있었다. 더 이상 걷기가 힘들었다. 몸이 허물어지면서 그의 얼굴은 어느새 얼어붙은 땅에 닿아 있었다. 조금도 아프지 않았다. …… 그의 입가에 미소가 피어올랐다. 어린아이처럼 천진한 미소였다. 눈발은 점점 드세어지고 있었다. ……

위의 인용은 황인후가 눈밭에 쓰러져 죽어가는 것을 그린 장면이다. 여기서 우선 주목할 것은 죽어가는 황인후가 짓는 미소이다. 이는 황인후가 죽음을 공포스러운 것으로 받아들이지 않았음을, 달리 말해 욕망의 사슬 끝에 있는 고통스러운 종결점으로 받아들이지 않았음을 뜻한다. 이러한 죽음은 아버지인 빈첸시오 신부가 노인들의 임종을 맞이하는 집에서 노인들로 하여금 편안한 임종을 하게 만든 것과 유사점이 있다. 신부 역시 노인들을 욕망의 사슬로부터 끊어주었던 것이다.

지금까지 황인후의 신앙적 성장 과정을 중심으로 『세상의 저녁』을 살펴보았다. 그러나 이 소설이 이러한 측면만을 중심으로 이루어진 것은 아니다. 황인후를 쫓아다니면서 그가 죽어가는 모습을 가만히 지켜볼 수밖에 없었던 최정오라는 인물의 행위를 어떻게 설명할 것인가 하는 문제라든지, 황인후를 서슴없이 하느님으로 불렀던 장선용이나 예수의 재림으로 생각했던 최정오의 경우에서 드러나는 것처럼 과연 황인후가 부활한 예수 같은 신적인 존재인가 아니면 빈첸시오 신부가 암묵적으로 드러내는 것처럼 타자성에 의거하여 신의 뜻을 실천한 성자인가 하는 문제는 아직 논외로 남아 있다. 그러나 이러한 문제는 어떤 면에서 이 작품이 전달하고자 한 본질적인 문제는 아닐지도 모른다. 최정오든 장선용이든 빈첸시오 신부든 이들 각각은 자신의 주체를 유지한 채로 황인후라는 타자를 수용하고 사랑했던 것이며, 바로 그것이야말로 황인후가 바랐던 바일 것이기 때문이다.

4. 결론 — 타자성과 소설 양식의 존재성

지금까지 다룬 정찬의 소설들은 바로 타자에 대한 인간의 존재 방식을 탐구한 결과물로서, 한국의 기독교 소설이 도달한 하나의 정점을 보여준다고 할 수 있다. 정찬은 타자와의 관계에 있어 대상의 자기화나 주체의 소멸이 결국은 고독과 죽음이라는 낯익지만 공포스러운 결말에 도달할 수밖에 없음을 보여준다. 그러나 대상과의 일치 속에 주체의 독자성을 유지하는 타자성의 윤리학을 소설 속에서 펼쳐 보였다는 것이 정찬 소설의 핵심인 것이다.

마지막으로 덧붙일 것은, 소설 양식의 존재성을 타자성으로 비추어 본다면 어떻게 될 것인가에 대해서이다. 이는 매우 추상적인 물음이지만, 하나의 답이 가능할 것도 같다. 그것은 소설이 타자성의 윤리학을 실질적으로 드러내는 장으로서의 의미를 지닌다는 것이다. 소설을 읽을 때 우리는『그림자 영혼』의 김일우가 그랬던 것처럼 인물 속에 자신의 욕망을 투사시켜 동일시할 수 있다. 그러나, 그와 동시에 우리는 그 인물로부터 떨어져나와 현실에서 우리를 구속하고 있는 욕망으로부터 자유로운 지점에서, 소설 속 인물은 결코 느낄 수 없을 묵시의 눈으로 그를 지켜볼 수 있다. 그리고 그 인물의 욕망을 '슬픈' 눈으로 바라보면서, 다른 한편으로 그 인물을 용서할 수 있다. 곧 우리는 소설을 통해 절대 타자가 가지는 눈을 경험할 수 있는 것이다. 우리 인간 사회에서 타자의 외면과 내면에 대한 이와 같은 의미 있는 경험을 할 수 있는 유일한 장소라는 것, 그것이 소설이 가지는 존재성일 터이다.

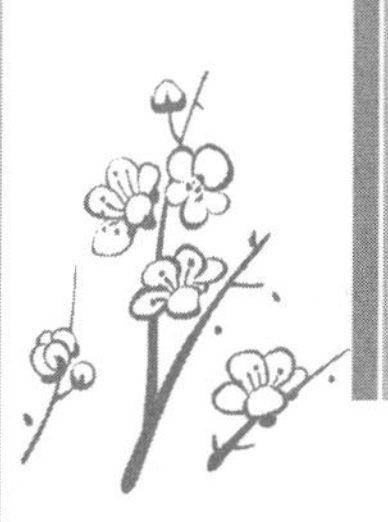

근대적 일상성에 대한 성찰과 극복

세계의 비밀과 관음증적 징후

존재와 무, 기억 상실과 매미 소리

인간의 진정한 관계성 회복을 위한 모색

최근 소설에 대한 비평적 접근

근대적 일상성에 대한 성찰과 극복
— 박태원의 「소설가 구보씨의 일일」과 『천변풍경』 —

1. 들어가는 말

박태원은 이상, 최명익과 함께 1930년대 모더니즘 소설을 대표하는 작가이다. 특히 그의 「소설가 구보씨의 일일」(1934)과 『천변풍경』(1936-7)은 산책자 모티프나 고현학과 관련하여 빈번하게 언급되어왔다.[1] 이 글은 이 두 작품을 좀더 세밀히 검토하고자 하는 데 목적이 있다. 미리 언급해 둘 것은 이 두 작품이 외면상으로 대단히 큰 차이를 보인다는 점이다. 「소설가 구보…」는 작가가 자신의 내면을 드러내는 내성 소설에 가까운 반면, 『천변풍경』은 그 당대에 이미 세태소설로 분류될 정도로 외면 묘사에 치우쳐 있는 것이다.[2] 그러나 이러한 차이에도 불구하고 필자가 보기에 이 두 작품은 근대적 도시에 형성된 일상성을 성찰하고 극복하려는 시도를 보여준다는 점에서는 공통적이다. 이 글에서는 바로 이처럼 일상성에 대한 성찰과 극복이라는 점을 중심으로 두 작품을 읽어보기로

---

[1] 대표적인 것으로 최혜실, 『1930년대 한국 모더니즘 소설 연구』, 서울대 박사논문, 1991 이 있다.

[2] 이러한 차이점을 김윤식은 '고현학의 속화'로 규정한다(김윤식, 「고현학의 방법론」, 『한국문학의 리얼리즘과 모더니즘』, 민음사, 1989).

한다.

2. 근대적 도시의 거리와 산책자

좀 극단적인 것 같지만, 발터 벤야민은 근대적 도시의 거리를 대규모 공장의 콘베이어벨트에 유추한 바 있다.[3] 그리고 본다면 콘베이어벨트 위의 상품과 거리의 군중이 비슷한 점이 없지는 않다. 벨트를 따라 쉼없이 다음 생산 단계로 움직여가는 상품의 행렬과, 거리를 따라 끊임없이 이어지는 군중의 흐름은 상통하는 면이 있는 것이다. 사실 벤야민이 이러한 비유를 한 이유는 다른 데 있다. 그것은 군중들이 거리를 어떻게 바라보는가를 설명하기 위한 것이다. 군중들은 거리에서 부딪히는 사람들과 주위 사물들을 '으레 그런 것'으로 생각하고 무심히 지나칠 뿐, 관심을 기울이지 않는다. 웬만한 일이 아니면 무관심하기가 군중들이 은연 중에 공유하고 있는 삶의 규칙인 것이다.

물론 거리의 군중들이 무관심하고 싶어서 무관심한 것은 아닐 것이다. 우선 말할 수 있는 이유는 거리에는 낯선 것이 너무도 많기 때문에 오히려 무감각해지고 만다는 점이다. 그리고 본다면, 도시의 군중들이 으레 그렇게 지나다니는 거리조차도 실상은 얼마나 충격적이고 불안한 것인가. 예를 들면, 인도와 차도를 구분하는 선 하나 사이로 차량이 쌩쌩 달려가도 눈 하나 깜짝하지 않지만, 차량이 선을 넘어 사람을 덮치거나 할 때, 군중들은 거리가 으레 그런 것이 아니고, 충격과 불안의 집적물이라는 것을 실감하게 된다. 그러나 그 실감이 오래 지속하는 것은 아니다. 다음 순간 사람들은 애써 그 충격과 불안을 억누르면서 제 갈 길을 가고, 이에 따라 거리는 다시금 으레 그런 것으로 간주된다.

한편 군중들이 거리의 사람과 사물들에 무관심할 수밖에 없는 또 다른 이유가 있다. 근대적 삶을 규율하고 있는 효율과 능률 중심의 일상성이 그것이다. 콘베이어벨트에 달라붙어 있는 노동자가 다른 데에 관심을 기울이면 공장 전체의 생산성에 악영향을 미치듯이, 군중들에게도 거리에 나선 목적 외에 관심을 기울

---

3) 발터 벤야민, 「보들레르의 몇 가지 모티브에 관해서」, 『발터 벤야민의 문예이론』, 반성완 역, 민음사, 1983.

이는 것은 비효율적이라는 규칙이 작용하고 있는 것이다. 이러한 일상성의 규칙은 거리에서는 재빠른 걸음으로 목적지를 향해 앞만 보고 가는 형태로 표현된다. 그렇게 하지 않고 모르는 사람을 골똘히 쳐다본다거나 하면 도리어 적의를 불러일으키기 십상이고, 이리저리 광경을 둘러본다거나 하면 영락없는 촌뜨기로 취급받기 마련이다.

그러나 효율성과는 관계없이 거리에서 만나는 낯선 것에 이런저런 관심을 기울이는 사람이 있다면 어떻게 될까. 벤야민은 그러한 사람의 대표격으로 보들레르를 내세운다. 19세기 중엽 상제리제를 중심으로 한편에는 아케이드가 형성되고, 다른 한편에는 말끔히 포장된 대리석 차도 위를 마차들이 달려가는 그 거리를 이리저리 기웃거리면서 느릿느릿 걸어가는 산책자의 모습을 벤야민은 보들레르의 시를 통해 추론해 내었던 것이다. 그렇다면 보들레르로 대표되는 이러한 산책자는 과연 산책을 하면서 무엇을 보았을까. 벤야민은 보들레르의 시를 분석하면서, 그가 본 것이 군중들이 보고 겪으면서도 애써 잊어버리거나 무관심해져 버렸던 거리의 충격과 불안이었음을 알려준다. 곧 늘상 그 거리를 다닌다 해도 군중들로서는 결코 보지 않았던 거리의 진면목을 산책자로서 보들레르만큼은 보고 있었다는 것이다.

> 많은 사람들은 그들의 생업에 종사해야만 하지만 사적인 생활을 즐기는 한량은 그러한 테두리로부터 벗어난 후에라야만 거리를 산책할 수 있는 것이다. 완전한 여가가 지배하는 분위기는 도시의 열띤 혼잡 속과 마찬가지로 거리 산책자에게는 어울리지 않는다. (중략) 파리의 거리 산책자는 이 둘(무위도식자와 군중—인용자) 사이의 중간적 유형이라고 할 수 있다.[4]

그러나 산책자가 되기 위한 조건은 까다롭다. 먼저 생업에 매달려 앞만 보고 가야하는 군중이 산책자가 될 수 없을 것은 당연한 일이다. 여기서 촌뜨기를 고려해 보면, 충격과 불안 속에서 이리저리 기웃거리며 거리를 경험한다는 점에서 얼핏 보기에 촌뜨기는 산책자와 비슷한 점도 있지만, 은근슬쩍 주위의 눈치를 보면서 한시라도 빨리 군중 속의 한 사람이 되기에 바쁘다는 점에서 촌뜨기는

---

4) 윗책, p.140.

산책자와 결정적으로 다르다. 이와 함께 무위도식자도 산책자가 될 수 없다. 위의 인용에서 보듯이, 무위도식자는 이미 '완전한 여가'를 누리는 탓에 주위에 아예 무관심하기 때문이다. 결국 산책자는 군중과 무위도식자의 '중간자적 유형'으로서, 생업과 관련 없이 거리의 모든 것을 관심있게 지켜보는 사람이라고 할 수 있다. 이 지점에서 산책자가 되기 위한 실제적 조건 하나가 드러난다. 그것은 적당한 정도의 경제적 여유이다. 보들레르의 경우, 양아버지의 재산을 물려받아 생업에 종사하지 않아도 되었던 것이다.

여기서 참조할 것은 보들레르가 내세운 생활 태도인 당디즘에 대해서이다.[5] 당디즘은 영국에서 기사도를 대신하여 부르주아 신사들이 지켜야 할 예절과 태도를 의미했지만, 보들레르에게서는 다른 의미로 차용된다. 이 당디즘을 실천하려면, 먼저 외적으로 일정한 수준의 사치를 누려야 한다. 비록 정도를 넘어 낭비한 탓에 이후 금치산 판정까지 받는 지경에 처하지만, 보들레르는 최고급 양복으로 단장하고 산책에 나섰던 것이다. 어느 면에서 이러한 외적인 당디즘은 통상의 군중들이나 촌뜨기와 자신을 구별하는 방법이라고도 하겠다.

그러나 당디즘에서 좀더 본질적인 것은 내적인 측면이다. 그는 군중들이 속물적인 일상성에 휘말려 늘상 체험하면서도 깨닫지 못하는 사물들의 진정한 가치를 깨닫고 있는 유일한 사람으로 자신을 간주하는데, 이것이 보들레르에게는 우월감의 원천이 된다. 보들레르의 속물에 대한 혐오는 유명하지만, 그러한 혐오는 군중에 대한 우월감의 다른 표현이기도 하다.

이로 볼 때 당디즘이야말로 산책자의 내적 조건이라고 할 수 있다. 한갓 허위의식에 지나지 않을지라도 다른 사람들과 자신을 끝내 구별하여 우월한 위치(중심적 위치)에 놓으면서 그에 따라 자신의 삶을 주체적으로 구성하고자 하는 것, 그것이 바로 당디즘인 것이다. 후일 하버마스가 보들레르의 당디즘을 근대적 인간의 주체성을 표상하는 대표적인 예로 들었던 것도 이 점에서 우연이 아니다.

그러나 당디즘적인 주체는 이처럼 군중들과 자신을 구별함으로써 '고독'을 본질적인 감정으로 가지게 된다. '나는 어느 누구와도 다르다'고 자신을 간주할 때, 역설적으로 고독은 그의 운명이 되는 것이다. 여기서 주의할 것은, 이처럼

---

5) 김붕구, 『보들레에르』, 문학과 지성사, 1977, pp.401-405.

고독한 주체가 단지 행복감만을 느끼는 것은 절대 아니라는 점이다. 자신이 군중보다 우월함을 강조하면 할수록, 고독한 당디즘적 주체는 '무지하지만 정상적인' 생활을 하는 군중들에게 역설적인 부러움도 같이 느끼게 되는 것이다. 그럴 때 고독은 그에게 고통의 원인이자, 현실적인 소외의 또 다른 모습이 된다. 따라서 산책자는 한편으로는 군중들이 신봉하는 속물적 가치를 형편없는 것으로 부정하면서도, 다른 한편으로 그들처럼 일상성 속에 안주하는 정상적인 삶을 살고픈, 그런 모순적인 욕망을 지닌 존재가 되는 셈이다.[6]

3. 고독과 행복, 그리고 글쓰기 —「소설가 구보씨의 일일」

주지하듯이 우리 근대소설사에서 이러한 산책자의 모습은 박태원의 「소설가 구보씨의 일일」에서 가장 뚜렷이 나타난다. 이 작품에서 정해진 일 없이 하루 종일 식민지 수도 경성의 거리를 이리저리 다니면서 이것저것 살펴보는 구보의 모습은 전형적인 산책자인 것이다. 박태원은 이처럼 거리를 다니면서 관찰한 바를 기록하여 소설로 만드는 것을 고현학(考現學) 또는 모데로노지오라고 불렀는데, 이에 걸맞게 구보는 양복 차림에 한 손에는 단장을, 다른 손에는 노트를 들고 있다.

이 소설에서 구보가 보여주는 특징적인 감정 상태는 앞에서 살핀 것과 마찬가지로 고독이다. 그러한 고독이 어디서 연원하는지는 이 소설의 서두에서 뚜렷하게 나타난다. 중산층으로 일본 유학까지 다녀왔음에도 불구하고 결혼과 취직으로 요약된 일상성을 능동적으로 거부한 구보는 그 일상성에 순응하는 세속적인 군중과는 판연히 구별되는 고독한 존재가 되는 것이다. 이 같은 구보가 세속

---

6) 이러한 산책자의 성격은 코제브가 말한 근대인의 양면적 심리, 곧 현실 편입 욕구와 현실 부정 욕구에 대응하는 것으로 생각된다(알렉상드르 코제브, 『역사와 현실 변증법』, 설헌영 역, 한벗, 1981, pp.76-80 참조). 곧 산책자는 무위도식자처럼 현실(일상성)을 부정하거나 벗어나고픈 욕망을 가지고 있으면서도, 범속한 군중들처럼 일상성이 지시하는 방식대로 살고픈 욕망 역시 가지고 있는 것이다. 이 점에서 산책자는 근대인의 내면적 갈등을 전형적으로 드러내는 존재가 된디고 할 수 있다.

적인 군중들에 대해 일종의 우월감을 가지고 있는 것은 물론이다.

> 일찍기 그는 孤獨을 사랑한 일이 있었다. 그러나 孤獨을 사랑한다는 것은 그의 心境의 바른 表現은 못될게다. 그는 決코 孤獨을 사랑하지 않았는지도 모른다. 아니 도리어 그는 그것을 그지없이 무서워하였는지도 모른다. 그러나 그는 孤獨과 힘을 겨누어, 決코 그것을 이겨내지 못하였다. 그런때, 仇甫는 차라리 孤獨에 몸을 떠맡기어 버리고, 그리고, 스스로 自己는 孤獨을 사랑하고 있는 것이라고 꾸며왔는지도 모를 일이다……[7]

물론 구보가 일상성을 거부한 고독한 삶에 안주해 버리는 것은 아니다. 위의 인용에서 보듯이, 구보는 고독한 상태를 벗어나고자 노력하고 있다. 그렇지만 고독을 벗어나려 한다고 해서 세속적인 군중들처럼 일상성에 완전히 편입되는 방식을 구보가 택하려는 것은 아니다. 그렇게 하기에 이미 구보는 일상성의 허구를 너무 깊이 깨닫고 있기 때문이다. 단적으로 말해 '결혼과 취직'을 한다고 하더라도, 자신의 삶이 행복할 수 있을 것인지 구보는 전연 확신하지 못하는 것이다. 구보에게 세속적인 군중들이란 그 일상성의 허구에 넘어간 우중(愚衆)으로 보일 뿐이다.

그러나 구보에게 여전히 고독은 고통스럽다. 일상성 속에 안정되게 자리잡지도 못하고, 또 그러한 일상성을 아예 덧없는 것으로 치부하지도 못하는, 주변적이고 중간자적인 불안정성을 구보는 더 이상 견딜 수가 없는 것이다. 달리 말해, 고독으로 행복을 마련하지는 못한다는 것을 절실히 깨달은 것인데, 그럴 때 구보는 다시 한 번 일상성에 기대를 걸어 보기로 한다. 이 소설 속에서 구보가 산책을 나서는 것은 이 지점이다. 그 이전에도 물론 산책을 했겠지만, 이 소설에 제시된 산책은 그래서 여느 때와는 다른 산책이 된다. 일상성 속에서 자신도 행복할 수 있을지 다시 한 번 타진해 보는, 특별한 목표를 지닌 산책이 되는 것이다.

이러한 산책의 목표를 염두에 둘 때, 「소설가 구보…」의 일차적인 서사 구성 방식이 명확하게 이해된다. 일상성이 지배하는 거리에서 만나는 사람들을 관찰

---

7) 박태원, 「소설가 구보씨의 일일」, 문장사, 1938, p.233.

한 결과와 함께, 그들처럼 산다면 자신도 과연 행복할 수 있을지 타진하는 구보의 속 생각—내면—이 병치되는 방식으로 서사가 구성되는 것이다. 물론 이러한 서사 구성 방식이 '만나는 사람—그에 대한 판단—또다른 사람—그에 대한 판단'과 같은 식으로 단순하게 반복되는 것은 아니다. 거리에서 만나는 사람들이 살아가는 일상적인 삶의 모습들을 관찰하고, 자신의 삶 속에서 그들과 비슷했던, 또는 비슷할 수도 있었던 과거사를 연상하면서, 그러한 연상을 근거로 자신도 그들처럼 일상성에 몸을 맡긴다면 행복할 수 있을 것인지 생각해 보는 것이다.

그러나 행복할 가능성을 타진한 결과는 부정적이다. 구보는 거리에서 관찰한 군중들이나, 그러한 관찰을 계기로 떠올린 과거 연상 속에서 행복의 가능성을 도무지 발견하지 못하는 것이다. 이 소설에서 구보는 만나는 사람들을 두 범주로 나누어 파악한다.[8] 그 하나는 사랑이나 결혼과 연관지어서 파악하는 것이고, 다른 하나는 돈과 연관지어 파악하는 것이다. 전자의 경우, 구보는 화신백화점에서 만난 부부의 모습에서 그 가능성을 조금이라도 보지만, 이어서 전에 선 보았던 여자와, 우연히 눈을 주게 된 여자, 그리고 돈 때문에 친구와 같이 붙어다니는 여자를 보게 되면서, 사랑과 결혼을 통해 행복을 찾을 가능성을 포기하게 된다. 그리고 후자의 경우, 몇 푼의 돈에 행복해 했던 누이, 그리고 그런 돈의 자그마한 행복에 동감하는 자신을 생각하면서 약간은 긍정적인 감정을 갖지만, 서울역에서 추레한 노파를 멀리하는 신사와 '황금광 시대'에 걸맞는 옛 친구를 만나면서, 돈도 마찬가지로 행복을 줄 수는 없다는 생각에 이르게 된다.

이처럼 돈과 사랑을 통해서는 행복할 수 없다는 것을 확인했을 때, 구보의 고독감 역시 더욱 커질 것은 당연한 일이다. 이 지점에서 구보는 마지막 가능성으로서 자신의 고독을 이해해주고 같이 나눌 수 있는 벗을 찾는다. 그러나 첫 번째로 불러낸, 기자이면서 같은 문인인 벗은 구보에게 고독감을 떨칠 기회를 주지 않는다. 그에게는 구보의 고독을 이해하는 것보다 그 자신의 문학관을 설파하는 것이 더 중요했기 때문이다.

따라서 구보는 일상성이 지배하는 현재 공간에서 고독을 넘어서서 행복으로

---

8) 사실 이 두 범주는 소설 서두에서 어머니가 구보에게 바라는 두 가지 염원인 취직과 결혼으로부터 비롯한 것이다.

나아갈 길을 전연 발견하지 못한다. 여기서 구보가 마지막으로 시도하는 것은 자신의 과거 속에서 고독으로부터 가장 멀어졌던 때를 연상하는 것이다. 그러한 과거란 구보가 동경 유학 시절 나누었던 옛 사랑인데, 그 사랑을 연상하면서 구보는 잠시나마 행복감에 젖는다.

> 아. 仇甫는 愕然히 고개를 들어 뜻없이 周圍를 살피고 그리고 機械的으로, 몇 걸음 앞으로 나갔다. 아아, 그예 생각해내고 말았다. 永久히 잊고 싶다, 생각한 그의 일을 웨 記憶 속에서 더듬었더냐. 애닯고 또 쓰린 追憶이란, 결코 사람 마음을 고요하게도 기쁘게도 하여주는 것은 아니었다.9)

그러나 구보가 떠올린 그 사랑의 기억에서 행복은 불행과 이어져 있는 것이었다. 행복했을 때까지만 떠올리려던 구보의 전략은 위의 인용에서 보듯이 빗나가고 만다. 구보의 기억 속에서도 고독을 벗어나 행복했던 기억은 없었던 것이다. 이 지점에서 구보는 두 번째 벗을 다시 만난다. 이상으로 추정되는 그 벗은 구보의 고독을 이해하고 있지만, 그렇다고 그 벗에게서 일상성에 안주하지 않으면서 고독을 넘어설 방법을 찾을 수 있는 것은 아니다. 다만 서로의 상태를 이해함으로써 고독함을 달랠 뿐인 것이다.

> 仇甫는, 벗이, 그럼 또 내일 만납시다. 그렇게 말하였어도, 거의 그것을 알아듣지 못하였다. 이제 나는 生活을 가지리라. 生活을 가지리라. 내게는 한 개의 生活을, 어머니에게는 便安한 잠을 ―. (중략) 仇甫는 잠시 躊躇하고, 來日, 來日부터, 나는 집에 있겠오, 創作하겠오 ―. /「좋은 小說을 쓰시오.」10)

그럴 때 이 소설의 마지막 장면이 지니는 의미가 드러난다. 먼저 구보가 이제는 거리에 나다니지 않겠다고 한 뜻은 명확하다. 거리에서 일상성에 굴복하지 않은 채 고독을 벗어나 행복에 도달하기란 불가능하다는 비관적인 결론에 도달했기 때문이다. 그러나 여기서 구보가 생활을 가지겠다고 한 것은 무슨 뜻인가. 사실 이 '생활'이라는 말은 모순적인 의미를 함축하고 있다. 그 첫 번째 측면은

9) 「소설가 구보씨의 일일」, p.273.
10) 「소설가 구보씨의 일일」, p.295.

일상성과의 타협을 의미하는 것으로, 이는 이후 구보가 어머니가 원하는 결혼을 할 것이라고 암시하는 데서 또 다시 드러난다. 반대로 두 번째 측면은 일상성에 대한 거부를 의미하는 것으로, 이는 창작 곧 '좋은 소설 쓰기'를 하겠다는 것으로 제시된다. 곧 어머니가 원하는 또다른 사항인 취직만큼은 거부되고, 그 자리를 창작이 대신하는 것이다.

물론 여기서 집에 틀어박혀 글을 쓰는 것 또한 타협이 아닌가 하는 반박도 있을 수 있다. 이는 집 역시 근대적 도시의 일상성이 허용하고 있는 사적 공간의 하나라는 점에서 그렇다. 그렇지만 이러한 반박에는 다음과 같은 재반박도 가능할 것이다. 구보가 집에서 여가를 누리는 것이 아니라는 것이다. 일상성이 집이라는 공간을 거리에서의 노동을 위해 재충전하는 곳으로 의미 부여하고 있다면, 구보는 그러한 의미 부여에 동의하지 않는다. 그에게 글쓰기란 여가가 아닌 생산이기 때문이다. 더욱이 그러한 글쓰기는 근대적 거리나 공장의 노동자들이 하고 있는 분업적인 노동과는 다른, 생산의 처음에서 끝까지 한 명의 사람이 노력을 투입하고 관장하는 형태의 노동이다. 곧 글쓰기는 창조적인 생산의 원형을 그대로 간직하고 있는 형태의 본질적인 노동인 것이다. 그런 점에서 글쓰기란 고독을 벗어나는 방법은 되지 못한다 하더라도 일상성에 타협하지 않고 할 수 있는 유일한 일이 된다.

이상의 분석에 따른다면, 「소설가 구보…」가 흔히 생각하듯이 구보의 궤적을 따라 별 원칙 없이 그려낸 소설로는 볼 수 없다는 것을 알 수 있다. 박태원은 최소한 구보로 하여금 근대적 일상성에는 희망이 없다는 것을 차츰차츰 확인해 나가도록 하면서 소설을 구성하고 있으며, 동시에 글쓰기가 그러한 일상성에 대해 어떤 의미를 지니는가에 대해서도 차츰차츰 확인해 나가도록 만들고 있기 때문이다. 따라서 「소설가 구보…」는 산책자를 내세워 1930년대의 서울을 지배하고 있던 근대적 일상성을 반성하는 소설이자, 작가 개인에게는 글쓰기에 대한 자의식을 확립하는 계기가 되는 소설이라고 하겠다.

4. 근대 속의 공동체 그려내기 —「천변풍경」

그렇다면 이제 박태원(구보)은 과연 어떤 '좋은 소설'을 쓸 것인가. 사실 그 방향은 「소설가 구보…」에서 어느 정도 암시된 바 있다. 먼저 생각할 것은 과거 연상을 동원하는 식은 안된다는 점이다. 그 연상이 결국에는 고독의 고통을 더하는 일일 뿐이라는 것을 옛 사랑의 회상에서 확인했기 때문이다. 또 하나는 작가 자신을 표상하는 인물이 직접 거리를 돌아다녀서도 안된다는 점이다. 작가 자신을 내세운다 해도 일상성에 굴복하지 않고서는 고독을 벗어날 수 없다는 비관적인 결론만 나올 수 있었기 때문이다.

그렇다면 어떤 인물을 내세워야만 과거 연상도 하지 않고, 일상성에 굴복하지 않으면서도 고독을 벗어나게 만들 수 있을까. 이 역시 「소설가 구보…」에서 암시된 바 있다. 구보가 거리에서 만난 사람들 가운데 긍정적인 의미를 부여했던 사람들이 바로 그들이다. 백화점에서 만난 젊은 부부, 몇 푼의 돈으로 이룰 수 있는 것에 행복을 느끼는 어린 누이, 무엇보다도 서울역에서 만났던 절망적 표정의 노파나 젊은 아낙네 같은 사람들인 것이다. 이들은 근대적 일상성의 핵심인 돈(자본)이 위력을 발휘하고 있는 시대로부터 어느 정도 벗어나 있다는 점에서 공통적이다. 사랑이나 순수함 덕분이든, 아니면 돈을 만질 가망이 아예 없기 때문이든 간에, 이들은 돈을 필요로는 하지만, 그렇다고 돈을 주인으로 섬기지는 않는 사람들인 것이다. 요컨대 이들은 '황금광 시대'의 주인공이 결코 될 수 없는 사람들인 것인데, 이러한 사람들이 집단적으로 모여 있는 곳을 박태원은 자신의 집 바로 곁에서 발견한다. 그곳이 바로 청계천변이다.

『천변풍경』은 바로 그렇게 청계천변에 사는 사람들의 일상적 삶을 묘사한 소설이다. 그 때문에 이 소설은 당시 임화에 의하여 세태소설의 대표격으로 평가되기도 했지만, 그럼에도 불구하고 이 소설을 단순히 보통 사람들이 일상성 속에서 살아가는 모습만을 자연주의적으로 그려낸 세태소설로만 볼 수는 없다. 이제 이 점을 중심으로 이 소설을 살펴보기로 한다.

> 소년은, 그 곳에 앉아 바라볼 수 있는 밧같 풍경에, 결코, 권태를 느끼지
> 않는다. (중략) 하옇던, 그는 그렇게도 밧같 구경이 좋았다.
> 　그렇게 매일 내어다 보고 있는 중에, 양쪽 천변을 늘 지나 다니는 사람들
> 에 관한 여러 가지가 무어 누구안테 배우지 않드라도 저절로 알아지는 것이
> 제딴에는 너무나 신기하여(하략)[11]

『천변풍경』에서도 박태원은 고현학의 방법을 선보인다. 다만 「소설가 구보…」
와 다른 것은, 위의 인용에서 보듯이 거리를 관찰하는 주체가 작가 자신을 대변
하는 인물에서 비중이 작은 다른 인물로 바뀌었다는 것이다.[12] 이는 『천변풍경』
에 활용된 고현학에서는 「소설가 구보…」처럼 작가의 내면이 더 이상 중요한
역할을 하지 않으며, 이에 따라 과거의 사실을 연상하는 방식은 소설의 전면에
서 아예 사라지게 되었음을 알려준다. 『천변풍경』이 얼핏 보기에 가벼운 필치로
쓰인 까닭도 여기에 있다.

그러나 가벼운 필치로 쓰여졌다고 해서 박태원이 근대적 도시의 일상성을 넘
어서려는 시도를 아예 포기한 것은 아니다. 만약 그렇다면 『천변풍경』은 구보가
다짐했던 '좋은 소설'은 결코 될 수 없을 것이기 때문이다. 그렇다면 박태원은
이처럼 평범한 인물들로써 어떻게 근대적 도시의 일상성을 넘어서서 '행복'에
도달하는 과정을 보여줄 수 있을까. 이는 사실 구보도 못했던 것이 아닌가. 게다
가 『천변풍경』의 배경 공간이 여럿으로 분할되어 있고, 그 각각의 공간에 그 나
름의 사연들을 가지고 있는 인물들이 배치되고 있다는 점은 어려움을 배가시킨
다. 이 소설이 몽타쥬 기법을 사용한다고 알려진 것도 이러한 공간의 배치 방식
에 근본적으로 기인하는 것인데, 그 각각의 공간을 무리 없이 모두 행복으로 이
끈다는 것은 실로 지난한 일이 아닐 수 없을 것이다.

이와 관련하여 먼저 주목할 것은, 이 소설에 등장하는 모든 인물들에 대해서
이다. 이 소설의 인물들은 대체로 세 부류로 나뉘어진다. 그 첫 번째는, 민주사
나 그의 첩 안성댁, 이쁜이의 남편 강가, 금순을 속여서 데리고 온 남자와 같은
인물들이다. 이 가운데 민주사를 제외하고 보면, 이들은 비록 '황금광 시대'를

---

11) 박태원, 『천변풍경』, 박문서관, 1947, p.30.
12) 그러나 재봉만으로는 천변에 일어나는 모든 일이 제대로 관찰될 수 없을 것인데, 그 때문
　　에 전룡이 어머니가 또다른 주요한 관찰지로 등장한다.

구가하지는 못하고 심지어 가난하기까지 할지라도, 근대적 일상성의 핵심인 돈과 욕망에 의거하여 움직이는 인물들이다. 두 번째는 이쁜이, 금순이, 만돌어멈, 재봉이, 창수, 점룡이, 점룡 어머니, 기미꼬 등의 인물들로서, 첫 번째 부류와는 반대로 결코 근대적 일상성에 적합하지 않은 주변부 인생들이다. 이들에게도 돈은 필요하고 중요하지만, 그럼에도 불구하고 이들은 돈을 위해서만 살아가는 것은 아니다. 뒤에 다시 언급하겠지만, 돈과 별 관련이 없는 이들이 실제로 살아가는 방식은 인정과 의리이다. 마지막으로 세 번째 부류는 한약국댁으로 표상되는 당시 중산층에 속하는 인물들이다. 그러나 이 세 번째 부류는 작품 전면에 등장하는 경우는 드물다는 점에서, 두 번째 부류들이 그렇게 살고 싶어서 만들어낸 삶의 표상으로서만 기능한다고 할 수 있다. 이 세 부류 가운데 작품의 중심을 이루면서 작가가 행복으로 이끌고자 하는 인물들은 물론 두 번째 부류이다.

여기서 또 하나 주목할 것은, 『천변풍경』의 시간적 배경이 3월에서 이듬해 입춘 때까지의 1년 간으로 되어 있다는 점이다. 이러한 1년 가운데 봄에서 여름에 이르는 시기까지 두 번째 부류에 속하는 인물들은 대체로 시련을 겪는다. 시골에서 갓 올라와 적응하기에도 바쁜 촌뜨기 창수와 금순이, 잘못 시집가는 바람에 호된 시집살이와 남편의 냉대에 시달리는 이쁜이나 하나꼬, 남편의 폭력에 시달리면서 어떻게든 서울에 발을 붙여 살아보려고 버둥대는 만돌 어멈은 그러한 시련을 보여주는 대표적인 예들이다. 그러나 가을에서 겨울에 이르는 시기에서는 사정이 달라진다.

그 주요한 예가 이쁜이의 귀환이다. 시집에서 고생하던 그녀는 그녀를 사모하던 점룡이가 남편 강가를 우연히 심하게 때리게 되고, 그 때문에 남편에게 소박맞는 형식으로 겨울 무렵 천변에 되돌아온다. 그렇지만 천변의 인물들은 모두 그것을 오히려 다행인 것으로 간주한다. 점룡이 역시 마음을 잡고 장사에 전념하게 되는 것은 물론이다.

얼마 전에, 늘, 전화를 빌리러 하루에도 몇 차례씩 드나드는 상노가, 그날은 전화가 아니라, 어디 심부름을 갔다 오는 길에, 잠깐 대낮의 카페를 들러, 마침 늦인 조반을 먹고난 기미꼬와 하나꼬를 상대로, 두서없는 잡담을 늘어놓은 끝에, 우연히 금순의 딱한 이야기가 나온 것이 이를테면, 이번 일의 시

초인 것이다.13)

금순이는 이 시기에 행복하게 되는 또 다른 예이다. 사창가에 팔아넘기려고 그녀를 서울로 데려온 남자가 우연히 경찰에 끌려감에 따라 갈 곳 없게 된 그녀는, 위의 인용에서 보듯이, 또 우연히 딱한 사연을 전해들은 카페 여급 기미꼬의 '의리와 인정'으로 카페 주방에서 생활하게 된다. 이후 그녀는 기미꼬의 기지로 그녀를 서울로 끌고온 남자의 마수로부터 벗어나며, 게다가 아버지와 동생까지도 우연히 만나게 된다. 이에 더하여 작품 마지막 부분에서는 기미꼬의 주선에 따라 마음씨 좋은 손주사의 후취로 시집까지 가게 되는 것을 본다면, 박태원이 무리를 무릅쓰면서까지 두 번째 부류의 인물들을 행복으로 이끌려고 했다는 것을 알 수 있다.

이처럼 『천변풍경』의 각 세부 공간이 시련을 거치면서 다시금 안정성을 회복하는 것이 사계절의 순환과 궤를 같이 한다는 점은, 박태원이 천변이라는 공간 전체를 근대적 일상성과는 무관한 자립적인 공간으로 만들려 했다는 것을 알려준다.14) 그렇다면 이 자립적인 공간의 구체적인 정체성은 무엇인가. 필자가 보기에 그것은 그야말로 도시의 다른 곳이 아닌 농촌 공동체이다. 사계절의 순환에 따라 삶의 안정이 이루어진다는 것, 그리고 주요 인물들이 돈보다는 의리와 인정이라는 공동체적 질서에 의거에 사고하고 행동한다는 것이 그 증거이다.

그러나 이 말이 박태원이 농촌을 잘 알았다거나 했다는 뜻은 결코 아니다. 다만 근대적 도시의 견고한 일상성을 넘어서기 위해서는 도시적인 것이 아닌 다른 삶의 방식을 가져올 수밖에 없었다는 것, 그리고 그 삶의 방식이란 '자연'적인 것일 수밖에 없었다는 것, 그것이야말로 박태원이 사계절의 순환을 이 소설에 가져온 이유인 것이다. 그러고 보면, 당시 서울에서는 주변부였던 천변 지역에 사는 사람들이란, 창수나 금순의 예에서 보듯이 농촌에서 상경한 출신들이 아닌가. 만약 그렇다면 그 인물들에게는 아직 공동체적인 감각이 근본적인 것일 수밖에 없을 것이며, 따라서 농촌 공동체의 감각을 도입한 박태원의 시도는 비사실적인 것이라기보다는 당시 상황에 걸맞는 것일 수도 있는 셈이다.15)

---

13) 『천변풍경』, p.229.
14) 강상희, 『한국 모더니즘 소설론』, 문예출판사, 1999 참조.

이제 마지막으로 세태 소설에 대한 논란에 대한 필자의 견해를 밝혀보기로 한다. 세태 소설이 표피적인 차원에서 일상성에 따른 삶의 양태를 그려낸 소설을 의미한다면, 『천변풍경』은 적어도 그 차원에는 있지 않다는 것이 이상의 논의에서 어느 정도 드러난 것 같다. 단적으로 말해, 이 소설은 박태원 자신의 차원에서도 산책자로서의 위상을 포기한 지점에서 쓰였지만, 그럼에도 불구하고 근대적 일상성과의 대립이라는 구도는 그 속에 여전히 남아 핵심적인 구성 원리로 작용하고 있는 것이다. 그런 점에서 이 작품은 단순한 세태 소설로 평가받기보다는, 작가가 내면에서 사실로 이행하는 과정을 보여주는 작품인 동시에, 이념에 의거하지 않고 근대적 일상성에 맞서는 또 하나의 방식을 보여준 작품이라는 점에서 의미가 있다고 하겠다.

5. 결 론

우리 소설사에서 박태원은 근대적 도시의 일상성에 대해 본격적으로 탐구하기 시작한 첫 작가라고 할 수 있다. 같은 구인회 멤버였던 이상이나, 『단층』의 정신적 지주였던 최명익이 일상성 자체보다 그것을 벗어나려는 작가 개인의 내면에 관심을 기울였던 것과는 달리, 박태원은 일상성 자체를 어떻게 보고 탐구할 것인가에 관심을 기울였던 것이다. 두 작품에서 군중들과 다른 시각으로 일상성을 바라보는 산책자가 중시되고, 아울러 그 일상성을 넘어서기 위해 농촌 공동체의 자연적 시간이 도입되었던 것은 비단 모더니즘뿐만 아니라, 사실주의의 측면에서도 중요한 성과라 할 수 있다. 현실을 이념의 심급에서 볼 것인가, 아니면 작가 내면의 심급에서 볼 것인가의 문제가 이른바 리얼리즘과 모더니즘의 핵심적 갈등을 이루는 부분이라면, 박태원은 그 한 가운데에 서 있었던 것이다.

---

15) 김종욱, 『1930년대 한국 장편소설의 시간-공간 구조 연구』, 서울대 박사논문, 1998, p.122.

세계의 비밀과 관음증적 징후
―「김연실전」·「신의 희작」 읽기 ―

1

정신분석에서 원체험이란 아이가 최초로 부모의 성행위를 목격하는 것을 가리킨다. 물론 그 행위가 무엇인지 아이가 바로 이해할 수 있는 것은 아니다. 다만 그 장면은 아이의 마음에 깊이 각인되어 풀어야 할 과제로 남는다. 아버지가 어머니를 괴롭힌다고 생각한다든지 하는 것은 어린 아이가 자기 나름대로 부모의 성행위를 이해하고자 노력한 결과이다.

그러나 보다 중요한 것은 그 장면을 보는 것이 아이에게 금지된다는 사실이다. 그 금지는 부모로부터 온 것인데, 이에 따라 아이는 보아서는 안될 것과 보아야 할 것으로 구분된 세계에 처하게 된다. 아이가 보아야 할 것은 부모가 생각하기에 아이를 아이답게 만드는 것이며, '정상적인 성장'에 도움이 될 것들이다. 또 보아서는 안될 것은 반대로 아이를 아이답지 못하게 만드는 것이며, 성장에 해로움을 끼치는 것들이다. 그러나 아이는 금지될수록 더욱더 그런 장면을 보고 싶어한다. 금지가 유혹과 신비의 원천이 되는 것이다.

관음증은 여기서 비롯한다. 관음증 voyeurism 이란 타인의 성기나 성적인 장면

등을 '몰래' 훔쳐봄으로써 성적 욕망을 충족하는 도착증을 가리킨다. 프로이트에 따르면 자신의 성기를 통한 쾌감을 느끼는 단계에 도달한 어린 아이는 타인의 성기에도 관심을 가지게 된다고 한다. 그러나 이른바 거세 위협에 봉착하면서 그러한 관심은 금지되는데, 이에 맞서 어린 아이가 하나의 타협책으로 몰래 훔쳐봄으로써 쾌감을 얻으려 하는 것이 바로 관음증의 시작이 되는 것이다. 이 단계에 고착된 성인은 대상과의 직접 접촉을 통해서는 쾌감을 얻지 못하고, 훔쳐보기라는 간접 접촉을 통해 쾌감을 얻는다.

만약 이와 같은 관음증의 개념을 유연하게 적용할 수 있다면, 예를 들어 비밀스러운 응시라는 기본적 항목은 유지한 채 꼭히 성적 쾌락을 목적으로 삼지 않는 경우라든가 그 대상이 성기와 직접적으로는 관련되지 않는 경우로 확대한다면, 관음증은 정신 분석의 차원을 넘어 현대의 문화적 현상을 설명하는 데 소용될 수 있을 것이다. 로라 멀베이를 비롯한 페미니스트들이 현대의 대중 영화를 관음증에 유추하여 남성적 시선 male gaze에 의한 대상 — 흔히 여성이다 — 에의 지배가 드러나는 것으로 설명하는 것을 관음증의 개념이 연화된 대표적인 경우가 될 것이다.

그리고 본다면 관음증이 대중 매체나 인터넷의 발달이 가지는 부작용과 연관이 있음을 알 수 있다. 꼭히 포르노 사이트라든가 유명인의 사생활을 담은 비디오의 대중적 확산을 예로 들지 않더라도, 몰래 카메라와 같은 형식이 수도 없이 TV를 통해 전달되고 있는 것이다. 대중들의 관음적 기호에 영합하는 이러한 현상은 그만큼 현대 문화가 천박한 수준에 있음을 말해준다. 그러나 이러한 관음증의 기호를 없애야 한다고 하는 것 또한 어불성설일 것이다. 그것이 성적 욕망과 관계된 이상 없앨 수는 없을 것이기 때문이다. 그럴 때 문제는 이런 도착증을 어떻게 승화시키는가에 달려있을 것이다.

이처럼 관음증을 승화하는 것이 관건이 된다면, 그 좋은 예를 우리는 소설에서 볼 수 있다. 소설에서도 관음증적 징후는 종종 나타난다. 물론 소설 모두가 관음증을 승화한다고 할 수는 없지만, 대체로 그것은 단순한 쾌락의 충족에 그치는 것이 아니라 우리 인간과 현실이 어떤 것인가를 드러내는 방법으로 소용된다. 곧 관음증은 인물 심리의 일부분이자 어떤 근원적 상처의 한 징후로서, 훔쳐보는 인간 자신과 그가 보는 세계의 비밀을 드러내는 주요한 모티프로 소용되는 것이다. 여기에서는 우리 근대 소설에 나타난 관음증의 양상을 「김연실전」과 「신의 희작」을 통해 살펴보기로 한다.

• • • • • 2 • • • • •

김동인이 1939년에 쓴 「김연실전」은 개화기 신여성의 일대기를 풍자적으로 쓴 소설로서, 김동인의 후기 소설을 대표하는 작품이다. 이 소설의 줄거리는 다음과 같다. 아전 출신 김영찰의 서녀로 태어난 김연실은 자신을 홀대하는 가정 환경에 반발하여 가재를 몰래 챙겨 동경으로 달아난다. 동경에서 김연실은 여성 선각자를 자임하면서 문학에 뜻을 두지만, 사실 이는 그녀 스스로 세운 것이 아니라 주변에서 보고 들은 바에 따른 것일 뿐이다. 김연실이 문학과 함께 신여성의 지상 과제로 간주한 자유 연애 역시 마찬가지이다. 그녀는 동료 여학생들의 언동이나 소설 속 연애를 모방하여 자유 연애를 했던 것이다. 이러한 수준의 문학이나 자유 연애가 실패할 것은 당연한 일이다. 귀국 후 그녀는 당시의 저급한 문단 수준과 자유 연애 바람에 편승하여 잠시 인기를 끌지만, 경제 공황이라는 외적 요인이 겹치면서 세상에서 잊혀지고 만다.

관음증과 관련하여 이 소설에서 주목할 것은 김연실이 아버지와 첩의 성행위를 목격하는 장면이다. 집에서 본처에게 구박을 당한 김연실이 육친인 아버지의 정이 그리워서 김영찰이 거처하는 소실집으로 찾아갔을 때, 그녀는 본의 아니게 원체험과 유사한 체험을 하게 되었던 것이다.

> 그날 밤 연실이는 몹시 불쾌한 일을 보았다. 인생의 가장 추악한 면을 본 것이었다. (중략)
> 연실이는 이불 속에서 얼굴이 주홍빛으로 물들어 오르는 것을 알 수가 있었다. (중략) 아버지가 여인에게 대해서 하는 행동은, 제삼자도 얼굴 붉히지 않고는 볼 수가 없는 것이었다.

> 아버지는 벌써 딸이 잠든 줄 알고 하는 노릇인지는 알 수 없지만, 잠들고
> 안 들고 간에 (중략) 이 천박한 꼴을 무가내하 잠들은 체하고 보고 있어야
> 할 연실이는, 어린 마음에도 이 세상이 저주스러웠다.
>
> (김동인, 「김연실전」, 『감자』, 문학사상사, 1993, pp327-328)

물론 이러한 목격을 관음적인 것이 아니라고 할 수도 있다. 목격을 통해 성적
인 쾌감은커녕 반대로 당혹감과 불쾌감, 그런 아버지를 두었다는 사실에 대한
서러움을 느꼈던 것으로 서술되기 때문이다. 그러나 다음과 같은 점을 염두에
둔다면, 당혹감이나 불쾌감은 김연실이 의식의 측면에서 떠올린 것이며, 무의식
의 측면에서는 그렇지 않았다는 것을 알 수 있다.

먼저 언급할 것은 목격 이후에 김연실이 성행위 자체를 거부한다거나 당혹감
과 불쾌감을 표현하는 쪽으로 나아가지는 않았다는 점이다. 곧 당혹감과 불쾌감
은 목격 당시에만 있었을 뿐, 그 후에는 지속되지 않았던 것이다. 실제로 이후
그녀는 일어 개인교습 선생과 별다른 거부감 없이 성관계를 맺으며, 특히 동경
유학 시절에는 '덮어씌우기'의 명수라는 비아냥을 들을 정도로 성에 대한 아무
런 부끄러움 없이 행동한다. 이와 관련하여 같이 지적할 것은 최초의 목격 이전
에 이미 김연실은 주로 기생집 출신의 동급생으로부터 성에 대한 사전 지식을
어느 정도 얻고 있었다는 점이다. 아마도 그런 지식이란 기생집에서의 남녀 관
계에서 비롯한 것일 가능성이 높을 것이다. 이러한 정황들을 최초의 목격과 연
관시켜 본다면, 일단 그 장면을 통해 김연실은 당혹감과 불쾌감과는 별도로 그
사전 지식이 전연 허황된 것이 아니라 사실임을 확인하게 되었다고 할 수 있다.
곧 최초의 목격은 남녀 관계라면 으레 성관계가 있어야 할 것임을 확인하는 계
기였던 것이다. 이후 김연실이 성행위를 남녀 사이라면 당연히 주고 받아야 하
는 '일종의 물건'으로 간주하면서 자유분방한 생활을 하게 된 것은 그러한 사전
지식과 목격 체험이 끼친 영향이라 할 수 있다.

이처럼 당혹감과 불쾌감이 일회적인 감정이었다는 점은 그녀가 그 장면을 끝
까지 몰래 지켜볼 수 있었던 이유를 설명해 준다. 당혹감과 불쾌감은 그 장면을
계속 보기 위해 지불한 대가에 지나지 않았던 것이다. 이때 형성되는 것은 무의
식적으로는 훔쳐보기의 쾌감을 느끼면서도 당혹감과 불쾌감을 내세워 그 쾌감

을 억누르는 심리 기제이다. 특히 이러한 심리 기제를 합리화하는 것은 아버지에 대한 반항심이다. 그 난잡한 성행위의 주체가 바로 자신을 어이없이 홀대하는 아버지라는 점은, 그녀가 불쾌감을 내세우면서 실상은 마음놓고 그 장면을 끝까지 지켜볼 수 있게 해주었던 것이다. 결국 당혹감이나 불쾌감은 사실은 목격이 주는 쾌감을 억제하거나 부정하려 한 역설적인 결과인 셈인데, 이는 최초의 목격 체험을 관음적인 것으로 간주할 수 있는 근거가 된다.

한편 여기서 김연실이 이후 성행위로부터 어떤 쾌감도 느끼지 못하는 이유 역시 설명된다. 그것은 목격 당시 형성되었던, 쾌감을 억제하는 심리 기제가 이후에도 사라지지 않고 계속 영향을 미치기 때문이다. 곧 김연실은 성행위에서 아버지와 첩이 보여주었던 바와 같은 쾌감을 느낀다면, 자신도 그들과 다를 바 없는 존재가 되고 말 것으로 무의식적으로 생각하는 것이다.

결국 쾌감은 억누르되 관음적인 기제는 수용하게 되었다는 것이 목격으로 말미암아 형성된 김연실의 특징적인 심리로 정리할 수 있다. 문제는 이러한 심리가 성적인 기호에 그치는 것이 아니라 그밖의 다른 모든 사고와 행위를 결정하는 원형적 심리 기제가 된다는 데 있다. 곧 관음적인 기제는 이후 그녀가 끊임없이 주위 사람을 엿보고 그 사람의 행위를 흉내내는 삶을 사는 것으로 나타나는 것이다. 선배였던 최명애가 동경으로 유학을 가자 자신도 가겠다고 결심하는 것이라든지, 송안나가 선각자를 외치는 것을 듣고 자신도 선각자가 되겠다고 다짐하는 것, 동경에서 만난 최명애가 자유 연애를 하자 자신도 자유 연애를 하는 것 등은 그러한 대표적인 예이다. 그렇지만 이 가운데 무엇보다 결정적이었던 것은 일본인 여학생 도가와를 모방하여 문학 소녀가 되기로 다짐했던 일이다. 그녀를 따라 소설을 읽으면서, 김연실은 이제 주위의 사람과 함께 소설까지도 흉내내는 삶을 살기로 하는 것이다.

그렇지만 그녀는 모방을 통해 새로운 창조의 세계로 나아가지 못하고, 피상적인 모방을 반복하는 차원에 머물고 만다. 자유 연애에 있어서도 계속 소설이나 다른 여학생들의 연애를 모방만 할 뿐, 그러한 자유 연애를 통해 김연실이 새로이 얻는 것은 전연 없다. 곧 김연실은 일종의 모방 기계에 지나지 않게 되고 마는데, 이는 다음과 같은 이유로 설명될 수 있다. 우선 관음적 응시의 성격상 모방을 넘어설 수 없다는 점이다. 대상과의 직접 접촉이 아니라 대상과 일정한 거리를 두는 응시의 형식인 관음적 응시를 통해서는 모방의 대상이 원래 추구했던 바를 짐작도 하지 못할 것이기 때문이다.

여기에 더하여 피상적인 모방에 머무른 보다 중요한 원인으로는 쾌감을 억누르는 기제를 들 수 있다. 비록 추잡하기는 하지만 아버지의 경우는 행위와 결과(쾌감)가 연결되는 것이었다면, 김연실은 쾌감을 억누르는 기제로 인해 행위는 있되 결과는 얻지 못하는 상황에 처하게 된다. 성행위를 모방하든 다른 행위를 모방하든 모방의 행위와 결과를 상호 연결하지 않는 것이 김연실의 심리적 특성이 되는 것이다. 모방 행위가 결과와 연결되고, 그 결과를 바탕으로 다시금 새로운 시도를 할 때 모방의 원래 대상과는 다른 결과가 나타나겠지만, 언제나 모방적인 행위만 추구할 뿐 그 결과는 거부하는 김연실이 모방의 차원에서 결코 벗어날 수 없을 것은 당연한 일이다.

그렇지만 김연실이 모방 행위와 결과를 전연 연결시키려 하지 않는 것은 아니다. 김연실이 자신을 자유 연애와 문학을 통해 노예 상태에 빠진 조선의 여성들을 구하는 선각자로 간주했던 이유가 설명되는 것도 이 지점이다. 곧 선각자는 엿보기를 통한 모방 행위의 직접적 결과를 거부했을 때, 그것을 대치하여 그녀 나름대로 마련한 새롭고도 더 가치있는 결과인 셈이다. 그럴 때 김연실은 비록 성행위를 한다는 점에서는 같지만 쾌락에 만족하는 아버지와 결정적으로 다를 수 있는 것이다. 그러나 이 결과가 모방 행위와는 무관하다는 것은 두말할 필요도 없는데, 이에 따라 선각자는 항상 김연실만 그렇게 생각하는 과대평가된 결과로만 나타난다.

이 절에서 마지막으로 제기되는 문제는 과연 김연실의 이러한 심리가 단순히 그녀 개인의 차원에 그치는 것인가 하는 것이다. 김동인은 이 작품에서 선각자요 여류 문학가임을 자처하는 김연실이 적어도 1920년대 초기에는 사회적 성공을 거두었음을 풍자적으로 보여준다. 그러한 사회적 성공은 객관적으로는 근대가 파행적으로 유입되던 당대 조선 사회가 서구 또는 일본에 대한 피상적 모방의 수준에 있었기 때문에 가능했다고 할 것이지만, 보다 구체적으로는 김연실을 둘러싼 당대 지식인들 역시 그녀와 유사한 심리 기제를 가지고 있었기 때문이라 할 것이다. 그렇다면 김동인은 「김연실전」을 통해 당시 우리 민족이 열심히 서구나 일본을 엿보고 모방했지만 결국 피상적인 모방에 지나지 않았다는 것, 그러나 그러한 모방의 허점은 아무도 깨닫지 못한 채 과대평가된 결과 ─ 민족의 선각자가 되었다는 ─ 만이 내세워졌다는 것을 비판적으로 드러내었던 셈이다. 이로 볼 때 「김연실전」에 의의가 있다면, 그것은 관음적 징후가 비단 김연실뿐만 아니라 근대를 맞이하는 지식인 전체의 문제였음을 명확히 드러낸 데 있을 것이다.

• • • • • 3 • • • • •

손창섭이 '자화상'이라는 부제를 붙여 1961년에 발표한 「신의 희작」은 그 문학적 완성도와는 무관하게 손창섭에 대한 작가론적인 연구에서는 자주 다루어지는 작품이다. 이 소설의 주제는 작품의 서두에서 분명히 표현된다. '삼류 작가'인 S가 자신에게서 발견하는 '숙명적인 유머', 곧 육체적 정신적 기형성이 낳는 희비극을 파헤치겠다는 것이다. 곧 S가 어떻게 해서 그런 희비극을 거쳐 작가가 되었는가의 과정과 원인을 자기분석하는 것이 이 소설의 주제인 것이다. 이 소설에 대해 손창섭의 다른 소설들처럼 절망적 분위기의 1950년대를 대변하는 인간형들이 나타난다는 식의 문학사적 해석이 어려운 것도, 이 소설이 개인적 기록 차원의 성격을 짙게 지니고 있기 때문이라고 할 수 있다. 그런 까닭에 이 소설이 중요한 의미를 가진다면, 그것은 작가의 정체성에 대한 문학 일반론의 차원에서일 것이다.

이처럼 「신의 희작」이 자기 분석을 주제로 삼고 있다면, 그러한 분석의 시발점은 응당 유년기 체험이 될 것이다. 실제로도 이 소설에서 유년기 체험은 이후 S의 삶을 결정짓는 근본적인 것으로 나타나는데, 주로 어머니와 관련한 성적인 것들인 이 체험에는 세 가지가 제시된다. 그 하나는 어머니가 자신의 사타구니를 쓰다듬었을 때 흥분된 반응을 보이자 밀쳐버렸다는 것이고, 두 번째는 어머니가 '멧돼지 같은 남자'와 동침하는 것을 두 번에 걸쳐 목격하는 것이며, 세 번째는 야뇨증 때문에 수치심을 가지게 된 일이다. 여기서 관음증은 물론 두 번째의 체험과 연관이 있다.

어머니와 그 남자의 동침을 첫 번째로 목격했을 때 S는 그것이 '중대하고도 싫은' 사건임을 깨닫는다. 그래서 '이럴 땐 잔뜩 골을 내야 한다'고 생각하고 볼멘 소리로 자신이 문 밖에 있다는 사실을 알린다. 이 같은 S의 반응은 그 동안 많은 논자들이 논한 대로 오이디푸스적인 것이며, 더욱이 어머니가 자신을 선택하지 않았다는 것에 대한 거부감만 나타난다는 점에서 아직 관음적인 징후라고는 할 수 없다.

그렇지만 이 거부감의 정도가 매우 심했을 것이라는 점은 유의할 필요가 있다. 아버지가 죽고 없는 상황에서 어린 S는 자신을 어머니의 유일한 성적 상대로 간주했을 것이기 때문이다. 따라서 그 장면을 목격한 S가 어머니에 대한 실망과 그 남자에 대한 적개심을 가지게 된 것은 당연한 일이다. 그러나 정작 어머니는 S의 실망을 달래주기는커녕 증오에 찬 눈으로 '뒈져라'고 말하면서 S의 머리를 쥐어박는다. 이러한 어머니의 예기치 않은 반응은 S에게 더욱 큰 충격을 남긴다. 그것은 어린 S에게 자아에 대한 긍지를 꺾어버리는 결과를 낳았던 것이다. 게다가 어머니가 S의 사타구니를 만지다가 밀어내버린 사건이 여기에 겹치면서 S는 자신에 대해서는 부정적인 좌절감을, 어머니에 대해서는 부끄러움이라는 감정을 특징적으로 갖게 된다. 이후 S의 삶을 본다면, S는 사춘기에 들어서면서 자신에 대한 좌절감을 극복하려는 심리적 기제를 형성하게 되는데, 그럼에도 불구하고 어머니에 대한 부끄러움을 극복하는 기제는 제대로 형성되지 못한다. 그것이 어느 정도 극복되는 것은 '이상적인 어머니'의 대역으로서 자애롭게 야뇨증을 감싸주는 아내 지즈꼬를 만난 이후이다.

다만 관음증과 관련하여 미리 말해둘 것은, 어머니의 예기치 않은 구박을 받았던 그때 S에게 즉각적으로 형성된 반동적 심리이다. 당시 S는 '모친이 남자와 동침하고 있을 때는 절대로 밖에서 소리를 지르거나 문을 흔들어서는 안되'는 것인가 하는 후회섞인 생각을 하게 되는데, 사실 이 생각은 어머니가 자신을 구박하는 이유를 의도적으로 왜곡하는 것이라 할 수 있다. 자기 대신 그 남자를 선택했다는 근본적인 이유는 무시한 채 소리를 지르고 문을 흔들었기 때문에 어머니가 자신을 구박한다고 범위를 좁혀 해석하는 것이다. 그럴 때 이러한 해석은 만약 다음에 그런 장면을 목격한다 해도, S가 가만히 있기만 하면 어머니도 구박을 해서는 안된다는 어린 아이다운 핑계로 이어진다. 이 핑계야말로 다음 목격에서 관음적인 기제가 형성되는 출발점이 된다.

> 그는 문 틈에 전신이 얼어 붙은 듯이, 어머니와 남자가 옷을 챙겨 입고 일어나 나올 때까지 꼭 붙어서 들여다 보고 있었다. 그의 얼굴은 완전히 핏기가 사라지고, 미역을 감은 듯이 땀에 젖어 있었다. (중략)
> 어머니는 대뜸 한 손으로 (중략) 그의 머리통을 호되게 쥐어박으려고 했다.
> 「엄마, 내가 칵 죽어버릴게.」
> 예기치도 않았던 말이 그의 입에서는 애원하듯 흘러나온 것이다.
> (손창섭, 「신의 희작」, 현대한국문학전집 3권, 신구문화사, 1981, pp.413-414)

두 번째의 목격은 관음증의 징후가 완연하게 진행된다. S는 그 장면을 끝까지 지켜보는 것이다. 여기서 주목할 것은 그 장면을 바라보는 S의 상태이다. '핏기가 사라지고' 땀에 흥건히 젖는 것은 S의 심리에 이중적인 반응이 형성되고 있음을 암시한다. 이 반응은 표면적으로 적나라한 장면을 목격함에 따른 충격을 표현한 것이다. 그렇지만 이러한 충격적 반응 뒤에는 S가 성행위를 나누는 이와 자신을 동일시하는 반응이 숨어 있다. 땀을 흘리는 것은 그러한 반응의 표현이다. 이와 관련하여 핏기가 사라지는 것은 또 다른 의미로 해석될 수도 있는데, 그것은 S가 능동적 측면이 아니라 피동적 측면에서 그 장면을 바라보고 있음을 암시한다. 곧 남자와 자신을 동일시하면서 그 장면을 보는 것이 아니라 어머니와 동일시하고 있다는 것이다(성교 장면을 본 어린 아이가 남성이 여성을 괴롭히거나 죽이려는 것으로 해석하는 것도 이와 관련이 있다). 이러한 어머니와의 동일시는 이미 전조가 있었는데, 그것은 첫 번째 목격 이후 어머니가 그 남자와 같이 있는 것을 볼 때마다 '칵 뒈져라'라는, 어머니가 했던 말을 S가 되풀이하면서 자신을 저주했던 일이다. 위의 인용 마지막 부분에서 S가 '예기치 않게' 어머니에게 또 그 말을 하는 것 역시 어머니와의 동일시 기제에 의한 것이라 할 수 있다. 당황한 탓에 미처 의식의 억압이 이루어지지 못한 상태에서 어머니와의 동일시 기제가 그대로 언어화된 것이다.

이로 본다면 어린 S의 심리는 관음증을 매개로 피학적인 기제가 형성되었음을 알 수 있다. '멧돼지 같은 그 남자'의 남성성에 압도되고 어머니의 구박에 충격을 받은 나머지, S는 도저히 자신을 그 남자와 동일시할 수 없었던 것이다. 그러나 이러한 기제가 전면적인 것이라고는 할 수 없다. 야뇨증이 지속되는 것은 그런 심리적 기제를 방어하려는 데서 비롯했을 가능성이 높다. 프로이트에 따르면 오줌은 정액과 상통하는 것이며, 어머니와 같은 이불에서 잤던 상황을 고려한다면, 그러한 오줌은 어머니와의 관계를 남성적인 위치에서 수행하고 싶다는 욕망을 상징하는 것이기 때문이다.

이와 함께 사춘기에 S가 독종으로 행세하면서 좌충우돌식으로 강한 자만 보면 덤벼들었던 것도 피학증에 대한 방어 기제에 따른 것이라 할 수 있다. 강한 자에게 덤벼드는 성향은 한편으로는 어머니를 빼앗아간 '멧돼지 같은 남자'에 대한 오이디푸스적인 공격 심리지만, 다른 한편으로는 자신의 남성성을 극적으로 확인하고자 하는 욕망의 소산이기도 한 것이다. 이와 함께 여성에게 자신의 치부를 들켰을 때 성폭행을 하는 성향을 지녔던 것 역시 그러한 방어 기제에 따른 것이라 할 수 있다. 곧 S는 자기의 약한 면을 본 여성에게 자신이 그런 약한 남성이 아니라는 것을 명확히 드러내기 위해 '멧돼지 같은 그 남자'처럼 가장하면서 가학증적인 성폭행을 했던 것이다.

그러나 S가 강자에게 도전할 때 항상 이겼던 것은 아니다. S는 상대의 허점을 노려 거세게 공격한 후 꽁무니를 빼고 만다. 그러나 S가 이를 비겁한 것으로 생각하지는 않는데, 이는 꽁무니를 빼는 것이 당연한 타협책으로 성립되었다는 것을 알려준다. 자신의 남성성을 드러내는 일은 한 번의 공격으로도 충분하게 달성되었기 때문이며, 그런 만큼 강자에게 계속 덤벼들어 생존 자체가 위협받는 것보다는 꽁무니를 빼는 것이 더 낫다고 생각했던 것이다. S가 자신을 낙제시킨 영어 선생의 딸을 범하는 심리도 마찬가지로 설명된다. S는 영어 선생의 억울하고도 과도한 핍박을 피동적으로 받을 수밖에 없었지만, 그와 직접 맞서서 대결하지는 못한다. 그럴 때 S는 간접적으로나마 영어 선생에게 자신의 남성성을 드러내기 위해 그 딸을 범하는 것이다. 이러한 심리 기제가 행위에 대한 책임을 진다는 성인의 의식과 아직 무관한 것은 물론이다.

결국 사춘기 이후 S의 성격은 남성성에 대한 과대 포장 밑에 관음증을 매개로 형성된 피학증 심리가 깔려있는 것으로 정리된다. 그만큼 관음증을 통한 목격은 S에게 심대한 영향을 미쳤던 것이다. 그러나 S가 앞에서 다룬 김연실과 다른 것은, 김연실의 경우 관음적인 심리 기제를 끝까지 유지하는 데 반해, S는 그러한 기제로 형성된 것을 방어하려는 기제가 한 꺼풀 더 씌워져 있다는 점일 것이다. 이러한 S의 심리를 손창섭의 소설 전체로 확대 해석할 수 있다면, 그의 소설에서 피동적이고 비활동적인 주인공들은 S의 피학증적인 유년기 성격과 연관이 있는 것이며, 능동적이고 생활적인 주인공들은 S가 애써 공격하고자 하면서도 한편으로는 닮으려 했던 '멧돼지 같은 그 남자'의 남성성을 대변하는 존재들과 연관이 있다고 하겠다.

그렇다면 이후에도 S는 남성성을 과시하려는 성향을 지속하는가. 그렇지는 않은데, 아내 지즈꼬는 여기서 중요한 역할을 한다. 모든 것을 S에게 순응하면서도 어머니처럼 그를 감싸주는 지즈꼬는 S로 하여금 더 이상 타인에게 남성성을 과시할 필요가 없게끔 해 주었던 것이다. 그러나 S가 남성성의 과시를 포기하게 되는 보다 중요한 이유는 해방과 전쟁으로 이어지는 역사적 혼란과 연관이 있다. 그러한 혼란기에서 S는 자신의 남성성에 대한 과시가 각박한 당시 사회에서는 통하지 않으며, 실제로 자신은 가족은커녕 자기 한 몸조차 책임지지 못하는 왜소한 인간일 뿐임을 깨닫는다. 더욱이 S는 당시 사회에서 남성성을 과시하던 인물들조차도 여지없이 이념 투쟁이나 전쟁에 희생되는 것을 본다. 대표적으로 지즈꼬를 잠시 첩으로 삼았던 그의 친구가 그러한데, 남성성을 과시하면서 떵떵거리던 그도 빨치산에게 어이없이 죽어버렸던 것이다.

이러한 지점에서 S가 발견한 것이 바로 소설이다. 소설이라는 공간에서 비로소 S는 사춘기 때처럼 자신의 남성성을 과시하여 다른 남성에 맞서려 하지 않고서도, 달리 말해 자신은 중립적 서술자라는 위치만 유지하면서도, 남성성을 과시하는 '멧돼지 같은 그 남자'와 같은 인물들이 이 세상을 주도해 나가는 존재가 결코 아니며 남성적이지 않은 이들과 마찬가지로 급변하는 상황에 적응하기에 급급한 존재일 뿐임을 드러낼 수 있었던 것이다. S(손창섭)의 소설이 자전적 요소가 많음에도 불구하고 1인칭이 아니라 거의 3인칭의 중립적 서술자로 진행되는 것도 이와 관련이 있는 것으로 생각된다.

대체로 손창섭의 소설은 전쟁이 낳은 극한 상황 속에서 남성성을 과시하는 인물이 피동적 인물들을 핍박하는 서사 구조로 진행된다. 그렇지만 남성적인 인물이 핍박을 통해 세속적인 행복이나마 성취할 수 있는 것은 아니다. 기껏해야 당장의 생존을 유지하기 위해 피동적 인물을 이용하는 것에 지나지 않는 것이다. 그렇지만 그들의 비극은 남성성 과시가 전쟁으로 인한 사태 해결에 아무런 도움이 안된다는 것을 결코 깨닫지 못한다는 데 있다. 그럴 때 오히려 사태를 정확히 파악하고 있는 것은 아무런 행위도 하지 않는 피동적 인물들이다. 그들이 남성적 인물의 핍박에 능동적으로 대응하지 않는 것은, 그렇게 대응한다고 해서 자신에게 주어진 절망적 상황이 해소되지는 않는다는 것을 깨닫고 있기 때문인 것이다.

이처럼 남성성의 허구를 폭로하는 것, 아무런 능동적 행위도 하지 않는 피동적 인물이야말로 전쟁으로 인한 당대 상황의 본질을 알고 있다는 것이 손창섭이 지속적으로 추구한 숨은 주제이다. 여기서 손창섭 소설이 1950년대 현실을 잘 드러낸 것으로 평가되었던 이유가 드러난다. 남성적이든 아니든 모든 인간을 피동적으로 만들어 버리는 전쟁의 본질을 손창섭은 자신의 피학적 심리를 매개로 잘 포착해내었던 것이다. 그렇지만 전쟁의 극한 상황이 회복되기 시작했을 때, 손창섭 소설이 그러한 변화를 좇아갈 수 없었을 것임도 자명한 일이다. 4·19로 대변되는 그러한 회복이란 숨죽여 지내던 피동적 인물들이 능동적으로 행위할 때만 가능했을 것인데, 피동적 인간이 어이없이 당하는 핍박만 그리던 손창섭으로서는 그러한 변화를 그려내는 일은 극히 어려웠을 것이기 때문이다.

• • • • • • 4 • • • • •

　이상에서 관음증이 중심 모티프가 되는 우리의 근대 소설 두 편을 살펴보았다. 이 소설들은 관음증을 매개로 세계의 비밀을 파악하는 서사를 보여준다. 그럴 때 소설은 불가피하게 '폭로' — 자기 폭로인 동시에 세계의 폭로이다 — 의 구조를 띠게 된다. 「김연실전」에서는 개화기 지식인의 한계가, 「신의 희작」에서는 남성성의 과시에 내재된 허구성이 각각 폭로되고 있는 것이다. 그렇지만 관음증의 모티프로 그러한 세계의 허망한 비밀을 해소할 방안까지 찾는 것을 기대할 수는 없는 일이다. 훔쳐보기는 직접적 경험을 배제한 형식이기 때문이다.

존재와 무, 기억 상실과 매미 소리
― 최수철의 『매미론』 ―

· · · · · 1 · · · · ·

존재는 텅 비어 있다. 그 빈 속에서 깊은 소리가 흘러나온다. 비어 있는 본질에서 나오는 그 소리, 그러나 인간은 자신이 텅 빈 존재라는 것을 견디지 못한다. 비어 있음을 결핍으로 간주하고 다른 것들로 채우려 한다. 그리하여 인간은 '나'로 태어나고, 본질적인 소리는 잊혀진다. 이 존재의 비어 있음을 헛되이 채우고 있는 것들을 우리는 일상 또는 생활이라 부른다. 그렇다면 존재의 비어 있음 자체는 또 무엇이라 부르는가. 그것을 우리는 시간 또는 죽음이라 부른다.

· · · · · 2 · · · · ·

최근 발간된 최수철의 장편 소설 『매미』는 작가의 다른 소설들처럼, 아니 그보다 더욱더 독자를 당혹케 한다. 한 기억 상실자가 매미로 변신한다는 기본적 설정도 그렇거니와, 그가 인간 세상을 바라보는 관점 역시 낯설기 짝이 없기 때문이다. 그렇지만 『매미』는 단순히 난해한 소설이 절대 아니며, 작가에게도 그리고 우리 소설사에 있어서도 기념할만한 작품이 될지도 모른다. 우선 작가 자신에게는 『무정부주의자의 사랑』 이후 본격화되었던 주제인 인간 존재에 대한 탐구를 일단 매듭짓는 의미를 띤 것으로 보이고, 나아가 우리 소설사 전체의 차원에서 볼 때도 그 주제를 이만큼 깊이 있게 다루는 것은 '드문' 일이기 때문이다. 여기에 소설적 방법의 측면에서도 이 소설에서 두드러진 변신 모티프가 카프카의 그것과 변별되고, 기억의 문제를 다루는 방식 역시 프루스트의 그것과 변별되는 측면이 있다면, 『매미』는 하나의 사건으로 간주될 수도 있을 것이다.

　여기서 우리는 무엇 때문에 인간 존재를 탐구하는가라는 질문을 던질 수 있다. 우리 모두가 인간 존재인 것은 두말할 나위도 없이 확실한데, 이렇게도 난해한 작업을 통해서까지 증명할 필요는 없지 않은가 하는 것이다. 그러나 이에 대해 최수철은 이토록 심각한 인간과 세상의 모순과 부조리를 인간의 존재 차원으로 내려가지 않고 도대체 어떻게 그 해결책을 모색할 수 있단 말인가라고 되물을 것이다. 실상 그렇다. 만약 인간의 이성이 욕망을 잘 규율할 수 있다면, 또 이데올로기가 사회의 진전 방향을 진실로 잘 지시해 주고 그 실천 방책까지 알려준다면, 그리고 과학 기술이 모든 인간들의 욕망을 부작용 없이 해소할 만큼 진보한다면, 인간이란 존재 자체를 탐색할 필요는 아마 없으리라. 그렇지만 이성이란 욕망을 반성하지는 못한 채 단지 좀더 효율적으로 충족케 하는 방법을 제공하는 것일 뿐이며, 이데올로기가 내건 이상적 목표란 기실 인간의 집단적 또는 계급적 욕망을 위장한 것이 아닌가. 그리고 과학 기술 역시 인간의 욕망을 충족시키기에만 급급한 까닭에 더 큰 부작용을 낳고 있지 않은가. 그럴 때 욕망의 차원이 생성되기 이전의 차원에 입각하여 우리 인간과 세계를 바라보고 살아갈 수 있다면, 욕망이 낳은 이 모든 모순과 부조리는 치유될지도 모르는 것이다. 설혹 그것이 안된다 하더라도 최소한 인간이란 존재가 욕망에 의해서만 구성되지는 않는다는 사실을 확인함으로써 욕망의 이 절대적인 힘을 상대화 미약화시킬 수는 있을 것이다.

• • • • •   3   • • • • •

　그렇다면 인간이란 무엇인가. 이에 답하기 위해 최수철은 주체 곧 '나'를 문제삼는다. '나'는 왜 '나'이며, 어떻게 해서 '나'로 될 수 있었는가를 따져보는 것이다. 그리고 본다면 인간은 태어나면서부터 이미 '나'인 것은 아니다. '나'라는 의식 없이, 그 속에 아무런 의미도 중심도 없는 존재, 곧 텅 빈 존재로 태어나는 것이다. 태어날 때의 울음소리는 그 텅 빈 존재에서 울려나오는 공명음인 셈이다. 그러나 인간은 그 텅 빈 속에 무언가를 채우려 한다. 그렇게 채우려는 지향 자체, 그것이 바로 욕망이다. 이러한 욕망을 가진 텅 빈 인간이 시간 속에 존재한다는 것, 그것이 최수철이 '나'의 문제를 바라보는 출발점으로 생각된다.

　여기서 '나'는 동전의 양면과 같은 두 가지 방식으로 형성된다고 할 것이다. 그 하나는 시간이 그 비어 있는 속을 채운 결과, 곧 기억으로서이며, 다른 하나는 욕망이 외부의 다른 사물들을 가지고 와서 채운 결과로서이다. 그래서 '나'는 기억에 의한 '나'이며, 동시에 욕망에 의한 '나'이다. 그러나 이러한 '나'는 한편으로 시간을 배반하는 방식으로 현상한다. '나'는 과거의 욕망을 잊고 현재의 욕망만을 알 뿐이며, 기억 역시 현재의 욕망에 의해 재단된 것들만 선별하여 떠올릴 수 있을 뿐이다. 따라서 '나'가 확고하게 '나'일 수 있는 것은 '나'의 기원에 대한 이 같은 이중의 잊어버림 때문이라고 할 수 있다. 텅 빈 존재의 출발을 잊어버리는 것, 그리고 그 비어 있음을 채워왔던 과거의 기억과 욕망을 잊어버리는 것, 이것이 '나'의 확고함을 유지할 수 있는 역설적인 전제 조건인 것이다.

　결국 최수철에게 인간이란 텅 빈 본질 위에 기억과 욕망으로 된 '나'를 축조함으로써 이루어지는 것이지만, 현상적으로는 그러한 기원을 잊어버림으로써 비로소 '나'를 의식하는 존재이다. 그럴 때 최수철은 소설을 통해 이러한 '나'의 허구적인 확고함을 무너뜨리고 그 확고함을 만들어낸 이중의 잊어버림을 되돌리려 한다. 그의 소설에서 확고한 '나'를 유지한 채 욕망 충족을 향해 매진하는 통상의 일상적 인간들이 거의 나오지 않는 것은 그 때문이다. 대신 욕망에 충실한 확고한 '나'들만 횡행하는 이 일상을 존재의 텅 빔에 입각하여 탈출하려는

‘나’가 주로 등장하는 것이다.

『매미』이전의 작품을 살펴본다면, 「얼음의 도가니」(1994)는 그런 ‘나’가 등장하는 대표적인 작품이 될 것이다. 이 소설에서 주인공인 소설가 임휘경은 맹렬하게 컹컹 짖는 개 울음소리에 ‘나’의 모든 것이 뒤흔들리는 충격적인 느낌을 받는다. 물론 개의 울음소리 자체가 그런 느낌을 가져왔다는 것은 과장된 판단일 것이다. 좀 장황스럽더라도 정확히 말하자면, 금속성의 울림으로 다가온 개의 울음소리는, 임휘경의 욕망이 소설가로서의 명성을 비롯한 많은 것들을 일상으로부터 가져와 꽉 채우려고 했지만 결코 채워지지 않고서 여전히 남아 있던 존재의 텅 빈 공간으로 들어가 더욱 큰 공명음으로 되면서, 임휘경의 확고한 ‘나’를 뒤흔들어 놓았던 것이다. 곧 개의 울음 소리는 임휘경이 ‘나’로서가 아니라 인간 그 자체로서 가지고 있는 본질적인 공허에 울려퍼지면서 증폭되었고, 그 증폭된 소리가 임휘경으로 하여금 ‘나’는 ‘쇠로 된 도가니’(확고한 ‘나’)가 아니라 ‘얼음으로 된 도가니’였음을 깨닫게 만든 것이라 할 수 있다. 그런 깨달음 속에서 임휘경이 그 동안 쌓아왔던 소설가로서의 명망을 비롯한 모든 일상적 욕망의 절대성을 상대화 미약화시키고, 아울러 과거의 욕망과 기억조차도 텅 빈 존재의 눈으로 바라보게 될 것은 당연한 일이다.

그러나 존재의 비어 있음을 현재의 ‘나’가 직접 볼 수는 없다. 그것들에 강력하게 이끌리는 인물에게는, 그리고 그 인물이 가진 내면의 추이를 밟아가는 작가 자신에게는, 그 비어 있음이 지극히 절실하고 구체적인 것일 수 있으나, 다른 사람들에게는 한갓 관념에 지나지 않는 것으로 비칠 수도 있는 것이다. 이렇게 관념 수준으로 이해되는 것을 피하기 위해 최수철이 취하는 방법은 존재의 텅 빔을 가시화 실체화하는 것이다. 「얼음의 도가니」 이후 최수철이 쓴 중단편은 거의 이러한 비가시적인 것을 가시화하는 것을 주요 모티프로 삼고 있는데, 그 한 예로 「어둠의 후광」을 잠시 살펴보기로 한다.

> “그런데 이게(아우라 – 인용자) 뭔가요? 내가 보고 있는 이게 뭔가요? (……) 내가 보고자 했던 게 바로 이걸까요? **우리 속에 이런 것이 감춰지고 가려져 있었다는 말인가요?** (……) 우리에게 무엇을 보여주고, 무엇을 말해 주려 하는 걸까요? 짐승들이 우는 소리를 들을 때면 **본능의 막다른 골목에**

서 내지르는 그 비명 같은 울림에서 영혼의 존재를 확인하곤 했는데, 지금 이 빛은 그 짐승들의 비명처럼 내 영혼을 울리고 있어요 (……)" (최수철, 「어둠의 후광」, 『분신들』, 문학과 지성사, 1998, pp.119. 이하 인용면만 표기, 강조는 인용자)

「어둠의 후광」에서 존재의 비어 있음을 가시화한 것은 아우라(후광)이다. 이 소설의 주인공인 '나'는 어느 날 자신에게 깊은 속을 드러내 보여주는 사람들을 휘감고 있는 아우라를 본다. 그 아우라란 무엇인가. 위의 인용에 따른다면, 그러한 아우라는 우리 인간들 속에 '감춰지고 가려져 있'지만, '본능의 막다른 골목에서 내지르는 비명 같은 울림'으로 존재한다. 곧 최수철은 인간들이 욕망에 휘감겨 있을 때 드러나는 존재 자체의 고통을 가시화하여 소설 속에서 보여주는 것이다. 물론 이 아우라가 아무에게나 보이는 것은 아니다. 그 스스로 존재의 고통을 감각하고 있는 인간으로서의 '나'와 '그녀'만이 볼 수 있는 것이다. 그런 점에서 이 소설의 결말에서 서로의 아우라(존재의 울림)을 확인한 '나'와 '그녀'가 서로를 소외시키던 그 동안의 상황에서 벗어나는 것은 놀라울 것이 없다. 한편 이와 같이 존재의 비어 있음을 가시화한 경우로는 「어둠의 후광」 외에 「머릿 속의 불」에서의 불, 「영혼의 피」에서의 피도 해당될 것이다.

이로 볼 때 최수철 소설이 우리에게 난해하게 보이는 것은 인간 존재를 본질적인 비어 있음으로부터 파악하는 존재론적 기반 위에, 그러한 비어 있음과 잊혀진 욕망들을 가시화 실체화하는 특유의 소설적 방법에 연유한다고 하겠다. 그렇지만 『매미』 이전의 소설들에서 최수철이 보여준 존재의 비어 있음은 순간적인 현상으로만 드러난 것도 사실이다. 물론 이는 어쩌면 당연한 것인지도 모른다. 현재의 '나'를 좌우하고 있는 욕망이, 그리고 그것을 만들어낸 과거의 기억이 존재의 비어 있음을 이중으로 가리고 있기 때문에, 설혹 그 이중의 억압을 뚫고 존재의 비어 있음이 의식된다 해도 그것은 순간일 뿐 금방 다시금 가려지고 마는 것이다. 베르그송이 순간 속에서만 순수 지속을 보았던 것도 이러한 사정과 비슷한 연유에서일 터이다.

그러나 여기서 존재의 비어 있음을 시간적으로도 지속되게 가시화할 방법은 없을까. 그렇게 하려면 우선 '나'를 현재의 욕망으로부터 벗어나게 만들어야 할 것임은 물론, 그 현재 아래에 있는 과거의 욕망에 대한 기억들도 벗어나게 만들 필요가 있을 것이다. 여기서 또다른 문제가 생겨난다. 그렇게 존재의 비어 있음에 접근해 갈 때 기억과 욕망으로 형성된 '나'는 설 자리가 없게 되는 것이며, 결국 '나'는 '나' 아닌 것이 되고 말 것이기 때문이다. 그럼에도 불구하고 이처럼 현재의 욕망은 물론 기억조차도 벗어나 '나' 아닌 것으로 되는 것을 시도한다면, 그리고 그렇게 함으로써 존재의 텅 빈 본질을 영속적인 것으로 드러내려 한다면, 그 결과는 어떻게 될까. 그 답이 바로 변신과 기억 상실의 모티프를 전면에 내세운 『매미』이다.

• • • • • 4 • • • • •

『매미』에서 변신 모티프와 기억의 문제를 다루고 있다는 점에서 우리는 최수철을 카프카 또는 프루스트와 비견해 볼 수 있을 것이다.

이 가운데 카프카를 먼저 보면, 그가 「변신」에서 잠자를 벌레로 변신하게 만들었을 때, 그는 오비디우스 이후 중세 문학에 이르기까지 문학에서 변신 모티프를 이용했던 목적을 근본적으로 뒤엎은 것이 된다. 카프카 이전의 변신이란, 원하는 대로 변신하거나 변신시키는 신들의 이야기를 다룬 오비디우스에서 보듯이, 현실적으로 실현할 수 없는 욕망을 문학(신화) 공간에서만큼은 충족하는 방법이었다고 할 수 있다. 이러한 변신 모티프가 합리적 인식과 사실주의를 앞세운 근대 문학에 외면되었을 것은 당연한 일인데, 그럴 때 카프카는 이 변신 모티프를 오히려 '나'를 있는 그대로 보게 만드는 방법으로 혁신시킨다. 요컨대 잠자는 벌레로 바뀌었을 때에야 인간으로 있을 때에는 결코 보지 못했던 벌레 같은 자신의 실제 모습을 목격하게 되는 것이다. 인간임으로 해서 오히려 인간을 보지 못할 때, 인간이 아니게 만듦으로써 인간을 보게 만드는 것, 이것이 카프카에게서의 변신 모티프인 셈이다.

이러한 점은 『매미』에서 최수철이 보여준 변신 모티프와 맥을 같이 한다고 할 수 있다. 이 소설의 주인공 이규도는 매미가 됨으로써 오히려 인간적 욕망을 벗어난 눈으로 인간과 세상을 굽어볼 수 있는 것이다. 매미가 된 주인공이 전 세계의 매미 설화를 소개하면서 '인간과 매미 사이의 단절을 부각시키는 이야기들'에 주목하는 숨은 이유도 여기에 있다. 그런 이야기들은 사실 인간이 욕망의 눈으로 매미를 바라보고 만들어낸 이야기이기 때문이다.

그러나 최수철의 변신 모티프가 카프카의 그것과 동일한 것은 아니다. 잠자는 알 수 없는 벌레로 변하지만 이규도는 매미 그 가운데서도 참매미로 변하며, 그렇게 변신하는 과정 역시 잠자에게는 전연 알아차릴 수 없이 갑작스럽게 일어남에 반해 이규도에게는 뚜렷이 의식되고 있기 때문이다. 이러한 점은 카프카에게는 변신 자체보다 변신이 잠자 자신과 주위 사람들에게 미치는 실존적 영향이 중요했던 반면, 최수철에게는 변신 자체가 중요하게 취급된다는 것을 의미한다. 왜 변신을 하게 만드는가, 무엇으로 변신하게 할 것인가, 그리고 어떻게 해서 변신하게 만들 것인가 등의 문제에 최수철은 관심을 쏟고 있는 것이다.

앞 절에서 살펴온 바에 따른다면, 이 가운데 왜 변신을 하게 만드는가의 문제는 인간 존재 자체의 비어 있음에 접근하기 위해서라고 답할 수 있을 것이다. 그렇다면 다음 문제는 왜 하필이면 매미로 변신하게 만드는가이다. 이에 답하기 위해서는 매미라는 곤충에 대해 이 소설에서 어떤 의미를 부여하고 있는지 살피는 것이 불가피하다.

> 그러나 실제로 매미가 되고 보니, 매미들이 우는 이유는 스스로 완벽하게 건조한 껍데기가 되기 위한 게 아닌가 여겨지기도 한다. 매미의 울음 소리는 결코 언어가 아니었다. **점점 더 복강을 비우고 크게 확대시켜서** 스스로 완벽한 박제가 되기 위한 노력의 과정일 뿐이었다. 그 사실은 내게 실로 계시적이었다.(28)

위의 인용에서 최수철이 주인공을 하필이면 매미로 변신시키는 첫 번째 이유가 드러난다. 그것은 매미가 우는 방식에 있다. 예를 들어 귀뚜라미나 메뚜기는 날개나 다리를 마찰시켜 소리를 내지만, 숫매미는 텅 빈 복강을 크게 진동시킴으로써 소리를 낸다고 한다. 복강이 비어 있을수록 소리가 커지는 것이다. 앞에서 논한 바를 생각한다면, 최수철이 이규도를 왜 매미로 변신시켰는지 이해할 수 있다. 그 빈 배에서 나오는 소리, 그것이 매미 소리라면, 매미 소리야말로 존재의 본질적인 소리가 아니면 안되는 것이다.

그러나 최수철이 매미로의 변신을 택한 이유는 이것만이 아니다. 두 번째 이유는 매미가 여느 곤충보다도 오랜 기간을 암흑(땅) 속에 지내며, 그 이후에야 탈바꿈하면서 허물을 벗고 성충 매미가 된다는 사실에 있다. 이런 사실을 고려할 때, 최수철이 이규도를 매미로 변신시키는 이유를 또 다른 각도에서 알 수 있다. 욕망으로 인해 인간들이 존재의 비어 있음을 느끼지 못한다면, 그 욕망을 버리는 일이란 인간 아닌 것으로의 탈바꿈이 아니면 안되기 때문이다. 그밖에 다른 이유도 생각해 볼 수 있다. 그것은 매미가 인공화된 도시를 떠나지 않은 대표적인 곤충이라는 점, 게다가 도시의 소음에 적응하기 위해 이전보다 더욱 큰 소리로 울게 되었다는 점이다. 이는 현대적 상황에서 욕망이 강력해지면 강력해질수록, 존재의 본질도 더욱 강력하게 그 울림을 바깥으로 전하게 된다는 것으로 유추할 수 있을 것이다.

따라서 최수철은 『매미』에서 변신 모티프 자체의 필연성을 갖추기에 많은 노력을 기울인 셈이다. 이규도는 매미가 아닌 존재로는 도대체 변신할 수 없는 것이다. 이는 일종의 '비사실성의 사실성'이라 할만한 것으로, 어차피 변신이 비사실적인 모티프에 지나지 않는다 할지라도, 그러한 비사실성의 전제 위에 구축되는 실제 이야기 차원에서는 사실성을 확보하려 한 것이라 할 수 있다. 정리하자면, 『매미』는 매미의 객관적이고 사실적인 속성을 인간 존재의 구조 위에 유추한 것을 바탕으로 구성되어 있다고 하겠다.

이제 남은 문제는 어떻게 해서 매미로 변신하게 만들 것인가의 문제이다. 사실 그 답의 대체적인 방향은 지금까지의 논의에서 이미 드러난 바 있다. 이규도로 하여금 현재의 욕망만 아는 중심적인 '나'뿐만 아니라 그 아래에 있는 과거의 욕망의 '나'까지도 벗어나게 만드는 것이다. 여기서 변신 모티프와 함께 『매미』의 서사 전개에 있어서 또다른 중요한 축을 이루는 '기억 상실'의 문제가 제기된다.

이 절의 첫 부분에서 잠깐 언급한 것처럼, 최수철이 기억 상실의 문제를 다루는 것은 프루스트와 비교될 수 있다. 주지하듯이 프루스트는 『잃어버린 시간을 찾아서』에서 '나'의 기원을 탐색하고자 한 바 있다. 이를 위해 그는 기억에 의지하고자 한다. 그러나 그가 기대는 기억이란 의식 속에 '의지적으로' 떠오른 기억이 아니다. 왜냐 하면 그런 기억이란 현재 욕망의 '나'에 의해 이상화되거나 왜곡된 기억이기 때문에, 그것에 의존해서 진정한 '나'의 기원을 찾아갈 수는 없기 때문이다. 그럴 때 프루스트가 기대는 것은 이른바 '무의지적' 기억이다. 현재 의식의 억압을 뚫고 순간적으로 떠오르는 과거의 이미지, 그리고 그 이미지를 계기로 떠올려지는 과거의 기억들, 그런 기억들이야말로 현재의 '나'를 이루는 것이면서도 잊혀져 버린 기원으로 간주된다.

> 다시 돌이켜보면, 나의 **기억 상실은 어쩌면 내가 매미가 되어가는 과정에서 일어난 최초의 현상**인지도 모른다. 그리고 그때 맹렬한 매미 울음 소리가 귓전을 울렸다는 사실은 의미 심장하지 않을 수 없다. 그 울음 소리야말로 **기억이 지워진 나의 텅 빈 의식, 그 블랙 홀**에서부터 울려나오는 공기의 스산한 마찰음과 흡사한 것이라고 할 수 있기 때문이다.(19)

그럴 때 최수철은 '무의지적' 기억을 통해 '나'의 기원을 탐색하려는 프루스트보다 더욱 파격적인 방법으로 '나'의 잊혀진 기원을 찾아가려 한다. 그 방법이란 '나'를 완전히 뒤흔든 상태에서 '나'의 기원을 찾아가는 것이다. 그렇게 '나'를 완전히 뒤흔든 상태가 바로 '기억 상실'이다. 이 기억 상실은 위의 인용에서 보듯이 '매미가 되어가는 과정에서 일어난 최초의 현상'인 것이며, 그렇게 '나'가 해체된 순간에야 '텅 빈 존재'로부터 나오는 '맹렬한 매미 소리'가 감각될 수 있었던 것이다.

이로 볼 때 최수철은 텅 빈 존재라는 차원을 설정하지 않았던 프루스트와 구별된다고 할 수 있다. 최수철은 기억에 의한 과거의 '나'까지도 넘어서려 하는 것이다. 그러나 여기서 문제가 되는 것은 기억 상실 이후이다. 앞서 살펴본 것처럼, 매미로의 변신에 대해 최수철은 '비사실성의 사실성'으로서 필연성을 부여하여, 이규도가 기억 상실 이후 매미로 변신하는 데에 하루가 꼬박 걸리도록 만들었던 것이다. 그렇다면 그 변신의 하루 동안 매미 울음 소리를 환청으로 들으며 이규도가 인간 세상을 돌아다녔던 기억은 또 어떻게 처리할 것인가. 최수철은 여기에도 '비사실성의 사실성'을 부여한다. 그 하루에 대한 기억이 매미로 변신한 이후에도 '기억 상실에 대한 금단 현상'으로 남아 있는 것으로 설정함으로써, 그리고 이 금단 현상으로 말미암아 유일하게 남은 '인간으로서의 기억'을 자꾸 되살려 보고 이야기하게 만듦으로써, 『매미』의 서사를 전개하는 전체적인 틀로 삼는 것이다.

> (……) 돌이켜보면, 기억을 상실한 내가 나를 찾아다니면서 오히려 나 자신이 점점 무화되어버리는 것을 경험한 것이 아닌가 싶다.(221)

그러하기에 이 하루야말로 『매미』에서 시도된 최수철의 서사 전략이 그 진면목을 드러내는 시간이다. 이에 대해서는 다음 장에서 자세히 다룰 것이지만, 미리 말하자면 이 하루는 기억 상실을 깨달은 이규도로 하여금 '나'는 누구인가를 찾아가도록(구성하도록) 만드는 시간인 것이며, 동시에 그렇게 찾아낸 '나'의 덧없음을 깨닫고 '나'로부터 분리되도록('나'를 해체하도록) 만드는 시간이다. 위의 인용에서 보듯이 '나를 찾아다니면서 오히려 나 자신이 점점 무화되어버리는 것'이 되도록 만드는 것이다. 하지만 이것으로 이 하루에 대한 최수철의 서사 전략이 다 설명된 것은 아니다. 여기에 더하여 '나'를 '구성하는/해체하는' 동안에 이규도가 겪게 되는 하루 동안의 일들은 또다른 의미를 가진다. 이 또한 다음 장에서 자세히 다루겠지만, 미리 말하자면 일종의 알레고리로서 인간의 일생을 표현하는 것이라 할 수 있는 것이다.

결국 최수철은 『매미』에서 카프카를 빌어오되 카프카를 넘어서려 하고, 프루스트를 빌어오되 프루스트를 넘어서려 한다고 할 수 있다. 매미로 변신하는 것의 필연성을 '비사실성의 사실성'으로서 부여하는 것, 존재의 비어 있는 본질을 설정함으로써 현재의 '나'를 이루는 일차적 기원으로서의 무의지적 기억까지도 의심하고 그것을 넘어서려 하는 것, 그리고 그렇게 해서 '나'를 구성하면서 동시에 해체하도록 만드는 것, 이런 점이 이 소설에서 최수철이 시도한 내용이라고 할 수 있는 것이다.

· · · · · · 5 · · · · · ·

이제 이규도가 기억 상실 이후 매미로 변신하기까지 하루 동안 경험한 내용을 좀더 자세히 살펴보고, 이를 바탕으로 최수철이 드러낸 존재의 텅 빈 본질의 의미에 대해 논하기로 한다. 사실 이규도가 매미로 변신하기까지의 과정은 이 소설에 언급된 대로 '나'를 찾아가는 '극사실주의적인 과정'이며, 그런 까닭에 지리멸렬한 일상의 연속이라고도 할 수 있다. 그렇지만 여기서 눈여겨 볼 것은 이규도가 그 각각의 자질구레한 사건들을 겪을 때 떠올리는 환각들이다. 이 소설이 주는 난해함의 대부분을 차지하는 이러한 환각들은 처음에는 자유연상 정도로 미미하게 제시되다가 점점 횟수와 정도가 심해져서 이규도가 증명 사진을 찍을 때부터는 환각이 사실을 넘어서는 정도가 되며, 카페 여주인과 두 번째로 만날 때나 지하도에서의 노인과 만날 때는 환각이 사실이 압도해 버리는 상황이 된다. 이런 점은 최수철이 그 나름대로 세밀한 계산을 통해 매미로의 변신 과정을 이규도가 '나'를 찾아가는 과정과 겹치게끔 플롯을 짰음을 알려준다. 곧 최수철은 '나'를 구성하는 과정이 '나'를 해체하는 과정으로도, 그리고 그 해체의 과정은 매미로 변신하는 과정으로도 될 수 있게끔 환각을 교묘하게 배치하고 있는 것이다.

자유연상 같은 미미한 환각은 이규도가 기억 상실 상태로 깨어난 모텔에서 처음 나타난다. 노래를 부르겠다는 주인의 딸과 그것을 막는 주인, 암묵적으로 용인하는 것처럼 보이는 주인의 노모 사이에서 이규도는 딸과 노모의 편에 선 말을 격하게 내뱉는 환각에 잠시 빠진다. 그것은 표면적으로는 권위적이고 탐욕적인 모텔 주인에 대한 반발이지만, 실제로는 모텔 주인으로 표상된 욕망으로부터의 분리가 시작되었다는 것, 곧 이미 매미로의 변신이 시작되었다는 것을 알리는 신호이다.

그 다음 상황에서 모텔 주인의 딸이 이규도에게 자신을 모텔에서 데리고 나가주기를 요구한다. 그러나 그것은 그녀가 이규도의 상태에 동의했다는 것을 의미하지는 않는다. 오히려 그녀는 그를 오해했다고 할 수 있는데, 욕망 자체를 거부하는 이규도를 기존 권위에 찬동하지 않는 것으로만 생각한 때문이다. 요컨대 그녀의 어린 그러나 '음험한' 욕망이 이규도를 잘못 보도록 만든 것이다. 그렇지만 이러한 오해는 그녀가 부르는, '영혼을 잃은 자여'라는 소리가 들리는 짧은 환각을 자꾸 불러일으키는 노래를 못 부르게 이규도가 막았을 때 자연스레 깨진다. 그녀가 차에서 내려 또래들에게로 가버리는 것은 그 때문이다.

이후에도 이러한 짧은 환각은 모텔 주인 딸의 패거리들에게 구타를 당하는 장면, 카페 아우라의 여주인에게 추돌 사고를 당하는 장면, 은행에서 돈을 찾는 장면, 그리고 집으로 돌아가 잠시 쉬는 장면 등에서도 잠깐잠깐씩 그 정도를 더하면서 일어난다. 그러면서 이규도는 쉬지 않고 계속 들리는 매미 소리가 자신의 몸 안에서부터 나오는 소리임을 깨닫게 된다.

다음의 환각은 이규도가 예전에 연인이었던 여자와 직장 상사였던 남자를 만난 뒤, 다시 일상으로 돌아오라는 그들의 요구를 거부하고 헤어질 무렵에 일어난다. 이 환각은 좀 더 강렬하다. 이 시점에 이르러 이규도는 그 동안 상실했던 '나'에 대한 구성을 일단 끝내지만, 그렇게 확인한 '나'는 지금의 이규도로서는 별 애착이 없는 '나'였기 때문이다. '나'에 대한 애착이 없어짐으로 인해 매미에로의 견인력이 그만큼 커진 것이다.

> (……) 환청과 더불어 나는 환시를 보았다. 내 곁에 서 있던 그녀가 갑자기 나이 어린 여자아이의 모습을 하고서 나를 빤히 바라보고 있었다. 그 아이가 내 팔을 잡고 뭐라고 칭얼거리고 있었다. 그런데 자세히 보니 그녀의 얼굴은 온통 주름살투성이였다. 순간, 나는 내가 그녀의 육체가 숨기고 있고 그녀의 정신이 감추고 있는 비밀스런 속성을 보고 있음을 깨달았다.(153)

위의 인용에서 이규도가 환각 속에서 본 주름투성이의 어린 아이는 현대인의 모습을 비유한 것이라 할 수 있다. 이 어린 아이가 죽음을 모르거나 도외시하면서 욕망을 주인으로 삼고 그것의 충족을 위해 고군분투한 흔적이 주름살로 남아있는 것이다.

여기서 작가가 매미 소리로 인한 환각이 이규도에게 어떤 영향을 미치도록 설정하고 있는지 분명해진다. 이규도로 하여금 일상으로 돌아가지 못하게 하는 기능을 하게 만드는 것이다. 그렇다면 그 환각은 어디에서 온 것인가. 바로 매미의 세계로부터 온 것이며, 따라서 환각은 이규도가 매미로 변신하는 지표로 기능하는 셈이다. 이 환각 뒤에 이규도는 연인이었던 여자가 같이 타기를 애타게 바랐던 그 엘리베이터가 무참하게 으깨지고 그 속에서 탄 그녀와 그 또한 '터지고 찢기고 갈리'는 환각에 빠지는데, 이는 이규도가 그녀의 손을 잡고 다시금 일상으로 돌아갔을 때의 미래상을 의미한다. 그런 환각을 본 이규도가 일상으로 갈 엄두조차 못낼 것은 당연한 일이다.

기억 상실 이전의 '나'에 대한 애착이 없어진 뒤 환각은 걷잡을 수 없이 커진다. 이미 일상으로의 회귀에 대한 욕망으로부터 벗어난 때문이다. 그러한 환각 속에서 이규도는 '나'에 대한 세 번의 이별식을 치르게 된다. 그 하나는 욕망에 의해 이루어진 '나'의 외면에 대한 이별식이고, 두 번째는 그 외면을 만들어낸 욕망 자체에 대한 이별식이며, 세 번째는 매미로 변신하지 않았을 경우에 겪게 되었을 미래의 '나'에 대한 이별식이다.

이 가운데 첫 번째 이별식은 매미가 벗어놓은 자신의 허물을 확인하듯 인간으로서 자신의 마지막 모습을 확인하기 위해 사진을 찍는 일로 제시된다. 그 사진관에서 이규도는 이제 본격화된 환각을 만나는데, 그러한 환각의 내용은 이규도가 욕망의 '나'의 껍질(사진)을 매개로 사진사를 공격하면서 동시에 그와 욕망의 축제를 벌이는 것이다. 이규도가 그 동안 만났던 사람들의 껍질들도 환각 속에서 축제에 같이 참여한다. 이때 사진사는 사람들이 모두 가지고 있는 욕망의 '나'를 사진으로 포착함으로써 자신의 욕망을 충족시키는 인물이다. 이 축제 이후 이규도가 욕망의 껍질이 전부인 것으로 아는 사람들을 남겨놓고 혼자 떠나올 수밖에 없었을 때 사진사를 너덜너덜한 껍질만 남기고 해체해 버리는 것은, 존재 자체는 포착하지 못한 채 욕망만 포착하여 몰래 즐기는 현대인의 관음적 습성을 징벌한 것으로 생각된다.

두 번째 이별식은 사진관을 나온 이규도가 '자학과 도발의 고모라 여인'으로 생각했던 카페 여주인과 다시 만나 그녀와 환각 속에서 벌이는 정사이다. 그 정사는 이규도에게 욕망으로 성취할 수 있는 최대의 '만족스러운 기억'이라는 의미를 가진다. 곧 이규도와 그녀는 정사를 통해 각각 자신의 욕망이라는 한계를 넘어 육체적 정신적 교감과 대화를 나누는 것이다. 그러나 이와 같이 상호 간의 진정한 소통이 이루어지는 욕망의 극한점은 사실 두 사람 모두 욕망을 넘어설 수 있어야 성취할 수 있는 것이기도 하다. 이 점에서 이규도가 카페 여주인을 정사의 대상으로 삼은 이유가 드러나는데, 돌아오지 않는 남편과의 과거의 기억을 열렬히 추억하면서 그 사랑을 아이에게 기울이는 그녀는 이 작품에서 이규도를 제외한다면 현재의 '나'의 욕망이 가지는 견인력으로부터 가장 '자유로운' 인물로 등장하기 때문이다.

이규도가 그녀와 정사를 나누는 이 장면에서 환각의 정도가 더욱 심해져 있는 것은 물론이다. 그러한 환각은 둘 간의 진정한 소통을 통해 아이를 낳는 것에서 시작하여, 새장 속에 갇혀 그녀가 주는 모이를 쪼아먹으며 그녀에 대한 갈증에 시달리는 것, 마지막으로 정사 후 잠든 이규도에게 그녀가 커다란 매미의 모습으로 나타나 꿈에서 깨어날 것을 충고하면서 현실의 미로 속으로 돌아가 과거 단란했던 기억 속에 안주할 것을 권하는 것으로 이루어진다.

이러한 환각들은 얼핏 보기에는 혼란스럽지만, 일정한 의미가 있다. 첫 번째 환각은 욕망을 가진 인간들이 가장 꿈꾸는 순간이다. 그 순간을 통해 인간들은 사랑의 결실을 맺는 것이다. 아이는 그러한 결실의 상징이다. 그러나 이처럼 상호 간의 진정한 소통과 합일이라는 욕망이 궁극적으로 충족된 순간은 오래가지 않는다. 시간이 갈수록 진정한 소통을 가능하게 했던 둘 간의 관계는 바싹 메마르면서 둘은 진정으로 만날 수 없게 되는 것이다. 그럴 때 애초의 충족된 사랑의 순간과 그 순간에 자신과 화합했던 과거의 상대방을 되찾고자 하는 갈증에 시달리게 될 것은 당연한 일이다. 세 번째의 환각에 내재된 의미는 이와 연관이 있다. 결국 욕망은 과거에 충족되었던 순간을 그리워하고, 그것이 없다면 기억을 왜곡해서라도 만들어내는 것이며, 그 과거 속에서야 잠시 욕망의 '나'는 안주하게 된다는 것이다. 이러한 환각을 거치면서 과거 기억에서야 겨우 안식을 찾는 삶의 방식에 한계를 깨달은 이규도가 그녀의 곁을 떠나는 것은 당연한 일인데, 이로써 이규도는 내면에 남아있던 욕망의 모든 것과 이별하게 되었다고 할 수 있다.

이제 세 번째 이별식을 살펴보기로 한다. 지하도에서 이규도는 어떤 노인을 만나고, 그의 인도를 따라 먼 길을 돌아 '지하 묘소 같기도 한' 매미의 세계 입구에 이른다. 이 세 번째 이별식 장면에서는 이제 환각이 사실을 아예 대체해 버린다. 그렇다면 이 노인은 누구인가. 이규도는 노인를 업고 가는 동안 그와 나눈 열띤 대화를 통해 그가 변신하지 않을 경우의 자신의 미래라는 것, 곧 죽음으로 달려가면서 늙어갈 이후의 자신임을 깨닫는다.

> (……) 노인은 (……) 애벌레가 되어 나를 지켜보고 있었다. (……)
> 순간, 나는 손으로 내 사지를 더듬으며 걷잡을 수 없는 분노와 증오심으로 몸을 떨었다. 나는 그 노인으로 인해 블랙 홀 속으로 빠져든 것이었다. **나는 나 스스로 내가 아닌, 다른 무엇인가가 되고자 했다.** 그러나 이제는 모든 게 틀려버렸다. 나는 바닥에 놓여진 커다란 돌을 들어 (……) 수없이 내리쳐서 애벌레를 으깨버렸다. (……)
> 그때 어디선가 시간의 화살이 쏜살같이 날아와 내 이마 한가운데에 콱 박혔다. 그리고 **그 순간 시간이 정지되었다.**(219-220)

만약 이규도가 매미로 변신하지 않는다면, 그 역시 죽을 때는 위의 인용에서 노인이 그러했던 것처럼 기억의 애벌레가 되어 다른 사람의 잠재된 기억 속에서 살아남고자 할 것이다. 그러나 살아있는 인간들은 자신의 종말을 예고하는 타인의 죽음을 애써 기억의 암흑 속으로 밀어넣는다. 그럴 때 이규도는 그렇게 타인의 기억 속에 잠재되고 잊혀진 애벌레가 되고야 말 자신을 없앤다. 이로써 이규도는 완전히 '나'와의 이별식을 종결하게 되는 것이다. 그런 점에서 위의 인용에 '나 스스로 내가 아닌, 다른 무엇인가가 되고자 했다'고 언급된 것은 일종의 트릭이라고 할 수 있다. '나 스스로'라는 의지적 행위를 하는 '나'가 그대로 유지된다면 '다른 무엇인가'는 절대 될 수 없을 것이기 때문이다. 그런 '나'까지도 없어져야만 이규도는 비로소 매미가 되는 것이다.

이제 이규도는 존재의 텅 빔 — '블랙 홀' — 에 도달하게 된 셈이다. 그리고 이로써 우리의 논의에서 그 동안 암묵적으로 계속 남겨놓았던 의문, 곧 '존재의 텅 빔이란 또 도대체 무엇인가'라는 의문에 답할 때가 되었다. 그 답은 바로 인간의 자연적 본성으로서의 죽음이다. 그 동안 쌓아놓았던 모든 것이 한꺼번에 비워져 버리는 것, 그러나 없음으로 화함으로써 '나'라는 삶의 굴레를 벗어나는 것, 인간이 태어나면서부터 자신의 자연스러운 운명이자 성질로서 간직하고 있으나 애써 잊어버리고자 하는 것, 그러나 본성이기에 아무리 그것을 벗어나고자 하더라도 벗어날 수 없는 것, 그것이 바로 죽음인 것이다. 위의 인용을 다시 본다면, 시간이 정지되었음을 작가가 특별히 강조한 것은 그래서 의미 있는 일이다. 그러한 정지란 바로 '나'에게 주어진 시간이 다한 죽음의 순간인 것이다.

그러나 인간은 '나'를 구성하면서 자신만은 그 자연스러운 본성으로부터 예외가 될 것처럼 삶이라는 또 다른 본성만을 전부인 것으로 알고 살아간다. 그리고 그렇게 삶이라는 본성을 전부인 것으로 간주하는 위에 과거의 욕망과 그것을 실행한 기억을 쌓으며, 또 그것조차도 잊어버린 위에 겨우 확고한 중심으로서 현재 욕망의 '나'를 축조한다. 그렇지만 죽음을 잊어버림으로써 근원적으로 확고해지는 '나'란, 죽음 — 텅 빈 본질 — 의 입장에서 본다면 실상 환각에 지나지 않는 것이 아닌가.

> 방금 나는 그날 줄곧 내가 나 자신을 미행해 왔음을 깨달았다. (……) 그리하여 나는 그날 하루 동안에 인간으로서 평생을 살았다. 얼굴도 모르는 어미의 자궁을 빠져나와 거리에 내던져지듯 태어나고, 홀로 성장했다. 거리를 걸으며 사람들을 만나고 싸우고 사랑했으며, 한 여자를 만나 정사를 나누고, 아이를 낳았다. (……) 사진관 옆의 진열창에는 형편없이 늙어버린 나의 모습이 비치고 있었다. 그러다가 문득 원점에 이르러, 나는 단 하루에 늙은이가 되었다. 또한 나는 단 하루에 모든 인간들의 삶을 살았다. (……) 그 결과, 나는 **더할 나위 없이 황량한 종착역**에 이르렀고, 이렇듯 한순간에 매미가 되었다.(222)

최수철이 난해함을 무릅쓰고 이규도로 하여금 환각 속에서 헤매게 만든 이유 역시 여기서 분명해지는 셈이다. 그로 하여금 '하루 동안에 인간으로서 평생을 살'게 만들고, 나아가 '단 하루에 모든 인간의 삶을 살'게 만들려면, 환각을 통해 상징적으로 인간의 '삶/죽음'의 과정을 겪도록 그려내지 않으면 안 되었던 것이다. 이 지점에서 앞서 살핀 논의를 다시 되살리면, 위의 인용에 제시된 대로 이규도의 하루가 구성되었음을 알 수 있다.

여기서 이 소설의 목표 역시 분명해진다. 인간이 쌓은 욕망의 문명, 그것을 죽음이라는 잊혀진 본성의 눈으로 살펴보려는 데 있는 것이다. 죽음이라는 '더 할 나위 없이 황량한 종착역'에 도달함으로써 비로소 매미로 변신할 수 있었던 이규도의 눈은 죽음이라는 인간의 자연적 본성의 눈인 것이며, 그 눈으로 본 결과가 이규도의 변신 과정과 함께 이 소설에서 지속적으로 서술되고 있는 것이다.

앞에서 카프카나 프루스트를 최수철과 비교한 바 있지만, 여기서 그 비교에 좀더 근원적인 사항 하나를 덧붙여야 할 것 같다. 그것은 바로 죽음에 대한 의미 부여에 연관된 사항이다. 위의 논의에서 밝힌 바 있듯이, 그것은 최수철은 죽음을 인간의 단순한 사라짐이 아니라, 삶과 함께 인간의 당연하고도 자연스러운 본질이 현상하는 것으로 명료하게 의미 부여하고 있다는 점이다. 최수철은 그렇게 명료하게 의미를 부여함으로써 비로소 죽음의 눈을 가진 자로서 매미 이규도를 설정할 수 있었던 것이다. 카프카에게나 프루스트에게도 죽음의 문제는 인간 존재의 가장 근본적인 문제로 나타나는 것은 사실이지만, 그럼에도 불구하고 그 문제가 최수철의 경우처럼 인간의 당연한 본성으로까지 명료하게 의미 부여되지는 않은 것으로 보인다.

> 죽어가는 매미들이 거친 바닥을 몸으로 비비며 추는 원무, 그 한 가운데에 외로이 갇힌 채, 또한 비로소 나는 내가 누구인지 알 수 있을 듯했다. 처음에 나는 내가 인간인 것 같기도 했고, 매미인 것 같기도 했다. 그때 매미들의 울음 소리가 환청으로 들려왔다. 그때 나는 확연히 깨달았다. **매미들의 주검들 곁에서 나 또한 단지** (죽어가는—인용자) **한 마리의 매미였다.**(9, 226)

이제 마지막으로 총 35장으로 된 이 소설에서 수미쌍관 식으로 프롤로그와 에필로그 구실을 하고 있는, 수수께끼 같은 1장과 35장의 의미를 밝혀 보기로 한다. 존재의 텅 빈 본질을 설정하고 그것을 탐색하는 이 소설의 앞뒤에서, 왜 최수철은 매미들의 죽음을 강조하고, 게다가 작가적인 서술자를 그 매미들의 주검 속에 서서 매미 소리의 환청을 듣게 만드는가. 모든 논의가 끝난 지금, 그 이유는 분명하다. 그 매미의 울음 소리는 바로 인간에게 죽음이라는 자연적 본성을 환기시키는 소리인 것이며, 동시에 인간의 주인 노릇을 하고 있는 욕망을 죽음에 대비해 보라는 자연의 요구를 대변하는 소리인 것이다. 그리고 '나'를 둘러싸고 죽음의 원무를 추는 매미들은 '나'에게 바로 그러한 죽음의 본성을 일깨워주고 있는 것이다.

• • • • • 6 • • • • •

우리 소설사에서 최수철의 선행 작가로 꼽을 수 있는 작가는 없을까. 비록 구체적인 모양새는 다르지만, 그런 작가로는 장용학을 들 수 있을 것이다. 장용학에게 인간의 욕망을 넘어서도록 재촉했던 것은 6·25로 대표되는 남북한 간의 이데올로기 대립이었다고 할 수 있다. 장용학은 이 같은 이데올로기를 넘어서려면, '인간적'인 것으로 표상된 욕망과 그것을 대변하는 언어 너머에 있는 '인간' 자체를 찾을 수밖에 없다고 생각했던 것이다. 그렇다면 어떻게 인간 자체에 도달할 것인가. 그가 「요한시집」에서 누혜로 하여금 자살을 하게 만들고, 「비인탄생」 연작에서 지호를 인간 아닌 것으로 만들었던 이유가 여기에 있다. 도대체 인간 아닌 것이 되지 않는 한, '인간' 자체를 볼 도리가 없었던 것이다.

그런데 누혜나 지호는 과연 인간 자체를 보기는 했던 것일까. 장용학은 그들로 하여금 죽은 이후나 환상 속에서 인간 자체를 보게 만들려고 한다. 그렇지만 누혜는 사실 죽음으로써 인식과 경험 능력 자체가 없어져 버렸고, 지호는 환상 속에서 인간 자체를 보는 대신 '인간적'인 것을 표상하는 괴물과 싸우기에만 급급하지 않았던가. 그들이 인간 자체를 보았을 리는 없다고 생각하는 것도 이런 점 때문이다.

이러한 논의를 본다면 장용학이 일찍이 그 필요성을 절실히 느끼고 그것에 부딪혔지만 해결하지 못했고, 이후 다른 작가들에게는 잊혀져 있던 문제가 40년이 넘게 지난 뒤 최수철에 와서 다시금 제기된 셈이라 할 수 있다. 그럴 때 최수철은 장용학에게 그 답을 구할 방법을 전해준다. 그것이 바로 『매미』이다. 최수철은 인간은 아니게 되었지만 아직 인간의 언어를 잔존하고 있는 상태로서의 매미 이규도를 설정하고서, 죽음이라는 잊혀진 인간 본성의 눈으로 욕망의 인간을 보게 만드는 것이다.

사실 최수철이 그렇게 한 목표가 장용학의 그것과 완전히 같지는 않을 것이다. 장용학에게는 당시 우리 민족이 부딪혔던 당면 문제가 그토록 절실했던 반면, 최수철에게는 인간 문명, 특히 욕망 충족을 당연시하면서 그것을 위해 쉼없이 달려가는 현대 문명 전체의 보편적 문제가 우선적인 것으로 여겨지기 때문이다. 여기서 장용학이 자신의 문학을 총결산하는 의미로 쓴 『원형의 전설』을 참조할 필요가 있다. 이 소설에서 장용학은 우리 민족의 문제가 인간과 세계의 보편적인 문제이기도 하다는 것을 누누이 주장한다. 비록 결말은 「요한시집」이나 「비인탄생」 연작과 대동소이하지만, 그 나름대로는 자신의 문제 인식을 필연성 있게 확대하려 한 것이라 할 수 있다.

최수철 소설을 다루는 이 자리에서 문득 필자에게 『원형의 전설』에 나타났던 장용학의 그런 점이 소중하게 느껴지는 것은 왜일까. 당면 현실에 대한 긴장력을 풀지 않았던 1990년대 초까지의 최수철 소설을 상기할 때, 비록 그때의 소설들이 지금의 소설들을 낳은 기원이 된 것은 사실이라 할지라도, 정작 지금 작가는 그로부터 너무 먼 곳에 서 있지 않은가 하는 의문이 일어나기 때문이다. 물론 이 말이 지금 소설들의 성과를 무시하고 옛날로 돌아가라는 뜻은 당연히 아니다. 다만 이제는 인간의 보편적인 문제에 대한 심오한 성찰을 수행한 이러한 성과를 가지고 다시금 우리의 구체적인 현실로 되돌아와야 할 시점이 되지 않았을까 하는 것이다. 만약 그렇게 된다면, 우리는 우리의 현실을 어느 누구보다 근원적인 안목으로 바라본 보다 진전된 작품을 얻게 될 것이며, 식민지적 천민 자본주의에 세계화의 자본주의가 겹쳐져 만들어진, 그리고 남북한의 냉전적 대립이 민족 구성원의 내면에서부터 전체 제도의 차원에 이르기까지 해소되지 못한 채 서로 뿔뿔이 갈려진 상태만을 당연한 것으로 받아들이는 이 한심한 현실을 바라보고 치유할 수 있는 새롭고도 깊은 시각을 가지게 될 것이다.

인간의 진정한 관계성 회복을 위한 모색
─ 현길언의 『관계』에 대하여 ─

　사람들은 태어나면서부터 죽을 때까지 부단히 여러 사람들과 인간 관계를 맺으면서 살아간다. 그러한 인간 관계 가운데 가장 중요한 것은 무엇일까. 부모, 사랑하는 사람, 자식 등등의 여러 사람들과의 관계를 생각해 볼 수 있겠지만, 그 가장 기본적인 답은 자기 자신과의 관계일 것이다. '나 스스로 나를 어떻게 생각하는가'의 문제가 다른 모든 사람들과의 관계를 결정하는 기본적 사항이 되는 까닭이다.

　여기서 문제는 '나'에 대해 생각한 바가 과연 '나' 스스로 한 생각인가에 있다. 예를 들면 어린 아이일 경우, 부모나 스승, 또는 그런 역할을 하는 다른 사람이 '너 자신에 대해 이러이러하게 생각하라'고 알려준 것이 자신에 대한 생각의 대부분을 차지할 때가 많다. 그렇지만 이런 문제가 어린 아이에게만 그치는 것은 아니다. 사춘기를 지나면서 어느 정도 자아의 정체성을 확립한 성인들도 다른 사람들이 '너는 어떠어떠하다'고 알려주거나 일컫는 바를 자기 자신으로 알고 있는 경우도 많기 때문이다. 더욱 서글픈 것은 진정한 '나'는 무엇인지 알 수도 없이, 다른 사람들이 생각하는 '나'를 진정한 '나'로 만들기 위해 고군분투하는 경우도 없지 않다는 사실이다.

　이에 더하여 또 다른 문제는, '나'에 대한 생각이 '나' 스스로 한 것이든 다른 사람들에게서 부여받은 것이든 간에, '나'에 대해 생각하는 바는 다른 사람과 차이가 나기 일쑤라는 데 있다. 물론 사람들은 자신에 대해 긍정적으로 생각하고 싶어하고, 그래서 다른 사람들이 자신에 대해 긍정적으로 생각한 바만 받아들여 자신에 대해 과장된 이미지를 갖게 되기도 한다. 그렇지만 사람들은 자신에 대해 부여하는 만큼 긍정적이지 않은 다른 사람의 생각에는 더욱 종종 부딪히게 마련이며, 그럴 때마다 서운하기도 하고 서글퍼지기도 하며, 분노하기도 한다. 그러나 다른 사람들의 부정적인 생각이 자신으로서도 부인할 수 없는 사실에 기반하고 있을 때, 예를 들어 돌이킬 수 없는 실수를 했다든지, 자신만의 비밀이었던 것이 그만 알려져서 비난을 피할 수 없게 되었다든지 할 때, 그런 부정적인 생각을 수용하면서 자학적인 감정에 휩쓸리게 된다.

현길언은 이번의 장편 소설『관계』에서 이러한 두 문제에 대한 고찰을 주인공 장미현의 곡절 많은 삶을 통해 수행하고 있다. 이 소설의 주인공 장미현은 해방 직후 미대 교수였던 장성경과 그의 제자 유정원이 저지른 불륜의 씨앗으로 태어난다. 비록 둘 다 또는 최소한 유정원에게는 진정한 사랑이었다고 할지라도, 객관적 또는 사회 통념 상으로 미현은 사생아에 지나지 않았던 것이다.

> 미현이 지금까지 부족함 없이 **공주처럼 살아온 것**은 외손녀를 안타깝게 생각하는 외할머니 마음 때문이다. 그런데 그러한 마음은 딸인 <나의 어머니>에 대한 마음의 표현이었음을 알게 되었다. 외손녀를 위해서가 아니라, 딸을 위해서였다. (중략)
> 미현은 누구 한 사람에게라도 자신은 버려진 사생아가 아니라, **아름다운 사랑의 열매**였다는 사실을 인정받고 싶었다.(pp.120-121, 이하 강조는 인용자)

물론 미현은 자신의 그러한 태생의 비밀을 알아차리지 못한 채, 위의 인용에서 보는 것처럼 '공주처럼' 구김살 없이 자라난다. 그녀의 외할머니 박 권사가 '아버지도 되고 어머니도 되겠다'(p.31)는 다짐으로 그녀를 극진한 사랑과 보살핌 속에 키웠던 것이다. 그러나 그녀는 대학 시절 학교에서 열린 동문 전시회를 계기로 태생의 비밀에 접근하게 되고, 자아의 정체성이 송두리째 무너지는 경험을 하게 된다. 그럴 때 미현이 첫 번째로 보이는 반응은 '사랑의 열매'이라는 비유를 통해 자신의 긍정적인 정체성을 그대로 유지하고자 하는 것이다. 그녀가 어머니를 그린 아버지의 그림과 어머니의 일기를 통해 비록 불륜이기는 하지만 열렬한 사랑이었음을 확인하는 것도 그 때문이다. 여기서 미현이 자신을 '사랑의 열매' 또는 '선물'로 인정해 주어야만 할 사람으로 생각한 이는 이복 오빠인 장기성이다. 남편에게 배신당한 본처의 아들인 그에게서까지 자신이 '사랑의 열매'임을 인정받을 수 있다면, 그녀는 외할머니가 심혈을 기울여 심어준 긍정적인 정체성을 훼손시키지 않아도 되는 결정적인 동조자를 획득하는 것이 되기 때문이다.

> '그래도 저는 제 아버지와 어머니의 사랑의 선물이 제 자신이라고 생각하거든요.'
> 미현은 약간 우습게도 <사랑의 선물>이라는 이상한 논리를 제시했다.
> '사랑의 선물이라고요? 천만엡니다. 철저하게 사생아요 정욕의 찌꺼기겠지요. 그러니까, 사생아임에 틀림없어요.' (중략)
> '그래서 학생은 사생아요!'
> 이복 오라비가 남기고 간 말이 귓가에 쟁쟁했다. **차츰 그녀는 그의 말을 이해하기 시작했다.** 나는 틀림없이 사생아이다. 그렇다면 이제 어떻게 살아야 할 것인가.
> 미현은 집으로 돌아오면서 이제 외갓집을 떠날 때가 되었다고 생각했다. 지금까지 단 한 번도 그 집과 자상한 할머니가 외갓집이고 외할머니라고 생각해 본 적이 없었다. 그런데, 이제는 떠나야 한다. **사생아는 사생아로서 세상을 살아야 한다.**(pp.126-127)

그러나 그렇게 해서 만난 장기성은 미현이 그런 '사랑의 선물'이 아니라 '정욕의 찌꺼기'로서, 사생아에 지나지 않는다는 충격적인 의미를 부여한다. 이러한 장기성의 논리는 기실 미현의 약점을 찌른 것이다. 무엇보다 그녀가 확실히 확인한 것은 어머니가 열렬한 사랑이었을 뿐, 아버지의 사랑 역시 그러했다는 것은 확인하지 못한 상태였기 때문이다. 미현이 장기성을 만난 의도가 한 아버지에게서 나온 형제로서의 만남에 있었다는 것에 비추어본다면, 이는 확실히 결정적인 약점이 아닐 수 없다. 사생아가 아닌 정당한 형제의 위치를 확보하기 위해서는 어머니에 대한 아버지의 열렬한 사랑이 필수적인 조건이었던 것이다. 그렇지만 월북한 아버지는 6·25가 발발하고 북한군이 서울에 내려왔을 때도 어머니를 찾지 않았으며, 나아가 그렇게 열렬한 사랑을 보여준 어머니조차 전쟁이 끝나자마자 그녀를 놓아두고 다른 사람과 결혼해 미국으로 가버리지 않았던가. 위의 인용에서 보듯이 이런 점이 반추되면서 미현은 의붓 오빠로부터 주어진 생각을 자신의 생각으로 바꾸게 되었던 것이다.

그렇지만 장기성의 논리도 약점이 있는 것이 사실이다. 그 역시 아버지인 장성경이 유정원을 사랑하지 않았다는 것을 직접 확인할 수 없었다는 점을 생각한다면, 그처럼 확신을 가지고 미현을 비난할 수는 없을 것이기 때문이다. 더군다나 장성경이 월북할 때 유정원뿐만 아니라 본처인 자신의 어머니에게도 알리지 않았다는 것, 그리고 그가 알고 있는 것과 달리 장성경이 유정원의 임신을 알고서도 별다른 부정적인 반응을 보이지 않고 도리어 기뻐했다는 것 역시 기성의 논리로는 설명되지 않는 것이다. 객관적으로 보자면, 장기성이 미현에게 보인 부정적인 반응은, 장성경의 월북 이후 자식들을 비롯한 남은 가족들이 겪었던 고초와 불이익의 원인을 월북의 빌미를 제공했던 유정원과 미현에게 전적으로 돌리는 악감정을 품고 있었기 때문이라고 해야 옳을 것이다.

시일이 지난 뒤, 미현이 파리로 유학가면 그곳에서 활동하던 아버지 장성경을 만날 수도 있을 것이라는 희망을 말했을 때, 장기성이 그 계획을 포기할 것을 강압적으로 요구하고 나아가 사찰기관에 그것을 밀고했던 이유도 여기서 설명된다. 일단 표면적으로 볼 때, 그가 밀고한 이유는 자신들에 앞서 '정욕의 찌꺼기'에 불과한 미현이 아버지를 만난다는 것을 용납할 수 없었다는 데 있는 것으로 보인다. 그렇지만 아무래도 보다 깊은 이유는 기성으로서는 아버지가 월북한 이유가 이념이 아니라 유정원과 미현에 있었다고 믿고 싶었기 때문이었을 것이다. 유정원과 미현에 월북 이유가 있다면, 그와 가족들이 받았던 고초와 불이익이 부당하다는 생각을 계속 유지하고 주장할 수 있지만, 만약 이념에 있었던 것으로 판명된다면 쉽사리 그 부당함을 주장하지는 못할 것이기 때문이다. 물론 그나 그의 가족들이 연좌제나 사상 관련법, 나아가 이념 대립을 조장하는 당시 사회 제도 자체에 문제를 제기하는 차원으로 나아갈 수 있다면, 계속 자신들이 처한 불이익의 부당함을 더욱 정당하게 주장할 수 있겠지만, 그렇게 하지도 못한다면 자신들의 상황을 아무런 불평 없이 감수할 수밖에 없는 것이다. 이로 볼 때 기성이나 그의 가족들은, 장성경이 월북하게 된 계기의 일부에 지나지 않았던 유정원과 미현을 일종의 희생양으로 만들어 분풀이하는 수준에 머물고 있는 셈이다.

그렇지만 이 과정에서 정작 중요한 것은 미현이 자신에 대한 기성의 생각을 정말 자신의 생각으로 바꾸면서, 그에 따라 앞으로의 삶을 살아가기로 마음먹었다는 점이다. '사생아는 사생아로서 세상을 살아야 한다'는 생각이 그것이다. 이후 미현의 삶은 자학적인 소용돌이 속에서 헤어나오지 못한다. 그녀가 결혼을 포기하고, 아울러 남궁혁 신부에게 매달리게 된 것, 성현수와 동거하면서 임신할 때마다 낙태 수술을 받는 것 등은 그러한 자학의 표시인 것이다.

여기에 대해 기성을 만나기 전에 이미 '이 세상에 태어난 것은 저주라는 생각이 미현에게 떠나지 않았'던(p.88) 것이 아닌가 하는 반론을 제기할 수는 있을 것이다. 그렇지만 그 생각이 호적을 확인하러 온양에 들린 미현에게 삼촌이 보였던 당혹한 반응과, 미현이 갓 태어났을 때 입적을 부탁하러 들린 외할머니를 장성경 가족들이 문전박대했다는 이야기에서 비롯한 부정적인 이미지에 따른 것임을 고려한다면, 자신이 저주받은 존재라는 미현의 생각은 실상 외부에서 부여된 것임을 알 수 있다. 사생아라는 객관적 사실에 그녀가 부여한 부정적인 가치는 그녀 바깥에서 온 것이지, 그녀 스스로에게서 생겨난 것은 아닌 것이다. 요컨대 미현의 자학적인 삶은 기성으로 대표된 타인들의 생각을 그대로 받아들임으로써 시작된 것이라고 할 수 있다. 그런 점에서 '사생아는 사생아로서 세상을 살아야 한다'는 그녀의 결심은 그 비장한 뉘앙스와는 별개로 스스로 자기정체성을 갖추지 못한 사람의 한계를 역설적으로 드러내준다.

이러한 미현의 생각에 작가 역시 완전히 동의할 수 없었을 것이다. 실제로 현길언은 미현 옆에 운명처럼 사생아인 인물 둘을 맞붙여 놓는다. 그 한 인물은 남궁혁(바오로) 신부이며, 다른 인물은 성현수이다. 이 가운데 남궁 신부는 수녀원 대문 가에 버려졌을 때 수녀들이 <천사의 집>으로 데려가 신부로 키워냈던 인물이다. 그렇다면 남궁혁은 자신의 출생에 대해 어떤 생각을 가지고 있는가. 그는 출생 문제로 괴로워하는 미현에게 다음과 같이 말한다.

'나도 이 나무에 대해서는 많이 생각해 보았는데, 그래도 모르는 것이 너무 많아. 지금까지 살아온 시간에 대해서는 나이테를 보면 알 수 있겠지만, 미래에 어떻게 될 것이라는 것은 아무리 생각해 봐도 모르겠어. (중략) 그러나 분명한 것은 이 나무가 잘려 나가면 새로운 질서에 편입되면서 새롭게 변모된다는 사실만은 확실하거든. (중략) 그러나 그 나무의 미래에서 중요한 것은 그 나무가 제 자리에서 떠나지 않고 끝내 그 자리를 지키다가 늙어 죽게 된다면 결국 나무로서는 종말을 맞겠지만, 다른 무엇에 의해서 죽게 된다면 다른 데 필요한 자리에 놓일 수 있다는 사실만은 분명하지 않겠어. 생명을 다하기 전에 다른 목적으로 쓰이기 위해 베어 낸다면, **다른 질서에 편입된 나무로서 새로 생을 살아가지 않겠어.** 이 자리에 있었을 때와는 다른 생이라 하더라도……'(pp.146-147)

나무의 비유로 된 위의 인용에서 남궁혁이 말하고자 한 의도는 분명하다. 나무를 인생에 비유한다면, 어떤 나무는 태어난 그 자리에서 계속 살다가 죽어가겠지만, 어떤 나무는 베어져서 또 다른 목적을 위해 쓰일 수도 있는 것이다. 이 「베어냄의 섭리」는 사실 그 나무에게 너무 가혹한 것이다. 그렇지만 그러한 가혹함만을 바라보고 그 나무가 또 다른 목적을 거부하고 나무가 아니기를 바라거나 스스로를 파괴할 수는 없는 노릇이라는 것을 남궁혁 또는 현길언은 말하고 있는 것이다. 이를 남궁혁의 상황으로 옮겨본다면, 그는 자의와 관계없이 그 뿌리(부모)로부터 잘려져 버린 나무이다. 그렇지만 그는 그렇게 베어진 상황을 인정하고 받아들인다. 그리고 그 베어짐이란 가혹한 상황 속에서 다른 삶을 살아가게 만든 신의 뜻을 찾기 위해 신부가 되기로 작정했던 것이다. 여기서 그가 하필이면 신부가 되기로 한 것은 <천사의 집>에서 받아들이게 된 신앙에 직접적 계기가 있음은 물론이다.

이로 볼 때 남궁혁은 미현에게 사생아라는 사실에 대해 기성을 비롯한 사람들이 내리는 부정적인 평가를 스스로를 규정하는 생각으로 받아들여 자학하는 삶을 살지 말고, 사생아로 이 세상에 내려보낸 신의 뜻 속에서 자신의 미래를 만들어 나갈 것을 권한 셈이다. 신의 품 안에서라면 최소한 스스로를 자학하면서 파괴적인 삶을 살지는 않을 것이며, 오히려 자학을 넘어서서 자신과 타인을 위해 어떤 삶을 살 것인지 심사숙고할 수 있을 것이기 때문이다.

> '지난 시간의 의미는 시간이 더 지난 다음에 생각해 보자. 하나님의 섭리가 무엇인지 인간으로서는 판단할 수 없지. 아버지 없이 태어난 우리가 도리어 아버지의 의미를 깨닫고 증거할 수도 있고, 버린 어머니를 통해서 어머니 애정에 대해서 새롭게 생각할 수도 있다면, 우리가 버려졌다는 사실은 **아무나 감당할 수 없는 인간의 진실을 증거하는 일을 맡게 하시려는 하나님의 섭리**라고 생각할 수도 있지 않겠어?' (중략)
> 미현은 그 말에 강한 거부감이 일어났다. **모든 일을 야훼 하나님의 섭리로만 생각하는 그 태도를 이해할 수 없었다.** 무슨 궤변인가? 사생아로 태어난 것까지 야훼 하나님의 섭리로 돌린단 말인가.(147-148)

남궁혁의 속뜻은 위의 인용에서도 알 수 있다. '아무나 감당할 수 없는 인간의 진실을 증거하는 일을 맡게 하려는 하나님의 섭리'라는 그의 말은, 사생아라는 자신들의 처지야말로 사회 속에서 원초적으로 소외된 존재임을 의미하는 것이겠지만, 그 소외 속에 머무르지 말고 극복해가는 삶을 살아야 한다는 것을 다짐하는 말인 것이다.

그러나 위의 인용에서 보듯이 미현은 그의 말을 '이해하'지 못하고 거부한다. 정확히 말해 미현은 자신이 사생아라는 사실 자체보다도 그러한 자신을 다른 사람들 또는 이 사회가 어떻게 생각하는지에 더욱 주의를 기울였던 것이고, 그 다른 사람들의 생각이 부정적이라는 사실을 확인하고 받아들인 순간, 자신의 삶에서 긍정적인 빛을 스스로 거두어들여 버렸던 것이다. 물론 이 말이 외할머니가 심어준 애초의 긍정적인 생각을 그대로 유지하는 것이 좋다는 뜻은 아니다. 보다 중요한 것은 자신이 스스로 자신에게서 긍정적인 생각을 할 수 있어야 한다는 것인데, 미현은 자신에 대한 그런 눈을 뜨지 못했던 것이라 할 수 있다. 곧 미현은 외할머니에게서 장기성을 비롯한 다른 사람들에게로 그 대상을 옮겼을 뿐, 자신의 정체성을 구성하는 데 있어서 타인에게 의존적인 것은 이전과 마찬가지였던 것이다.

그렇다면 남궁혁은 왜 미현과 육체 관계를 가지게 되었으며, 결국 신부의 옷을 벗게 되었을까. 그 직접적인 원인은 송교수가 준 아버지의 사진을 가지고 있다가 보안법 위반 혐의로 구금되었다가 풀려난 미현이 자신의 상처와 고독을 모두 남궁혁에게 떠넘기려 덤볐던 것에 있을 것이다. 그것을 미현은 '사랑'이라고 부르고 있다. 그러나 남궁혁은 그러한 미현의 '사랑'에, 정확히는 자신의 내부에 있는 남성으로서의 욕망에 휩쓸려 파계를 하고 만다. 그럴 때 남궁혁이 자신에 대한 자괴감을 가지게 될 것은 당연한 일이다. 그가 미현에게 알리지 않고 유학을 준비하고, 간단하고 무뚝뚝한 엽서로 이별을 알린 것도 그 때문이다. 그동안 남궁혁이 사랑을 '사람 사이의 관계성을 정직하게 유지하는 것'(p.167)이라고 간주했다면, 그가 보기에 미현과 자신의 사랑은 진정하지 못한 관계였던 것이다. 곧 남궁혁은 미현이 자신을 사랑하는 것은 자신의 고통을 떠넘기려고 한 때문이고, 자신이 그런 미현을 받아들인 것은 사랑보다는 욕망 때문이었다고 생각했던 것이다.

그렇지만 과연 미현과 남궁혁은 자신들의 사랑에 대해 정확히 알았던 것일까. '내'가 '나'에 대해 정확히 모르는 것처럼, '나'의 마음 가운데 가장 중요한 사랑 역시 정작은 잘 모르는 것이 아닌가. 현길언은 이들이 자신의 사랑에 대해 잘 몰랐다는 것을 남궁혁에게 미현이 마지막으로 보내려 하다가 안 보낸 편지와 소포의 에피소드를 통해 보여준다. 그 편지란 미현이 임신했으나 중절했다는 사연이었으며, 소포는 미현의 누드를 그린 것이었는데, 이 가운데 중요한 것은 소포이다. 그녀는 자신에게 그토록 '무심한 신부를 골탕먹일 생각을 하다가 누드를 보내기로 작정했'던(p.223) 것이다. 그러나 실상 그 누드화는 미현 자신도 모르게 자신의 진심을 드러낸 것이었다고 할 수 있다. 단적으로 말해 그 그림은 미현 자신의 존재 전체를 남궁혁에게 바치는 의미를 띠었던 것이다.

이런 사정은 남궁혁도 마찬가지다. 그는 1980년대 초에 미현이 '알 수 없는 죄'로 복역하고 있을 때 이미 사제복을 벗은 상태에서 미현에게 면회를 와서, 왜 사제직을 그만두었느냐는 미현의 물음에 '주님 앞에서보다 미현의 앞에서 용서를 받아야 할 일이 두려웠'다고(p.235)라고 말한다. 이는 그가 사제복을 벗은 이후에도 여전히 미현에 대한 자신의 사랑이 욕정에 의한 것이라고 믿고 있었음을 의미한다. 그렇지 않으면 그가 미현에게 용서를 받아야 할 이유가 없는 것이다. 그렇지만 이 작품의 결말에 이르러 남궁혁은 미현이 들고 온 소포와 편지를 보고, 그때에야 비로소 자신의 사랑이 욕정을 넘어선 곳에 있었음을 깨닫는다.

> '사실 사제를 사임한 것은 미현이 때문이야. 미현이가 내 마음에서 떠나지 않고 항상 남아 있으니까. 사제직을 수행한다는 것은 주님께 더 없는 불충이고, 더구나 미현이와 내 주변 사람에게 이 사실을 고백하지 않았으니까 **나는 매일매일 내 자신을 속이고 남을 속이고 또 주님을 속이면서 살아갔으니까 견딜 수 없는 고통이었어. (중략)'**
> 미현이는 묵묵히 듣기만 했다. 오늘 낮에 원장실에서도 <천사의 집> 일에 전념하기 위해 사제직을 사임했다고 말했다. 그런데 왜 이 밤에 나를 찾아와서 그 사실을 말하는가?
> '그 소포에서 미현의 누드를 보는 순간 미현에게 향한 내 사랑이 여전히 살아있다는 것을 확인했고, 더구나 내 아기가 살해되었다는 사실을 알고는 내가 살인자라는 그 죄의식에서 벗어날 수 없었어. (이하 생략)'(p.270)

곧 남궁혁은 사제로서 신과 미현에게 동시에 죄를 지었다는 생각 때문에, 자신의 마음에 살아있는 사랑을 보지 못하는 삶, 또는 그것을 보더라도 숨기려는 삶을 살아왔던 것이다. 이것이 그가 앞서 말한 '사람 사이의 정직한 관계성을 유지하는 것'이 사랑이라는 지론에 비추어볼 때도 잘못된 것임은 두말할 필요도 없는 일이다. 그럴 때 소포에 들어있던 미현의 누드화는 남궁혁에게 미현의 사랑 역시 자신의 고통만 떠넘기려는 것이 아니라 존재 자체로서 자신에게 기대온 것이었음을 깨닫게 해 주었고, 그러한 깨달음이 더 이상 자신 속의 사랑을 숨기게 하지 못한 것이라 할 수 있다. 이로 볼 때 현길언은 사랑이란 타인과의 관계 속에서 형성된 자신의 정체성을 솔직히 그리고 남김없이 상대방에게 드러내고, 또한 상대방도 그렇게 할 때 비로소 완성되는 것이라고 주장하고 있는 셈이다.

그렇다면 왜 미현과 남궁혁은 그런 사랑을 실제로 하고 있으면서도 스스로 깨닫지 못했던 것일까. 이는 무엇보다도 자기 자신에 대한 정직한 관계성을 유지하지 못했기 때문이라 할 수 있다. 미현은 사생아라는 외부로부터 주어진 생각에 휘말려 자신을 똑바로 볼 수 없었고, 남궁혁은 어린 시절부터 외부의 영향 아래 가지게 된 사제라는 신분에 갇혀 자신을 똑바로 볼 수 없었던 것이다. 특히 남궁혁의 경우, 아마도 그의 신앙의 수준은 외부로부터 주어진 신앙을 자신의 내부에서 다시금 되새김질하여 그것을 통해 '스스로' 살아있는 하나님을 발견하고 그 뜻을 따라가는 데에는 미치지 못했던 것으로 보인다. 그렇기에 그는 겉으로는 관계성의 진실을 말하면서도 실제 자신의 삶에서는 그것을 실천하지 못했던 것이다.

이제 미현 곁에 있는 또 다른 사생아인 성현수에 대해 살펴보기로 한다. 이 소설에서 자세한 사연은 나오지 않았지만, 성현수는 사생아로 태어났다가 어머니가 수덕사에서 비구니로 수행하고 있다는 것을 알고 찾아가나, 끝내 만나지 못한다. 그럴 때 그는 자신을 사생아로 바라보는 세상에 대한 반항심을 '세상을 옳게 바로잡는'데로 돌린다.

> '(전략) 어차피 미현 씨나 나는 사람들의 축복을 받으면서 세상에 태어난 처지는 아니지 않소. 사생아란 어떤 존재냐 하면, 사르트르가 말했듯이 술 취한 주정꾼이 전봇대 밑둥에 배설해 버린 토사물과 같아요. (중략) 그것은 대변보다 더 쓸모 없어요. (중략) 그런데 그렇게 태어난 주제에 어떻게 살아야 하겠소? 나를 토해낸 그 자들처럼 즐기면서 마시고 다시 토해내는 삶을 살아야 하겠소? **내 존재의 이유는 투쟁에서 찾을 수밖에 없소. 이 잘못된 세상을 옳게 바로잡아 보는 거요.** 그 일은 아무나 할 수 없소. 신과 여러 사람의 축복을 받고 태어난 자들이 할 수 있겠소? **우리는 어떻게 되더라도 누구도 슬퍼하지 않을 존재들이니 그만큼 자유롭지 않겠어요?** (이하 생략)'
> (pp.229-230)

위의 인용에서 자신을 '전봇대 밑둥에 배설해 버린', '대변보다 더 쓸모 없'는

'토사물'에 지나지 않는다고 자학하듯이 비유한 것에서 드러나는 것처럼, 성현수 역시 자신이 사생아라는 사실에 미현처럼 깊이 상처받은 인물이다. 여기서 주목할 것은 성현수가 드러내는 논리이다. 그는 사생아들에 대해 '어떻게 되더라도 누구도 슬퍼하지 않을 존재들이니 그만큼 자유롭'다고 말한다. 이러한 역설적인 발상은 사실 미현과 남궁혁 사이에 성현수가 위치하고 있음을 알려준다. 남궁혁이 '베어진 나무'의 비유를 통해 타인들이 어떻게 생각하든 자신에게 주어진 새로운 쓰임새에 따라서 살아가야 한다는 생각을 가지고 있고, 반면에 미현은 '정욕의 찌꺼기'라는 타인의 생각에 전적으로 매달린 채 자학하는 생각을 가지고 있다면, 현수는 자신이 '어떻게 되더라도 누구도 슬퍼하지 않는다'는 부분에서는 타인의 생각에 영향받았음을 드러내지만, '그만큼 자유롭'다는 부분에서는 그래도 자신의 삶을 스스로 살겠다는 의지 역시 드러내고 있기 때문이다.

그러나 성현수가 말하는 자유란 진정한 자유라 할 수는 없다. 자신을 비하하는 타인들이 존재해야만 얻을 수 있는 자유이기에 일종의 불구적인 상태에 놓여 있는 것이다. 이런 자유만을 아는 성현수가 사랑 속에서의 진정한 자유를 얻기란 불가능하지 않을 수 없다. 이후 미현과의 관계가 아무 것도 낳지 못하는 불모적인 것, 곧 사랑의 미달형에 머문 이유도 여기에 있다. 물론 둘 간의 관계가 불모적이었던 것에는 미현의 탓도 크지만, 자신을 비하하는 타인을 공격하는 자유만 있었을 뿐, 타인을 사랑하는 자유는 가지지 '못했던/않았던' 성현수의 책임도 컸던 것이다. 더욱이 성현수가 이런 반쪽의 자유만을 가지고 세상을 옳게 바꾸지 못할 것임도 또한 분명한 일인데, 이는 궁극적으로 그가 원했던 것이 세상의 자유가 아니라 자신만의 자유였기 때문이기도 하다. 그가 청년기의 사회운동을 몇 번의 투옥과 출감 끝에 접고, 이후 자유기고가로서 구속 없는 여행을 즐기고, 나아가 미현과의 관계에 있어서도 훌쩍 떠났다가 홀연히 돌아오는 악순환을 거듭한 것도, 이러한 반쪽의 사랑 없는 자유에 원인이 있다고 할 수 있다.

<미현이……, 오해하지 마, 물론 나도 미현에 대해 이따금 세상 사람들이 생각하고 느끼는 그러한 감정(사랑—인용자)을 가질 때가 있었어. **그 때마다 그 감정에서 벗어나려고 노력했거든. 그러니까 지금까지 우리의 관계가 유지될 수 있었던 거야.** 이제 우리는 정지하게 자신을 되돌아 볼 나이가

되지 않았나? 이제 내가 네 곁을 떠나야, 네가 사랑한 사람이 누구라는 사실을 확인할 수 있을 거야. 미현이는 남궁혁을 사랑하였고 지금도 사랑하고 있어.(이하 생략)>(pp.250-251)

그럴 때 이 둘 가운데 먼저 불모의 관계를 생산의 관계로 바꾸고자 한 것은 미현이다. 그녀에게는 성현수가 겪지 못했던 과거, 비록 그녀 스스로는 명료히 의식하지 못한다 하더라도 내면 깊숙한 곳에 존재하면서 그녀의 삶에 영향을 미치는 남궁혁과의 사랑이 그녀로 하여금 불모의 관계를 넘어서려는 시도를 하게 만들었던 것이다. 그러나 미현이 아이를 낳기를 절실히 원하면서 성현수와의 결혼을 통해 좀더 성숙한 삶을 살려고 시도했을 때, 정작 성현수는 위의 인용과 같은 편지를 남기고 그녀의 곁을 떠나고 만다. 그 편지에서 성현수는 그녀에게 사랑의 감정을 느낄 때도 있었지만, 그때마다 '그 감정에서 벗어나려 노력'했고, 그러했기에 둘의 관계가 유지될 수 있었다고 말한다. 곧 타인을 공격하는 자유만 아는 성현수에게 사랑이라는 감정은 낯설고 감당할 수 없는 감정이었던 까닭이다. 이러한 성현수의 고백은, 그가 여태껏 형성하고 있던 자신의 정체성, 곧 한편으로는 자신을 비하하는 타인들을 부정하려 하면서도 다른 한편으로는 그들에 기대어 형성했던 자신의 정체성을 벗어나기가 그만큼 어려웠다는 것을 알려준다.

결국 현길언은 남궁혁과 미현의 관계를 통해서는 자신에게조차 정직하지 못한 인간의 한계를, 성현수와 미현의 관계를 통해서는 사랑 없는 자유에 매달리는 인간의 한계를 각각 드러낸 셈이다. 그러나 현길언이 마냥 이 세 인물을 비판하기만 하는 것은 아니다. 오히려 깊은 애정을 기울이고 있다고 해야 옳을 것인데, 미현과 남궁혁으로 하여금 사랑으로 돌아가게 만들고, 성현수 역시 미현에게 보낸 마지막 편지에서(위 인용의 뒷 부분) '우리가 사생아로 세상에 태어난 것은 많은 사생아들의 친구가 되기 위해서가 아닐까? 나도 이 방황이 끝나면 그들의 벗이 되고 싶다'고 토로하게 만들고 있기 때문이다. 성현수 역시 내적으로 절실하게 '사랑 있는 자유'를 갈구하고 있다는 것을 작가는 보여주고 있는 것이다. 이렇게 세 인물을 궁극적으로 바로 세움으로써 현길언은 인간 사이의 관계란 짧은 안목으로 볼 때는 그렇게도 잡음이 많고 왜곡되기 일쑤지만, 긴 안목으로 볼 때는 언젠가 인간이 본연적으로 가지고 있는 진실과 사랑이 되살아나서 올바르게 된다는 것, 설혹 올바른 관계를 끝내 이루지 못한다 하더라도, 자신이 왜 그런 관계를 맺지 못했던 것인지 반드시 반성적으로 되돌아보게 된다는 것을 주장하고자 한 것으로 생각된다.

그렇지만 다른 한편으로 생각할 때, 이 세 인물의 깨달음은 너무 늦은 것이 아닌가 하는 아쉬움도 남는다. 그 파란 많은 청춘기를 다 보내고 나서야 기왕에 자신의 내면에 있던 사랑을 겨우 인식하게 되거나 사랑 없는 불모적인 자유의 한계를 깨닫게 되었기 때문이다. 그리고 본다면 비단 이 세 인물뿐만 아니라 우리들 모두의 인생도, 헤겔이 「미네르바(지혜)의 부엉이는 황혼이 질 때야 운다」고 말한 것처럼, 모든 것이 지나고 난 이후에야 깨달음을 얻는 것이 아닌가. 그렇다면 미혹 속에 대부분의 시간을 보내는 우리들의 삶은 너무 가혹한 것이 아닐까.

'장 교수(장성경－인용자)가 네 어미를 찾지 않고 더구나 너를 찾지 않은 것에 대해 이상하게 생각하지 말아라. 너는 네 애비가 살아서 서울에 돌아와 그 식구들을 만난다는 사실만으로 그들에게 축하해야 한다. 알았니? **네가 당한 그 슬픔과 고통을 그렇게 가볍게 생각해서는 안 된다.** 아버지가 너를 찾는 것으로 그간 네가 당했던 그 모든 아픔이 보상되리라고 생각하지 말아라. **지금까지 너는 네 인생을 살아온 것이다.** 그 삶의 의미가 무엇인지 그것은 하나님만 아신다. 사람의 생각이 늘 그분을 행해 있으면 그 뜻을 조금은 이해할 수 있을 것이다.'(258-259)

그럴 때 작가가 이들의 삶 또는 우리 인간들 전체의 과오 많은 삶에 대해 가지는 생각이 위의 인용에서 드러난다. 위의 인용은 월북한 장성경이 남북정상회담 이후 이산가족 방문단의 일원으로 서울에 오지만 미현이나 유정원을 찾지 않고 아들들만 만났을 때, 외할머니 박 권사가 미현에게 한 말이다. 이 말의 핵심은 '지금까지 너는 네 인생을 살아온 것이다'라는 데 있다. 비록 미현은 다른 사람의 말을 자기 정체성의 근거로 삼고 고난에 찬 삶을 살아왔지만, 그럼에도 불구하고 그 삶은 다른 누구의 것이 아니라 바로 미현 자신의 것이라는 뜻이다.

그리고 그런 삶을 살아옴으로써 미현이 자신의 삶과, 그 삶 속에서 다른 사람들과 맺어온 관계에 대해 그 어떤 타인도 가르쳐주지 않았던 깨달음을 스스로 깨달았다면, 비록 과오에 찬 삶이라 할지라도 그것은 빛나는 삶인 것이며, 동시에 그 동안 겪었던 삶의 슬픔과 고통에 대한 진정한 보상을 받은 것이라 할 수 있는 것이다.

이것이 위의 인용에서 박 권사가 '네가 당한 그 슬픔과 고통을 가볍게 생각해서는 안 된다'고 미현에게 충고하는 이유이다. 하기는 그렇다. 친부를 만나 그의 자식임을 확인받고, 이로써 '이제 나는 사생아가 아니다'라고 자신을 폄하하던 사람들에게 외치고 인정받는다 한들, 그것이 그녀가 겪었던 슬픔과 고통에 대한 보상이 될 수는 없는 것이다. 요컨대 그런 인생의 소중한 깨달음이란 머리가 좋다고 해서 얻어지는 것이 아니요, 이 세상의 권세를 얻어서 많은 사람들을 굽어본다고 해서 얻어지는 것이 아니며, 오로지 시련과 고통을 통해서만 얻어지는 것이다. 그 깨달음이 소중할진대, 그것을 위해 고투한 삶의 과정 하나하나가 비록 잘못된 것이었다 해도 왜 소중하지 않겠는가.

한편 여기서 50년이 지나도록 북으로 간 남편과 의용군으로 징병 당한 아들들을 기다리며, 그 세 사람의 문패를 대문에 걸어놓고, 그들이 쓰던 방도 그대로 놓아둘 정도로 지독한 집념을 보였던 박 권사가 정작 이산가족 방문단에 아무런 신청도 하지 않고, 방문단이 남북을 방문할 때도 일체 방송을 접하지 않는 것으로 작가가 처리한 보다 진정한 이유가 드러난다. 얼핏보기에 그것은 남편과 아들이 실제로 죽었다는 것을 확인하게 될까 두려워한 때문인 것 같지만, 보다 깊은 이유는 그 동안의 지독한 기다림을 통해 박 권사 역시 그러한 삶을 살게 만든 신의 뜻을 '어렴풋이나마' 짐작하게 되었다는 데 있다. 단적으로 말해 박 권사는 자신이 그 기다림을 통해 그들을 자신의 삶과 기억 속에 살아있게 만들었으며, 동시에 그렇게 함으로써 그들은 자신에게 보다 인간다운 삶을 살 수 있도록 만들었다는 것, 그것만으로도 충분히 기다림에 대한 보상을 받았음을 깨닫게 되었던 것이다.

결론적으로 현길언은 이번 작품 『관계』에서 인간이 인간에게 진정으로 다가가 관계를 맺기 위해서는 우선 '나는 무엇이고 누구인가'에 대해 다른 사람에게 의존하지 말고 자신 스스로 답하려 노력해야 한다는 것, 그리고 그렇게 자신에 대한 정직함을 기반으로 타인과도 정직한 관계성을 이루어나갈 때만 타인과의 관계 역시 갈등과 대립을 극복하고 사랑의 관계로 나아갈 수 있음을 말하고자 했던 것으로 생각된다. 우리들이 끊임없이 바라면서도 그 방법을 찾지 못하는 것이 평화롭고 행복한 세상을 만드는 것이라면, 현길언은 그러한 세상을 만드는 데 가장 중요한 요소를 이 소설에서 제시하고자 한 셈이다. 마지막으로 언급할 것은 이 소설의 서두에 나온 유정원에 대해서이다. 그 장면에서 유정원은 미현에게 장성경의 전시회를 개최해 줄 것을 부탁하는데, 그것이야말로 그토록 사랑했던 옛날의 기억을 '나'의 일부분으로서 은밀하게나마 여전히 간직해 왔던 그녀가 자신에게 정직해지는 유일한 방법이었기 때문이었을 것이다. 현길언이 이러한 유정원의 정직함이 이후 미현에게 성현수와의 불모적인 관계를 생산적인 것으로 바꾸고 싶은 생각을 불러일으키는 간접적인 계기가 되도록 소설을 구상했을 것임은 두말할 필요도 없다.

최근 소설에 대한 비평적 접근

1. 허구에 대한 두 가지 탐구 ― 김영하, 『아랑은 왜』와 김연수, 『끝빠이, 이상』

    최근 발간된 김영하의 『아랑은 왜』와 김연수의 『끝빠이, 이상』은 여러 가지 면에서 비교 대상이 될 수 있어 흥미롭다. 표면적으로도 이 두 소설은 패러디나 추리의 기법을 도입한다든지, 과감한 형식 실험을 하고 있다는 점에서 유사성을 띠지만, 좀더 근원적인 유사점은 두 작품 공히 허구 자체의 본질에 대해 천착한다는 데 있지 않을까 한다.

    이와 관련하여 먼저 김영하의 『아랑은 왜』를 살펴보기로 한다. 이 소설에서 가장 특정적인 것은 작가가 소설을 만들어나가는 과정을 보여준다는 것이다. 이른바 메타 픽션의 기법을 활용하고 있는 것인데, 이로써 작가는 이 소설이 허구라는 것을 독자들이 끝까지 의식하도록 만들고 있다. 통상의 소설이 토도로프가 말한 것처럼 핍진성을 의심받지 않도록 하는 것이 상례임을 생각한다면, 핍진성을 보장하는 장치들을 의도적으로 무시하는 이와 같은 작가의 시도는 이 소설의 보다 깊은 주제가 허구의 본질을 드러내는 데 있음을 알려준다.

그렇다면 작가가 허구의 본질로 드러내는 것은 무엇인가. 그것은 일단 우연성(비합리성)과 필연성(합리성)의 긴장 관계로 드러난다. 이를 작가는 이 소설 속에서 만들어지는 과정과 함께 제시되는 두 개의 이야기, 곧 조선 시대부터 인구에 회자되었던 '아랑의 전설'을 다시 쓴 이야기와 현대의 시점에서 무명 소설가 겸 번역가인 '박'의 이야기를 통해 보여준다. 작가는 소설 본문에서 이 두 이야기가 '느슨한 의미상의 연결을 유지하면서 서사적 화음을 구축하'는 관계를 맺도록 하겠다고 밝혀놓고 있지만, 필자가 보기에 이 두 이야기는 우연성과 필연성이라는 허구의 모순된 본질을 각각 표상한다는 점에서 '느슨한' 것이 아니라 동전의 양면처럼 아주 밀접한 관계를 맺고 있다.

이 두 이야기 가운데 우연성으로서의 허구를 표상하는 것은 '박'의 이야기이며, 필연성으로서의 허구를 표상하는 것은 '아랑의 전설'을 다시 쓴 이야기이다. 먼저 필연성(합리성)이 강조되는 현대를 배경으로 한 '박'의 이야기는 철저하게 우연으로 조직된다는 점을 지적할 수 있다. 그가 영주를 만나는 것, 영주와 같이 살게 되는 것, 심지어 영주를 다리에서 밀어 죽게 만드는 것 모두 우연인 것이다. 이에 반해 '아랑의 전설'을 다시 쓴 이야기는 필연으로 점철되어 있다. '아랑의 전설'은 '근대적 의미의 탐정'인 김억균에 의해 철저히 해부되면서, 아랑이 죽을 수밖에 없었던 사연과 귀신 이야기로 나돌게 된 정황까지 논리적으로 밝혀지는, 그야말로 필연적인 이야기로 탈바꿈하는 것이다. 메타 픽션적인 기법을 이 소설이 두드러지게 도입한 이유 역시 여기서 드러난다. 필연성이 배제된 이야기와 우연성이 배제된 이야기를 대위법적으로 제시하는 일종의 연결 고리로 메타 픽션적인 부분이 기능하는 것이다.

그렇지만 작가가 허구의 본질을 우연성과 필연성 간의 긴장에서만 포착하는 것은 아니다. 또다른 허구의 본질로 작가가 제시하고 있는 것은 진실의 은폐와 노출 간의 긴장 관계로서의 허구이다. 이와 관련하여 우선 주목할 것은 이 소설의 결말 부분에 '박'이 작가적 서술자가 다시 쓴 '아랑의 전설' 이야기를 고스란히 또다시 쓰는 것으로 제시된다는 점이다. 여기서 작가적 서술자를 '박'과 동일시해서는 안될 것이다. 다만 '박'이 쓴 이야기가 '아랑의 전설'을 필연적인 이야기로 다시 쓴 것이라는 점이 중요하다. 왜냐하면 이로써 '박'은 아랑의 죽음을 귀신 이야기로 만들었던 이상사와 대립하는 인물로 설정되었다는 것이 드러나기 때문이다. 요컨대 '박'은 아랑의 죽음을 필연적으로, 이상사는 아랑의 죽음을 우연적으로 보이게끔 하고자 각각 허구를 만들고 있는 것이다.

이 두 사람의 행위 역시 허구의 모순적 본질을 표상하는 동전의 양면과 같은 것임은 물론이다. 우선 이상사가 만든 귀신 이야기는 표면적으로 아랑의 죽음의 필연성을 은폐한다. 그러나 그가 만든 이야기는 작가적 서술자가 분석한 바와 같이 전설의 빈틈을 통해 아랑의 죽음이 필연적이었음을 노출시킨다. '박'이 만든 이야기는 그 반대이다. 그는 아랑의 죽음이 필연적이었던 것으로 씀으로써 우연으로 간주되었던 영주의 죽음이 자신에 의한 필연적인 것이었음을 노출하게 되는 것이다. 이로 볼 때 작가는 허구란 진실을 은폐하면서도 노출하는 것이며, 노출하면서도 은폐하는 것임을 드러내고자 한 셈이다.

이제 김연수의 『꾿빠이, 이상』을 살펴보기로 한다. 이 소설에서 우선 주목되는 것은 이른바 '진짜는 좋고 가짜는 나쁘다'는 식의 이분법적 가치 판단에 대한 작가의 비판이다. 이 '진짜/가짜'라는 말이 '실제/허구'를 다르게 가리킨 것임은 쉽사리 눈치챌 수 있거니와, 작가가 수행하는 비판의 요점은 가짜 곧 허구이기 때문에 역설적으로 가치가 있을 수 있다는 것이다. 이러한 비판의 근거로 이 소설에서 들고 있는 것은 바로 이상의 삶과 문학이다.

일단 작가는 이상에 대한 평가가 양극으로 나뉘어져 있음을 주목한다. 한쪽 극단은 삶과 무관한 가짜('미친 놈의 수작')라는 혹평이며, 다른쪽 극단은 삶에서 우러나온 진짜('인위적인 포우즈가 아니다')라는 상찬이다. 이 가운데 어떤 평가가 진실인가. 작가의 답변은 의외의 방향에서 암시된다. 그것은 자연인 김해경과 문학인 이상의 관계를 단순한 '본명/필명'의 관계가 아닌 '진짜/가짜'의 관계로 해석하는 데 있다. 곧 진짜 '나'로서의 자연인 김해경은 어떤 '치명적인 공포'(절망)를 피하거나 넘어서기 위해 가짜 '나'로서의 문학인 이상을 만들고, 그 가짜 '나'를 실제로 살기 위해 치열하게 노력(기교)했다는 것이다. 이상의 문학이 가치가 있는 것도 '가짜'로서의 삶을 진짜, 달리 말해 인위적인 포우즈가 아닐 정도로 노력한 결과이기 때문이라고 할 수 있다. 이와 같은 작가의 해석이 타당하다면, 이상은 허구(가짜)를 내세워 실제(진짜)와 대립하여 허구의 가치를 보여준 경우가 된다.

사실 허구를 꿈꾸는 것은 이상만이 아닐 것이다. 어쩌면 인간들이란 모두 다 이런 허구를 꿈꾸면서 실제의 삶을 살아가는 것이 아닌가. 그러나 통상의 인간들은 이상과 달리 자의든 타의든 허구를 포기하고 당장의 안녕과 생존을 위해 일상이 지배하는 실제 삶으로 다시금 주저앉는다. 그렇다면 그렇게 주저앉은 실제의 삶이야말로 오히려 허구(가짜)인 것은 아닌가. 또 그렇게 주저앉아 버린 삶의 순간들이 축적되어 이루어진 실제의 '나'라는 것 역시 허구에 지나지 않는 것이 아닌가. 이 소설에서 서혁민이 이상이라는 허구의 삶을 그토록 흉내내려 했던 의도 역시 여기서 밝혀지는 셈이다. 그는 가짜인 이상의 궤적을 따라감으로써 허구를 통해 삶의 진실에 가 닿고자 했던 것이다.

그렇지만 이 소설에는 이상과 서혁민이 생각했던 진실로서의 허구와는 다른 의미의 허구 곧 허위로서의 허구 역시 제시된다. 이상 데드 마스크의 위조품과 서혁민의 모작 '오감도 시 제16호'에 얽힌 이야기가 그것이다. 이와 같은 허위로서의 허구에 '가짜도 가치가 있을 수 있다'는 작가의 비판이 해당되지 않을 것임은 물론이다. 실제로 이 소설은 이 두 개의 허구가 세상에 받아들여지지 않는다는 식으로 전개되는바, '믿기 때문에 진짜인 것이고 믿기 때문에 가짜인 것'이라는 서혁주의 관념론적 논리에 속아 데드 마스크가 진품인 것으로 기사를 썼던 김연(화)는 낭패를 당하며, '오감도 시 제16호'가 모작인 줄 알면서도 미발견 유작으로 발표했던 피터 주 역시 김태익으로부터 통렬한 공박을 받게 되는 것이다. 이 김연(화)나 피터 주를 이상이나 서혁민과 비교해 본다면, 전자들에게 허구는 결국 일상적 삶의 안정성—기자로서의 입신이나 학자 및 한국인으로서의 정체성 확보—을 위한 것이었음에 반해, 후자들에게 허구는 일상적 삶에 대립하여 그것이 억압하고 방해하는 진실에 다가가려는 목적을 지녔던 것이라 할 수 있다. 요컨대 이 소설에서 작가가 '진짜/가짜' 또는 '실제/허구'의 이분법을 해체하려는 목적을 가지고 있었다면, 그러한 해체가 성립하는 것은 진실에 대한 치열성이 전제되는 경우에 한정되는 셈이다.

작가가 소설을 어떻게 바라보고 있는지가 암시되는 것도 이 지점이다. 소설 역시 허구이고 따라서 가짜일 수밖에 없다면, 그 가짜가 세상에서 허용되고 통용되는 경우는 일상적 삶의 안정성을 넘어서서 진실에 대한 치열한 추구가 수행되는 경우에 한정되는 것이다. 이러한 시각에 따른다면, 소설이란 일상(실제) 속에 주저앉아 버림으로써 우리가 포기했던 삶의 진실을 '가짜/진짜'로 추체험할 수 있는 특유한 공간인 것이며, 바로 그렇기 때문에 일상(실제)의 역설적인 허구를 해체할 수 있는 공간이 되는 것이다.

이번의 두 소설에서 김연수는 허구란 진실을 향한 치열성이 전제될 때 가치가 있음을, 김영하는 허구란 우연성과 필연성, 진실의 은폐와 노출 간의 긴장 관계 속에서 발생하는 것임을 보여준다. 이러한 점에서 두 소설은 포스트-모던적인 외피와는 달리, 허구로서의 소설이 지향해야 할 바가 모호해진 지금의 상황에서 원론적 정통적으로 소설의 정체성을 그 원점에서 확인하고 있다는 점에서 의미가 있다고 할 것이다.

2. 분별 넘어서기로서의 어머니 되기 — 신경숙, 『종소리』

신경숙의 새 소설집 『종소리』는 그녀가 후기에서 밝히고 있는 대로 '어머니 되기'를 중심 모티프로 내세우고 있다. 사실 그 동안 신경숙 소설에서 주인공들 —흔히 시골에서 도시로 온 처녀들이다—은 어머니를 정면으로 바라보려 하지도 않았고, 어머니 되기는 더욱더 원하지 않았다. 이미 도시의 삭막한 현실과 소외로 인한 고독에 심각하게 시달리고 있는 주인공들로서는, 과거 어머니가 다른 가족들의 삶의 짐을 대신 지고서 겪었던 고통까지 덧붙여 감당하는 것이 너무도 두려웠기 때문인지도 모른다. 대신에 이들은 비슷한 상처를 지닌 인물들끼리 맺는 공동체적 연대 관계에 매달린다. 그 연대 속에서 그들은 잠깐씩이나마 도시의 고통을 떠나 안식을 취할 수 있었다. 물론 그러한 연대는 느슨하고 연약한 것이었다. 도시의 엄밀한 일상적 질서는 연대 관계 속에 머물고자 하는 그들을 끊임없이 호출하였고, 끝내는 연대 관계가 단절되면서 주인공들은 다시금 홀로 도시 속에 내던져질 수밖에 없었다.

이번 소설집에서도 이와 같은 연대 관계에 대한 지향을 볼 수 있다. 「부석사」

가 그것인데, 매몰찬 도시적 삶과 속물적인 가치관에 희생된 두 주인공은 버려진 개를 매개로 공동체적 관계를 맺는다. 그러나 이들의 연대 관계는 이전의 작품들처럼 느슨하고 연약하다. 바늘이 겨우 드나들 만큼 얇은 틈을 두고 맞붙어 있는 두 개의 부석은 이들이 맺고자 하는 이상적인 공동체적 관계를 상징하고 있지만, 그들은 끝내 그 부석을 보지 못한다.

이에 반해 「우물을 들여다보다」는 공동체적 연대의 성립과 해체라는 낯익은 서사를 떠나, 어머니처럼 귀신을 돌봐주는 이야기로 되어 있다. 이 작품에서 주목할 것은 시골과 흡사한 분위기의 산책길이다. 필자는 이러한 배경이 아니었다면 오갈 데 없이 떠도는 귀신과의 감응은 일어날 수 없었다고 생각한다. 시골 분위기야말로 도시로 온 딸을 어머니의 처지에 서도록 이끄는 것이기 때문이다.

그렇다면 어머니 되기란 무엇인가. 그것은 상징적 질서 또는 분별을 넘어서는 것, 달리 말해 남자와 여자, 부모와 자식, 부자와 빈자, 지배자와 피지배자 따위의 구분을 넘어서 타자를 포용하는 것을 뜻한다. 그러나 이러한 포용은 막무가내식의 무조건적 끌어안음이 아니다. 이 세상을 이루고 있는 분별을 알고 인정하되, 그 분별이 있기 전의 존재 그 자체를 감각하고 존중하며 나아가 사랑하는 태도이다. 그렇지만 분별을 넘어서서 어머니가 된다는 것은 쉽지 않다. 누군가의 존재를 떠맡아 감싸안는 일이란 무엇보다 현재의 '나'가 지닌 정체성—그것 역시 분별에 의해 성립된다 — 을 넘어설 것이 요구되기 때문이다.

표제작인 「종소리」를 보면, 주인공 부부는 부부라는 분별 때문에 소통 불능 상태에 처해 있다. 남편이기 때문에 생존경쟁의 고통을 혼자 삭여야 하고, 아내기 때문에 불임의 고통을 말하지 못하는 것이다. 이 위기에서 어미새가 집에 둥지를 튼 일은 이들이 분별을 넘어서는 계기가 된다. 물론 그 과정이 순탄하지는 않다. 새끼를 보살피는 어미새를 보면서 남편은 말로 표현하지 못한 고통을 거식증으로 표현한다. 그것은 새끼새들처럼 자신에게도 고통을 달래 줄 어머니가 필요하다는 것을 나타낸다. 그러나 아내가 금방 어머니가 되지는 못한다. 분별에 의해 성립된 주체의 벽을 넘어 타인의 존재를 끌어안는 것이란 그만큼 어려운 것이다. 이 난관을 어떻게 할 것인가. 이번에는 아내가 어미새와 교감하는 것이 그 해결책이다. 그녀는 어미새에 관심을 기울이면서 아내라는 분별에 가려져 있던 근원적인 모성을 재발견하고 남편을 깊이 끌어안는다.

이렇게 살펴볼 때, 이 소설집에서 신경숙이 구사하는 소설적 방법이 잘 드러난다. 그것은 자연물이 인간에게 지니는 본원적인 호소력을 상징적으로 활용하는 것이다. 이를테면 「종소리」의 어미새나 「우물을…」의 우물이라는 상징은 인간이 분별을 절대시하면서 잊거나 억압했던 본성을 일깨우는 역할을 한다. 이러한 자연적 상징은 「물 속의 사원」에서도 나타난다. 다방 여자가 수족관에 키우는 악어가 그것인데, 여기서 악어는 이것저것 분별하지 않고 집어삼키는 공격성을 지니지만, 반면에 알과 새끼를 보호하는 모성애를 지닌 존재로 간주된다. 이 가운데 전자의 의미는 자신을 버린 어머니에 대한 원망 때문에 제대로 된 방에서는 잠을 잘 수 없는 여주인공에게 해당하고, 후자의 의미는 사생아로 낳은 딸을 못 잊는 다방 여자에게 해당한다. 그러나 어느 한 쪽의 의미만으로는 악어가 완성되지 못할 터이다. 악어가 정말 악어로서 두 인물에게 다가오는 것은, 여주인공이 딸이 되고 다방 여자가 어머니가 됨으로써 두 의미가 연결되었을 때이다. 그러나 결말에서 이러한 악어조차 그토록 쉽게 홍수에 휩쓸려 가고 모녀 관계 역시 허물어져 버리는 것은 무엇 때문인가. 필자가 보기에 홍수는 이 작품에서 분별이 낳은 막무가내의 권력을 상징하는 것처럼 보인다. 이는 여주인공의 직장이 돈 때문에 뿌려진 똥 냄새의 홍수에 무력하게 없어져 버렸던 것과 같다. 돈(경제)이야말로 분별의 가장 세련된 형태이고, 가장 강고한 권력을 낳는 것이다.

분별이 있음으로써 위아래가 있고 권력이 생겨난다. 반면에 어머니는 권력자가 아니며, 분별이 낳은 권력에 대항할 방도도 없다. 「종소리」가 결국 그랬고 「물 속의 사원」이 결국 그랬듯, 어머니가 아이를 끌어안는 것은 그 자신도 권력의 피해자면서 다른 피해자를 끌어안는 것에 지나지 않을지도 모른다. 고향의 어머니를 내세운 「달의 물」도 그렇다. 비록 어머니의 웅숭 깊은 사랑이 보이지 않게 넘쳐흐르는 우물물처럼 고향 마을을 감싸고 있다 하더라도, 그리고 그 속에 늙은 아버지와 어린 조카가 곤하게 그러나 평화롭게 잠들 수 있다 하더라도, 작품의 앞뒤에 제시된 어머니의 육성은 세상의 변화 앞에서 무력하게 되고 만 어머니의 상황을 단적으로 드러내준다.

　이것이 아마도 신경숙이 어머니 되기를 천착한 끝에 가닿은 딜레마일 것이다. 분별과 그 권력에 어머니는 다만 피동적이라는 것, 분별의 폐해를 근본적으로 막지 못한다는 것 말이다. 한 마디 해 본다면, 그것은 시간에 대해서이다(근대의 합리적 시간이 아니다). 분별은 시간을 의식하지 못한다. 지금의 분별이 영원할 것으로 간주할 뿐이다. 그렇지만 분별의 명확함은 시간 속에 덧없이 흩어지며, 분별이 낳은 권력 또한 유한하여 노쇠하기 마련이다. 아버지들이 자신의 노쇠를 쉽사리 인정하지 못하고 또 견뎌내지 못하는 것도 그 때문이다. 반면에 어머니들은 시간의 흐름을 받아들이며 자신의 자리를 후손에게 물려준다. 시간을 기억하고 새로운 분별을 낳아 기르는 것은 어머니의 몫이지 아버지의 몫이 아니다. 그런 점에서 신경숙의 어머니 되기는 이제 출발했을 뿐이라고 하겠다.

3. 타인의 고통에 다가서기와 삶의 양면성 ― 이현수, 『토란』

　이현수의 첫 소설집 『토란』은 사람살이의 쓴맛을 잘 보여준다. 그녀의 소설은 무슨 거창한 상징 같은 것이나 예리한 소설적 기법을 발휘하기보다는 정석적인 문체와 구성을 통해 인물들이 지닌 곡진한 삶의 사연과 그에 대한 회한을 사실적으로 드러내는 데 중점을 둔다. 이런 경우 소설의 질은 대개 그 삶의 사연이나 회한의 깊이와 함께, 인간성의 보편적인 차원에 대한 접근 여부라는 두 가지 문제에 달려 있게 된다. 이현수의 소설은 비록 약간의 굴곡은 있으나마 이 두 문제를 잘 건드린 것으로 보아도 좋겠다.

　하기는 세상을 살아가는 일이 얼마나 쓴 것인지 누가 모르랴. 그러나 흔히들 자신의 고통은 과대평가하면서 타자의 고통은 반대로 과소평가하는 법이다. 이현수의 소설은 이와 같은 과대평가와 과소평가의 차이에 초점을 맞추고, 그 차이를 넘어 주체가 타자의 고통을 이해하고 받아들이는 과정을 보여준다. 좀더 앞으로 나아가는 경우가 있다면, 그것은 주체가 타자의 고통을 받아들이면서 자신의 고통까지 넘어서는 모습을 보여줄 때일 것이다.

　이러한 관점에서 볼 때 「토란」은 주의를 끌기는 하나 표제작답지는 않다. 남편에 대한 실망으로 요리에 모든 혼을 붓는 시어머니와, 생의 헛헛함에 바람처럼 겉도는 시아버지 사이의 갈등은 이 두 인물이 자신의 고통만을 과대평가하는 데서 비롯한다. 그러나 그것으로 그치고 만다. 비록 세밀한 요리 묘사는 그 자체로 놀라운 점이 있지만, 시어머니의 삶을 설명하는 요소로만 기능할 뿐이어서 겉보기의 정치함과 달리 단순한 감을 준다. 물론 필자가 두 인물의 섣부른 화해를 종용하는 것은 아니다. 문제는 그 갈등이 아들이나 딸, 심지어 서술자인 며느리에게도 아무런 새로운 인식을 가져오지 못한다는 점이다. 이들은 단지 토란의 독기처럼 자신들에게도 묻어드는 (시)부모의 갈등에 넌더리만 내고 있다.

그러나 「거미집」은 「토란」보다 한 걸음 더 나아간 작품이다. 늘 소외와 희생을 강요 당했던 늙은 딸은 아들에게 모든 것을 바친 늙은 어머니를 떠맡으려 하지 않는다. 여성주의의 시각에서는 둘이 똑같이 남성중심주의의 희생양이겠지만, 이현수는 어머니에 대한 늙은 딸의 감정 변화를 드러내는 데 공을 들인다. 어머니가 자신의 고통을 도외시했던 것에 대한 원망과 그래도 아들을 변호하는 것에 대한 한심함에서, 같은 어머니로서 자식을 아끼고 위하는 것에 대한 이해와 공감으로의 변화가 그것이다. 이 변화를 이끌어내는 핵심 고리는 "나나 먹는 찌끄러기 너를 주었다. 임의로운 딸이라고 그랬다."는 어머니의 말이다. 딸을 딸로만 생각하지 않고 마치 자기와 똑같이 생각했다는 것인데, 이후 늙은 딸은 그 '징그러운 세월'을 같이 견뎌냈던 어머니에게 가까이 다가서게 된다.

「도마령」도 딸과 어머니가 등장하지만, 딸과 어머니의 화해 수준을 넘어서고 있다는 점에서 주목할만하다. 딸은 젊어서 돌아간 아버지를 막무가내로 미화하는 늙은 어머니의 착각을 고쳐주고 싶어한다. 그러나 어머니에게 그것은 홀로 첩첩산중 같은 세상을 살아낸 유일한 방법이었음을 깨달았을 때, 딸은 "빌어먹을!"이라고 푸념한다. 이 푸념은 이현수의 관심이 여성주의를 넘어서서 보편적인 삶에 있음을 보여준다. 험한 세상을 살아가기 위해 사람은 착각을 운명적으로 할 수밖에 없다는 것, 그것이 바로 '빌어먹을' 삶인 것이다. 그 착각의 잘못에만 주의를 기울이는 계몽주의는 착각에 매달려야만 하는 삶의 고통을 모른다.

그러나 그 고통을 알고 받아주는 사람조차 없다면 어떻게 될 것인가. 이현수는 고통을 홀로 견뎌내고 성숙하는 두 인물을 「비하리에서, 나는」과 「마른 날들 사이에」에서 보여준다. 물론 그 구체적인 양상은 조금 다르다. 「비하리…」를 보면 나경은 고통을 낳은 혹독한 경험을 더 이상 회피하려 하지 않고 오히려 그에 당당히 맞선다. 반면에 「마른…」의 '그녀'는 자식을 보살피는 어머니와 인간으로서의 욕망을 지닌 어머니가 동일인임을 깨달으면서 어릴 적 어머니와 관련된 혹독한 경험에서 자유롭게 된다. 두 작품 가운데 필자는 「마른…」을 더 주목하고 싶다. '그녀'의 정신적 성숙은 타자에 대한 관심에서 비롯하기 때문이다. 나경은 아직 경험 속에 갇혀 있지만, '그녀'는 경험의 구속을 벗어나고 있다.

이와 같은 타자에 대한 관심의 문제는 「파꽃」에서 보다 극적으로 다루어진다. 30년을 짝사랑하며 곁에 맴도는 남자를 두고도 눈치를 못챈 여자가 있다. 그녀가 우둔해서라기보다는 배운 것 적고 가난한 남자가 안정된 환경에 교양을 갖춘 자신을 감히 사랑할 것이라고는 상상조차 못했기 때문이다. 이는 타자에 대한 무관심이 개인적 성격의 차원이 아니라 사회적 조건의 차이에서 비롯한다는 것을 알려준다. 우연한 계기로 남자의 열띤 고백을 듣게 된 그녀는 홀대받는 파꽃처럼 "혼자 꽃 피우고 열매를 맺었던 30년의 시간을 몰랐던 것이지 모른 체한 게 아니었다"고 미안한 마음으로 푸념하지만, 사실 이 푸념은 남자가 아니라 타자에 무관심하도록 만든 사회적 조건을 향한 것이라고 해야 할 것이다.

그렇다면 남자가 여자에게 "파꽃도 꽃이지요?"라고 거듭 확인하려 했던 이유는 무엇인가. 여자에게 자신의 사랑을 받아들일 것을 요청하는 말이 아님은 두말할 것도 없다. 다만 그는 여자가 자신의 존재 가치를 받아들일 것을 요청하고 있는 것이다. 서로가 서로의 존재 가치를 받아들이는 것, 이것이 이현수가 생각하는 주체와 타자 간의 바람직한 관계일 것이다. 이런 관계를 그려낸 소품이 「미노」인데, 이 작품은 기억 속에서 서로의 존재 가치를 받아들이는 두 사람의 애틋한 마음을 잘 드러내고 있다. 그렇지만 주체와 타자가 서로의 존재 가치를 받아들이는 것은 여간한 인연이 아니면 어렵다. 오히려 우리는 자신도 모르게 타자의 삶에 결정적인 영향을 미칠 때가 더 많지 않은가. 「불두화」가 그렇다. 「파꽃」에서 여자가 자신의 의지와 관계 없이 남자의 삶에 영향을 미친 것처럼, 「불두화」의 주인공 또한 아무 것도 모른 채 남자 아이의 삶을 결정짓고 만다.

그리고 보면 이현수는 사람살이의 양면성을 말하고 있는 셈이다. 우리는 의

지적으로 타자에 접근하고 그 가치를 받아들일 수도 있다. 반면에 무의지적으로 타자의 삶에 영향을 미치고 또 자신도 그런 영향을 받는 삶을 산다. 이 가운데 전자는 합리적 소설—이 말이 가능하다면—의 서사가 될 것이고, 후자는 비합리적 소설의 서사가 될 것이다. 이러한 인생의 양면성에 대해 균형 감각을 갖추고 있는 것, 그것이 이현수를 '인생파 작가'로 볼 수 있는 진정한 이유일 것이다.

4. 메타 픽션을 통해 본 사실과 허구 — 이해경, 『그녀는 조용히 살고 있다』

이해경의 『그녀는 조용히 살고 있다』는 소설에 대한 가볍고도 무거운 그림을 그려내고 있다. 시종일관 가볍고도 현란한 문체로 사건을 전개해 나가지만, 그런 겉모습 뒤에는 허구와 현실의 차이라든가 소설 쓰기가 지니는 의미에 대한 진지한 문제 의식이 똬리를 틀고 있다. 소설 쓰기의 과정을 소설 속에 도입하는 이른바 메타픽션의 기법을 취한 것도 그러한 문제 의식을 보다 깊이 추구하기 위해서일 것이다.

메타픽션의 기법에 주목해 볼 때, 이 소설에 제시된 사건의 주된 특징은 소설에 관련된 여러 가지 '오해 풀기'에 있다. 먼저, 소설 쓰기에 대한 오해이다. 주인공 '그'가 겁없이 직장을 그만두고서 소설 쓰기에 도전하는 것, '그녀'가 근친 상간의 상처를 극복하기 위한 복수심으로 소설 쓰기를 시작하는 것 따위가 이에 해당한다. 두 번째는 그녀가 쓴 소설에 대한 오해이다. 아내는 그녀의 소설을 그가 쓴 것으로 오해하고, 그는 자신이나 아내가 단지 독자일 뿐이며, 그녀의 소설은 그녀의 것이라고 오해한다. 세 번째는 소설의 성격에 대한 오해로서, '사실과 허구 간의 관계'에 대한 오해이다. 그나 그녀, 그리고 애초의 L은 소설이 사실에서 출발하되 허구의 형태를 띠는 것이라고 오해한다. 이 가운데 첫 번째의 오해는 『그녀는…』의 발단을 이루는 오해이며, 두 번째의 오해는 중심적인 줄거리를 이루는 오해이다. 그리고 세 번째 오해는 결말을 이루는 것으로서 소설의 주제와 관련된 오해라고 할 수 있다. 전체적으로 『그녀는…』은 이와 같은 오해들을 풀어가는 과정에서 주인공이 소설에 대한 보다 성숙한 관점을 가지게 되는 과정을 보여준다.

　먼저, 첫 번째 오해에 대해 살펴보면, 이 오해를 푸는 데에는 두 가지 요소가 필요하다. 그 하나는 소설 쓰기에 대한 진정성의 획득이며, 다른 하나는 소설 쓰기의 의미를 깨닫게 해 주는 스승의 존재이다. 처음에 그는 생계나 취미 이외에 왜 소설을 써야 하는지 내적으로 필연적인 이유를 찾지 못한다. 그가 한 문장도 제대로 쓰지 못하는 것은 당연한 일인데, 결국 소설 쓰기를 포기하다시피 한 그의 앞에 우연히 그녀가 나타난다. 물론 그녀에게는 소설을 써야만 하는 필연적이고 진정한 이유가 있다. 그것이 비록 복수심이라는 오해에서 비롯한 것일지라도 그녀 자신에게는 필연적인 이유가 되는 것이고, 그런 점에서 그녀는 그에게 소설 쓰기의 진정성을 일깨워주는 첫 번째 스승이 된다. 여기서 그는 비록 아내의 의견을 옮기는 역할이지만 그녀의 소설 쓰기에 깊숙이 간여하면서 진정성을 추체험할 기회를 얻는다. 두 번째 스승은 선배 작가로 등장하는 L이다. L은 그런저런 소설이나 쓰고 있었지만, 자신의 내면에 깊숙이 간직되어 있었던 뼈저린 경험과 직접 대면하기로 결심하면서 진정성을 가지게 된다. 그럴 때 그는 L과 진솔한 대화를 나눔으로써 다시 한 번 소설 쓰기와 진정성 간의 관계를 깨닫는다.

　그렇다면 진정성의 깨달음과 두 스승의 조력으로 가닿게 된 소설 쓰기의 의미는 어떤 것이었는가. 그것은 세 번째의 오해, 곧 사실과 허구 간의 관계에 대한 오해를 푸는 것과 관련된다. 애초에 그녀는 소설이라는 허구의 힘을 빌어 자신의 삶을 옭아매고 있는 아픈 경험(사실)에서 벗어나고자 한다. 그러나 소설을 써나가면서 그녀는 소설이란 사실을 벗어나는 것이 아니라 허구로써 사실에 가닿는 것임을, 나아가 과거의 경험을 아프게 받아들이는 것임을 깨닫게 된다. 『그녀는…』의 결말에서 그녀가 그동안 쓴 소설을 그에게 헌납하는 이유도 여기에 있다. 그녀가 자신의 아픈 기억을 소설이라는 허구 속에서 다시금 대면함으로써 역설적으로 그 기억에서 풀려날 수 있게 되었던 것은, 자신을 사랑으로 대해 준 그가 아니었다면 불가능한 일이었기 때문이다. 한편 이 소설은 이와 같은 세 번째 오해의 해소를 교묘하게 두 번째 오해의 해소 과정과 연결하고 있다. 그녀가 자신의 소설을 그에게 줌으로써 그의 소설로 믿었던 아내의 오해 또한

‘그럭저럭’ 해소되기 때문이다.

그러나 이 정도라면 이해경이 구태여 메타픽션을 동원해서까지 거창하게 소설의 의미를 따져볼 필요는 없었을 것이다. 여기에 더하여 이해경은 사실과 허구의 관계에 대해 날카로운 통찰을 덧붙인다. “허구가 사실처럼 보이는 것이 아니라 사실이 허구처럼 보이는 것, 그것이 소설”이라는 L의 말이 그것이다. 이 말은 두 가지 뜻을 품고 있다. 하나는 현실주의이다. 없는 것(허구)을 그럴듯하게 만드는 것이 아니라, 이미 있음에도 우리 스스로 왜곡하거나 숨겨왔던 것, 그래서 거짓말 같은 사실을 드러내는 작업이 소설이라는 것이다. 다른 하나는 자유이다. 우리가 속한 현실이 사실을 그대로 보려고 하는 지향을 억압한다면, 그 억압을 벗어나 사실을 사실로 볼 수 있는 자유로운 공간 — 그래서 현실의 측면에서 보자면 소설은 허구이다 — 으로 소설이 기능한다는 것이다.

지금까지 논해온 결과가 맞다면, 『그녀는…』은 이해경이 생각하는 소설론(小說論)을 소설로 풀어낸 것이 된다. 그렇다면 그의 앞에 놓인 과제도 분명하다. 그것은 또다시 메타픽션으로 소설론을 쓰는 것이 아니라, 이렇게 다듬은 소설에 대한 인식을 ‘사실이 허구처럼 보이는’ 소설로 풀어놓는 일일 것이다. 사족 같지만 한 마디 더 하자면, 이 소설에서 ‘아내’가 하는 역할에 대해서이다. 이 아내는 말 없는 독자와, 그 독자가 자리잡고 있는 견고한 일상성을 대표한다. 그런 아내가 끊임없이 그(그녀)를 자신 쪽으로 끌어당기고 있다면, 그 끌어당김이 앞으로 타협을 낳을 것인지 사랑을 낳을 것인지는 앞으로 두고 보아야 할 사항일 것이다. 『그녀는…』에서는 아내의 오해가 근본적으로 풀리지 않은 채 소설이 끝나기 때문이다.

5. 욕망을 넘어선 기투로서의 소설 쓰기
　　— 김연경, 『그러니 내가 어찌 나를 용서할 수 있겠는가』

김연경의 새 장편 『그러니 내가 어찌 나를 용서할 수 있겠는가』는 도발적이지만 혼란스럽다. 그러한 인상은 일단 형식의 낯섦에서 온다. 심리 카운슬러와 피상담자 사이의 대화 형식을 소설의 뼈대로 삼은 것도 그렇지만, 카운슬러를 '나(너)'라는 중복된 인칭 표현으로 지칭한 것, 서술자는 철저히 현재 시제만을 취하여 보고하는 것, 중간중간에 소설의 초고를 삽입시킴으로써 메타픽션을 시도한 것 등은 우리가 익히 알고 있는 소설의 경계를 훌쩍 뛰어넘는 것이다. 그러나 좀더 독자를 혼란스럽게 하는 것은 내용의 문제일 것이다. 피상담자는 자살을 하고 싶어 하지만, 그가 대는 이유는 일상적인 관점에서는 이해하기 어렵고, 나중에는 그가 남자인지 여자인지 성별도 모호해질 뿐 아니라, '죽은 나'를 지켜보는 또 다른 '나'가 등장하기까지 한다. 소설의 앞뒤로 붙여놓은 '서(序)'와 '결(結)'조차도 이해를 돕기는커녕 방해하는 데 앞장서고 있는 형편이다.

그렇다면 의도적인 낯설게 하기라고 할 이 소설의 주요한 메시지는 무엇인가. 이를 살펴보기 위해 먼저 전화 심리상담이라는 대화 형식에 내재된 의미를 고려할 필요가 있다. 여기서 카운슬러는 피상담자를 철저하게 직업적으로 대하려 한다. 그의 직업적인 목표는 비정상적인 욕망에 시달리는 이들이 고민을 '배설'하게 함으로써 정상인으로 되돌아가게 만드는 것이다. 그러나 그것은 그야말로 목표일 뿐, 이면적으로 카운슬러는 무력감에 빠질 수밖에 없다. '비정상'으로 된 원인이 피상담자 자신 외에 현실적 환경에도 있다면, 카운슬러는 전자에 대해서만 영향을 미칠 수 있을 뿐, 후자에 대해서는 무력할 수밖에 없기 때문이다. 이러한 무력한 카운슬러는 이 소설에서 '나(너)'라는 1, 2인칭으로 호칭된다. 이는 누군가의 고통을 들어주고 대화하는 일에 우리 모두가 그만큼 무력하다는 것을 암시하고 있다. 한편 이와 같은 카운슬러의 한계를 피상담자 역시 잘 알고 있다. 그 때문에 피상담자는 카운슬러와의 대화에서 도움을 받으려 하지 않는다. 단지 카운슬러를 자신의 생각을 세상에 공표하는 통로로 간주할 뿐이다. 이러한 피상담자는 이 소설에서 대상화된 존재를 지칭하는 3인칭의 '그'로 표시된다.

김연경이 이처럼 1, 2인칭과 3인칭을 날카롭게 구분해 놓은 것은 어쩌면 그것이 우리들이 나누는 대화의 진상이기 때문일 것 같다. 바로 앞에 얼굴을 맞대고 나(너)로 호칭하며 대화한다 해도, 정작 대화의 상대방은 그야말로 나(너)와 상관없는 3인칭의 타인으로 존재한다는 것인데, 이러한 상황에서 모든 대화는 결국 대화가 아닌 일방적인 언표(공표) 간의 엇갈림이 되고 말 것이다.

작가가 보는 대로 우리 인간들은 대화의 엇갈림 속에서 모두들 고독하게 자신의 욕망을 실현하기 위해 노력하는 존재인지도 모른다. 이로써 타자라는 존재는 '나'의 욕망을 채워줄 수단이 되고 마는 셈이다. 권력 관계가 발생하고, 자신의 욕망을 채워줄 외부 세계의 물상이 물신으로 신비화되어 다가오는 것이다. 그렇지만 프로이트가 본 것처럼 그러한 욕망을 거스르는 타나토스적인 욕망이 인간에게는 있다. 아예 자신을 포함한 모든 것을 파괴해 버리는 욕망, 무로 돌아가 버리고자 하는 욕망 말이다. 그것이 이 소설에서는 자살에 대한 욕망으로 표현되고 있다. 가학증과 피학증의 관계 ─ 욕망에 의한 관계 ─ 만을 강요하는 현실을 벗어나 또 다른 그 무엇을 찾아내려는 시도, 그것이 자살에 대해 부여된 의미이다.

그러나 피상담자가 자꾸 자살에 실패하는 것은 무엇 때문인가. 실제로 그는 자살보다는 '자살 미수'를 시도하면서 계속 자살을 연기(延期/演技)하고 있다. 아마도 이는 타나토스적인 욕망 속에서도 여전히 주체를 유지하고자 하는 지향이 남아 있기 때문일 것이다. 이때 그는 자살을 연기하면서도 가학증과 피학증의 관계를 넘어선 그 무엇을 지속적으로 찾으려 한다. 그러한 시도로 이 소설에서 주목하고 있는 것이 바로 소설 쓰기이다. 달리 말하자면 소설 쓰기는 욕망에 의한 인간 관계를 넘어서고자 하는 실존적인 기투(企投)로 의미 부여되는 셈이다. 그러나 소설이 그만큼 거창한 의미를 감당할 수 있을까. 오히려 소설의 육체는 가학증과 피학증의 관계로 이루어져 있지 않은가. 가학증과 피학증의 관계를 다루면서 동시에 그 관계를 넘어서는 것을 보여주는 소설이란 도달하기 지난한 아포리아가 아닐까. 피상담자의 소설이 늘 구상이나 초고 수준에 머문 것도 그 때문이리라.

그렇지만 김연경은 여기서 놀랍게도 '진짜' 소설을 선보인다. 그것이 이 소설의 비합리적인 결말의 정체이다. '죽은 나'를 바라보는 또 다른 나가 있다. 그러나 '바라보는 나'는 오히려 살았을 때보다 더욱 강렬한 생에의 욕망에 시달리는 중이기에 역설적으로 더 절실하게 자살에의 욕망에 매달릴 수밖에 없다. 그가 죽어서도 자신을 '체념'하지 못한 원인은 앞에서 살펴본 대화의 엇갈림을 상기할 때 명확해진다. 대화가 타자를 발견하고 관계 맺는 기본적 형식이라면, 그 기본적 형식이 현상적으로는 가능하다 할지라도 본질적으로는 불가능한 인간 주체의 한계 속에 '바라보는 나' 역시 여전히 갇혀 있기 때문이다. 이와 같은 '바라보는 나'가 직업에 투철한 카운슬러에게 공포스럽게 다가오는 것은 당연한 일이다. '바라보는 나'의 모습은, 항상 엇갈리는 대화만을 끊임없이 할 뿐 진정한 대화나 사랑은 아예 꿈도 꾸지 못하는 카운슬러—나(너) 곧 우리들 자신이다—의 본질이기도 한 때문이다.

　이상의 논의를 볼 때 김연경이 왜 이 소설의 제목을 '그러니 내가 어찌 나를 용서할 수 있겠는가'로 삼았는지 드러난 것 같다. 그것은 한 번도 타자와 진정으로 대화한다거나 사랑을 한다든지 하는 실존적인 기투를 꿈도 꾸지 못한 채 일상의 억압 속에서 그냥그냥 살아온 주체에게 내리는 단죄와 같은 것이다. 그렇지만 그 단죄는 궁극적으로 누구를 향한 것일까. 주체를 욕망 속에 가두어놓는 현실에 대해서일까. 아니면 인간을 그 따위로 만들어 놓은 신에 대해서일까. 『악령』의 스타브로긴이라면 대답해 줄 수 있을까. 그렇지만 이제 김연경에게는 단죄보다도 사랑을, 그리고 눈물을 발견하는 것이 급선무일 것 같다. 비록 겸연쩍게 느껴진다 해도 말이다.

찾아보기

┌─ 저자약력 ─┐

1964년 포항 출생
서울대학교 인문대학 국어국문학과 졸업
서울대학교 대학원 국어국문학과 석사
서울대학교 대학원 국어국문학과 박사
현재 한남대학교 문과대학 국어국문학부 교수
저서에 『한국 근대 소설사의 탐색』, 『대화와 살림으로서의 소설 비
　　평』이 있음.

한국 현대소설의 시각

인 쇄 2003년 07월 26일
발 행 2003년 08월 01일
저 자 장 수 익
펴낸이 이 대 현
편 집 박 윤 정
펴낸곳 도서출판 역락 / 서울 성동구 성수2가 3동 301-80
　　　　(주)지시코별관 3층(우 133-835)
TEL 대표·영업 3409-2058 편집부 3409-2060 FAX 3409-2059
E-MAIL youkrack@hanmail.net / yk3888@kornet.net
등 록 1999년 4월 19일 제2-2803호
ISBN 89-5556-241-1-93810

정가 15,000원

* 잘못된 책은 교환해 드립니다.